新麦

周宗奇 ◎ 著

山西出版传媒集团

北岳文艺出版社

图书在版编目（CIP）数据

新麦 / 周宗奇著. — 太原：北岳文艺出版社，2016.5
（晋军崛起文学档案）
ISBN 978-7-5378-4715-5

Ⅰ.①新… Ⅱ.①周… Ⅲ.①中篇小说—小说集—中国—当代②短篇小说—小说集—中国—当代Ⅳ.①I247.7

中国版本图书馆CIP数据核字（2016）第065903号

书　　名	新麦	
著　　者	周宗奇	
责任编辑	马　峻	
书籍设计	张永文	

出版发行　山西出版传媒集团·北岳文艺出版社
地　　址　山西省太原市并州南路57号
邮　　编　030012
电　　话　0351-5628696（发行部）
　　　　　0351-5628688（总编办）
传　　真　0351-5628680
网　　址　http：// www.bywy.com
E－mail　bywycbs@163.com
经 销 商　新华书店
印刷装订　山西人民印刷有限责任公司

开　　本　710×1000　1/16
字　　数　286千字
印　　张　22
版　　次　2016年5月第1版
印　　次　2016年6月山西第1次印刷
书　　号　ISBN 978-7-5378-4715-5
定　　价　49.80元

出版说明

　　晋军崛起是新时期文学中一个非常突出的现象,是中国当代文学史上反映地域创作实绩、特征的一个极其重要的概念和关键词。"晋军"所指,是以成一、周宗奇、张石山、韩石山、王东满、柯云路、李锐、张平、钟道新、燕治国、哲夫、蒋韵、赵瑜、王祥夫、吕新等为代表的山西作家群。晋军崛起,是山西文学创作界继赵树理、马烽等山药蛋派作家之后又一次群体性、规模化的展示。他们继承了山药蛋派作家开创的现实主义传统,表达了丰厚的中国文学经验,标志着山西当代文学在新的历史时期的发展贡献。直至今日,他们依然活跃于中国文坛。

　　《山药蛋派经典文库》出版后,山西省委宣传部决定继续策划、组织编辑出版《晋军崛起文学档案》,系统梳理晋军崛起时期(1979—1989)的文学收获和有关资料,对总结文学创作经验,传播当代文学经典,彰显中国文学精神,促进文学繁荣具有深远意义和重要价值。

　　本丛书只收录20世纪70年代末80年代初涌现出来的被称为晋军崛起时期代表作家公开出版、发表并产生重大影响的作品。分别为:成一的《游戏》《顶凌下种》,周宗奇的《新麦》,张石山的《镢柄韩宝山》,韩石山的《女儿的嫁妆》,王东满的《柳大翠一家的故事》,柯云路的《新星》《三千万》,李锐的《厚土》,张平的《法撼汾西》《姐姐》,钟道新的《超导》,燕治国的《小城》，哲夫的《长牙齿的土地》，蒋韵的《我的两个女儿》，赵瑜的《强国梦》，王祥夫的《拾掇那些日子》，吕新的《瓦楞上的青草》共十八种。此外，本丛书编选了一集《"晋军崛起"论》，意在进一步深化对晋军崛起作家的学术研究。

为保持作品历史原貌，除对一些明显错讹和不合出版规范处进行更正之外，其余均尊重原文，不作修正。尽管我们已经做最大努力，但难免仍有疏漏，敬请广大读者批评指正。

北岳文艺出版社
2016年4月

中国文学的重要一翼

——写在《晋军崛起文学档案》出版之际

◇ 杜学文

20世纪80年代注定是一个令人怀想的年代。那一时期,中国,又一次迈开了崭新的步伐,人民充满了期待。很多的理想,很多的抱负,在人们的憧憬与努力中绽放。在这个充满了激情与希望的时代,谁也无法预料,中国将会发生怎样的变革,并将如何影响世界,影响人类。今天,当我们回顾那些岁月,不禁感慨万千。我们有幸经历了那个时代,有幸用自己的劳动、智慧融入了那个时代。80年代,是我们生命之花绽放的时代! 而我们的文学,不仅被那个时代所孕育,更深深地影响了那个时代。可以说,那同样是一个属于文学的时代! 有许多文学期刊复刊、创刊——单月的、双月的,理论评论的、原创选载的,等等;有许多作品产生轰动,——以至于人们要讨论"轰动效应";有人一夜成名万众瞩目——因为一篇小说,或者一首诗。众多的流派涌现出来,不同的观点在争鸣,更重要的是,人们似乎极度热衷于讨论有关文学的话题——这些话题无涉名利、地位、收入与学历。文学,呈现出一种激情澎湃、百花争艳的动人景象。

1985年,《当代》第二期集中刊发了山西四位作家的小说,并在《编者的话》中指出，"本期刊载的中篇小说，均出自山西省的中青年作家之手。近几年'晋军'的崛起，引人注目"。于是乎一夜之间，晋军崛起突然成为中国文坛十分耀眼的现象，甚至引发了用"什么什么军"来讨论地域文学的热潮。

这并不是一种偶然。

被《当代》集中介绍的这批作家，就是晋军崛起时期一部分代表作家。如果说广义的文学"晋军"，那肯定是指山西的作家群。它是不分年龄、体裁、时代的。但我们这里所说的"晋军"，是特指在20世纪70年代末80年代初登上中国文坛，并被广为关注的山西作家群。他们是在一个比较集中的时间段，以群体的姿态出现在中国文坛的。这批晋军作家大多在三十岁左右，基本来自基层，或者在农村插队，或者在工厂做工，或者在基层机关工作，或者在哪个偏远的山村任教。总之，他们几乎都不在文化单位工作。他们之中的一些人属于"外来者"，因为某种原因从北京或者什么大城市来到了山西。大多数人则是山西本地出生，然后几经周折，最终走上了文学之路。从个人的成长来看，他们多有过比较复杂的经历，可以说较为深刻地体验了中国社会，特别是现代化程度较低的底层生活，对民众的日常行为、精神特质、价值取向、语言习惯、伦理关系等有着极其细致入微的认知与感受，甚至还有某种程度上的认可与同化。也正是在这样的人生境遇中，他们逐渐从生活的"局外人"转变为生活的思考者，并焕发出强烈的表达欲望。也许，他们生来就是要与文学为伴的，就是要以文学来证明自己生命价值的。在那些文化匮乏、媒体稀少的日子里，他们内心对生命意义，对民族命运，对国家未来的思考与探求从未停止。他们并不安分。不安于自己的生活处境，因而具有了改变现状的强烈期盼；不安于中国的现状，因而具有了强烈的家国情怀；不安于平凡的日常生活，因而企图用文学来表达自己对这个世界的看法。于是，尽管这些人分布在表里山河之地的东南西北、沟川塬峁，却不约而同地拿起了笔。他们不是被动的生存者,而是主动的生活者。他们生活着,思考着,并且表达着。

在20世纪70年代末,这些人开始登上文坛。尽管出现的时间节点不同,产生重要影响的前后不同,创作的风格及体裁不同,但有一点是相同的,那就是,他们与时代同步,与国家正在发生着的巨大变革同步。或者也可以说,他们几乎是在相近的时间里比较突出地展示出了自己的才华,为这个民族所经历的艰难抉择,及其之后的奋起勾画出历史性图像。

在这批人身上,一个非常突出的表现是民族文化、民族精神对他们的深刻熏染。很难说他们接受过比较好的学校教育。他们对自己民族的了解、认知更主要地来自他们的生活环境与经历。一方面是他们的家庭,比如一些人出生于大都市,是高级知识分子家庭,其父辈正是比较好地接受过中国传统文化教育的一代,对他们的成长,以及人生观的形成起到了言传身教、耳濡目染的作用。还有一些人则是本地农家出身。恰恰是农村与农民由于较少受到外来文化的冲击,故而保留了比较完整与典型的传统价值观生活方式,以及传统文化的丰富内核。另一方面则是他们的经历。这批作家绝大部分在农村生活过。中国农民,或者也可以说,在中国农民身上表现出来的比较典型的中国文化精神对他们有着重要的影响。也许他们不承认,但这一事实不能回避。当然,在他们的成长过程中,也或多或少地接受了外来文化,特别是西方及苏联文学的影响。可以说,他们的文化构成并不是单一的。他们在不自觉中被中国传统文化所熏染,而又在一个开放的、大量译介外来文化的时代被那些新涌进国内的文化观念所影响。在他们的创作实践中,可以说比较好地把"内"与"外"、"传统"与"现代"融合了起来。他们用中国人的眼光来观察社会、时代、人生,并不同程度地借鉴了外来文学中的表达手法,用以描写发生在中国本土的人与事。最终,他们超越了本土故事,使自己的创作达到了追求人类永恒意义的审美高度。

从他们最初步入文坛的那些作品来看,有一个突出特点是赵树理及山药蛋派对他们的影响。或者也可以说,在最初的阶段,他们对山药蛋派有着非常明显的追随。尽管他们中的一些人不愿意把自己归入某个流派。这或许与他们在开始创作时的社会文化背景有关。身处山西,信息闭塞,人们所尊崇的自然是与自己最近的那些文化因子。更何况,赵树理等在中国文学发展进程中具有非同一般的影响。他们尊崇赵树理等的创作思想,学习赵树理等的创作方法可谓近水楼台。甚至可以说,他们早期的作品均可归入山药蛋派。但是,这种状态并没有持续太久。在20世纪80年代中期之后,这批作家的创作就表现出了明显的分化。尽管直到今天,我们仍然认为这批作家在精神气质上与赵树理等人是一脉相承的。如他们所具有的家国情怀、对人民的热爱,以及重视文学的社会责任等等;但是,在表现手法、文学的终极追求,乃至于题材选择等诸多方面,他们开始呈现出鲜明的个性特色。我们已经不能用某种风格、流派、模式来讨论他们的创作,只能认为他们是山西这块土地上在比较集中的时间内涌现出来的一批作家。他们是文学世界里的"这一个",具有突出的个人风格。就山西的当代文学而言,这种分化与多元意义重大:它使山西的文学创作从此步入了多样化的发展态势。

需要强调的另一个特点是,崛起的晋军是一批创作力十分旺盛的作家。他们的创作明显不同于我们熟知的许多人,在某一时期产生重大影响之后,就再难写出让人关注的作品,很多人甚至不再创作,只是以"作家"的名义存在着。而这一批作家则不然,他们的创作一直没有停止。直到今天,在三十多年的时间过去之后,他们仍然激情不衰,作品的数量与质量不减反增。如果从一个群体的角度而不仅仅是从个人的角度去看,这简直是中国文坛的一个奇迹。

那么,在20世纪80年代,崛起的晋军为中国文学提供了什么?

首先,他们用文学表达或预判了中国未来发展的必然。作家的意义不仅在于表现现实生活,更重要的是,他们还应该揭示出历史发展的某种必然要求。这种要求不是某一部分人的一厢情愿,它是基于现实生活的,是来自于人民愿望的。晋军早期的小说描写了许多"小人物",但是,这些小人物并没有因为他们的草根地位就表现出单纯的社会地位的边缘性、生命意义的卑微性。晋军作家感受到了来自这些普通人物内心世界对社会发展进步、公平正义的期盼,表达了他们特定社会身份的行动。在20世纪70年代末,一个极为重要的事件就是"文革"的结束,改革开放的开始。这对中国从传统社会向现代社会的转型而言,极为重要,具有划时代意义。但是,历史并不仅仅是由偶然组成的。在某一事件之中,一定具有强大的必然性。这种必然性就蕴含在社会的组成元素——人民之中。晋军作家敏锐地感受到了这种必然性。虽然就他们中的某一作家而言,并不一定是自觉的,但即使是不自觉的,也非常突出地显现出晋军作家的艺术敏锐性及其与人民的血肉联系。如果晋军作家仅仅是在他们的创作中揭示出中国即将出现的伟大变革,也完全奠定了他们在中国文学中的历史地位,但事实是,他们并没有局限于此。

其次,他们表现了中国人的具有历史价值的生活状态和精神世界,以及与此紧密相关的文化意义。所谓"历史价值"即是说,他们并不仅仅表现中国人在某一时期之内的生活,而是从某一点切入,力图展示具有历史概括性的,甚至也可以说是数千年来形成的生活方式、价值选择、文化形态。这就使他们的创作具有了一种超越具体人事、时空的品格。他们是为中国的"这一刻"而生的,但又绝不仅仅局限于此。他们脚踏着坚实深厚的土地,心却向往着广袤深远的星空。即使是对"过去"生活的描写,也一定着眼于人类的未来;即使是描写了普通人的生活,也一定表现了普通人所具有的历史的必然性与文化的典型性。这是因为,在他们的内心深处,强烈地,但又是隐蔽地潜伏着一种文学的责任。他们努力体现出作家——知识分子,这个已经被时光销蚀得带有贬义的词——本来应该承担的社会文化责任。

再次，他们表现出对中国现代汉语及文体的自觉探索。如果说，在创作之初，他们在语言表达及作品的文体等方面还具有比较明显的一致性的话，那么在后来的发展中，特别是20世纪80年代中期之后，他们的创作开始了分化。这种分化首先表现在题材的选择上，其次也表现在个人语言的运用上，进而也表现在对作品文体的自觉探索上。尽管大部分晋军作家是从写农村题材短篇小说开始的，但之后立即发生了变化。现实中的农村不再是唯一的选择。这些作家除了汲取赵树理等前辈作家的语言经验外，非常努力地开始探索属于个人的语言样式。他们似乎要以群体性的努力来丰富现代汉语所能够具有的表现力，或强调汉语的诗性，以优雅的叙述来表现现代汉语的高贵品质；或突出汉语的凝练简洁，以及由此而来的表现张力；或展示源于民间的语言的生动性与丰富性，使得现代汉语活色生香、光彩照人，富于形象感和人性意味的魅力；或强化语言黄钟大吕式的豪迈气魄；或突出语言的调侃、幽默等等。由语言出发，这一批作家在文体构成方面也发生了分化，有的强调叙述的精彩，力求为读者讲述动人心弦的故事；有的强调叙述的非故事性；有的则追求超越具体事件的哲理性、寓言性，或者诗性。在传统的观念中，人们会认为山西作家的创作比较写实，而事实是，他们当中的许多人具有建立在写实基础之上的"虚幻性""魔幻性"与"非现实性"。总之，虽然他们具有非常多的一致性，但在语言与文体方面，已不再趋同而极具个性风格。从他们的创作中，我们领略到了20世纪晚期中国文学所具有的可能性与丰富性。

需要描述的另一个事实是，这批晋军作家几乎用自己的创作印证并涵盖了改革开放以来中国文学的几个非常重要的阶段，如伤痕文学、反思文学、改革文学、寻根文学、新写实主义及现代派文学等。在中国文坛这些非常重要的文学思潮和创作现象中都可以看到晋军作家的努力。

如果就一个人而言,可能不会创作出属于以上"概念"当中的所有类型,但是,他们每个人都经历了几次比较明显的转型。在到达一定的高度之后,他们就可能会出现一次华丽的转身。如在创作了一批充分的"现实主义"作品之后,可能会转型为一种超越现实的哲理性表达,或者对民族文化的追寻;在专注于家庭情感伦理描写之后就转型为对重大社会事件的关注;在从事创作的同时,也转型为一种"学术性的文学"表达。他们大部分人都经历了文学的"三级连跳",他们没有"从一而终",而是表现出个人在文学创作上最大可能的丰富性与多样性。

今天,我们还难以对晋军作家做最后的论定。事实上,晋军作家直到目前仍然处于"进行时",而不是"过去时"。即使我们探讨20世纪80年代晋军作家的作品,似乎也只能就事说事,而无法轻下结论。一方面,对他们的创作我们还需要进一步深化研究;另一方面,随着时间的推移,我们可能会有新的发现和认识。更重要的是,他们还保持着澎湃的创作活力,正在不断推出自己的新作。那么,就让时间来检验一切吧!

2016年4月

周宗奇小传

周宗奇，1943年生于古都西安，原籍山西临猗。1967年毕业于山西大学政治系，分配到霍县矿务局辛置煤矿工作。1975年调入山西省作家协会，历任《汾水》小说编辑、编辑部副主任，《山西文学》副主编、主编，省作家协会常务副主席，驻会专业作家。1972年开始发表作品。1982年加入中国作家协会。文学创作一级。

著有《清代文字狱》《荣辱之间》《范仲淹传》《孔祥熙传》等十二部长篇纪实文学；《清凉的沙水河》《商鞅量》《假语村言》等十四部中篇小说；近两百篇短篇小说；共约九百万字。

短篇小说《新麦》获1984年赵树理文学奖，中篇小说《清凉的沙水河》《黄金心》分获1984年赵树理文学奖、中国作协与煤炭部"乌金奖"一等奖。

影像资料

1989年开写《清代文字狱纪实》

1993年作者与作家张平(左)

1993年作者与作家成一(左一)、李锐(左二)、评论家何西来(左三)

1994年作者与作家胡正(右)

1996年作者与作家马烽(中)、段杏绵(左)夫妇

2008年5月作者与作家张石山(右)、陈为人(左)在华山

部分书影

目　录

新　麦

　　创造一个奇迹也许很容易,但是,评价这个奇迹却往往很艰难。1975年,中川县县委书记宋仰民同志提出了一个雄心勃勃的口号:"誓缴一亿三,拼命做贡献",就是说,他要创造出一个县上缴国家小麦一亿三千万斤的奇迹。这个目的当时达到了。然而,在整整三年时间之后,在他亲身经历了一场平生没有过的精神折磨和灵魂搏斗之后,方才开始对这个"一亿三"有了一点正确的理解。

　　下面,来试图讲好这个故事。

一

　　深夜,地革委主任宋仰民主持完发放救济粮的会议,下得楼来,但见一轮皓月升在中天,于那无限清静之中,照得满院的花草树木、曲径短墙、楼角飞檐影重重,似分明,又朦胧。一阵和风拂面,送来扑鼻的幽香。有只小小的夜鸟飞过,留下一串梦幻般的歌声。好一个三月桃花夜!

　　老宋的心情更好,愉快而平静,可以想到一些公务以外的普通事情。他转过月亮门,老远看见自家的新宅子里还全亮着灯火,不禁心里一喜,想道:"啊,她从老家回来了,一定是把老祖父接来了吧……"

　　老宋今年已经四十多岁,但他的老祖父还依然健在,一直住在中川县白云寨故乡。老人家今年高寿九十一,耳不聋,眼不花,牙不掉,真个是所谓"命如南山石,四体康且直"呢。老祖父的一生,是艰难而豪迈的一生,全部的遭遇,常人是经受不住的。他幼丧父母,在家乡的白云山上采石为生。中年丧妻,领着五岁的孤儿——老宋的父亲,在万泉河上拉纤活命。1943年,已经快六十岁的老人,又横遭丧子之痛:日寇宪兵队当着他和白云寨全村乡亲的面,把下山给游击队打粮的儿子和儿媳妇活活吊死了!那时候,老宋九岁,他的兄弟忠民才四岁。半夜里,老祖父强咽下白发人送黑发人的悲苦,冒死盗出儿子和儿媳妇的尸身,一口气背上白云山,掩埋在松林深处。他回到家里时,鸡才叫头遍。惨淡的月光照在哭着入睡的孤儿的脸上。老祖父伸出青筋暴突、骨节粗大的手掌,一边颤巍巍地替孙儿们拭去泪痕,一边在心里立下一桩誓愿:"娃们,莫要哭,也莫要怕!爷爷不守着你们长得顶天立地,成龙变凤,跟你们的爹娘一样,爷爷我就不上阴曹地府去!"而今,三十五年过去了,老祖父一生辛劳,终于两代抚孤成人,此恩此德,山高海深啊!所以,上个月一住上新房子,妻子玉敏就抢着回去接老祖父了。老宋自然极为赞同。是呀,该让老人家出来,跟上这么个好孙子露露脸啦。掐指算来,妻子已经走了十又四天,也该回来了。

老宋回到家里,才知道妻子并没有回来。保姆和孩子们已经睡了,却忘记了关灯。他有点不高兴地一一把灯拉熄,走进自己的卧室。他打开台灯,猛然看见桌子上放着一封电报,急忙拆开一看,不禁轻轻"啊"了一声,只见电报上赫然写着九个吓人的大字:"祖父病故,火速还乡。敏。"老宋一下愣了,把电报翻看了好几遍,心情沉重地坐了下去。对面墙上,新挂起老祖父的一帧放大照片。此时,一点月光入窗来,恰照亮老人的风霜大脸、飘胸长须、傲然白眉。老宋目不转睛地望着相片,想到老人家艰辛一生,劳苦功高,正要享几天清福,却又猝然而逝,从此人间地下,难再相聚,好不叫人揪心啊!他凝视良久,不禁亲情涌动,哀思如潮,大大地激动起来。同时,他还模模糊糊地觉得,仿佛自己做过一件什么对不起老人家的事儿,是什么事儿,一下又想不起来,空留着一种负疚,更使他沉痛而怅惘。于是,他在老祖父的像前久久地走动起来。末了,他决定破例,请假,回家奔丧,给老祖父坐草送终,以尽为孙之义。他这样想定之后,心上顿觉轻松,便上床慢慢地入睡了。但立刻做了一个梦,梦见忠民兄弟穿着一身囚衣,手挥老祖父的枣木拐杖,怒冲冲向自己劈面打来,嘴里喝道:"狗官!狗官!我来找你算账!"一下把他吓醒了,头上冷汗津津,心儿怦怦直跳,细想梦中景况,既觉得十分可笑,却又叫他生出一种莫名的不安。他想到请假和派车的事,就顺手抓起了电话……

天一亮,老宋就乘车离开了机关。汽车出了城,朝着西北方向疾驰而去。一个多小时后,它已经绕过中川县城,真正飞奔在去故乡的路上了。很快就看见了万泉河,它好像就在铺着彩霞的河道里流着,显得那么壮丽高洁,肃穆庄严。白云山还躲在轻纱般的晨雾里,似乎在犹豫着要不要盛装露面。夜来下过一场春雨,田野沐着露水,显得生气勃勃。柏油路上,小片积水尚存,像一面面闪闪发光的小镜子。天上没有一片乌云,也没有一丝风,空气里散发着温暖而湿润的春天气息。放眼望去,这里那里全是茁壮而墨绿的麦田,麦穗挨着麦穗,在广大的寂静中仿佛凝成一片,让八点多钟的太阳一照,迸发出青铜般的光辉……故乡的景色,仿佛在向老宋这个长期不回家的子孙故意炫耀似的,披上了最美丽的春装。

然而,景物虽美,却很难把老宋从巨大的悲痛中拉出来。相反,家乡的山山水水,天地庄稼,只能勾起他对老祖父的无限回忆……

望着波浪滔滔的万泉河,他想:它再往下流几十里,就流到了自己村边的大石桥下,流到了小时候跟光屁股朋友们游泳的地方。

记得每年夏天,老祖父天天坐在那里的大柳树下,用破草帽扇着风。看孩子们从高桥上学跳水。那时候,弟弟忠民的胆子最小,刚要跳又挤住眼睛缩回去。老祖父就大声地斥他："跳！没出息！"弟弟跳下去了，拍红了肚皮，呛了水。老祖父却开心地哈哈大笑起来，白胡子一撅一撅的，"好样的，这才叫个话。"后来，弟弟成了跳得最好的孩子，从高桥上鱼跃入水的样子棒极了。

白云山越来越近了，显得高大、雄伟和苍翠。他已经能分辨出父母安息的那条山谷。记得自己参军走的前一天，老祖父领着他和弟弟向父母告别。父母的墓上青草萋萋，空中松枝连理，墓前竖着一通高大的青石碑。这碑可真好！碑身造得好，字儿刻得好，"革命烈士宋向荣、崔秀岩同志永垂不朽"的大字漆成红色，漆得好。这是老祖父用心血铸成的啊！记得多少次夜半醒来，都听见那坚强有力的凿石声。有一夜月亮很亮，他和弟弟偷偷跑去看，只见汗水从老祖父的白胡子尖上一滴一滴地落下来，不，不光是汗水，还和着老人家那辛酸的眼泪。后来碑凿成了，有天早上却发现它不见了，急得爷爷立坐不安，要去给乡政府报告，说肯定是坏人偷去砸了。结果才知是弟弟忠民搞的鬼：头天晚上，他一个人悄悄背着墓碑上了山，给爹娘树起来了。老祖父又气又乐，一迭声地笑骂道："你这个无法无天的东西！你这个天不怕地不怕的东西！……"

起了一阵风。万顷麦田掀起了层层绿浪。清明离麦六十天。现在谷雨已过，麦正扬花，然后是灌浆、成熟，眼见得搭镰的时刻就到了。他想象着从前在地里收麦时的情景，多么痛快呀！小伙子们打着赤膊，黑红的脊梁油光光的，姑娘们盘起辫子，晒红着脸，滴答着汗，一边互相追着，笑着，叫着，一边左手紧拢麦，右手狠挥镰，只听见一片"嚓啦""嚓啦"的割麦声，只闻见新麦散发出一股一股刺鼻而醉心的甜香，拉麦的大车装得那么高，就跟一座座小山似的。而老祖父呢，就在这里那里时时出现，替人磨磨镰啦，递上一碗水啦，跟姑娘小伙子们逗个笑啦，或是从地上捡起一个丢下来的麦穗，大声地说道："我说娃们呀！你们看这麦穗上，有公粮、有口粮、有种子，怎敢糟蹋呀！"不过，老祖父也有发怒的时候。记得他从部队转业到省委农工部工作那一年,回来探亲时,正遇上村里割最后一天麦。他赶到地里,却看见人围了一大圈,老祖父在圈里指着鼻子数说忠民兄弟:"你还是团支书哩,出不了名急啦?骗人哩!你羞先人哩!"原来刚发下来的"麦收快报"上,登了白云寨提前收割完毕的消息,事实上没割完,因为下雨拖后了一天。所以,老祖父一打听是忠民写的稿,就这么当众把他美美收拾了一顿。忠民哭了一夜,第二天早上给县"三夏指挥部"发了一封检讨信……

正在这往事如云的时候,汽车猛地颠了一下,拐上了一条乡村土路。白云寨遥遥在望了。老宋把汽车打发回去,向着村子步行。正是农家吃早饭的时候,地里已经看不到人影。他觉得正好趁这个空子走回村里。不知为什么,他总有种怯生生的感觉。他不想碰见自己的乡亲。他走上万泉河大堤,走上那座高高的石桥,却不由得站住了。生养了自己的白云寨完全展现在大河的对岸,像展开双臂急着想拥抱儿子的母亲一样。但他觉得村子比从前小多了,也丑陋多了。自己家里那破旧的门楼正好劈面对着他。但有好长一段时间,他却不敢去看它,甚至想立刻走开去。

然而,老宋毕竟回到自家的门楼前了。他定定神,侧起耳朵听了听,然后慢慢推开大门,轻手轻脚走进去。于是,眼前的情景立刻让他大吃一惊:院子里,只见电称"病故"的老祖父,居然好端端地坐在那儿吃早饭呢!他的身旁坐着大侄女柳儿,长得细高细高,被进来的这个生人吓了一跳,妻子玉敏则刚刚放下一盆汤。老宋像根钉子一样钉在那里,好半天动弹不起来。妻子走过来,使劲捅了他一下,夺下他手中的提包,把他往老祖父跟前一推,说:"还愣啥哩。"老宋这才急忙走上去说道:"爷爷,我……回来啦。"

不知为啥,老祖父的脸色那么阴沉,眼神也很忧伤。这是从来没见过的。他冷冷地说道:"我没瞎。我看见啦。你还认得这个家?"

当他在葡萄架下洗脸的时候,才趁机打量这已经大为陌生了的院子。老房子还是老房子,麻雀在檐前拌嘴,鸡们在后院猪圈跟前啄食,墙上照样挂着隔年的红辣椒串儿,忠民和二荷住的西屋门上还是那卷旧竹帘儿,里面静悄悄的,莫非他们还没下晌?……一切都是老样子,一切都很正常、安然,不像出过什么祸事。……可是,电报呢?老祖父异常的恼怒呢?他正在琢磨,又听见老祖父冷冷的声音:"有什么洗头!玉敏,给他加一双筷子,就让他在这儿吃!"

老宋坐到饭桌前,才算看清了饭桌上的席面:一碟盐拌干辣椒面儿,一碟家腌老萝卜头,一盘蒜拌苣苣菜,搅着些短截截红薯面粉条,算是鲜菜,一个大钵碗里堆着五六个黄面窝窝头,一盆绿豆稀米汤放在旁边。老宋不由得皱了皱眉,心想:"去年一人分了二百斤麦子,都吃完了?"他本来肚子早饿了,现在却变得一点不想吃,但又不能不吃,只好拿起一个窝头啃了一口。他已多年不知粗粮味了,只记得从前的黄面窝头到嘴里是甜丝丝的,怎么现在变得又苦又涩?要不是赶紧吃了一口菜,有粉条的菜,又喝了一口汤,他真还咽不下这头一嘴哩。

"我知道,不如白面馍利口,是吧?"老祖父一直在斜着眼看他,这时不紧不慢地说,"就这还是救济粮哩!有的家还不敢这么浪吃,得搅上苣蓿、苦苣、干红薯片;有的家连救济粮还拿不回去呢,唉……"

老宋有些不信,但又不好作声,想了半天,就说:"第二批救济粮就快下来了。"

这下糟了!只见老祖父把筷子"啪"地往碗上一放,把碗"嗵"地往桌上一墩,变脸失色地说:"你说什么?你给我再说一遍!我就等你这话哩!"说着抽出烟锅子就挖烟,不想烟袋空了,挖了十几下挖不着,气得"呼"一下把烟袋甩出去老远,白胡子尖一个劲儿抖。

老宋吓坏了,又摸不着头脑,只好用眼睛吃惊地问妻子:"玉敏,爷爷这是怎么啦?"

玉敏走上前去,柔声问道:"爷爷,你这汤凉了,我给你添些热的吧?"

看来老祖父也在极力克制自己的火气,长长地吁了一口气,缓了调门说:"算了吧,我不吃了,叫人家快吃吧,人家爱吃救济粮,想吃救济粮,也敢吃救济粮,不怕脸红,不怕亏心,不怕羞先人!"说着狠狠地剜了老宋一眼。

老宋当了几年官,也还真有点忍耐功夫,只管低着头吃菜喝汤,一声也不吭,倒是用心在听,想赶紧从这闷葫芦里钻出来。

老祖父又进攻了,说道:"你咋不吭啦? 成天吹你那个'一亿三',如今咋就不吹啦? 牛皮吹破啦,吹不成啦,我知道! 哼!"

老宋本聪明,自然已经听出些门道,知道他老人家的火也在那个"一亿三"上。为什么说"也"? 因为早就有人对"一亿三"大有非议了。有时他越想越生气,做出成绩反而招致物议,岂不真是"事修而谤兴,德高而毁来"么! 他正想再听听老祖父还要咋说,却见他老人家站起身来,寻好了枣木拐杖,像是要出门的样子。

玉敏上前问道:"爷爷,你上哪去?"

老祖父说:"我上地里转一转,新麦扬花啦,我得给忠民拔一把。"他想了想,扭头又对重孙女交代说:"柳儿,你上学时,先把人家这官员给我送到医院,记住了么! ——哼,叫你看看,都造的什么孽啊!"说完,一扬拐杖,走了。

一直等听不见拐杖敲地的声音,老宋才抬头、吐气,眨着眼笑了笑,奇怪地问道:"玉敏,谁住院啦?"玉敏打岔道:"快吃你的饭,我等着收拾哩。"说着闪身进了厨房。

老宋十分惊疑起来,就问坐在对面的柳儿:"柳儿,告诉伯伯,谁病啦? 你爸?"这一问不打紧,只见柳儿一声不响埋下头,咬了咬嘴唇,竟"哇"的一声哭起来。老宋情知事情不好,就几步跨进厨房,看见妻子也在扑簌扑簌掉眼泪,便厉声催问道:"哭啥哩! 到底出了什么事?"妻子不搭腔，反而捂着脸大哭起来，老半天，才收住泪，抽抽搭搭地道出了原委。"啊！什么？你胡说……"老宋还没听完，就觉得心让谁揪了一下，头让谁捶了一榔头，又痛又晕，目瞪口呆地说不出话来。他把煞白的脸转向外头，见柳儿还趴在饭桌上哀哀地哭着："爸啊啊啊……爸啊啊啊……"老宋听来，觉得声音很远很远，似乎是从隔壁地下传出来的一样。

二

公社医院在离村一里多地的学校旁边。在这段举步行可及的短途之上，老宋已经磨蹭好久了，不知是他走不动，还是压根儿就不想走完这截路。十一岁的小柳儿，不时停下步，等着这个"官员"——她把爷爷的这话可记死了——赶上来，扬起两道清秀的长眉，懂事地打量着神情古怪的伯伯，心里想："官员在想什么呢？"

老宋的脑子里"地震"了！

他不相信忠民兄弟真的已是肝癌晚期，活不到吃新麦，兄弟们生死诀别就在眼前……太可怕了！他更不相信兄弟之所以身患绝症，完全是因为三年前的那件事，就像村里人如今说的那样，"是他哥害了他……"不，不会的。那件事不是已经过去三年了吗？不管怎么样，不是也算给他平反了吗……

那件事，就是有名的"白云寨抗粮事件"。

白云寨党支部书记宋忠民，这个有文化、有觉悟、有胆量的新一代革命者，面对当时如潮涌来的不正之风，挺身而出，第一个喊出了"撤我的职可以，征过头粮不行"的口号，硬是不买亲哥哥"一亿三"的账！有他出头，其他大队还怕什么！一齐来了个"抗粮不缴"！老天爷！吓死了胆小鬼！这不就跟从前农民抗粮造反差不多吗？解放以来，何曾听到过这种事啊！消息哄传开去，当下震动了万泉河两岸的三十八县。地委常委连夜开会，责成中川县委书记宋仰民火速调查，全权处理，便宜行事。

老宋闻讯之初,早就雷霆大怒,真个是七窍生烟,浑身冒火;又接上级严令,岂能心慈手软,姑息养奸?还要调查落实吗?根本不必!即着人将宋忠民拉到全县万人大会上进行批斗。小小宋忠民可真硬啊!他振臂争辩,口若悬河,慷慨陈词,当众闹得哥哥下不了台。于是,宋忠民当场就被五花大绑起来,大会宣布开除党籍,撤销职务,逮捕法办。当天深夜,老祖父派人叫老宋回去一下,他没回去。第二天天不明,老祖父坐着拖拉机赶到县城,找到孙媳妇玉敏,让她把"狗东西"非找来不可。但老宋铁了一条心,咬紧牙根不见面。末了,老祖父提着枣木拐杖,"狗官""狗官"地骂着,把老宋办公室门上的玻璃打了个稀巴烂。不过,"一亿三"毕竟抓到手了,中川县中了头名"状元",成了省报一条光彩夺目的头条新闻。一年多以前,宋仰民同志荣调地区工作;宋忠民也不错,总算马马虎虎出了狱,平了反,但却已经患上了致命的肝癌。就这样,兄弟二人又一起进入了新时期……这就是那件事的前前后后!

柳儿把"官员"伯伯引到公社医院住院部门口,交代清楚了房号和走法,说:"伯,你去吧,我们今天考试升二年级哩。"说完,她撒腿就跑。但她跑出去老远,想起了什么,又哒哒哒地跑回来,十分严峻地说道:"你记着!我爸的病,就他一个人还不知道,你可千万千万不能泄密啊!"老宋望着侄女过于大人气的眼神,庄重地点了点头。

公社医院的住院部简陋而嘈杂。由一圈土墙围起来的场地上,孤零零、干巴巴地耸着两排土坯房子。粗糙的墙壁上,漫不经心地刷着石灰粉。四周围看不到一点绿化的痕迹。分不清味道的恶浊空气直冲鼻子。只有那些穿着白大褂的年轻护士们,不断在一片小平车、自行车和各种牲口的空隙间穿来穿去,灵巧活泼得像蝴蝶一样,才使人感到一点春天的气息。

老宋皱着眉头,闭紧嘴巴,按照柳儿的交代,来到后一排最东边的一间病房前,心不禁怦怦地跳起来。从前有一回在省里开会,忽然说省委第一书记请他去谈话。他跑到书记的门外头,心也像现在这样剧烈地跳过。可那是跟那么大的首长头一次正式谈话,如今你害怕什么啊。他定了定神,轻轻地推开了门。

这显然是这里最好的病房:单间病房。房子很小,一个门一个窗,窗上糊着纸;墙上用泥抹光,没粉刷,自然更没油漆;没有床头柜,能放东西的地方就是窗台;应该放病床的位置是一盘小土炕,铺着一张草席,席上铺一床旧棉被,棉被上就躺着病人;病人面朝里睡着了,用土布床单蒙着头,想必是为了逃避苍蝇的叮爬;地下另一个角落里,摆着一架担架床,看来是陪侍人的栖身之所了。目睹家乡医院的条件如此恶劣,老宋不禁深为吃惊和难过。他在担架床上坐下来,正预备仔细瞧瞧窗台上堆着些什么,却听见一阵急促的脚步声越来越近。

进来的是一位陌生的年轻妇女,面色青黄而苍老,头发花白,披散着,目光呆滞而冷漠,一手端着饭菜,一手拉着一个五岁左右的小男孩。老宋盯着看了半天,似乎认出这就是弟媳妇周二荷,刚张口想叫,又不敢叫,觉得又不像。兄弟结婚的时候,他回来过,新媳妇给他敬过酒,还唱了歌。那时的周二荷,长得白白净净,丰满而苗条,就像一朵花,眉毛老在笑,眼睛老在笑,嘴角老在笑,老祖父高兴得见人就说:"我家二荷的脸蛋也会笑。"……可眼前的她真的就是周二荷吗?不……

老宋正在愣怔间,猛听见"叭嚓"一声,一看,一碗大米饭和一碟炒鸡蛋打翻在地上。那个年轻妇女跪在那儿,正心疼地往破碗里扒拉着,后颈上显出一颗老大的黑痣。老宋不禁脱口叫道:"二荷……"

周二荷猛地抬起头,盯了老宋一眼。那目光冷得像冰,烫得像火,锋利得像刀子。她理都不理,倏地扭过头去,却正好看见孩子在动伯伯的礼包儿,就断喝一声道:"弓儿!你敢!"包儿里有糕点,真香呀,惹得弓儿不撒手。只见二荷两步跨上去,"啪"的就是一个耳光,劈手夺下那礼包儿,"呼"地扔出门去有两丈多远。就在它"咕咚"落地的当儿,小弓儿也

"哇"地哭将起来。这声音像一把铁锤,打得老宋的心一阵阵发抖,又像一把牛耳尖刀,扎在他心窝里,一阵阵绞痛。

孩子的哭声惊动了病人。他先动了动,哼了哼,然后艰难地爬起来,慢慢掀开头上的床单,露出了面孔。啊!这是一副怎样的面孔!一张焦黄黑灰的瘦脸上,颧骨差点戳破皮,两颊凹成两个坑,满是皱纹和胡子,眼圈乌紫,头发蓬乱,只有从那燃烧的目光和闪亮的牙齿上,才能回想出他往日那活泼泼的影子:从高桥上鱼跃入水、在烈日下赤膊割麦、一个人背碑上山以及在那万人批斗会上始终挥动着胳膊的倔强不屈的神态……可是这一切,都将永远成为人们记忆中的东西了啊!老宋心如刀绞,眼圈一红,差点落下泪来。

病人似乎没有觉察到哥哥的激动,他伸出瘦骨嶙峋的手,把被子往上扒一扒,让出一块地方,说:"哥,你坐到这。"接着,他又招手叫孩子:"弓儿,上炕来,从这拔一根长长的白头发和妈妈的比一比。"他用手指指自己的头,并吃力地扮出一个鬼脸,把孩子逗笑了。孩子悄没声地爬上炕去。随后,他才望望妻子,用没事儿的口气说道:"二荷,愣啥哩。倒三杯水,放上白糖,我们三个人一人一杯。"

周二荷依然是怒目金刚式,但倒了两杯水,却未放糖,往炕沿上一墩,一把从丈夫身后拉过孩子,说:"走,跟妈出去要饭去!"就带着孩子头也不回地走掉了。

望着周二荷的背影,兄弟俩好一阵沉默无言。末了,忠民抱歉地笑笑,开口说道:"哥,你别见怪。她的脾气这几年变坏了。"责备的口气中却透出无限的深情,"几年来,一家人多灾多难,老的老,小的小,病的病,缺吃的少喝的。难为她从不叫苦,一个人低着头吭吭地死受。前年,她还满世界地胡跑乱闯,替我告状翻案,积攒下白面馍块儿,都给我送到班房里……嗨,你看我,说哪里去了。"他转过神来,喘了几口粗气,开始用谈正经话的口吻接着说,"准是爷爷把你搬回来的。不过你回来了,见一见也好。哥，我先让你看一样东西。"他回身翻开枕头，从底下摸出一个几乎快散架的硬皮笔记本，再从中抽出一张表格样的东西，递过来说："这是全公社各大队前几年虚报的亩产量、克扣社员口粮和集体储备的实际情况，你先看看。"

老宋接过一看，上面写画得密密麻麻，一下很难分辨清什么，再说，他心情也正不平静，想过后再说。但是，兄弟立刻伸过来一根执拗的指头，在表上指点着说道："你看这里，哥。就拿咱们大队七五年为例。这不是，共种小麦四千五百亩，实际亩产四百七十五斤，总产二百一十三万多。公社为了保证你那'一年过河'的口号，动员我按四千亩计算产量。这当然不行！我们顶住了。接着就是加征十万斤'增购粮'，为的是你那个'一亿三'。这么一来，不但不能留储备，还得从每个社员名下扣掉四十斤麦，二百斤口粮实际却成了一百六。这当然更不行！我们再顶，没顶住，惹出了那么一场想不到的灾祸。"说到这里，他嘴角现出平静的微笑，似乎这场灾祸永远不会发生，或者虽然发生了，给他带来的却是福音似的。同时，他用热烈而期待的目光望着哥哥。看来他急于想知道哥哥的反应。

老宋取出眼镜戴上，开始钻进表格里去了。他一边仔细地看着，一边由衷地频频点头，最后合起表格，认真地问道："忠民，这数字是否可靠？"

"可靠，可靠，绝对可靠。一会儿我再告你是怎么来的。"病人脸上升起红晕，眼里闪耀着光彩，声音充满着自信。他又递过一张什么东西，兴奋地说道："哥，你再看看这个，虽然用处越来越小了。"

在这张表格上，详细而确切地开列着全公社三十三个大队一百六十五个小队的缺粮数字，正是发放救济粮的一份可靠指南。老宋暗暗称奇，十分感动，他问道："这谁搞的？你搞的？"

"我？根本不是。一二年我连门都出不去。哥，我说是谁你都不信。"病人更加兴奋起来，甚至狡黠地眨巴起眼睛来，"不瞒你说，所有这一切，都是咱爷爷的功劳呢。"

"爷爷?"老宋更感惊异。

病人满意地笑了笑，态度变得虔诚起来，说："这几年，他老人家瞒着全家，早出晚归，走村串户，名义上是讨吃要饭，说是要专门败你的名声，实际上他用心深远，在做调查研究哩。后来我听人说了，连着追问他，他才说了实话。我又问他这有什么用，他说：'三天前闪腰，三天后痛。''一亿三'的麻搭在后头哩！朝里总要出清官。我是在准备状子哩！说不定再出个'黑老包'，再来个'陈州放粮'，我这缺粮图就会有大用场。哥！就这么着，他拄着枣木拐杖，全公社家家户户的门槛都登过。"

老宋默默地摘下眼镜，无休无止地拭擦起来，细白修长的手指在一个劲地微微颤抖。末了，他反而像病了似的，十分虚弱地、结结巴巴地说道："爷爷……他身体没……没啥麻搭吧。"

"没，没有。"兄弟应着，好像触动了什么心事，一下变得沉默起来，眼睛里也失去了先前的光彩。他端起凉了的开水咕嘟咕嘟一气喝干，说："哥，你给我再倒些水。"水来了，他望着冒出来的水汽，把手骨节捏得格巴格巴的响，脸上笼罩着一层可怕的阴影。"哥，有件事我得告诉你。"他忽然低声地开口了，眼睛还是望着水汽，"哥，我得的是癌症，活不久了，恐怕连新麦都吃不上了。你坐下，站起来干什么？你别害怕。我不哄你。这是我亲耳听到的。家里人谁也不知道，光知道我是慢性肝炎。你可千万别对他们讲啊！"

老宋觉得心都要碎了，他心里说："可怜的兄弟呵，你才蒙在鼓里哩。"但嘴上只好劝慰道："忠民，你别胡思乱想，认病还有个准不准哩。"

兄弟惨然一笑，说："哥，你别安慰我。我心里什么都清楚。我并不怕死，一点都不怕。只是觉得……想不到我只能活三十九，更想不到打倒'四人帮'，形势这么好，我也更懂得该怎么干工作的时候，却得下这倒霉的病！活人一世，却抵不上咱爹娘三分半，我死得不甘心啊……"他唏嘘起来，用手掌抹着涌出的泪，下狠劲使自己平静下来，头上却挣出黄豆大的虚汗颗子。

老宋把自己的手帕递给兄弟，说："你别想这么多。这次跟我走，到外头好好检查一下。"

病人却把手帕推了回来，说："别乱用，我这病不好。"又接着说，"不用白花那钱了。人活百岁，总有一死。得了这病，我也早就想开了。只是有两件心事，不好给支部讲……"他声音又刚强起来，热切地望着哥哥。

"你说吧。"老宋说。

"头一件事也难也不难。哥！你得把你的思想好好翻腾翻腾，我总觉得，你太顺利啦……从省农工部一下来就是县委副书记，接着又是县委书记，'文化大革命'中老干部受冲击，可你沾了年轻点的光，'解放'得早，也干得'巧'。你只想着做出成绩，保住乌纱帽，就不分眉眼，不择手段了。你把农民当聋子、哑巴和憨憨看哩！"

病人的目光竟然还是如此锐利和倔强！老宋忙避开那闪亮的眼睛。

"第二件，你们赶快把老祖父接出去吧。不知他最近有什么心事，瘦多了，到外头跑一跑，也许就好了。再说，老人家一辈子够苦的了。我不能给他养老送终，可也不能再倒过来，让白发人又送黑发人……我死了，也别让他知道，别叫他回来，你们也都……都别回来吧！……"

老宋闻言，禁不住热泪滚滚而下，他赶紧走到门口，远远地哽咽道："忠民，你快别说了……说这话干什么。"

病人自己已经安静了下来，他躺下去，嘴角挂着疲乏而宁静的微笑，完全沉浸到自己某种深远而高洁的精神境界中去了。

好一会，老宋以为兄弟睡着了。他伸手正想拉上床单，却见他忽然睁眼问道："哥，现在几点啦？"

老宋报了点。

病人翻身坐起,望着门外,说:"爷爷就要来了。他一天三次,第二次这会儿来,来监督我吃药。或是送来什么好吃的,或是带来什么新偏方,总是说,'看,今天脸上气色好多了',要不就说,'这个偏方灵得很,是从前皇宫里传出来的,保险管用'。可怜的爷爷,他还蒙在鼓里呢。"顿了顿,猛地提高声音说,"对了,说不定他今天又会送来新麦呢。"

老宋不解地问道:"什么新麦?"

病人又兴奋起来,眼里迸射出异样的光彩,说:"你不知道。都说今年的麦子长得出奇的好,可我看不见,憋得不行。爷爷看出我的心思,就隔一段给我拔来一把新麦苗。"说着,他又从那神奇的枕头底下,一把取出三束干了的和半干的麦苗,接着说,"你看,这是冬眠麦,这是返青麦,这是拔节麦,该见着扬花麦了……哥,你还记得爷爷爱说的那个麦穗吗?这上头有公粮、有口粮、有种子。这话如今越想越有道理啊……"病人满面生辉,侃侃而谈,像有说不完的值钱话,他根本没注意到,泪水是怎样模糊了哥哥的双眼……

三

家乡的春夜多么静谧。然而老宋却难以入睡。他借着月光一看表,已经过了半夜。这是他回家的第三个夜晚,也是最后的一个夜晚。地委已经派来车,明天就得回去开会了。

他又开始想几件不能不操心的事情。首先,请老祖父进城的事毫无结果,根本谈不拢,他听都不要听,张了三回嘴让塞了三块砖。怎么办?就先放一放再说?其次,原计划给周二荷留一笔钱,好叫她出面料理忠民的后事,棺材呀,衣服呀,根本没有啊。但也一次次地碰着硬钉子。好一个如铁似钢的周二荷,你那心可真硬啊!那么钱怎么办?留是一定得留,怎么留?留给老祖父吗?让他出面替孙子治丧,未免太伤老人心了吧。再就是,这个专会凑热闹的玉敏!居然提出老祖父不进城她也不回城,要留在这儿照顾全家。好当然好,可她都胡说些什么呀!怎么是"农村户口日鬼成城市户口"?!又怎么是"没工作日鬼成有工作"?!你看吧,全成我的不是啦。最后还有,兄弟一旦过世,这一家人怎么安置呢?老祖父好办,迟早要把他接出去,他们母子怎么办?二荷虽然才三十出头,但她肯定不会走改嫁的路,她会守到死,守一辈子的!可孩子们都还小得很啊……"一亿三","一亿三"!你怎么带来这么多意想不到的结果?如今倒叫我怎么办嘛……

老宋正自寻思,忽然听到一阵铁石相击的声音,"咣哧""咣哧",一下又一下,坚强有力,声振心弦,似远又近,似陌生又熟悉。他先以为是耳鸣,坐起一听,确有其声,好像就是从后院传过来的。他似乎意识到了什么,迅速披衣而起,循声走去,果然来到后院深处。只见在如水的月光之下,老祖父一手拿凿,一手抡锤,在凿一通长约四尺、宽约尺五的青石碑。汗水正由他那白胡子尖上一滴一滴地落下来,不,不仅是汗水,还和着他那辛酸的眼泪。这不是二十多年前的旧景重现吗?老宋不由得冲动地走上去,喊道:"爷爷,你还没睡……"

老祖父坐着没动,继续干自己的活,好像并不知道谁来到了自己身边。好一会,他像自言自语似的开口道:"怎么,把你们吵的? ……这是众人从白云山上采的一块上等料,想给忠民好好树个碑。我反正睡不着,就慢慢干着。唉!说起来都是笑话,公家不树民家树吧!"老人说到这里,长长地出了一口气。

老宋一时无言以对,只好默然而坐。

老人扫了他一眼,说:"怎么,还为要我进城的事?你们就死了这个心吧。我哪里也不去,生在白云山,死在万泉河。"

"不是这事,你别生气。"老宋赶紧声明,"我也是睡不着,听见你在这,想来听你说说。"

老祖父停下活计,注意地看了老宋一会儿,抽起烟锅子深思着,看来有心要把话拉开,说:"我还说什么?你不是都看到啦。人常讲:'真金不怕烈火炼。'又讲:'路遥知马力,日久见人心。'谁是红脸忠臣,谁是白脸奸贼,谁是为国为民的好干部,谁是图名求利的假党员,三年就见个长和短嘛。"他把烟锅子"砰砰"地磕打了一阵,重新装上烟,点着,看到孙子眼观鼻、鼻观心地坐着听,似乎很满意,就放缓了口气,接下去说道:"不是你爷爷爱说你们,你看你,胡吹冒撂地搞了个'一亿三',临到了落了个啥?先说对公家吧,让公家用那么多汽车火车把粮食拉出去,回头又原样把救济粮拉回来,那汽油和工夫不值钱啦?!疯啦?!对民家呢,你害得全县多少人家口粮不够,缺吃少喝?那些明事理的,知道是你们这些歪嘴和尚瞎念经;可那些不明事理的,天天在骂党哩呀!从来是:'害人必害己'。到头来怎么样?你把你亲兄弟也害死啦,你害得你侄女十一岁才上一年级,你害得正当年华的好二荷白了头发,你,你害得全家好苦哇!……你倒好,独独赚了个好名声。好仰民哩,那是个臭名声!那是一个小钱都不值的虚名声……好啦好啦,我不说了,人常讲,'好老子还管不了三十岁的儿'。如今你是谁,我是谁,听不听由你吧。"老人埋下头,又"咣哧""咣哧"地敲打开了。

这一席话,说得宋仰民羞愧难当,无地自容,恨不得寻条地缝钻进去,他感激地望着老祖父,说道:"爷爷,你说的,都对。"

"都对?"

"都对。"

"真的?"

"真的。"

"那好,我求你办件事。"老祖父说着扔下手中的凿和锤,把身子扭得和孙子打了照面,一脸郑重其事的神气,"我实话告诉你,有件大事我思谋久了,不能再憋在肚里啦。我先问你,你觉着你这几年干得好不好?"

老宋说:"爷爷,不好,说过大话、虚话,干过错事。"

老祖父说:"是哩。下头人骂死了。那我再问你,为啥报上还一个劲喝彩你?上头还破着格提拔你?反过来,像你兄弟这样的好干部,说的老实话,办的老实事,做的老实人,群众都说好,为啥不喝彩、不提拔,还要挨批斗、受打击、背黑锅,像忠民,年轻轻地把命也糟蹋了,这都是啥原因?"

老宋说:"这……跟'四人帮'有很大关系。"

老祖父说:"对,'四人帮'不是好东西!可是,你升到府里,我记得是他们倒台以后的事,这是为啥?"

老宋说:"爷爷,你看你,我又不是'四人帮'嘛!"

老祖父说:"我知道你不是'四人帮'。那你就是好干部啦?干了坏事也没责任啦?在这儿坑害了黎民百姓,又调到那儿去折腾,还升了官,去糟害更多的社员?……这样下去不行啊!这政策有麻搭,得变一变啦!"

老宋说:"这,这,这是上级领导的事,爷爷!"

老祖父说:"我知道这是上头的事!所以,才求你帮忙哩。你明天回去,敢不敢把我这要'改变'的话,在那常委会上捅出来,敢不敢?"老祖父说到这里,目光炯炯地望着孙子的脸,眼皮连眨都不眨。

老宋吃不住这眼光,低下头咕哝道:"这就不是敢不敢的问题,爷爷,你不知道……"

老祖父眼里闪过失望的神色,他痛苦地摇摇头,说:"我知道,我咋不知道,我就知道你没这么大的胆量。"他低头默想了一会儿,却又满怀希望地抬起了头,十分恳切地说,"仰民,那咱退一步说,古人有'毛遂自荐',可也有'徐庶让贤'。你能不能把那个'主任'辞了,回咱白云寨当支部书记,行不行?"

老宋觉得又吃惊,又好笑,又为难,就不大敬重地笑了笑说:"好我的爷爷哩!干部政策那一大套复杂得很哩,你就不摸,哪能由你说啥就是啥!"

老祖父一愣,张开嘴想说啥,却没能说出来。他呆呆地站了一会儿,便又艰难地弯腰捡起凿与锤,坐下去"咣哧""咣哧"地干起活来,再也不张口了。

老宋意识到刚才的话有失检点,知道老人家又发火了,就赶紧赔着笑脸这样说:"爷爷,天可不早了,您也该歇歇啦。"说完硬起头皮,预备再受一顿骂。

老祖父却异样的平静,一点不像要发火的样子,他甚至微微笑了笑,说:"没啥事了,你快去再睡一会儿,明天你不是要走哩么。"

老宋还惦着留钱的事,磨磨蹭蹭不想走,说:"爷爷,还有些其他事……"

"算了吧,有啥事明天再说吧。我也想去睡啦。"说着,收拾了一下东西,真的走了。

然而,当老宋刚要蒙眬入睡的时候,却听见后院里又响起坚定有力的凿石声,"咣哧""咣哧",震得他的脑子都疼。他想起来再去谈钱的事儿,却不禁像做贼似的红了脸。不过,此时月已西隐,夜色转浓,估计是不会被老祖父瞧见的吧。

第二天刚吃过早饭,就见在公社下乡的县委副书记和公社书记,率领着公社会体党委成员,外加医院院长等人,一齐拥进门来,黑压压站了半个院子,是给宋主任送行的。大家围上来问长问短,争相奉承,没完没了。

这边,只见老祖父从后院走出来,朝那边冷冷地扫了一眼,走到厨房门口,大声地对里头说道:"玉敏!我先走了,随后你把门锁好再来。"说罢,挂着拐杖朝大门口走去。

老宋正被大家哄抬得有点心烦意乱,这时一见老祖父要出门,急忙分开众人,追了上去。在大门口说:"爷爷,您上哪儿去呀?"老祖父眼也没抬地说:"我能上哪儿去!你别管我了,你快跟你那一伙人说话去。"说完拨拉开老大的孙子,就走掉了。老宋呆呆地立着,却听见围上来的下级们纷纷感慨道:"老人家真精神啊!""也总算享上咱宋主任的福喽!""难得啊……"

不久,这一批人簇拥着脸色阴暗、默默不语的宋主任走过村街,向停放在公社门口的小汽车走去。上司无话,大家也便一起保持缄默。也许又是吃早饭的原因,大街上看不到一个人影。但老宋却感到有无数双谴责和嘲笑的目光在盯着自己,仿佛在说:"看吧,就是那么几个人送他,多威风啊!"

小汽车周围聚了一大群好奇的孩子,在那里指手画脚,叽叽喳喳。他们老远一见人来,"轰"的一下像一群麻雀一样跑掉了。边跑边喊:"来啦,来啦!""打哩,打哩!"……

小汽车终于开动了。老宋看见一片灰尘中,那一批下级们还在频频招手,不由得立刻转过身,再也不敢往后看了。他用手掌遮住面孔,用手指卡紧两个太阳穴,一动不动地坐在那里,想起了当初全村人送他参军的红火场面,锣鼓喧天,鞭炮齐鸣,胸前的大红花,周围无数的笑脸……一切都一去不复返了!

小汽车过了万泉河,开上柏油路的时候,又颠了一下,把老宋从回忆中颠醒了过来。他举目看看天,天是那么宽,那么蓝;看看地,地是那么阔,那么绿;看看自己,却把自个儿装在一套灰制服里,关在一个小甲虫似的汽车里,显得多么渺小、孤单、可怜啊!一刹那间,他十分奇怪地在心里问自己道:"你是谁?你是干什么的?你要上哪儿去?……你曾经搞过的那个'一亿三',究竟是怎么一回事啊……"

发表于《汾水》1979年第10期

获1984年赵树理文学奖

咱那钱头儿

哎,同志,听说你是个作家,专喜欢打听一些日怪的事情。要真是这,咱给你讲讲咱那钱头儿,保准你感兴趣。你说什么?最好先用几句话简单介绍一下?行啊。咱那钱头儿姓钱,也爱钱,大半辈子都钻在钱眼里出不来,快成有名的财迷精啦。可是,没想到在上个月四十里铺走事,他去茅房里撒了一泡尿,顶多三分钟,转身出来就一下变了脾性,不想挣钱了!不爱钱了!就这么个事,你说日怪不日怪?

太玄乎,你不信?好,那咱给你细细地从头讲起,完了再看你信不信。

恐怕你还不懂什么叫"走事"吧?咱先给你解释一下。在咱那地方有个老讲究,但凡遇上红白大事,本主家里都要请上一班吹鼓手折腾一番,叫作"过事"。对于吹鼓手们来说,譬如咱,一个吹唢呐的,碰上这种机会,就被请去赶趟儿,给人家吹吹打打的,把新人接到炕头上,把死人送进坟圪堆,自个儿混个肚儿圆,再挣几块人民币,这就叫"走事"。

说到走事,一个乐人可不行,一般得有两个吹唢呐的,一个司鼓的,一个敲锣的,一个拍镲的,最少得这么五个人,组成一个小班儿,咱那地方叫"乐人班儿"。在咱那块方圆百里的地面上,乐人班儿有五六个,什么"春成班""秋红班""滚天雷""老铜锣",各有各的好名堂,你爱搭哪个听凭自愿。不过咱呢,自从入了这一行,向来搭的都是"九岁红"班。

提起咱"九岁红"班,可以说成员基本上都是固定的;咱,殷家堡的黑鼻子老三,麻树沟的郭秃子,黑石洞的蔡帽儿,再一个,当然就是咱那班主钱头儿,九岁吹唢呐出了名,人称"九岁红"。

咋? 你不信咱钱头儿九岁就能吹唢呐? 咱告诉你吧,吹的还是双唢呐呢! 当然,咱营坊堡的村长给他娘办丧事,晚上接魂的时候,请来的吹鼓手正吹打得上劲,忽然被村西头传来的一阵唢呐声给盖了帽。侧耳细听那唢呐声,好像是两个人在吹,音量儿足,音色儿纯,短声一般般短,长声一般般长,一个板眼正对一个板眼,真个严丝合缝,再不能对卯榫了。又听那曲牌,有点生,分明不是本地的,倒能听出是个悲调,呜呜咽咽的,就像在哭诉吹唢呐人的什么辛酸,直吹得云遮月、树叹息,神鬼的心都打颤儿。这下可好,人们呼啦一声都向村西头拥去,活活把原请的乐人班给晾了。

人们循声来到村西一个打麦场上。吓! 都不敢相信自个儿的眼睛了。只见一个瘦骨嶙峋的小男孩,细脖子上顶着个葫芦头,穿一身破破烂烂的单裤褂儿,冻得面色发青,瑟缩在麦秸堆根儿上,一张嘴里含两只唢呐,眨巴着眼睛拼命地吹,好像这样才能不冷似的……这,这就是咱那钱头儿,当时他才九岁,死了爹和娘,一个人从苏北流浪了过来。

村长是个老财迷,看出咱钱头儿是棵摇钱树,便假仁假义地将他收留下来,并认作义子,还请人给取了个艺名——"九岁红"。从此,咱钱头儿正式开始了吹鼓手的生涯,辛辛苦苦挣下的钱,全让村长装进腰包,他说得好听:"我娃还小,我给你攒着。"咱钱头儿那会儿的确是小,钱字上懂得什么呀。可他在长呀,转眼间就不小了,那葫芦头越长越大,里头的道道也多了,知道这钱呀,可是个好东西,还是自个儿攒着好。于是,他就暗暗地攒上了。

这事怎么能瞒过老财迷的眼睛。他气得暴跳如雷,直咬牙根,当下就抢起二尺多长的旱烟袋打了过去,骂道:"小财迷,吃我的,喝我的,丧良心的贱骨头!"咱钱头儿捂着血淋淋的脑袋,乖乖让老狐狸把钱搜走了。这以后,咱钱头儿的伤口好了,却在额头上留下一个铜钱大的疤,也留下一颗要报复的心。就在土改前一年的一个下雪夜,他把老财迷的钱偷了个精光,逃得无影无踪。直到土改时才又回到村里,正赶上参加斗争伪村长的群众大会。一土改,咱钱头儿可就交上了好运气,分下房产土地不说,光凭他那两把祖传唢呐,一个"九岁红"的响名儿,就是挣不完的钱呀。

你问走一回事能挣多少钱? 这不好说,也有个行情呢。前些年吧,村里人是百家姓里缺了第二个字——缺钱。走那么一回事,落不下几个钱。最要命的是,那阵子公家禁止走事,说那是搞封建迷信活动,干扰运动大方向。咱们就只好偷偷摸摸地干,像做贼一样。就这,也受了多大的制。尤其是咱钱头儿,挣钱心切,出的事更多,有些事说起来真叫人又想哭又想笑。你们拿去写小说才好哩。你想听听? 行,反正今天有啥都给你倒出来。举一个例子。

那一年,公社要组织文艺宣传队,指名限期让咱钱头儿去参加。可他一打听,挣的是工分,死下也不去。公社革委会主任雷霆大怒,亲自带着武斗队找上门来。村里人都替咱钱头儿捏着一把汗,不少人站在门口听动静。

"钱三安! 你到底想怎么着?!"

"主任,我很想去,可身体不行,有病。"

"什么病?"

"肺病,吐血哩。你看这手帕上。"

"胡扯!"

"主任,不敢胡扯。听说这能在医院照出来。"

武斗队押着咱钱头儿,跟着脸色铁青的主任,旋风似的卷走了。人们都说坏了,没想到天刚黑,咱钱头儿却笑嘻嘻地回来了,说公社医院给他一透视,肺上有块黑疙瘩,就是肺结核。咱那会儿刚跟上钱头儿当徒弟,生怕他真的不能吹唢呐了,愁得什么似的。有天黑夜,咱钱头儿多喝了几杯酒,斜着红眼儿对咱说:"狗娃,小憨熊,大叔我是假装的。"咱说:"那你肺上的黑疙瘩呢?"他哈哈大笑起来,说:"那算屎什么!我拿两根烟在蓝墨水里一泡,晒干一抽,把狗日们都哄住了。手帕上是鸡血。"咱才高兴了。

第二天,钱头儿就带着伙计们悄悄去走事。没想到一家伙就撞到主任的枪口上了,让人家当场给逮住了。在公社后院里,咱也让武斗队给"修理"了一番。不过最惨的还是咱钱头儿,让打得吐了那么一大摊血,主任嘿嘿嘿地冷笑着说:"这下去挣钱吧!"

这就是那几年的行情。

如今的行情大变样了。上头政策的口子宽,下面来钱的路子广,八仙过海,各显神通,一部分人先富起来。这正中咱的下怀,尤其是咱钱头儿,高兴得很,领着咱猛干起来。如今的村里人呢,手头也都宽展,花钱不在乎,请咱"九岁红"班跑一趟,最少都封五十块。咱钱头儿照例独得一半,就是二十五块。有时候碰上个阔主儿,一家伙请来两班吹鼓手,叫你唱对台戏,遇到这种情况,从来都是咱们尿得高,把对方盖了帽,挣它个双头彩。这样咱钱头儿一次就到手五十块。还有,每年到了新春正月,是咱乐人发财的黄金季节,结婚的人特别多,经常碰上同村同日好几家过事,咱们就给它吹个"全来到"。赚的钱就更多了。告诉你吧,咱钱头儿最多一天挣过九十块,一月挣过五百三呢!都快让钱埋住了!他挣得顺手,挣得痛快,挣得高兴,免不了多喝几盅,便得意地乱晃着大葫芦头,让那块红明的疤儿一闪一闪的,开口就是这话:"嗨,伙计们!挣吧,捞吧,如今这又不犯法。趁着政策还没变,又不搞运动,多打闹几个吧!听我说,钱多就是好光景……"

真的,咱告诉你,钱头儿挣钱挣得有点眼红了,有点不顾眉眼了,譬如,从前有时候在本村走事,因为都是亲族亲宗、近邻近舍、三朋四友什么的,喝一口井的水,吃一块地的粮,低头不见抬头见,所以在讨封钱上总是马虎一些,给多也行,给少也行,不给只要话到面子到也行。现在呢,咱钱头儿可真好意思,端着脸认钱不认人,一个子儿也不少要。咱都替他觉得脸红。

而最过分的一桩事,莫过于开销黑鼻子老三了。

事情是怎么引起的呢?就为咱五个人每次分钱的分法。咱在前头提到过,每走一回事,钱头儿就从所得的封钱中独劈一半,留下一半由咱们四个人伙分。这是多年的老例了。你说公平不公平?当然不公平。其他乐人班子的分法都不是这样,人家都是佛爷吃贡献——一人一整份。班主儿是比大伙儿辛苦些,顶多多拿个三五块钱,仗义点的还一个子儿不多要呢。唯独咱"九岁红"班很特殊。不过特殊是特殊,不公平是不公平,大家心里都清楚,也都有点不美气,可从来没人说什么。为啥呢?这很明白:谁敢向钱头儿去讲这个理?去抗膀子?没那个资格,没那个本钱,没那个胆量呀。在咱们四个人中,还就数黑鼻子老三敢说敢道,经常私下里嘟嘟囔囔,可也从没敢当着钱头儿的面放个响屁。

谁知道事出意外。那次大家聚在一起,不晓得黑鼻子老三心里装着什么喜事,咧着大嘴乐着,一杯一杯地往下灌黄汤,眨眼工夫就撒开了酒疯。他一摇三晃地举着一杯酒走到钱头儿跟前,先是傻笑了几笑,接着就不客气地张口骂上了,骂钱头儿见钱独吞一半,不公道、不义气,心肺子贼黑,"不愧给老财迷精当过龟儿子!"骂着骂着,又忽然把手中的酒杯一摔,哈哈大笑道:"姓钱的!想叫老子敬你酒?敬你个鸟!老子如今看不上你那几个臭钱!老子如今,如今……"

当下把钱头儿气得,脸上红一阵白一阵,实在忍不住了,一脚把黑鼻子老三踢翻在地,立时宣布把他开销,永不收留!

第二天,黑鼻子老三酒醒后,后悔死了,急得一个牛高马大的汉子,差点没给钱头儿跪下去，鼻涕眼泪流了一河滩。咱们几个站在旁边看着都心酸。就这钱头儿却黑虎着脸，一点不改口，硬把个老伙计给逼走了。

过了几天，咱估摸着钱头儿的气该消消了吧，便得空过去给黑鼻子老三说说情。几天不见，钱头儿有点瘦了，看来他心里也不是很轻松的。咱就说开了，咱说那老粗货是酒后狂言，你师傅在外头有眉有眼，不必跟他一般见识；咱又说叫他本人受点制是他自找的，不过总得顾念他一家老小七口的穷光景，就他那点敲锣的小本事，没有别的班子会要他，只有你师傅艺高肚量大，才是他家的活财神……咱还要再往下说，钱头儿伸手止住了咱，苦笑了一下说："狗娃，你别说了，什么道理我不比你清楚。师傅我是气他，我是气他……唉，你知道他黑鼻子老三为啥敢这么放肆，这么气粗，想跟我平起平坐？是他那黄瘦黄瘦的大崽子考上大学啦。……就为他朝我心上插这一刀，我放不过他。"

作家同志，咱告诉你，就像上头说的这类事儿，大大损伤了钱头儿的名誉。再提到"九岁红"三个字，众人都直摇头，尖刻点的则说："真成财迷精啦！莫非也想买个村长当当？"或是说："这人的心坏了，死娃子灌米汤——没救啦！"……咱们几个听了，也只好直叹息，不知道钱头儿将来咋个收场。

可是，谁也没有料到，后来会发生那么日怪的事情，咱钱头儿会在四十里铺撒了那么一泡尿。你别笑。咱下头就讲到这正经地方了。你听完就不笑了。

上个月初，四十里铺有一家要给大学毕业的儿子完婚，派人来找钱头儿定班子。咱当时可巧也在场。来人好心好意地透露说，这次又请的是双班子，唱对台戏。对手呢，是从北山上下来的名家"过山龙"，班主大号叫"一根烟"，意思是他吹唢呐一口气能吹一根烟的功夫，其他花招还有的是，铆足劲下山来闯牌子的。要咱钱头儿提防些。

可咱钱头儿呢，大将军似的，有点傲气，不但不领人家的一番美意，反而带着戏弄人家的口气问道："喂，我说小伙子，你们主家肥不肥？就是……钱多不多嘛。"

小伙子是个老实人，红着脸答说："师傅，主家的家底不怎么厚，靠工分吃饭，不，如今是……反正是个平常小户吧。"

钱头儿扬起一边的眉毛又问："那他为啥请双班子？"

小伙子说："儿子是祖祖辈辈出的第一名大学生，娶的媳妇也是个大学生，算得上大大喜，想光彩光彩。"

钱头儿撇嘴微微冷笑："大大喜？屎！好吧。回去告诉你们主家，他想怎么光彩咱不管，让他给老子多封些赏钱等着。"闹了人家个难下台。这也不在话下。

那天到了四十里铺，吃过早饭，咱们照例吹吹打打去迎亲，把新媳妇从娘家村里接出来，又吹吹打打地回到四十里铺。来在十字巷口，咱们照例被全村的男女老少围住，这就是说："吹鼓手们，亮亮你们的本事吧。"四十里铺是个大村，又有两班乐人唱对台戏，所以来看热闹的人特别多，情绪特别高，尤其是孩子们，早就爬满墙头、屋顶、大树杈上，一面往下扔鞭炮，一面嗷嗷地叫唤着，把个比赛现场搞得怪紧张的。咱偷偷往对手那边一瞧，嘿，五个北山大汉，威风凛凛，早就摆好决战决胜的架势。为首那个"一根烟"，一颗肥头刮得溜光，更是一副目空一切的神气。你别说，咱还真有点怯火。再看钱头儿，他却满不在乎，全不把对手放在眼里，撇撇嘴儿小声说道："嘿！五个北山猴，看老子怎么拾掇你们。"又命令咱们几个说，"你们快拾掇家伙，我去解个手就来。"说着就挤出了人圈子。

日怪的事就出在这一泡尿上。

工夫不大，钱头儿回来了。咱一眼看出他的神色有些异常，颜面发白，嘴唇发青，额上那块老疤子像屎壳郎趴在那里一样难看，而且显得心烦意乱，惶恐不安，还有点丧气和伤心，总而言之，咱钱头儿转眼变成了另一个人!

咱吃了一惊,问他:"师傅,咋了?病了?"他不耐烦地一挥手:"都给我抓家伙!"

对台戏开场了。

在咱这一带,两班乐人对赛是这么个规矩:开始,双方先同时吹一个相同的曲牌,接下来再各吹一个到几个自选曲牌,谁能把听众最后吸引过去,谁就是胜家。今儿个双方都得吹的曲牌是《百鸟朝凤》。这可是个名曲牌,得有真功夫。方圆百里之内,从来就只有咱"九岁红"班能吹。眼下这班北山汉子出这个头,可见是有两下子的。

对方很知道先声夺人的理儿,只见那个"一根烟"将溜光的肉头使劲一摆。吱的一声就起了调儿。不过听众好像对本地的"九岁红"有偏心眼,开头并没有让这班外路乐人吸引过去,都把数不清的黑眼珠,巴巴儿地瞪着咱钱头儿。

往常这时候,咱钱头儿绝对是从容不迫,手脚麻利,往人前一站,看也不看地安上唢呐哨子,用两片嘴唇抿几抿,试着来几个长短音,然后向司鼓的郭秃子眨眨眼儿,单听对方用鼓槌在鼓边上哒哒哒哒轻敲四下,他便用唢呐头子在半空划一个弧,呜的一声就吹开了。前后顶多就是半分钟的样子。可这回他一上场,老半天安不好唢呐哨子,安上一个一试,不行,再换上一个,还不行,一连换了好几个。好不容易行了,能吹了,却听不到郭秃子发信号的敲打声,急得他跺着脚骂道:"死人!敲呀!"郭秃子咧嘴想哭,嘟囔说:"你,你就没给人眨眼呀!"

总算吹开了。可钱头儿他吹的是什么呀!平常那种流畅圆滑的韵味儿没了,平常他喜欢即兴加上的那些装饰音和滑音也没有了,唢呐声倒像个跛子,跌跌撞撞的,更不像话的是,要学百鸟争鸣,他竟把云雀儿学成麻雀儿,布谷鸟都快成野猫子叫了,最后到了要紧三关,双唢呐倒是双唢呐,可吹不到一块儿,叽叽哇哇的声音,就像吞在蛇嘴里的蛤蟆在叫,听起来又难受又阴人。

听众们大为扫兴和失望,全呼啦一声拥了过去,退潮似的,把咱五个人光光地晾在那里,跟晾在沙滩上的五条小鱼一般,干瞪眼,没办法。

那班北山猴也真促狭,见此情形,愈发卖弄精神,摇头摆尾,大吹大擂,那"一根烟"鼓起皮球一样的腮帮子,一声吹下去呀,比一根烟的工夫还长呢,胖脸憋得猴腚似的,引出一阵阵叫好声、鼓掌声,跟刮风下雨差不多。

咱是又气又急,大声朝钱头儿提醒说:"师傅,不能倒牌子呀!上咱们的看家本事吧!"

钱头儿猛地打个激灵,如梦方醒似的,握起拳头,咬着牙根说:"对,对!上,上!是不能倒牌子!他妈的,我操这伙……"

好险哪!多亏了咱们的独家本事!《小十番》《大十番》,外加《黄狗咬闺女》,一梭子出去,才把"一根烟"给镇住了,听众又全都给扯了过来。假若最后的这一招不灵,咱"九岁红"班可就惨了,几十年威名扫地,再想爬起来就难啦。总算老天有眼,成全了咱们,稳稳保住了金字招牌,谁也扳不倒啦!

但是,第二天"九岁红"的招牌还是叫人放倒了。这个人不是别人,正是咱那班主钱头儿。

第二天,从四十里铺回家,路过大午镇,来在一家饭馆前。只见咱钱头儿扎下车子,走了进去,好一会又走出来,说:"都愣着干什么!进来吃顿饭。"

咱们几个跟进去,眼前一亮,见一桌有海味的大席面摆在那里,酒是一瓶竹叶青,一瓶老汾酒,早把五个高脚杯斟满了。咱心想,钱头儿出血请客,这可是太稀罕了。肯定是这回保住了金字招牌,他分外高兴吧。从茅房出来后的异常神态,想必没有什么大不了的。

酒过三巡。一直不开口的钱头儿放下杯儿,慢慢地掏出一个红纸包儿,当众打开了,是一叠崭新的人民币。他数了数,细心地平分成五份,自个儿留下一份,方才开口说道:"这是四十里铺的钱。都装起吧。"说罢又提起酒壶给大家添酒。看得出来,他那手在微微发抖。

咱们几个感到有什么不对头。谁敢装起呀,不过咱马上预感到,要出事了。咱试探地说:"师傅,这么分……不合适吧?"

钱头儿放下酒壶,一时没搭腔,末后叹了口气,低头自惭地开口道:"别说啦,对不起黑鼻子老三兄弟就是了……过去那个分法,唉……"

咱跟几个伙计对了对眼光,又说:"师傅,那,那就下回再说吧。"

"不!"钱头儿猛地仰起大葫芦头,十分情急地大声说道,"就这么分,就这么分。没下一回啦……"

咱们几个大吃一惊,目瞪口呆。

钱头儿挨个儿看了咱们一眼,说:"到了这一步,我把话挑明吧。从今往后,我钱三安再不走事挣钱了! 再干就不是咱娘养的! 你们,就另推班主儿吧。可有一条,别再顶我'九岁红'的名儿,就权当我……我死啦!"他讲到这里,嘴唇抖得厉害,那块疤儿憋得发紫,眼角滚出了大颗大颗的泪珠子。随后,不等咱们几个缓过神儿,他就头也不回地走掉了。回到家,咱心里就一直放不下这件事。钱头儿变得好日怪呀! 他在茅房里究竟碰上什么人了呢? 是人? 是鬼? 是神? 是怪? 咱倒要弄个明白。

看,咱就猜到你马上要问:弄明白了没有。谁见了都是这么问,弄明白了没有。咱该怎么说呢? 说没弄明白吧,不对,是弄明白了。可虽然弄明白了,咱却根本不相信是真的。那算什么答案呀,听了叫人好笑! 三岁小孩都不会相信! 你这位大作家就更不会相信了。你听我给你说说。

从大午镇回来,咱差不多每天去看望钱头儿。他脸色阴沉,心绪极坏。咱也不便打问什么。紧接着他就病倒了,饮食不进,卧床不起,愁眉苦脸,人变得黄干蜡瘦,一夜一夜睡不着,翻个身叹口气,一个人嘟嘟喃喃地,说什么:"唉,咱这一辈子活了个啥呀! 不如死了,不如死了……"

这种情形下,咱只有小心伺候病人的责任,哪有套他心事的想法。后来,大队派咱出急差,下河南跑了二十多天。一回来就听到个日怪的大新闻,说咱钱头儿病快好了,正在托媒人四处说亲,想娶女人了。条件才好笑呢:必须能带过来上学的孩子,男也行,女也行,多也行,少也行,只要会念书,门门能考九十多分;至于孩子他妈,不在乎,揭开尾巴是个母的就行。咱一听,当场笑得几乎岔了气。钱头儿呀钱头儿,你都搞得是啥名堂呀!

当晚咱就去看钱头儿。他虽然还半躺在炕上,但印堂却光亮得多了,情绪蛮高,话头儿稠得很。咱见他这样,就瞅准个下嘴的机会,小心翼翼地把压在心底的疑问提了出来。没想到钱头儿满不在意地哈哈一笑,说:"噢,这个呀,没尿啥,说说就说说。"

原来那天在男茅房里,咱钱头既没碰上一个人,更没碰上什么妖魔鬼怪,只是随便听到间壁女茅房的一截闲话:

"哟,他三婶。你二嫂家这么一过事,把攒下的票票全踢腾了吧?不肉疼?"

"钱算啥哩!我二嫂的话啦,咱家出了个大学生,又娶回个大学生,日后咱再生下个大学生,千年的门风就改了。这钱花得有响声儿,值!不像那吹喇叭的缺德鬼!"

"这又说谁呀?"

"就是营坊堡那'九岁红'。"

"咋啦?"

"财迷精加糊涂蛋。听我二嫂说,那天派人去定班子,他连为啥家里给大学生娶媳妇是大大喜的理儿都不懂,开口就是钱,钱,钱!什么德行!给你,都给你,把世上的钱都拿去!当个冒尖户,叫广播里再吹一吹,能咋呀?不还是光棍一个,孤独虫一条么?这才是瞎活呢!"

"他自家恐怕还不觉得,我看他还高高兴兴的。"

"要不怎么说他糊涂蛋呀。"

"哎哟哟,这才可怜呢!"

……

你听听,就是外村婆娘们这么几句淡话,居然把咱钱头儿给震呆啦,吓软啦,害苦啦,连钱也不想挣了,走了几十年的老路也不走了。这叫人怎相信呀?俗话讲:"天变一时,麦熟一晌。"……同志,你这位作家见得多懂得多。你倒说说,这可能吗?你信吗?

你看看,你说你信。开头咱就知道你会信的。可到这时候,咱可怎么也不相信了,不是不信咱钱头儿的大变化,是不信他那个变法,多么日怪!多么快当!多么可笑!这哪能呢?……好好好,下面咱听听你怎样解释。

……噢……这样……对……有道理……你是这么个相信法,好……那咱也相信了。不过,作家同志,咱相信是相信,可是有一条,你要把钱头儿的事写成小说,群众相信不相信,咱可就一点不管了。

发表于《汾水》1982年第　期

老干事吴诚

金银湾煤矿不算小，但信访办公室不大，只有两个人，一个主任姓区，调来时间不长，情绪挺大；一个干事叫吴诚，"官星"不怎么亮，当了几十年的信访干事了，只长胡子不长钱。一看老吴的相貌就不行：天庭本不饱满，当间又让顶板石头拉下一道红明的伤疤；地角亦不方圆，而今又让胡子和皱纹搞得一塌糊涂；鼻不直，口不方，两只招风耳倒是挺大，但平平的不显耳廓，薄薄的一点不厚实。难怪一帮相熟的老矿哥儿们一见面就粗鲁地取笑起来："呀嘿！瞧咱老吴好一副官胎，怕是快提科长了吧？"

"那可不！就差再干一件出力不讨好的事啦！"

接着便是一场开心而友好的哄笑。多亏老吴生就一副好脾性，从来一点不生气，反而咧着满是黄牙的阔嘴，随着大伙嗨嗨嗨地也是个笑，仿佛取笑的是别个人。

不过，说到老吴寻常净干些出力不讨好的事，这可是一点不冤他。过去的例子自不必举，单看他最近办的那件事儿，就足足可以说明问题。

那天吃过早饭，老吴正要出门，老伴忽然塞过一个存款折子，说："哎，当家的，招呼着。"老吴当是什么，忽眨了几下眼皮，才问道："你要钱干甚？"老伴说："我要钱？我要钱买你娘的脚后跟呀！又是一个月没闻腥，你不怕把娃们肠子刮干！"老吴共有六个孩子（如今看来，也是件出力

033

不讨好的事儿），最大的才上高中，都正是长身体的时候。他想了想，苦笑一下，问道："取多少？""取个十万加八万！"老伴又是一杠子，"统共下不到一百，还挂在公家叫丢人哩！"老吴照例并不回嘴，用手揪一揪右耳朵，嗨嗨嗨一笑，顺手把折子装进上衣口袋里，走开了。

下楼，上路，拐弯。老吴一眼看见他们信访办的门外头，黑压压地围着一大堆人。想必是来了个新的上访者，在向喜欢抱不平的矿工们诉说案情吧。最近几年，这是常事。于是，这位老干事受一种已经类似本能的责任感的催促，不由得加快了脚步。

老吴挤进外三层里三层的人圈子一看，不由得吃了一惊，只见一位白发苍苍的老太太，穿一身家做的黑粗布裤褂，双膝跪倒在地上，紧紧地抱着老吴的顶头上司的腿，哀哀地哭诉着。两个十一二岁的小男孩，一边跪着一个，死扯住老太太的两边衣角，四只黑白分明的小眼睛，滴溜溜地盯着区主任的脸。区主任一个劲想挣出身子，就是挣不脱，气得面红耳赤，连连呵斥道："卫老婆子！你不要无理取闹……"

这个姓卫的老太太，真是一位"老上访"了。她中年守寡，守大一个独生子叫卫宝子，老实得说不好一句囫囵话，十四年前技工学校一毕业，在矿上洗选厂上了班，又吃苦又听话，六八年跟着进城"保卫红色政权"，一去就让对方的机枪子儿穿了三个眼儿，没抬下来就死了。如今按照政策规定，武斗死亡人员是不在落实政策之列的。轻如鸿毛，死了活该。问题是这位一辈子没出过远门的老母亲，死了儿子塌了天，觉着这就是普天下最大的事儿，她又不懂什么政策不政策，不管什么泰山和鸿毛，只知道怀里揣着儿子的血衣，头上顶着麻纸写的状子，满世界的呼冤叫苦，磕头捣蒜，口口声声哭喊道："我不管武斗，我不管……那是你们公家叫他武斗的，我就得向公家要人，谁打死我儿，我就叫他抵命……宝子，我可怜的娃，你在哪里哟……"

上个月初，卫老太太居然一路告到北京，病在了那里。国务院信访部门很负责任,即用长途电话和矿上联系,让火速派一位信访负责同志赴京接人。区主任自知这是一桩怎么样的"美差",就推说要总结一年多来的信访工作,而特别对下级予以照顾,说道:"老吴,我看还是你去吧。我知道你还没去过北京哩。趁机会跑跑,没啥,啊。家里么,我辛苦一下没什么。"

老吴真的很高兴,晚上一进门就冲老伴一个劲嗨嗨地憨笑着,说:"快给我拾掇!我上北京呀。这还真是大姑娘坐……"话还没说完,忽然被老伴甩过来一个出门用的小包袱打在面门上,听见骂道:"坐你娘的脚后跟!兴死你个没出息的夯货!人家是拿上公家介绍信带上老婆孩子逛北京哩,可你……老娘给你拾掇个屁!"呛得老吴好半天作声不得,但还是发不出火来,抱着小包袱叹了口气。他原本想给老伴讲讲自个儿的打算,就是:利用这个好机会,与老太太好好地叙谈叙谈,摸清她的心思,想个万全的解决办法。因为在矿上时常被许多上访人员围追堵截,哪有这么大的空子啊。但他瞄了瞄老伴那张鼻子不是鼻子嘴不是嘴的脸,终于没敢说出来,自我解嘲地嗨嗨笑着,手揪着右耳朵,"看,看,这不是都拾掇好啦……"

那一次连去带回,老吴在北京睡了三夜,停了四天。又花了五天工夫,把老太太护送到北山老家。最大的好处是,老吴亲眼看到了卫家的艰难境况,叫他好不伤心!

原来卫宝子家里还留下一个年轻媳妇和两个双生娃娃,加上他老妈,四口人挤在一间土窑洞里。劳力不行,就全靠养猪。养猪没有地方,就喂在窑里脚地。冬天生不起炭火,就在火炕上墙角处再掏一个半人高的小洞,把不耐冻的孩子放在那里头。至于吃的穿的,队里倒是很关照,才不至于太受饥寒之苦。面对卫家实际困难,老吴竟偷偷洒下一掬同情泪来。一时间,他忘了政策界限,忘了自己只是个不值钱的老干事,红着眼圈说道:"老嫂子!别太难受,别忘了咱们共产党毛主席不会叫老百姓饿死……你放心,这事就包在我身上啦。"临走时,他把仅有的二十四块五毛钱和十七斤全国粮票统统留了下来。在回矿的火车上,老吴一夜没合眼,终于想好一个变通的办法:建议矿党委把卫宝子一案当成一个特例,每月再从社会救济金里补贴他家里十元钱。然而回来半个多月了,区主任转上去的建议书却石沉大海,杳无音讯。今天,他正准备问一声区主任哩,没想到一出门就碰上这么个稀奇场面。

老吴首先想到不能让区主任丢了面子,就急忙闪出身子,蹲在老太太跟前,大声叫道:"老嫂子! 你来啦!"

老太太扭过泪脸,认出了老吴,马上松了手,惊喜地说道:"吴书记(不知为啥,老太太一直管老吴叫吴书记,怎么说也改不了口)! 是你这好人呀!"

一听喊"吴书记",矿工们哄的一声笑了。区主任也就趁机脱身回了办公室。

老吴双手扶起老太太,替她拍拍土,又顺手扯起两个孩子,说:"老嫂子,这冷的天,你怎么把娃们也领来啦。"

老太太瑟缩一下身子,说:"唉! 不是我不凭信你吴书记,是……是……是不来不行啦……"说着双目垂泪,唏嘘了老大半天,才哭诉原委道:"好我的吴书记,你不知道。人家媳妇走啦! 撇下咱这弱门小户、两个可怜娃娃,人家走啦……我也想,人家太年轻,不走等甚哩? 走了是活路,不走是死路呀! 可我这一家人就算散啦! 毁啦! ……我今年七十三,还能活几天! 我死我干净,可我这两个苦命的娃熬到多会呀……吴书记,你是青天老爷,好人好心,你得给我这孤老婆子做主啊!"说着咕咚一声双膝跪倒,给老吴又磕头又作揖,慌得老吴和众人忙将老人扶起,而老人额头上已磕碰得血红一片。

人群一阵骚动,立刻爆发出一片火辣辣的话语。那些相熟的老矿哥们叫唤道:"老吴,快向上反映嘛。你怕尿甚哩? 你头上又没有乌纱帽!"

那些生茬茬的愣后生们则咋呼道:"你姓吴的再不放个屁,立马砸了你娘的信访牌子!"

群情尚且如此,吴诚老干事岂能无动于衷。但说也奇怪,此时此刻,他却反而不动声色,那旁若无人的冷峻面容,那深思熟虑的专注眼神,那面临决断的预备手势,反而一下把激动的人们给镇住了,惊异而迷惑的目光不像是在观察一个没出息的老干事,倒像是在望着一位出巡的煤炭部长。

"同志们,圪吵什么!""煤炭部长"威严地环视一周,开口说道:"这些情况我们都了解,我们是要研究解决的。有些事情不是大家想得那么简单的。黑锁!"他对刚挤进来的一个邻居小伙子命令道,"你先去把老人孩子送到我家,叫你婶给做饭!"说完,沿着一条自动闪开的荣誉通道,向办公室从容走去。

一进办公室,情形就不同起来,老吴不由得先拿眼睛找顶头上司的脸。

区主任面对一杯清茶,把一颗比下级年轻许多的脑袋裹在一团烟雾中,烟雾退去,露出一副阴沉而愠怒的面孔。老吴立刻矮了半截,变成平日那个老干事了。他刚要慢慢在自己的位置上坐下,就听到对面传过来严厉的追究:"老吴!你给那老婆子许过什么愿?"

老吴赶快摇动两只招风耳,一口否认道:"没有呀,没有具体许什么。我只是劝她说……总能想办法解决好的。"

"总能!你倒说说,你能想出什么办法?"

"这个……我不是在建议书里……"

"哈,还记着你那个建议书!你这是有意给党委出难题。明放着政策不允许,你却个人许愿来讨好。就是政策允许,也用不着你去替上访人员出点子。你站在什么立场上?你眼里有没有政策和领导?你全然忘了自家的身份!我说老吴,你是个小干事,不是一手遮天的太上皇!"

老吴一句话也不吭,只是很诚恳地不断点头,时不时抬手揪一下右耳朵。他觉得区主任的话讲得很对，出以公心，句句在理，水平的确很高。他觉得自己是个党员，的确不能给党委出难题。而党委书记老原，也的确反复强调过，不能轻易开口子。他在自己的内心深处，开始了惯常的激烈的自我检点："我都是怎么说的呢？又是怎么做的呢？对呢？还是不对？……"

看到下级低头不语，区主任轻轻喷出一口烟，语气也缓和了下来，道："老吴啊，我说你这个人，怎么就老不接受教训呢？干了一辈子信访，还是那么不会总结经验！像卫宝子这种事，上面有党委，有政策，下面还有我这倒霉主任应卯支差，其实不用你费一点闲心的，你何必写这个惹事玩意儿！"说着，他从抽斗里摸出那份建议书扔了过来，"给你，快收回去吧。"

一见建议书还压在这儿，老吴浑身的血都涌到脸上了。他圆睁怪目，用完全不是自己的声音大声吼道："老区！你，你就没给党委报么？那……卫家的事怎么办？"

开头，区主任给吓了一大跳，真以为对方要扑过来打他。好半天才转过向来，想起老吴并不是老虎，便渐渐地把脸沉下来，冷冷地斥道："老吴！没送上去我可是为你好。捅娄子犯政策，我倒不怕你连累我，走到哪不是当主任？我是怕你这次又沾不上评资的边！"可能是被老吴可怕的脸色吓坏了，区主任紧张地站了起来，壮胆似的加粗声音命令道："至于卫宝子一案，你去告诉那老婆子，结论不变，分文不给，天黑前离矿，出了问题我负责！我开会去了，上局里。"说完愤然而去。

老吴的脸色确实很怕人。他直呆呆地瞪着洞开的门户，嘴里只是念叨着"结论不变，分文不给，天黑前离矿"这十三个字，站在地上一动不动。他再茫然地翻翻建议书，终于慢慢地垂下那颗"卑贱的老干事的"头……

然而，当老吴抖抖索索地折叠好建议书，往上衣口袋里装的时候，手指头突然被什么东西碰了一下。这轻轻地一触,却使他像触电一般弹跳起来,一道闪电随即照亮了整个心田……

当夜九时许。金银湾火车站月台上。正是下弦月的日子,月牙儿还没有露脸,独有古老而活泼的星星们在调皮地眨眼儿。它们目睹了一场看似平凡却不平凡的送别新剧。

"大牛!二牛!快给你吴干事伯磕头!"这是卫老太太激动得发抖的声音。在今天的晚饭桌上,主人多劝了她三杯御寒酒,她也终于听清了主人的真实头衔,尽管还是弄不清究竟"吴书记"大,还是"吴干事"大。

两个牛犊孙子说磕就磕,立马就"扑通""扑通"双双跪倒。他们的"吴干事伯"这下可急了,一边伸手拖人,一边连连叫道:"这可不成!这可不成!"但拖起这个那个又跪下,拖起那个这个又跪下,直待老奶奶发话道:"你吴干事伯不让磕,那就起来吧。"两个孩子这才乖乖地退到后面去。

老吴追过去,一面给孩们打土,一面随口说道:"老嫂子,本想让你们在矿上宽住几天。歇过劲儿来再走,可……"

"啊呀呀!看他吴干事伯说的!"卫老太太忙不迭地插过嘴来,说道:"你忙活了这一天,还不是净为了我们这草木之人!要不是你,能打闹下公家这七十块现钱?能叫人家公家往后月月给我们兑那五块钱?不行,万万不行。你快别说了。你就是我们家的门神灶爷、救命活菩萨!不让他们给你磕头也罢,旧乡俗啦;就看他们日后念书能行,挣下个功名,总要报答你吴干事伯哩。就算他们不成器,我老婆子死后也要变个花喜鹊,给你这好人早报吉祥、晚报如意。"

老吴听完"扑哧"笑了,说:"好我的老嫂子哩!快别讲这号古话啦。我不是早就说啦,这钱可不是我的,都是矿上领导研究好的,要谢,你就谢咱们的大救星共产党吧!"

卫老太太道:"这我知道。党是根本嘛。可也多亏你就在党里头,还熬成个有权的干事,也没见你和他们开会,也没见你跟谁商量,一转身就把事情办啦。就是让我谢党,我也就从你身上谢啦,就像敬神一样,他总得在莲花座上有个金身。"

此时,渐渐围过来许多听热闹的人。老吴立时显出一种心虚和惭愧的神情。忙揪着右耳朵,装出打量火车来了没来的样子。也还凑巧,一声长笛惊天,火车还真的进站了。

四分钟后,火车徐徐开动。忽然,卫老太太又从窗口探出头来。老吴连忙凑过去问道:"老嫂子,还有什么话?"卫老太太看看四周,压低嗓门,不好意思地叮咛道:"他吴干事伯! 每月兑那五块救命钱,你可得给我催着点。不是我不凭信公家,是这些年公家常常说话不算数啊!"

老吴心里一阵憋痛。这话要从别人口里说出来,说不定不会发火的他也要发火,但此时此刻,他却像没有听到似的呆立着,直到列车已经加速奔去,他才喃喃地咕哝道:"你放心,从今向后……"

第三天下午,有人来通知吴诚,说原书记请他去。老吴眼泡浮肿,眼角烂红,左脸颊新挂上一道黑红血口子,也无心去想为啥多了个"请"字,只是随口应道:"我就去。"但又好半天不抬身,显得少有的镇静。他知道党委书记要找他谈什么。怎么会不知道呢? 全家在这个世界上的第一个存款折子(但愿不是最后一个)彻底消失不见了,而自己每月的四十九元的工资里,有五元钱要以公家的名义寄给下面这个地址:"东岗县下寨公社卫家恼大队"。寄到什么时候? 寄到党委研究解决了这件事。也许还要寄得久些? 那可就只有天知道了。就为这件事,老伴又哭又闹,连说带打,停了全家四顿人间烟火食,自然,还在老原办公室里唱了一出必不可少的《告御状》。

老吴佝偻着腰,埋下个头,慢慢腾腾地走着,好似在地上寻硬币。忽然撞在一根柱子似的物什上,顺着往上一瞧,却原来是顶头上司黑煞着脸,直挺挺硬邦邦地竖在大路当间,样子有点像亏了老本的牲口贩子。

老吴缩了缩身子，想绕过去。但区主任却跨开一步又挡住了他，嘿嘿地冷笑道："老吴，你可真会干呀！一会见了原书记，可不敢再坑我啦，行不行？"说完，唾了一口痰，扭头就走，返身还撂下一句话："去吧，快领赏去！"

老吴瞪圆眼珠子，显得惊奇而茫然。说真的，他这颗相当不出色的脑袋瓜子，还来不及想到区主任之所以这样说话发狠，就是因为刚刚被党委书记老原着实训了一顿。他更想不到，再过几分钟，也是在党委书记的办公室里，老原除了向他转告矿党委对妥善处理卫宝子一案的意见外，还要认真地批评他道："老吴！不靠组织解决问题，你个人有几个钱给上访人员贴？……你这个人真怪，怎么就老不爱往我这儿跑跑呢？我是老虎？"

然而，老吴却注意到一件事：天空已经阴云密布，寒风渐定，雪气很浓。他不由得皱起了眉头。忽然一片梅花雪悄没声儿地飘落在他的右耳朵上，他猛地"呀"了一声，收住脚步，仰面朝天，一边习惯地伸手揪住右耳朵，一边忧心忡忡地自语道："要是他们还没进山可就糟喽……"

原载于《汾水》1980年第9期
转载《小说选刊》1980年第2期

鼠　审

　　什么响？壁上的挂钟，才十二点。现在怎么这样不能熬夜？雄心勃勃的创作计划怎么实现？不堪设想。我伸臂做出五六下深呼吸，在皮转椅上坐坐舒服，又提笔面对稿纸，预备奋勇爬格子。

　　就在这时，听见有人在隔壁房间拿腔作调地宣布道："将罪犯沈尔器押上来！"

　　我大吃一惊。首先，那面是我们夫妇的卧室，时下绝不会有人，因为妻子在医院值夜班；其次，怎么能称我沈尔器是罪犯呢？幻听？一定是幻听。连日来写作劳累，熬夜伤神，思想老处在紧张状态，难免不出这种差错。再说，你写着破案小说，指不定是那里头的法官叫把罪犯押上来吧。

　　不待我想明白，就听书房门咚的一声闷响，被人粗暴地从外面踢开，走进两位躯体粗壮，表情冷漠的大麝鼠，身穿锈褐色的法官制服，尾巴像指挥棒似的贴身竖着，气势汹汹地抢步逼上，咔嚓一声给我戴上手铐。

　　"干什么？你们想干什么？"我挣扎，我抗议。

　　它俩阴沉沉地说："出庭受审！"

　　"谁敢审判我？我是记者！"

　　它俩一声冷笑，不再吭声，推推搡搡地往外弄我。

我气得大吼，"上哪儿去！"并且拼命抵抗，忽见其中一只鼠警甩起指挥棒似的尾巴朝我屁股上一捅，我就像挨了电击似的一哆嗦，接着就什么也不知道了。

当我再清醒时，发现自己置身在卧室里，抬头一打量，眼前的情景令我不胜惊骇。

在我们价值七百多元的席梦思大软床上，居然像日本人似的并排坐着三只老鼠，神气活现地竖着三根长短不齐的尾巴，像三根只差升旗的旗杆。居中一位老鼢鼠，体态短肥，气度不凡，穿一身赤红色的法官制服，眼睛很小，藏在额头一片闪亮的白毛里几乎看不见，但却射出一种专断独行的凶光。左边一位是个中年大沟鼠，络腮胡子，穿一身灰白色的检察官制服，是检察长吧。它肯定患有肥大型鼻炎，吭吭不停地予以疏通。右边一位最醒目，是个年轻漂亮的小鼷鼠，长得小巧玲珑，穿一件开口很低的白色连衣裙，足蹬暗褐色皮鞋，手里玩弄着一只蘸水笔，两只生就的圆轱辘眼竟能化妆成细长带弯状，荡漾出迷人的情韵。好一个时髦书记员。另外，在我妻子宽大的梳妆台前，坐着一位面色苍白、文质彬彬的黑线姬鼠，无疑是电气专家，因为在它面前摆着录音机、录像机、电视机等。而在我身后的房门口，则站着刚才那两位可恶的法警。

看阵势这真是一个法庭了，一个老鼠法庭。我真奇怪，何来这群胆大鼠辈？虽有科学家说，五百万年后人类将从地球上消失，那时将由狼狗般大小的老鼠主宰世界。就算真是这样，现在也还轮不上它们摆谱呀？却居然开法庭要审判我，真是胆大妄为！我乃堂堂名记者，一支笔向来是指点江山、评判世事、揭发别人的罪恶，还从来没人敢对我来以其人之道还治其人之身那一套，况尔等鼠辈乎？——也好，我今天倒要看怎样来审判我！

审判长老鼢鼠环视全场，用尖细沙哑的嗓音宣布道："本'审判灵魂特别法庭'，现在开庭！"接着由检察长大沟鼠宣读起诉书。它戴上一副大框架近视镜,连吭三四下以疏通鼻腔,照本宣科起来:"我现就沈尔器故意杀人一案提出公诉……"喝,好大的罪名,我是故意杀人犯!我轻蔑地一撇嘴,差点笑出声来。起诉书干巴老长,直念了一个钟头,其间一共穿插着九十七个吭。我数得一个不少,至于起诉内容,我是一个字也没细听,是不屑于听。我用倨傲的嘲弄的怜悯的目光挨个审视它们,就像上星期跟老婆孩子在动物园笑看笼中的猴们一样。

宣读完起诉书,又宣读什么法庭规则、审判程序之类,还真够啰嗦的。我正要来几句俏皮话刺一刺,忽见鼹鼠小姐扭动腰肢娉娉婷婷地走上前来,莞尔一笑,递给我一份附有资历介绍的律师名单,让我为自己选择一位辩护律师。我恶作剧地伸手捏捏书记员的尖尖下巴,说就要你吧。鼹鼠小姐夸张地叫一声,红着脸逃走了。我本想以此戏弄法庭,来取笑它们恼羞成怒的丑态,谁知它们却不动声色,依然显出从容镇定胸有成竹的样子。这倒有些出乎我的意料。

老鼩鼠:"下面进行法庭调查。出示照片!"

出示了一张放大八寸的照片。问道:"认识照片上这个人吗?"

这是张半身照,一个二十一二岁的男青年,面色消瘦蜡黄,明显的营养不良;留着自己修剪的小分头,发干的头发乱蓬蓬的;身穿家做的蓝咔叽布制服,衣领处打着补丁;一双眼睛聪明而忧郁,是那种成绩优异而处境困厄的大学生模样。我觉得十分陌生,本能地摇了摇头。

老鼩鼠:"真的不认识?再仔细看看!"

我挑衅地顶撞道:"不认识还看什么!"

鼹鼠小姐却咻地一笑,露出两颗发达的门齿,随即用手掩去。

我心里一动,这小雌货笑得有点蹊跷。莫非我认识她……

老鼩鼠不再追问,理一理疏朗的黄胡子,眼朝黑线姬鼠打一个指令,说:"放录像!"

电视荧屏上噼噼啪啪闪过一阵光点和光条后,开始出现了稳定清晰的画面。初秋的艳阳光芒四射。太行山区的崇山峻岭,犹如怒海狂涛,叠叠拥拥,无边无涯。接着出现了一条沙黄色的飘带,这是一条蜿蜒的河流,黄河的一条著名支流。它流进了中景,变成一条蛮矫健的黄龙,翻卷奔腾,咆哮撒欢,向一座座大山迎头撞去,溅起雪浪千堆;后来它流到一段两岸悬崖如刀削斧劈、高达一百五十丈的狭窄河谷地带,变得愈发狂放不羁,充满原始的粗野劲头,欢叫着,急不可待地朝落差为一百米的下游河床纵身扑下。就在这浊浪排空、群山轰鸣的地方,展现出一片简陋的工棚,山木支架,顽石垒墙,泥草糊顶,倘不是有炊烟袅袅,真以为发现了史前人类的群居遗迹。在最大的一所工棚前,紧靠河边有一块天然平光的巨大青石,上面正躺着一个年轻后生,穿一身比劳改犯强不许多的破旧工装,仰望苍天不知在遐想什么。看得出来,他就是刚才照片上的那一位黄瘦青年。

我瞪大双眼,不禁倒吸一口凉气,这正是十八年前的我呀!一点不错!是躺在挂鱼泉水电站工地那块大青石上,对面是纱帽山,这面是挂鱼山,河上是无风也荡漾的悬空吊桥,身下作床的是我为之立名的"通海石",连为何这样命名都记得一清二楚,说起来颇有点诗意。每当我烦闷忧伤之时,便横身躺在大青石上,安安静静地凝望长天。你就一心一意凝视吧,不眨眼睛地凝视吧,在那浪涛为你奏出的迷蒙中,忽然你会觉得那一道蓝天已经不是蓝天,而是一条清澈见底的蓝色的河,你正躺在河底的石头上,带着清凉的喜悦和解脱般的惬意,随波向着神秘的永恒悄悄荡去。又忽然,你觉得你并不是在河底,而是从天空里向下俯视着蓝色的河,雪白的云彩静静地飘浮着,它们是河面上的处处白沙洲。你则像个无忧无虑的小天使飞来飞去,随着这蓝色的河就要奔向充满自由的蓝色大海。从此,你就不是个受尽歧视的狗崽子,不再是个学中文却分配到水利局、头天报到第二天就打发来工地干活的"臭老九"……你还会幻想得更深远些,更美妙些,那神奇、富有而迷人的海!那使人忘掉苦世界的"通海石"啊！……

猛地，传来老鼢鼠不无嘲讽的声音："怎么样？这下总不至于还认不出自己吧！"尖锐的下巴仰一仰，似乎想戳疼我。

你别说，我还真叫戳疼了一下。不管怎么讲，自己认不出自己毕竟叫人出丑。我告诫自己，要沉住气，决不能在这般东西面前丧失自己名记者的尊严。我抬眼冷冷扫视审判者们，意思是说来吧，小老鼠们！

"这么说，你承认十八年前你曾经在那个水电站工地待过！"

"一点不错。要不要我更准确地告诉你们，本人是从1969年2月6日至10月7日，在挂鱼泉水电站工程指挥部工作了整整二百四十三天。怎么样？"我也回敬了一个"怎么样"。

"很好。那么，公诉人指出你在该工地并没有干体力活，而是办了一个名叫《红色战报》的东西，是你一个人在办吗？为什么要办这么一个油印简报呢？"

瞧这老家伙问的。为什么要办《红色简报》！妈的，那是我想办就能办的吗！那是总指挥叫我办的，对，谷元生总指挥。说起这段往事我倒记得清楚。

那年的春节过得凄惨。爷爷是"老地主"，被游斗了一冬天后卧病在床；父亲不但是"地主"，而且是大右派，抓去修公路摔断了腿；母亲常年有病，还得伺候两个下不来床的男人；而弟妹都小，只知道叫和哭。可我又不得不走，去千里之外的县水利局报到，逾期是要取消报到资格的。报到当天，下起漫天大雪，寒气逼人。但更叫我心寒的却是这么一句话："我们已经研究过了，明天你就上挂鱼泉工地！"那天晚上，我孤零零地坐在没有生炉子的房间里，连铺盖卷也没打开，苦巴巴地坐了一夜，望着外面纷纷扬扬的大雪，想到家境悲凉，前途茫茫，异乡飘零，归宿何处，不禁潸然泪下，万念俱灰，真想一死了之。第二天，我背着行李，冒着大雪，一路翻山越岭九十里，不知跌出多少跟头，天黑前总算摸到了工地。不承想沿途一片纯美的银白世界和雪浪般翻涌而来的千山万岭，倒又激发起我的雄心壮志和拼死相搏的冒险精神。所以，当我面对神色冷峻的谷总指挥，听候他的工作安排时，毫无畏惧地直视那张多皱而蜡黄的面孔，心里强横地想："随你的便！肝病鬼！"

"我叫谷元生。你坐。"总指挥口气也是冷冰冰的，带着很重的鼻音，"你，不用下工地，就留在指挥部。你给我办个工地战报，行不行？"这决定跟他那脸太不相称，所以我不敢相信，怕是作贱人。我受这种作贱可太多了。于是，我急忙声明我不是党员，连团员都不是，而且成分不好，而且是"臭老九"，是来接受劳动改造的。

他不耐烦地打断我，说："少废话。你只说会不会办，啊？"看来是真的。我又试探："几个人？"意思是表达我可不可以主办其事。

"几个人？"他反问一句，嘿嘿冷笑几声说，"满工地千数人就两个技术员是中专毕业生。这不像是修水电站，是在开他娘的玩笑！"也许是觉得此话说得不雅，不好意思地别过头，重重叹口气，又说："小沈，我能叫你这独苗大学生下河滩砸石头吗？那死了没人埋！他们不怕，我谷元生怕呀。"当时，我半晌无言，内心万分激动，热泪盈眶，连忙扭身揩掉。我就是在这位土水利专家、脾气出名古怪的老副县长的赏识下，办起了《红色战报》，一周一期，采写、刻印、校对、散发，全是我一个人忙乎，独角戏居然唱得很红，居然一鸣惊人，一飞冲天，居然成为我一生否极泰来的一个转折点。难道说，谷元生当初就是为这个目的才要我办工地战报吗？肯定是的。那得终生铭记他。滴水之恩，涌泉相报。可听说他早已去世，果然，死于肝癌。我曾经无意中咒他是"肝病鬼"，想来真是罪过。而且自从上调省城之后，竟没回去看望过他，听说他在省肿瘤医院动手术时，也没有去探一回病，现在忆起后悔至极。沈尔器，你算什么记者？文人最有良心，最重感情，可你原是个薄情寡义之人！

"哼！岂止是薄情寡义，你是杀人害命，罪犯律条！"老鼢鼠的冷言冷语把我从沉思中惊醒，听来十分刺耳惊心。我不禁也冷冷地反诘道："什么意思?!"

老鼢鼠把小眼不屑地一闭，不理我的碴，故作威严地一摆头，说："出示杀人器!"

这是一份报纸评论文章的复印件。文章标题是《要树立无产阶级苦乐观》，还有个副标题《从"天生胆小说起"》。文章署名："挂鱼泉水电站工程总指挥部评论组"。可以看出它登在《人民日报》1969年×日第三版头条位置，占将近二分之一版面。前头加有编者按语，后头加个括号，里头注明："此文原载××省挂鱼泉水电站工程指挥部主办的《红色战报》第三十六期，本报略有删节"。

我的目光像遇到了强光源，刺得赶紧扭头躲开，再要多看这篇文章几眼，我定会羞愧得无地自容。十八年前，一个深受迫害的青年大学生，却写出这种为极"左"路线鸣锣开道的荒唐文章，把无产阶级的苦乐观建立在一种反人性、反科学的基础之上，真是不可思议，悔恨终身。

记得那是在水电部黄副部长从黄河下游视察过来。想顺道看看挂鱼泉水电站工程进度。我也随着人们众星捧月般簇拥着大首长来到工地。那时公路还未修通，工地所需一切物资，全靠民工从山顶的挂鱼泉村往下背。上山下山一条路，共有四千多级临时开凿的石阶，中间还有一段五十米高的悬空软梯。这道从上往下看头晕，从下往上看眼花，险得没见过。我们一群人来到上山路口，看见几十个年轻女民工乱哄哄地挤作一团，从中间传出嘤嘤哭泣声。不知发生了什么事情，首长驻足发问。老谷说这是自愿组织的"刘胡兰运输队"，专门负责给工地运送炸药。"噢，刘胡兰运输队?"首长来了兴趣，信步走上前去。姑娘们立刻孔雀展翅般向两边散开，这就把一个蹲在地上直抹眼泪的同伴亮给了首长。"小姑娘怎么啦?"

"报告首长，""刘胡兰"队长举手敬礼（当时民工都是军事编制，过军事化生活），"她叫卫小苗，才背三十斤炸药下来，吓得尿在裤子里，现在死也不上去，还哭！"

一听大姑娘尿裤子，不少人想乐，但一看首长脸色逐渐转阴，都连忙捂起嘴。老谷趋前解释说，这个小女娃年龄最小，还不满十八，来得又最晚，而且天生胆小……

首长眉头一皱，不耐烦地打断说道："嗯，这不是主要的吧？"往回返的路上，首长显然考虑成熟了，于是发出指示说："你们给我看的那个简报是谁写的呀？"

又亮出了我。

在首长想来，该同志既然在指挥部写材料，一定是政治可靠的好同志，便对我下谕："今天这个事很有典型意义嘛，虽然很小，但很有写头的。是不是很快写一写呀？写成个评论员文章，题目嘛……是不是就从天生胆小做起，怎么会天生胆小呢……要写得广泛深刻一些，天命论呀，珍宝岛一不怕苦二不死呀，当然中心讲无产阶级苦乐观……对了，这个小姑娘什么出身？可以查一下嘛，当然我们不能搞唯成分论啰……你这个东西写出来，可不可以给我寄一份看看呀？"

这可真是一道难题，写吧，"天生胆小"这是冲谁来？我怎能向有提携知遇之恩的谷总指挥发难！不写吧，又如何向黄副部长交账？

老谷是条汉子。他绷着铁冷的脸，咬咬牙根对我说："小沈，你写，没你的事。有我哩！"我写了，文采四溢地写了。交给老谷，他在待印的稿件上批道："本期简报只印一份，寄黄××副部长收。谷。"一个"谷"字足有核桃大。

谁知这期只印一份的特别简报却一炮打响了，很快上了举国瞩目的《人民日报》。从此都知道挂鱼泉水电站有个大笔杆子名叫沈尔器……见报不到二十天，我就被借调到省报当记者，从此时来运转，永远离开了挂鱼泉。后来听说要不是我成分不好，黄副部长原想调我给他当秘书的。不管怎么说,我当时还是走得很高兴,觉得自个儿是凭才华打出来的,并没拍谁舔谁,是他们请我出山的。感到脸红和悔恨那是后来的事。

"被告!"又传来老鼢鼠讨厌的尖声,"承认这篇文章是出自你的手笔吗?"

我不假思索地说:"承认。怎么样?"

"被告,那么公诉人认为这篇文章就是你作案的凶器,你承认吗?"

什么?杀人凶器?我不禁一愣。

"怎么,不承认吗?被告!"老鼢鼠愈加拿腔拿调,甚至微微露出大学者的风度。"从古至今,你们人类残杀的工具可谓品种繁多,花样翻新。不过用文章做杀人凶器也不够新奇,不从你始,亦不会从你而终。本质上讲也不是多么高明的办法,尽管其优点是杀人不见血。所以,你尽管可以痛痛快快地招认,决不会比拿刀杀人量刑更重。关于这一点,你要相信本……"

"混蛋!"我再也忍无可忍了。什么被告被告被告!瞧那些胡诌八扯!还有那些人模狗样的学者派头!"贼鼠头!你说我杀了谁?马上说出来!不然我马上宰了你们!"我大声地怒吼起来。

大沟鼠反应剧烈,勃然变色,它恼怒地盯着我,运足气厉声呵斥道:"放肆!吭!不许咆哮法庭!吭吭!法警,维持法庭秩序!吭吭吭!"

两只大麝鼠应声过来按我坐下。

可气人的是老鼢鼠还是方寸不乱,居然在闭目养神,待一切平静之后才睁开一只小眼,下达新指令:"再出示照片!"

一组可怕的照片,共有三张,第一张简直惨不忍睹:河滩上的乱石堆上,躺着一具血肉模糊、几不成形的女尸,仅能从乌黑浓密的头发和花布内衣上,大体分辨出是个年轻姑娘。第二张照片上是一面拔地而起的百丈悬崖,半中腰长着一棵树冠浑圆的老松树,树枝上飘着一条鲜艳的红头巾,可能是死者掉下山时挂住的。第三张照片,拍的是一方顶多三米见方的山间小平台,上悬一架入云软梯,下临无底深渊,旁边放着一个荆条编的背篓,内装六十斤烈性炸药。看来这里就是出事的第一现场。

"死者是谁?"我不由得脱口惊问。想象着一位正当妙龄的年轻姑娘葬身悬崖的情景,铁石心肠也会无法忍受。

"这话应该问你!吭。死者是谁?"大沟鼠居然忘掉身份充起法官来。

不过,此时我已经顾不上这个了,只是一个劲地想死者是谁,难道我认识?乌黑的短发,粉底小花衬衣,鲜艳的红头巾……有点眼熟,是有点眼熟……啊,卫小苗!

黄副部长走后的当天晚上(谷总指挥陪他先回县上),我来到女民工的大工棚,找卫小苗想采访一下。

工棚的空场上,生放一堆驱蚊的烟火,围坐着全体英姿飒爽的"刘胡兰"们。她们正在召开批判会,批判对象自然是不言自明的。开头还要求召开大型批判会呢,又是老谷硬给压下去,说不在规模,在乎质量。他也时而露黠慧出来哩。

当批判对象卫小苗的模样出现在我眼前时,我的心一阵痛楚地抖动。只见她紧紧地并拢双膝,缩着还未完全发育的瘦小肩头,规规矩矩地坐在小马扎上,膝头展开一个红皮笔记本,手中紧握钢笔,企图一字不落地记下同伴们的批判发言,不时抬起一对圆溜溜的大眼睛望着发言者,那目光充满着感激、乞怜和无比虔诚,唯独没有半点怀疑、抱怨和辩驳!太凄苦了!这让我立时想到古代墨西卡文化中的骷髅台,骷髅台上躺着献祭人,他被四名祭司按定手脚,由主祭司用石刀刺进胸腔,挖出鲜活的心脏献给太阳神。而虔诚的献祭者在血花迸溅中却幸福地微笑……

我不忍目睹下去,留话让卫小苗在会后来办公室找我。我想也许换一个只有两人对话的环境,她就会放松一些,多少像个十八岁的姑娘才好。然而,我完全想错了。

她来之前,我翻了翻她的简历。果然是个富农女儿。黄大首长不愧是火眼金睛！但我又纳闷,招民工时政审极严,生怕混进阶级敌人炸毁水电站,连富裕中农子弟都不要,怎么会出个卫小苗呢？往下看才清楚了。原来她在中学里就决心背叛剥削阶级家庭,被公社树为"可以教育好的子女"的典型。毕业后她坚决不回家,要求上水电站工地继续接受贫下中农的考验。我心里顿觉十分难过,不知是为她还是为我。

　　那是一场艰难而痛苦的谈话。她还是那样规规矩矩地坐着,忙忙碌碌地记着,可怜兮兮地望着,一句一个"沈干事",你要帮助我,你要考验我,我永远听党的话,听领导的话……她一定把我当成党的化身,贫下中农的代表,似乎献出一切都在所不辞。而我却做贼心虚,心说我可不是……我也不是……咱们都一样啊！但又不敢说出口。表面上还得煞有介事,不敢露出狗崽子的破绽,指教她你应该这样,你应该那样,要相信群众,要相信党,这是两条根本的原则,如果怀疑这两条原则,那就什么事情也做不成了……虽然是偶尔得来丁点政治特权,但用起来也照样专横得很,享受起来也照样幸福得很。我那时是多么的虚伪！

　　对了,当时的卫小苗,取下头上包着的红纱巾,露出一头浓密乌黑的短发,为了不让花衬衣露出来,罩着一件旧的帆布工装上衣,热得直流汗,也许是紧张出来的汗吧。

　　她聆听着我的大段革命训话却毫无倦色,一只大黑蚊许久叮在她脸上吮血也浑然不觉。我予以提醒。她予以不在意。可她是知道痛痒的,只是为了接受我的考验,也就是党的考验。她临走时已经半夜。想到周围常有野狼出没,我提出要送她回去。她坚决不肯,说从现在起就要注意锻炼自己的胆量,决不辜负沈干事的亲切教导和热情鼓励……她就这样去了,隐没在可怕的暗夜中,怀着一颗多么纯真而满足的心！却变成了眼前这一幅血淋淋的图画！

　　老鼹鼠:"那么,关于她的死,你承认你有直接责任吗?"

直接责任？我怎么会有直接责任？难道是我把她推下山去？我没有什么直接责任。不过一点责任也没有吗？似乎又觉良心上说不过去，总觉自己应该负点什么责任吧。"就算有道义上的责任吧！"我大声承认。

"道义！哼！"老鼹鼠把竖着的尾巴忽然放下垫在屁股下面，以抬高身量和增加稳定性，它坐坐舒服，盯着我训道："我可知道你们人类的道义！在强权政治下它值几个钱？狗屁！照你这么说，关于你是直接杀害卫小苗这一点，你是不想承认吗？"

我杀害了卫小苗？为什么？怎么样？什么时候？谁能证明？……不知怎么的，我对这种可怕的诬陷失却了激烈的反抗意识，对戏弄鼠辈们的可恶做派也不再感兴趣，只觉得心烦意乱，只想一个人静静地、好好地想一想，这一切一切究竟是怎么回事。于是，我高傲而疲乏地闭上眼睛，默默地陷入思索。许久，我听见老鼹鼠无可奈何地说："也好，既然罪犯愿意想想，那就暂时休庭。"

又过了许久，我睁眼一看，屋子里连一个鼠影也不见了，而楼下的厨房里却热闹起来。它们一面发出贪婪粗野的咀嚼声，一面大谈什么人证的事。看来它们碰到一个致命的难题——缺乏人证。谁能证明我杀害了卫小苗呢？狗东西，我倒要瞧瞧尔等如何收场。

这时，门轻轻地被推开，小鼹鼠轻盈地闪身进来，端着午餐肉、面包和健力宝。我心里暗骂，这班惯偷肯定把我的冰箱洗劫一空了。

"沈先生，您也吃一点吧。审判长批准的。"它笑眯眯的，挺客气。我生硬地说算了，我是被告。"不不，沈先生，在我的心目中您可不是被告，永远不是。"说着把丰盈袒露的胸脯凑上来，那儿肯定洒着法国进口的高级香水。"沈先生，我从小酷爱写作，对您的文采特别佩服。您愿收下我这个小学生吗？唉，谁要我是这么个书记员呢？枯燥乏味，一天也难得快活。不，快活过一次，就是这一次，头一次也是最后一次，能碰上您的案子，能由此而认识您，并像现在这样能单独谈谈，我太荣幸了！而且我有幸能够帮助沈先生彻底翻供,不知……"

帮助我来翻供?这是什么意思?我顿时戒备起来,该不是派来行美鼠计吧?骗我钻进什么圈套,以解脱它们缺乏人证的困境?这样一想,我不禁打个冷战,连忙往一边缩了缩。

"沈先生不信任我?"这小东西倒真敏感。它不无伤感地叹口气说:"唉,沈先生,我是您的崇拜者,想真心实意地帮助您呀。我可不像你们人类中那些现代派姑娘,把感情当泡泡糖,一嚼一吐地玩够了拉倒。我,我……怎么才能让您相信呢?"

我感动了。尽管容易感动是我一个致命弱点,为此没有少吃苦头,但这一次我还是叫感动了,而且确信不会上当。我抱歉地望望鼹鼠小姐那化妆成细长带弯的秀目,说:"你真能帮助我,太感谢了。"

鼹鼠小姐粲然一笑,楚楚动人。

它机灵地过去关好门,又看看镀金石英手表,压低声音对我说:"沈先生,您的案子相当严重,后果不堪设想。除非……"

我心头一惊,急问除非怎样。

它敏捷地哧的一声拉开裙装上一个神秘暗兜的拉锁,掏出一样东西给我,说:"沈先生,这是我偷留的一份材料副本,你快看看,完了再商量。要快。"

我不敢迟疑,连忙打开就看,做梦也想不到是卫小苗写给我的一封遗书。

　　敬爱的沈干事:您好!

　　首先让我们共同祝愿……祝愿……沈干事,我长这么大没给人写过信,给谁写呀,我这个富农女儿。您能原谅我给您写信吗?可怜可怜我吧。

　　自从您那文章在《人民日报》登出来,他们都说那个没点名的女民兵就是我,见面就拿您文章上的话挖苦我、讽刺我、批判我,压得我喘不过气来,在人前一点抬不起头来,只好一个人在角落里哭。我真没脸见人,还不如死了干净!

虽然这样,沈干事,我却一点不恨您。您是第一个热心帮助我的人,是我的大恩人,您叫我去死都行。

我永远不会忘记那天晚上,您苦口婆心给我讲革命道理,鼓励我改造世界观,树立一不怕苦二不怕死的彻底革命精神。我真感到无比激动和亲切。我一个人回工棚的路上,虽然听见野狼叫唤,在吊桥那儿还真的看见一条野狼或是狐子,但我一点也不觉害怕。当时,我多么高兴我的胆子变大了呀!这都是跟您的教导分不开的。当下我就暗暗向您起了誓:二十天里一定要锻炼得能背动六十斤炸药,上下山一点不害怕,再不出那种……见不得人的丑事。要是做不到就去死。

可是,第二天,不知怎么搞的,一背起炸药还是心慌,还是顶多只能背三十斤,下软梯时腿肚子发抖,刚下完软梯就不由得尿……我默诵着您的那些话,默诵着您的文章中的那些好语句,而且还想着您一定在看着我,在为我鼓劲,但还是不行呀。我怎么这么笨?这么不争气?看来准是剥削阶级本性决定的,没救啦!到今天已经十九天了,天天如此,一点不见好转,我可怎么办呀?

沈干事!刚才,就在我给您写这封信前,我曾去过您办公室,想给您汇报一下这些情况,让您更好批评帮助我,再进行一次阶级教育和革命传统教育。因为我相信您在报上说的那些话:"胆小绝不是天生的"!

可是,办公室里那么多人,我一问才知道是在为您送行,才知道您要调走了。我真失望和难过呀,也恨自己怎么不早点知道您要调走呢?心想往后再也看不到您的光辉形象,我不由得流出了眼泪。我多么想跟别人一样上前与您告别。可我不敢,我怕您会为难,该不该和一位富农女儿握手呢？……我只好从人缝里默默地望着您，心里说，沈干事。您可不能忘了我呀。

我一个人跑到河边哭了一场，心里才觉畅快些。回来又把您的文章读了两遍，写了心得体会，于是又鼓起了信心和勇气。

沈干事！明天就是我向您立誓的最后一天，或许也是我短短十七岁生命的最后一天。明天一上班，我决心像贫下中农姐妹一样背六十斤炸药，假如攀下软梯时我依然双脚站立不稳，吓得又尿裤子，就当即跳下悬崖而死，以这最后的一点勇气报答您的期望。那么，这封信就是我留给您的遗书。

沈干事！明天不管我是新生还是死亡，跟您都只能是永别了！

敬爱的沈干事！您多保重！

卫小苗
1969 年 10 月 7 日
深夜三点钟

顿时，我如雷击顶，脑袋里嗡嗡作响，一颗心犹如刀绞，痛楚难当。天哪！真是我沈尔器杀害了这位十七岁的天真少女，铁证如山，罪在不赦，天地难容，还狡辩什么？

"沈先生，沈先生，您不要激动，也不要着急。"我忘了小鼹鼠还在身边，"我有办法的。"

什么激动？什么害怕？什么办法？我茫然不解地望着它。它往上凑凑，悄声说："您知道吗，沈先生，这个最要命的证据是唯一一个证人提供的，他叫谷元生。"

"什么？谷元生？"

"对，一点不错。正是他保存着这份遗书，后来落到审判长手里的。

不过您别慌,我会叫这个姓谷的家伙倒霉的,搬起石头砸自己的脚。"

"你说些什么呀?"

"很简单,沈先生,只要把原件上凡是出现'沈干事'三个字的地方全部涂改,一律改成'谷总指挥'就行了。这我能替您办到,至于有些情节不大对号,不要紧,只要您咬紧牙关不承认就行。这样,就是谷元生当堂对质也不怕,反正白纸黑字是他的大名。"

"什么? 谷元生来当堂对质?"

"是呀,他已经来了,就在您书房里等着。"

我惊愕地张大嘴巴说不出一句话。谷元生总指挥不是早就辞世而去吗? 难道说是他的鬼魂来做人证? 我一把拉住小鼹鼠纤细的手腕要问个清楚,它疼得娇声叫唤起来,急忙抽出手,又焦急地看看表,说:"沈先生,现在不是问这种话的时候。再有十分钟就要开庭,事不宜迟,我得赶快动手,不然……"说着,不等我做出任何反应,就匆匆转身而去。

"不能那么做!"我大声地喊叫起来。但回答我的是楼下鼠们更为喧闹的欢笑声,那是我整瓶整瓶的青岛啤酒刺激的结果吧。

不能那么做,不能那么做……我在心里继续呼叫着。别说真有这么个证据,就是谷总指挥伪造出一个来,我也认了! 决不会怨恨他,更不能嫁祸于他。他一生是那样刚正不阿,心地善良,品格高尚,却落下一个多么悲惨的结局。

记得《人民日报》送到工地的那天夜里,已经半夜过了,我和老谷都辗转难眠。他沉重地叹息着,一根接一根地吸烟,明灭的烟头就是他一颗焦灼的心,外面的浪涛声就是他翻滚难平的思潮。我深觉内疚,真恨黄副部长怎么会捅到最高党报上去,于是建议说:"谷总指挥,要不把报纸压下不发?"我猜他准是为此事煎熬。你想吧,他的"天生胆小"论从此恶名远播,天下尽知,发明者谷元生还会有好果子吃吗?

良久的沉寂。

"你真傻呀,小沈。谁能把千万张党报都压下?也没那个胆。"老谷说着似乎还笑了一声。"这个扯淡!它想点谁的名由它去。小沈,我是想这么个事……你有没有决心在我手下多待几年?总得让我给你把组织问题解决一下,好不好?"

我颇感意外,他并非在为自己的命运担忧,而在帮我考虑前程。我感动地说:"谷总指挥,我还能上哪儿去?一辈子就跟您干吧。"当然这并不是我的真心,我时刻都想飞出这个大山沟,上大世界去创事业。

"噢……"他轻轻地一声,不无疑虑,分明带着对我内心的某种洞察。"人往高处走,水往低处流。这个道理我懂。你有才华,迟早是要飞上高枝的。这个我也不拦,只是眼下这世事……有才华的人得多留个心眼才能防身,卷进去就完了。我是担心这个呀。"

我心里一热,说:"谷总指挥,我听您的。"

他却再无下文。又沉默良久,他忽然开口说:"小沈,上面要调你走,局里也同意,就在近几天下文。这事……你可要认真考虑,自己拿主意。"他虽然没说他的态度,但却是最清楚不过的了,是不同意我上调的。所以,当我后来决定离开这生活了半年多的地方时,他二话不说,但那目光是多么失望,多么忧虑,多么冷漠呀。也许正是这种令人敬畏的目光,叫我再也没回挂鱼泉,明知他在省城住院,也不想或说也不敢去探望他吧。他的被撤职,他的被批判,他的肝癌发作,直到在自己荒僻的山乡家里默默死去,我都是断断续续听人传言的。可我永远要说他是个真正的好人!……虽说如今成了不利于我的人证,存有关键的证据,我也丝毫不迁恨于他。相反,此时倒想快点开庭,好让我早点拜见这位十八年前的大恩人。但愿他真的死而复生。

凌晨四时半,鼠辈们又都回来,一张张尖尖的嘴巴油光光的,不断地打着饱嗝,哈着刺鼻的酒臭气。只有老鼢鼠保持着英国老绅士那样高贵的派头,打嗝时忙用一方洒着香水的雪白丝帕遮住嘴。这个修炼成精的家伙,谁能叫它丢丑呀!

"现在,审判继续进行! 传证人谷元生上庭。"

我一阵激动。鼹鼠小姐以为我是心虚害怕,忙递过一个意味深长的秋波,意思是沈先生请放心,我手脚做得天衣无缝。

两位法警出来进去地忙乱了一阵,之后,又退回原处守着,却不见带什么人证来。我正自惊诧,忽听老鼢鼠对着我右边一点的地方和善地说道:"好。谢谢您能出庭做证。"仿佛那里真有一个人似的。难道说真是谷总指挥的鬼魂出现了吗? 我频频顾盼,想看个分明。

"被告! 抬头看着法庭!"老鼢鼠又换上严厉的目光,一字一顿地说:"你考虑得怎么样? 还不打算承认是你一手杀害了年轻女民工卫小苗吗? 非得我请证人说话吗?"

事到如今我已不再犹豫,一力承担便又怎的! 我正想开口讲话,猛地从后边那片空虚之中,响起一个冷冰冰的带着鼻音的声音:"慢着。审判长,老窃贼! 我谷某不是你的人证,正像沈尔器不是你的罪犯。他也是一个受害者,甚至比卫小苗还可怜。假如非得我来做证,我只能证明他是无罪的。至于真正的凶犯为谁,堂堂人类尚且搞它不清,况你等鼠辈乎! 我顺便说一下,当年你派鼹鼠小姐窃得那份遗书原件,我声明无效。就这样。"

足有五分钟,全场是一片月球上那样的死寂。

之后,大沟鼠首先哇哇地大声吼叫起来,吭吭得一塌糊涂。鼹鼠小姐全身哆嗦,不知是气得还是羞得。黑线姬鼠手忙脚乱地窃摸弄。两位法警则傻乎乎地直盯着审判长的脸。而动人的是老鼢鼠,终于开始乱了阵脚,先是脸红得像是开水烫过,接着又变得寡白,好似刚刚刮过毛。它好半天才艰难地调匀呼吸,故作镇静地说:"你……很好,很好。你会改变主意的,放录音!"

录音机里发出一种强忍痛苦十分微弱的声音:孩子他妈,我怕是不行了。你过来,我有一件事要交代清楚。你,先把这个拿起,再听我细说。这是一封遗书。你还记得那年工地上摔死一个年轻女娃吗?哦,记得就好。这遗书就是她写的,是我从她衣兜里找到的。一时不知该怎么办好。不交出来吧,对不起死者;可交出去吧,对沈干事前程不利。那个我常提起的沈干事,大学生,你还记得吧?虽说他不听我的劝告,反而给我招来许多苦头,可他毕竟年轻,又是那么个赖成分,能上一个台阶也是不易。我怎能忍心再断送他。再者说,交出去对卫小苗也不利,那年月你一个富农女儿跳崖自杀,人家说你是自绝于人民自绝于党,更是大罪一桩,连点抚恤金也别想领上。倒不如报个工亡事故的好。所以,我那会就没把这遗书交出去,又给小苗姑娘争得棺木一口,被、褥、床单各一条,衬衣、棉衣、外衣各一身,鞋、袜各一双,还有枕头、盖脸巾手帕等,总算叫娃入土时跟人一样了。可话虽这么说,毕竟是我做了假呀。这多年心里一直不好活,总觉得是个事。孩子他妈!你听我说,你把这遗书好生保存,日后国家社会变好了,你想办法打听到那个沈尔器,原封不动交给他。他要是个有良心的,不会不上小苗姑娘坟头哭一声,不会不照顾一下死者的遗属吧!要能那样,我躺在九泉之下也就闭上眼了。

接下来是一阵撕心裂肺、痛断肝肠的女人的号哭声……

无疑,这是老夫妇生离死别的一段实况录音。我早已听得痛哭失声。

而老鼢鼠却冷酷恶毒地说:"谷副县长,这场无比生动的好戏,你也要声明无效吗?"

"卑鄙!"无影无形的谷总指挥满怀义愤,大声怒斥,"以窃听偷盗为能事者,唯有尔等下作鼠辈!竟想于五百万年后主宰人类世界,真乃痴心妄想!你们永远只能是暗夜行事,可耻可怜一生!你说你们还有什么更好的前程?"

老鼢鼠再也按捺不住了,它变得气急败坏,暴跳如雷,不顾自己宣布的审判程序,尖起嗓子叫道:"你是同案犯!我判决你们都是死刑,不准上诉,立即执行! 法警,快把他们推出去,快! ……"

不等它话音落,我就见骤起一股旋风,卷起我经过鼠辈们的头顶,从阳台上冲向天空。此时但见东方既白,朝霞初露。

谷总指挥,我们上哪儿去?

飞上去再说。

可我毕竟是有罪的人。

谁都有功过是非。

前头那是什么地方?

正直人的天堂!

真有这样的地方?

快瞧,那里有多少颗亮晶晶的星星!

发表于《汾水》1988年

黄金心

一

我的爸爸是一位终生以煤矿为描绘对象的老画家,辛勤一世,创作
等身,在美术界早有定评。他在几十年的艺术生涯中,与金银湾煤矿结
下了不解之缘,在那儿长期地深入生活,观察、体验、默记、想象、创作,光
保留下来的素描就有千把张,其中有习作,有创作草图,有无所不画的速
写,真正说明了素描的多样性。我在这里说"无所不画",真是一点不夸
张。他什么没画呀。他画了金银湾的春夏秋冬、阴晴雨雪、日月星辰、山
川河流;画了井上的矸子山、大煤仓、井架、道路,和井下的掌子面、机器、
水与火、迷宫似的巷道;更画了矿工们的喜怒哀乐、衣食住行、婚丧嫁娶、
过去与未来……一句话,他画了这儿的一切。可以这么说,任何一个人
只要多看看他的这些素描,就会对金银湾了如指掌,即使头一次去矿上,
也会像回到故乡一样感到亲切和熟悉。

真是这样的。此时此刻,这种亲切的感觉正在温暖着我的心。眼
前,金银湾煤矿在万道霞光中展现着自己雄伟壮丽的身姿,而轻纱般的
薄雾,更使它增添了无限又神秘又迷人的风韵。顿时,我一夜旅途的疲
累和烦闷一扫而光,甚至这几年来郁积心中的愁云惨雾也一下裂开了缝
儿,吹进一股清新惬意的风。我竖起风衣领子,提起皮箱,走出了火车

站,沿着一条通向矿区的大路走去。

我也是第一次来金银湾,但正像上面所说的,我也早就从爸爸的笔下认识了这儿的一切。当然包括现在脚下的这条路,它不长,将在前头不远处一个叫作"鬼门关"的十字路口往北拐弯,然后直通三川河大桥,过了桥就离姜大叔家不远了。

五年前,我正在南方一所有名的美术学院上学,突然被爸爸病危的电报击倒了。当我在一位也是从太原去的同学的热心陪同下,好不容易赶回家中的时候,已经是四天以后了。但爸爸的生命又创造了奇迹,硬是等到和独生女儿又见了最后一面。他亲手交付了他认为是最珍贵的遗产——那千把张素描稿,又亲口对我诉说了他的遗愿;并不是要我拿他的这份遗产去出版什么素描选集换钱花,像个商人似的。也不要把它当个念物似的深锁秘藏,想起时取出看一看,换几行毫无意义的眼泪。他只要我把它当作一个通向金银湾的路标,指示我也在那儿安身立命;当作一个踩在前头路上的脚印,把它踩得更深一些;当作一把进入美术圣殿的钥匙——无条件地在生活源泉里,对着实物写生,也立志画几千张素描,把眼睛磨炼到明察秋毫,把手指磨炼到随心所欲,真正掌握造型艺术的奥妙。他热泪涟涟地一再叮咛说:"式兰,我的好女儿!爸爸可只有你一个。听爸爸的话,到金银湾去,找爸爸的老朋友、老房东姜师傅,就管他叫亲叔叔吧……那儿有着无数的黄金心!"

亲爱的爸爸啊!今天,您的女儿陶式兰已经来到金银湾煤矿了。当然,爸爸,我来迟了,整整迟了五年。我想,您不会责怪女儿吧?你在冥冥之中,一定知道女儿这几年在生活中遭到了怎样的不幸。正像您所担心的那样,留在世上的女儿孑然一身,举目无亲,又太年轻了,太没有人生经验了,终于受到了一场可怕的诱惑。生活中诱惑人的东西太多了。如今,我终于从一场噩梦中惊醒,开始了对生活的深刻思考,决心振作起来,医好心灵的创伤,准备走向新的生活。眼下困难的是,我还不知道怎样治疗创伤,也不知道新的生活基地该在何方,因而焦躁不安,心乱如麻,想找个谁也不知道我生活悲剧的偏远地方,安安静静地想一想。所以,就踏上了开往金银湾的列车。爸爸,这也许是你的在天之灵在启示我吧? 那么,继续关照您的兰兰吧!

忽然,前面出现了一座美丽壮观的大型立体交叉桥。运煤的火车汽笛长鸣,崭新的电气车头闪闪发光。各种汽车响着喇叭你追我赶。上班的人们南来北往,匆匆忙忙,笑逐颜开,这儿完全是一幅欢乐和谐、生机勃勃的生活画面。然而,我又觉得很陌生。是了,爸爸的素描中没有这么一张画。我仔细打量,觉得这儿应该是过去那个叫作“鬼门关”的地方。爸爸画的是它,而且绘声绘色地讲过它,说这儿经常出车祸,不是汽车轧了人,就是火车轧了人,要不就是火车和汽车撞在了一起。一出事故,就立刻有成千上万的人围上来看热闹,每回都要阻塞交通好长好长时间。一定要修条立交桥才行。到那时候,他的素描又要增加一张最新的了……然而,现在立交桥神奇地出现了,爸爸却离开了这个世界,永远地不回来了。一种人生苦短的悲凉霎时破坏了我的愉快心情。

也许是神不守舍,也许是立交桥完全搞乱了方向,我竟一下迷路了,怎么也分辨不清该向哪儿走。此时,再想到世事多变、人情冷暖,姜大叔一家收到我的信会做何安排呢? 他们还能记得当年那瘦高个老房客吗? 想到这里,一种难言的惆怅凄凉之情不禁涌上心头,泪水一下模糊了双眼……

二

现在已是子夜一点。我还是没有一点睡意,莫非下午把觉睡完了? 细听对面屋子里,姜大叔老两口也没睡着。正在絮絮夜语。我猜想,那话题大抵离不开我,离不开今天,啊,不,昨天我们一场胜似骨肉重逢的动人情景。

正当我孤立在立交桥畔暗自感伤之时,忽见一个六十多岁的老工人跳下自行车来,皱起眉头仔细地打量我。我一下就认出这是姜大叔,跟爸爸早年间那张黑垩笔画上的老矿工一模一样,敦敦实实的身材,胖乎乎乐呵呵的面孔,一双饱经世故而又无比善良的细眯眼睛。只是花白了头发,伛了点腰,比从前明显地老了些。但整个样子太熟悉了,太亲切了。我立刻像受了委屈的小孩子似的,急急地迎上去,情不自禁地喊道:"姜叔叔……"这时我才知道,因为我信上没告诉来矿的准确日子,害得他天天往车站跑两趟,整整跑了十几天了,再要等不上,他就要亲自去太原接呢。

姜大婶却几乎一点没见老,身材很高,腰板挺直,步履又灵活又轻快,一对圆圆的大眼睛跟姑娘们的一样年轻、热情、好奇,一张嘴角微微上翘的嘴巴好像时刻预备去插话,去放声大笑。记得爸爸曾经说过,她是快人快语,有口无心,话稠得像树叶儿。果然,她一边把我揽在怀里上瞧下瞧,左摸右抚,一边嘟嘟噜噜说了多少话呀。她夸耀地说:"金银湾的人听说老陶的女儿要来,见天有无数的脚丫子往这儿颠,快把门槛踢断了。你看看,送来多少东西叫你吃叫你用,鸡蛋、挂面、点心、罐头,绸褥子缎被子,还有录音机哩。为啥呀?老陶都给大伙画过像呗。兴许也想请你这个女画家再给他们画哩。"她笑嘻嘻地说,"如今咱们矿上的姑娘媳妇老太太,也见过大世面了,天来大的胆,不像当初那会儿,都不敢叫老陶画她们,谁也不想当那个什么……特来着。"还是她带的头吧。她流着眼泪说:"老陶大哥死得太早了,真是个好人,肚子里那么大的文墨,一点不摆谱,大人小娃都喜欢。为啥就好人命不长呢?这老天爷也太不是个东西了!怎么不让那些恶人坏蛋全死绝呀。"她十分抱怨地说,"你们城里人真不讲良心。老陶大哥病了,也没人给矿上捎个信儿;人死了,连个花圈都送不上;后来听说了,想把你接到矿上住几天,又满世界找不到你,说是在南边哩。你这四五年可都是怎么过来的。"她不厌其烦地反复说,"兰兰,你长得多俊,红是红,白是白,能掐出水来,都是吃啥长的哟。多大了?噢,想起来了,也是二十五,跟胜利同岁,只是小几个月。有对象么?还没有?哪个小伙子要是能娶上这么个仙女似的媳妇,准是他祖上三辈积了阴德。"不过,她说得最多最起劲的,还是她的宝贝儿子姜胜利。说她胜利别提长得多帅了,又是青年队长,矿上的大姑娘谁不跟在屁股后头转?可她胜利全看不上眼。也实在是没个般配的。她觉着还数彩梅姑娘差不多,就是肚子里头东西太少,太浅。害得姑娘没明没黑地看书写字,煎熬得怪可怜的。这不,昨天又叫人拉到市里相亲去了,听说女方是个大学生,挺愿意的,只是有点不想来矿上住。这就十有八九成不了。说她胜利也会画画儿,都是跟老陶学的,画得可不少,都在他屋子里。你一会儿就能看见。你就住在他那屋里,让他去矿上和那帮小光棍挤去。再说,他们也快受训了,学开什么综采机,还是咱中国自个儿造的呢。说她胜利没福气,生在她这小家家里,要是生在京里省里,非娶个像你这样光鲜的媳妇不可……直说得我应对不迭,满脸通红,眼看就招架不住了。多亏姜大叔这时候买菜回来,催大婶赶紧做饭,这才给我解了围。

姜大叔拉着我坐到院子里一架浓荫如盖的葡萄棚下,告诉我说,爸爸从前就喜欢跟他在这儿喝茶聊天,或是画画儿。我便一下想起爸爸那十几张画葡萄的速写来。

大叔说:"式兰,你早该来呀,虽说大伙都没见过你,可还是挺想你的,经常念叨说,也不知老陶的女娃儿怎么样了。我也是老这么惦着。早先,我见过你小时候的一张照片,那么个喜眉笑眼的小姑娘。可今天早上一见,我都不敢认你了。长这么高这么大这么好看不说,又觉得你太老诚了一点,再不见小时候那笑影儿,心里好像有什么不痛快。孩子,给大叔说说,是不是日子过得有难处?"

妈妈生下我就去世了。从小只有爸爸抚爱我,讲些亲情温柔的话语。爸爸一死，也就带走了他的慈爱。今天，重新听到这种至亲至爱的贴心话，我一时差点哭起来，差点将自己的满腹辛酸和盘托出。但是我极力控制住自己的感情。故意用满不在乎的口气说道："没什么，大叔，我就这样。"

大叔似乎松了口气，说："真这样，那就好。今天大叔总算见了你，也就放心一些了。孩子，这就是你的家，想怎么着，你就说。对了，刚才我出去买东西，霎时间都知道你来了，都要跟过来看你，请你去吃饭。我说你坐了一夜车，今天哪儿也不去，才把他们说走了，扭头又碰见中学的美术教员，俱乐部的主任，都要来请你给他们去讲课。你看这些急死鬼！式兰，你不知道，自从你爸爸来过金银湾，这学画画啊可真成了风气，扎下根了。"

这时，院门一响，跑进一个活泼泼的年轻姑娘，顶多二十岁，长得亭亭玉立，风姿绰约。她大大方方地走过来，拉着我的手说："式兰姐，我是彩梅。"

姜大叔立刻假装生气地说道："不叫你来不叫你来，怎么又来了？"

彩梅嘻嘻一笑，浓密的睫毛一忽闪，拖着调皮的长腔回嘴道："怎么，式兰姐是你家的？我是来请教绘画的事。老姜伯，你懂吗？"

姜大婶从厨房里探出半个身子大声喊道："什么会画（绘画）不会画！彩梅你过来，先给大婶打下手。"

"就会派我的差。"彩梅故作生气地撇撇小嘴，又摇着我的手说，"式兰姐，明天一准在我们家。我还有要紧话呐。老姜伯，明天式兰姐要是叫谁家抢走了，我可向你要人！"说着扮了个鬼脸跑走了。

在爸爸的素描稿中，有几张题为《矿工的家宴》的习作，一个最突出的特点就是多：客人多，立的坐的，进的出的，说笑打闹的；酒多，各种各样的酒瓶子放满窗台、桌子、墙角角；菜多，热的凉的，讲究的不讲究的，高高低低一大桌。这样一来，使画面夯得很实，观之不雅，也不太美。爸爸听了我的批评,十分感慨地说:"我这也许是搞了点自然主义?反正矿工们请客就这样舍得。只差一样菜还没端上来。兰兰,你猜是什么?"我说猜不出来。爸爸说:"只差没把心让客人吃掉!"这件事给我印象极深。想不到如今我在金银湾的第一顿饭,就是这种只差没把心端上来的"矿工的家宴"。面对丰盛实在的酒菜和慷慨友好的主人,我不禁感触丛生,满心发热。我是什么人?既不是人事局长,也不是商业局长,更不是顶头上司,连这些厉害人物的子女亲友都不沾边,是一个没有半点交换能力的小人物。一个举目无亲的弱女子,对他们一家来说一点"实用价值"也没有。可他们却这样不惜血本地款待我,怎能不叫人感激涕零。我为之动情,开怀畅饮,喝了不少的酒,和着眼泪一杯一杯地往下灌,甚至还喝了三杯老汾酒。真喝了个一醉方休。从中午躺倒,一直睡到天快黑,才被姜大婶扶起来喝了一碗酸辣汤。

现在,夜静更深,我酒意全无,睡意也全无。可离天亮还早得很。我便开始打量起这间屋子来。房间不大,家具也不多,但布置得很雅致,显得整洁、温暖而又舒适。它不像是青年矿工的卧室,倒像是个大学生的书房。朝外还有一扇窗户,撩开窗帘望出去,是一片花木扶疏的开阔地,再远处,那条有名的三川河在月光下闪闪发光。但是,最引人注目的,是墙上一幅自画像;背景是矿山凌晨迷迷蒙蒙的雾霭,上面一角隐隐约约露出远处被霞光点染的矸子山顶部的轮廓。画面正中是作者自己——一位去上早班的青年矿工。他穿着深蓝色的帆布工作服,戴着黑色的安全帽,在全身浓重的色调中,衬出明亮、英俊的脸庞,两道热情的目光期待地望着正前方。左胁下夹着一个硬皮笔记本,本里又露出一张报纸的一小部分,标志出他是一个采煤队长一类的角色,要去组织班前会。垂着的右手提着一盏刚刚领下的矿灯,照亮了他穿的一双长筒胶靴和脚下还显得发暗的路面。这盏闪闪的矿灯与那披着朝霞的矸子山顶遥相呼应,增加了画面的和谐美。

我仔细琢磨着这幅画。它有着这样那样的缺陷和不足。譬如,作者的技法还很稚拙,显然没有受过正规的、严格的系统训练。再譬如,脸画得太漂亮了,缺乏思考、幻想的内在气质美。看来他本人不是个善于思索的人吧。还有,这两只手也画得过于修长细美。这是真正矿工的手吗？我见爸爸画的可全是一双双筋络起伏、粗硬老化的大手。尤其是,我总觉得它在什么地方透露着一种强烈的音乐感,什么地方呢？一下又说不出来。我想起了肖邦著名的组曲《玛祖尔卡》,它是那样丰富多彩,迂回曲折地变幻着各种曲调,但所有的《玛祖尔卡》都贯穿着一个秋的旋律。那么这幅自画像的魅力在何处呢？我终于慢慢地看出来了,那是由广阔浪漫的背景,初露的霞光,明亮的矿灯,以及矿工挺拔的身姿和年轻热烈的眼神,共同奏出了劳动的伟大,生命的欢乐、青春的燃烧——这自然是人世间最美妙的一首乐曲了。

三

我刚洗漱完毕,彩梅就风风火火地跑过来,二话不说,拉着我就走。气得正在准备早饭的姜大婶笑骂不迭。

我在彩梅家整整盘桓了一天。到晚上时,我俩已经成了无话不说的亲姐妹,这个乐天得像个喜鹊的矿山少女,忽然忧心忡忡地问道:"式兰姐,你说像我这个没念好书的人,怎样才能变得深刻起来？"

我望着她那副可笑可爱的忧伤样儿,故意反问道:"你要那么深刻干什么？现在不就挺好嘛。"

彩梅急了,毫不保留地把心事端了出来,说"你不知道,式兰姐。人家胜利可不喜欢我这样。"

我继续装糊涂,说:"胜利是谁呀？"

彩梅惊讶地瞪起好看的眼睛叫唤起来:"你不知道胜利？噢,对了对了,你还没见过他。他呀……"说到这里,彩梅嘴儿一噘,气哼哼的样子,其实明显是假装的，"臭架子可大啦！骄傲得像个炮仗。他开口喊我'毛丫头'，闭口喊我'小不点'，你说气人不气人。可恨我就是治不了他。"此时，她又无可奈何地叹了口气，接着用一种真诚向往的口吻说道："式兰姐，我要是有你这么漂亮、这么有学问就好了。那他准喜欢，我知道，他就是要交这种高档朋友！"

我顺口劝慰道："彩梅，你不正在用功学习吗？会赶上他的。"

彩梅摇摇头说："人家也在学呀。你不了解这家伙，学起啥来不要命。不行，我这辈子怎么也追不上他的。他跟我在一起谈话，我根本答对不上，一愣一愣的。式兰姐，我服了，心服口服。他是该有个更理想的伴儿，不然才冤哩……不过也难呀，我都替他发愁呢。"

我开玩笑地说："那你快替他相一个呀。"

彩梅忽然嘻嘻一笑，歪起脑袋把我左瞅右瞅，眸子里又闪出那种欢乐调皮的火花，故弄玄虚地说："我要是相下一个呢？"

"谁呀？"我立刻预感到她要说什么了，就慢慢沉下脸色，警告性地说："彩梅，你可别瞎说。"

"谁瞎说了？"彩梅脸上狡黠的微笑凝固了，十分委屈地说道，"式兰姐，我一点不瞎说，真的。昨天在厨房姜大婶说你还没对象，我就认真考虑上了。我看了，只有你能配上他，最般配了。小狗才骗人……式兰姐呀！你要能嫁给胜利哥，一辈子住在我们金银湾，我保证一点不忌妒，不生你的气。我天天跟你学画儿，叫你叫嫂子。你不信？那我现在就叫呀……"

我被面前这位纯洁如水晶、善良如羔羊的矿山姑娘深深感动了。又叫她的话勾起自己心底的无限忧伤，不由得一刹那百感交集，哭也不是，笑也不是。我镇定了一下，淡淡一笑说道："彩梅，你说哪去了。天不早了，我得过去了。大叔大婶会着急的。"

我走进院门，看见大叔大婶的屋里和厨房都黑乎乎的，只有我住的屋里亮着灯,而且有响动。我知道这准是两位老人在等我。谁知推门一看,不对,而是一个高个儿青年在桌前整理书籍,准备往一个手提包里装。我马上明白,这就是同龄人姜胜利了。

他一时显得有点惊慌,倒像个被人堵住的私闯闺房者,涨红了面皮解释道:"我是来取些东西……"

我倒很是冷静,笑着说:"拿吧,这是你的房间。我叫陶式兰。"说着向他主动伸出手去。他说:"我知道你来了。"他急忙伸出手来。就在两只手刚握住的一刹那间,我心里忽然惊叫一声:"啊,我错了。"不由得拉起他的手看了一下,果然是一只润泽可爱的手。直到他小心翼翼地抽出自己的手,我才猛地从愣怔中惊醒过来,为自己的失态而满面发烧,急忙扭过头去,发现墙上那幅自画像不见了。这下可找到解脱困境的办法了,问道:"怎么把它取了?"

他已经从最初的短暂慌乱中很快恢复了冷静与自尊的神色,我断定这才是他的常态。我感觉到了他那咄咄逼人的真正男子汉的目光。良久,他轻轻一声哂笑,说道:"因为有人不喜欢他的那双手。"

我惊讶不已,抬眼望着他脱口问道:"你怎么知道?"

他神态自若地坐在一把椅子上,嘴角挂起嘲讽的微笑,两眼毫不拘束地迎住我的目光,说道:"多少人都不相信他们,当然就谈不上喜欢。我断定你也概莫能外。但这是一种无知和偏见。原谅我说话不客气。在他们的心目中,矿工只配有一双不像人的难看得要死的手,布满了老皮死肉,煤黑伤疤,指头变形,短粗僵直,不会弹琴,不会绘画,不会温柔地抚爱自己的恋人,只配夹在四块石头中间,撅起屁股挖煤、挖煤、挖煤……错了!同志,也许从前是这样,可如今完完全全错了。"这时,他大方优雅地伸出自己的手来,反反正正地让我瞧了半天,接着又说:"陶式兰同志,你如今总看清楚了吧。不瞒你说,这双手干活戴着手套,下班洗得干干净净,修剪及时周到,冬天还要搽上高级护肤霜。它们会弹吉他,会画那么几笔,也会……相信也会……不过暂时还……"他忽然变得结巴起来,偷偷地瞟了我一眼,红着脸不作声了。

我不禁肃然起敬。开始用认真负责的职业眼光观察他的面孔,同时心里默念着达·芬奇的经验之谈:容貌能显示一个人的性情……面颊和口唇间之皱纹、鼻翼和鼻梁间的界纹、眼窝和眼眶的界纹能清楚地表明其人是否喜笑颜开;这些纹路不显的人必好沉思……观察的结果,我发现他正是个喜欢沉思的有头脑的人,再加上那副有下力的下巴,和漩涡一样吸人的眼睛,整个形象要比自画像鲜明生动得多。我感兴趣地问道:"难道现在都是这样的手吗?"

他不假思索地说:"不少,很多,至少在我们青年队全是这样。而且,你知道吗,问题的实质不在这里。最早在腰间束上兽皮的原始人肯定不多,甚至是一个人。但他代表了人类进步进化的方向,标志着生活中美的新尺度。我们也是这样。后来原始人都围上了兽皮,那么,不久所有的矿工也都会长着这种钢琴家和外科大夫的手。可惜的是……哈!还没有一个画家发现并表现这个历史性的伟大变化。"

我发现我也变得跟彩梅一样狼狈了,答对不上,一愣一愣的,想了半天,只好干巴巴地说:"你不是画了吗。"

"我?画也算画了,但恐怕……你当然知道,画人难画手啊。"他头一回谦和地笑了,笑得像个孩子一样可亲可爱。"不错,我有这样的生活和感受,却没有你爸爸那样的好功力;你爸爸已经炉火纯青,却没有崭新的生活积累。客观存在,只得承认……所以,式兰同志,我常常想到你这位美术学院的高材生,我断定你是高材生,多么企盼你能来我们金银湾,看一看新人新生活,真正替我们煤矿工人画几张像样的画。我也想跟你好好学一学。真的,这是我的心里话。我不脸红。也没有什么脸红的吧。刚才,老头上班去了,老太太串门宣讲你去了,我也收拾停当早该走了,可就是想等一等你,见一见,谈一谈。就这样……不知你能在我们这住多久？多住些日子吧。我可以天天来请教。我有一个比较大的构思……"

我再也不敢听他这么率真热情的话语了，再也不敢接触他那燃烧的目光了，慌忙打断他的话说："我想我住不久的，还有事，你不要天天来……听大叔大婶说，你不是很忙吗？"

他当然理解不到我立即设防的原因，又十分恳切地说道："是很忙。矿上把第一个综采工作面给了我们青年队，马上就要开始培训，还要搞液压支架的地面模拟试验，跟军事演习一样。我可以每天晚上来找你。我的各种业余本领都是晚上学到的。听我说，你要安心住下来，像你爸爸那样。你又没什么拖累，没有吧？你可以先在上面写写生，让彩梅陪着你。综采设备下井时，我再领你去逛地下天堂，怎么样？对了，还有，离我们矿不远有座广成寺，藏有非常珍贵的明代壁画。你没听你爸爸提过？我也可以陪你去。我认识那儿的老和尚。好了，咱们就这么说定了。你休息吧。"

他走了，带着一种新鲜的、我从未领略过的魅力走了。我坐在床头，不禁呆呆地坐了很久……

四

我真的安心在金银湾住下来了。转眼就是一个多月过去了。白天，彩梅领着我去矿区到处写生。后来我才知道，这原来是老矿长特意安排的，给彩梅的任务就是专门陪我转转看看，吃好住好，至于画不画、想画什么悉听尊便。彩梅学着老矿长的调门手势，活灵活现地说："这画画那事哟，可是艺术的问题，感灵（灵感）不来，孙猴他爷爷也没法。又不是采煤机干活，说割就割下一刀。"

吃饭问题上才有意思呢，经常发生戏剧性冲突，这一家要拉，那一家要抢，彩梅事先排的"吃饭顺序表"也一点不灵了。大家像比赛似的，你家吃得好，他家要更好。我张开一张友谊的嘴到处去吃，都吃得不好意思了。

到了晚上，天天有人来，有的送点什么好吃的，有的来请画个像，有的干脆就是来坐一坐，看一看，什么事也没有。来的最多最勤的自然是那些美术爱好者，矿中学生、男女青工等。我给他们讲过几次课，就像很熟了。一来一大帮，挤得满满当当一屋子，好些人只好站着说话。可把姜大婶忙坏了，找座，送茶水，天天陪到深更半夜，就像招待亲生女儿的客人似的，还高兴地说道："兰兰，要不是你来，哪有这么红火热闹。先前都把大婶冷清死了。"这充满真正人情味的美好生活，这只知道同情别人、方便别人和帮助别人的美好人们，使我心里老是热乎乎的，几乎忘却了自己的不幸，忘却了那个玷污了我身体和灵魂的伪君子，甚至忘却了我那寄养出去的心肝宝贝——三岁的小楞楞。

但是，在这一段日子里，最吸引和鼓舞我的一件事，还是姜胜利对油画《巨流》的创作。

作为一个正在进行技术培训的采煤队的队长，他的时间是相当紧张的。他曾说他天天晚上要来找我，其实难以做到，大部分晚上他没时间，有时间的晚上我屋里也没有他的插足之地。所以，他只好在每天的饭桌上跟我见面，断断续续地连播他那个"比较大的构思"——《巨流》。

他首先讲了自己的创作冲动。他说他看过煤矿题材的美术作品不算少了。不能说人家画得不好。画是画得好的，可就是缺乏一种真正的气魄，没能表现出煤矿工人那种豪迈、博大深沉的云水襟怀，和追求真理与光明、勇往直前、不屈不挠、特别能战斗的伟大精神。他居然直言不讳地说，连我爸爸的作品也绝不例外。所以，他早就想在这方面有所尝试，有所突破，搞出点有震动性的名堂。

其次关于创作的具体设想，他说了，他要画一股"煤流"，一股以势不可挡之势涌向"煤海"的长流，一股充分体现矿工性格的"铁流"。但考虑到已有著称于世的小说叫《铁流》，他就不计划与绥拉菲摩维支争美了，而改题目为《巨流》。他说他很早就为此到处搜集素材，有意识地画过大海，画过大江大河，存有不少的写生画稿。

总之，他讲得津津有味，如数家珍，信心十足，还有点忘乎所以，常常把要去夹菜的筷子戳到别人汤碗里。

也许是他的口气太大太傲，也许是他竟敢对爸爸出言不逊，所以开始我对他的创作计划不感兴趣，只是漫不经心地听着就是了，甚至时不时地故意问大叔大婶几句什么闲话，以示对他和他的《巨流》嘲弄与报复。而且，说老实话，以我这专门创作人才的经验来判断，那画他根本就画不出来。为什么呢？你想想，井下的什么"煤海"呀，"煤流"呀，谁见过是个怎样的具体视觉形象？无非是人们一种想象出来的抽象概念罢了，既不能画模特儿，也不能画写生，你怎么把它搬上画面？又会是一种怎样的画面？不黑乎乎一片才怪哩。说什么有不少的写生画稿，可这种画能从写生中直接得来吗？真是不知天高地厚的业余作者！但我出于礼貌，不愿给这位青年采煤队长泼冷水，就婉转地表态道："你的想法还是不错的。不过难度也挺大。当然，可以试试。"

然而，出乎意料的是，当作者眯着一双熬得通红的眼睛把初稿给我时，我不禁大吃一惊，一幅多么激动人心的画面映入眼帘！只见一条势如奔马的煤的巨流迎面而来。新奇的是，它既不是黑乎乎的，也不是从黑乎乎的井下流来，而是闪烁着一种深沉而丰富的色彩，从高远而苍茫的天宇里滚滚而来。那广袤无垠的背景也不是洪荒时代的一片混沌，而是投射着催人遐想的科学之光、生命之光。巨流进入前景时，占用了全部宽度，更加显得开阔无边，大有"气吞万里如虎"之势。那浪峰与浪谷不仅显出节奏美，简直让人清楚地听得到惊天动地的奔腾咆哮之声。综观全局，尽管仍能看出画得十分粗糙、幼稚，败笔明显可见，但作者能从结构的大处着眼，构思大胆，意在笔先，感情奔放，挥洒自如，气势夺人，确有一种令人荡气回肠的艺术效果。

我细细叩问之下，更加钦佩起来。原来他是运用先有轮廓线的素描稿确定构图，再凭着平日默记，在回忆和想象中画出画面，包括明暗、色彩等等应有的一切。多么惊人的形象记忆力！又是多么惊人的想象力！在这里，我才充分理解了车尔尼雪夫斯基的一句话："想象力是作为回忆力参与美感之中的。"我真想对作者大声地喊道："同志，你不应当去当什么采煤队长，你应当去当画家！将来肯定是一个名扬天下的美术新星！"但是，作者和他的老父亲早就离开饭桌上班去了，只留下我在惊喜地、一个劲地欣赏《巨流》，总还想再看出点什么来。还有姜大婶也在惊喜地、一个劲地欣赏我，似乎也想再看出点什么来。

我好几天都平静不下来，在想自己：出生于绘画世家，受过高等专业训练，又是专门干这个的，为什么至今画不出一幅像样的作品呢？岁月蹉跎，一事无成，原因何在？只能有一个解释，那就是离开了创作的唯一源泉——生活，真正的人民的生活。我暗暗地下定决心，要在金银湾安心地住下去，作为重新振作的一个良好开端。

谁知不久却发生了一件事。

头天晚上，我和彩梅约好今天去游广成寺，结果她不知临时遇到什么事不去了，改由胜利陪我去。他告诉说，他们的培训已经圆满结束，过几天才进行地面试验，所以可以请假出去轻松轻松。

吃过早饭，我们就一人骑一辆自行车出发了。姜大叔昨天就去市里开会了。姜大婶早早地给我们预备了一大包吃的，笑眯眯地把我们送出大门。

从矿上到广成寺，二十里柏油路，好走得很。

这是一个阳光灿烂的深秋日子，清凉的空气那样透明，可以毫不费力地望出去十里八里，甚至更远的地方。那青山，那绿树，那树庄工厂，仿佛一伸手就可以摸到似的。公路上方，树枝儿间，闪闪发亮的蜘蛛网在碧空中悠悠然地飘浮着。身后传来遥远的矿山之歌,听起来真像是从地底下传出来似的。还有各种鸟的鸣啭,和五彩花儿的阵阵浓香……这一切,使我顿觉心旷神怡。胜利在前头骑着,我跟在身后。不由得抬起头来打量他,见他今天穿着一身款式新颖、缝工精细的灰色西服,戴一顶呢料前进帽,蹬一双深咖啡色条绒旅行鞋。当偶尔回头张望时,看见他还戴着一副太阳镜。呵!整个装扮又神气又有派头。不像个矿工,分明是个年轻有为的青年画家,刚出国回来。

这时,他在前头兴高采烈地喊道:"同志,追上来呀。"说着他骑得更快了。我也来了劲,一阵猛蹬,终于跟他并驾齐驱。他笑笑说:"你还行。"我说:"你以为我不行呀。"两个人便扯开了各种话题。不过,他说的多,我只是简单地应承着,因为我被四外美丽的景色吸引住了。

不觉来到广成寺。原来它建在山顶上,果然是一个好去处:但见青山叠翠,碧岫珑云,飞泉激湍,流水潺潺。更有满眼红叶,衬托起一座高耸入云的琉璃宝塔。宝塔之下,便是一座偌大的寺院,梵钟高悬,佛堂明净,游人如织。胜利真的和老方丈很熟悉。他引导着我们,把寺内各处游览一遍,什么佛祖、菩萨、十八罗汉,也不必尽述。那几幅明代壁画保存完好,倒是极为罕见的稀世珍宝,让人流连不忍离去,说好下次来住几天,用心地临摹一番。看完壁画出来,又上了飞虹塔,来在顶层,却"怪鸟飞平地上,自惊人语半天中",别有一种感慨在心头。最后,又回到方丈的居所美美喝了几杯茶,便告辞出来,想再去观观山景。一直都玩得很好。

当我们拖着又累又饿的身子,在一棵浑如伞盖、久经伏腊的老松树下野餐时,胜利忽然提出要我讲讲自己的生活,他直望着我的眼睛,充满期待地问道:"式兰,你真的没有爱人吗?"我就明白,这句话他不是偶然想到的,而是久蓄心头,只待吐出的。

因为来得太突然太意外了,我顿时仓皇失措,心儿狂跳不已,热血直往脸上涌,张口结舌,不知该怎样回答,后来竟用一种连自己也感到吃惊的怒气冲冲的腔调说道："你，你问这个干什么！"话一出口，立即后悔死了，可是已经迟了。只见胜利像一下遭到雷击一样，浑身一震，刹那间变得脸色苍白，眼神暗淡，双肩低垂，嘴唇和手指微微颤抖着，低下头默不作声了。

望着他这副忧伤可怜的样子，我心中好生不忍，本想安慰几句，谁知口不应心，说出来的却是："胜利，以后……你别这么问了……"

他仍然低着头，良久，才闷声说道："好吧。"然后站起来，用明显强装的调子说，"不早了，咱们回吧。"

归途上，我们俩人谁也没有再说一句话。

夜里，这件事折磨着我的心，把开始愈合的伤口又一下撕开了，而且又分明撒上了一把盐。那些充满眼泪、痛苦和悔恨的往事，原来并没有被遗忘，这时都像银幕上的画面一样，一幅一幅地浮现出来……

是谁骗走了我纯洁的爱情？不就是那个衣冠楚楚的伪君子吗！是他自告奋勇地把我千里护送回家，一路上关怀备至，贴钱买了多少东西。父亲去世后，又是他跑前跑后，四处张罗，料理完殡葬大事，也操劳得他五劳七伤。父女永诀，天上地下再难相见。我痛不欲生，终夜哭泣。也是他长夜相伴，百般劝慰，终于使我度过了最痛苦的时刻。我感动死了，觉得老天爷让我遇到了天下最好的人儿。所以，当他跪倒在我的脚下求爱时，我便满怀情爱地委身于他。后来，毕业，结婚。也曾有个一段如胶似漆的日子，而且很快结下了爱情的硕果——小楞楞问世了。我一颗单纯幼稚的心满足了，陶醉了，做梦都笑醒来，根本不相信世界上会有什么骗局和恶棍。然而，生活中真的有啊。而且很快就叫我遭了殃。原来，他并不是爱我的才华善良，而是早就看中了爸爸那千把张素描。他一旦卷逃出国，凭着爸爸的盛誉，便可以使他变成一个大富翁。庆幸的是，我谨遵父训，始终没有交出那把藏着画稿的保险柜的钥匙（我原本是想交给他的）。这使他美梦落空，暴跳如雷，打我，骂我，千方百计地折磨我。可我还是没有屈服,挺过来了。终于有一天,完全绝望了的他,也害怕引起公愤,便提出了离婚的要求。他早就另有新欢,而且两人臭味相投,只待履行结婚的法律手续了。

我悲愤欲绝,怒火中烧。想跟我离婚么?没那么容易!他玷污了我的身心,毁掉了我的名誉,耽误了我的事业,哪能叫他轻易溜走。反正我在爱情上已遭严霜,一蹶不振,心灰意冷,今生不做结婚之想了,只愿与我的小楞楞和事业长相守。到永久。但是,报复的火焰却在我胸中愈燃愈炽;我不办离婚手续,让一条冷似铁、硬如钢的绳索捆住他的手脚,叫他今生也别想有半点痛快和安宁……然而,这深藏在自己心中的一切一切,能告诉金银湾的人吗?能告诉姜大叔、姜大婶、彩梅,尤其是已经开始悄悄追求我的姜胜利吗?告诉了又有什么用?他们会用怎样的眼光看我呢?……

这一夜,我辗转反侧,终难成眠。

五

第二天的饭桌上,看不见胜利。姜大婶瞅了大叔一眼,连忙解释说:"去吃大灶了。就爱图热闹,不管他。"我心中却一下不安起来,总觉得与昨天的事情有关,一种伤害无辜的内疚之情油然而生。我勉强吃完一碗饭,就推说有点不舒服,回到屋里躺下了。听见外面姜大叔压低嗓门斥责说:"都是你这老东西干的好事。"破天荒的是,竟没听到姜大婶那高腔大嗓吭一声。

老两口相跟着进来了,一个坐在床头,一个坐在脚地椅子上。姜大婶撩开毯子,伸手就摸我的额头,又无限慈爱地理着我的鬓发,说道:"孩子,别怕,不烧。一会大婶给你做碗老姜汤……兰兰,你可别生大婶的气,昨天的事都怨我,是我让胜利顶了彩梅。我还以为……谁知道这东西……你大叔已经把他撵跑了!唉,都怨大婶这没心没肝的,叫我可怜

079

的兰兰受委屈了。大娘对不住你,对不住死去的老陶大哥……"说着红了眼圈儿。

"大婶,你快别说了……"我的眼泪夺眶而出,紧紧拉着大婶的手说,"大婶,不怪胜利,你们别错怪了他。也不怨你,大婶,谁都不怨……我真是……心里不舒服……"大婶更加惊惧不安了,带着哭音问道:"那你快告诉大婶,怎么啦,到底怎么啦,兰兰啊?"

我扭过脸去,心乱如麻,一任涟涟的泪水流过鬓边,濡湿着枕巾。

屋子里寂静得叫人难受。

后来,姜大叔开口道:"他妈,是这,先让兰兰躺躺吧,别打搅她了。"

姜大婶给我轻轻地盖好毯子,叹了一口气,随着大叔出去了。外头,大叔小声叮咛说:"你把中午饭做得清淡一些。一会儿去买菜时,顺便请请周大夫,让他抽空过来一下。苹果还有没有?你再买些橘子什么的。我上班了。"

不久,姜大婶也出去了。

整个院子里变得异常寂静,只有几只麻雀在檐前叨嘴磨牙。

我的心却安静不下来,急速地打着主意。怎样才能给大叔大婶解释清楚这场误会,让他们把受冤枉的胜利叫回来,全家人再不要承受这种完全不该承受的精神折磨呢?看来只有改变初衷,把自己的满腹心事倾诉出来才行。可这样岂不又会引起新的烦恼吗?不好。当然,还有另一个办法,那就是赶快离开金银湾,但这样不明不白地走掉,岂不等于给这善良的一家人判了无期徒刑,让他们糊里糊涂地后悔一辈子吗?也不好。要有一个两全其美的办法就好了。

也是事有凑巧。过了几天,从北京来了两个想给爸爸写传记的人,住在矿招待所,说想跟我谈几天。忽然我灵机一动,何不趁这机会也住进招待所呢?说工作需要,大叔大婶想必不会多心。这样缓冲几天,往后就一直在那儿住下来,这个弯子就转得很圆了。于是,就在这天的晚饭桌上,我故意用无可奈何的口气说道:"那两个人真麻烦,非要我也住在招待所,说他们时间很紧,这样晚上可以多谈一会。"

姜大婶立刻亮起大嗓门喊起来:"那不成! 他们倒说得好,也不管别人有病没病。别听他们的,也别跟他们谈得晚。"

我说:"不过,大婶,住在那儿也好,人家找我也方便。"

大婶说:"反正咱不去。乱哄哄的,天南海北的,什么人没有呀。他们要图方便,还是到咱们家来,又干净又清静。大婶管吃管喝,一个小钱不要他们的,这行吧?"

我只好使出最后一招,说:"可我已经答应人家了。"

大婶更干脆了:"那不怕,我去找他们。住在几号?"

我心里暗暗叫苦不迭。嘴上却赶紧说:"那……还是我去吧。"

这前后,姜大叔一声没吭,只管默默地一个人吃饭,却忘了像平日那样先喝几盅。

深夜,我谈话回来,心情很不平静,还沉浸在对爸爸的痛切怀念之中。姜大婶给我端来的一碗鸡丝馄饨早就凉了,我也一动没动。只是闷坐在桌子前头想心事。

这时候姜大叔推门走了进来。

我急忙起身让座,问道:"大叔,你怎么还不歇呀。"

"我来给你送一样东西。"大叔说着坐下,递给我一份打印材料。

我接过来一看,开头写着一行大字标题:"金银湾煤矿进行 TF—V 液压支架地面试验方案。"下面第一项是"参加单位",列着局矿十几个有关名称;第二项是"领导小组成员",一共七个人,其中有姜大叔的名字;第三项是"试验小组成员及分工",内容很多,其中有一栏标明总指挥是姜胜利;下面还有许多项目;在"特邀部门代表"一项下除了什么煤炭部科技局、煤炭科学院、山西省煤炭工业局、三机部164厂上级领导单位的代表外,居然还出现了这么一行文字:"正在我矿深入生活的青年美术工作者陶式兰同志也将应邀光临指导"。我的天呀！这简直是……谁是陶式兰啊！

姜大叔在一旁笑呵呵地瞅着我，说："式兰，你发什么愣？不乐意参加？"

我激动地抬起头说："这……大叔，我有什么资格呀。"

大叔说："怎么没资格？咱们自己人造的，自己人试验，你又是咱们的画家，怎么没资格？谁有资格？孩子，你这是头一次。你爸爸在的时候，这种事遇得多啦，不让他去还不行呢，每次去了都要画几张。后面的你就不必看了，技术上的事你一下也看不懂。你记住这件事就是了，准备准备，想画就把东西带上，到时候跟大家一起去就行了。"

一股热流暖遍全身。世界上还有什么比人与人之间的信任更可贵呢？但同时，我更觉得问心有愧了：大伙是这样的信任自己，可自己呢，至今还没有坦坦荡荡地交出一颗心啊。我又低下头说："大叔，我不想去。"

"不想去？怎么能……式兰，你知道这是多大的事吗？"大叔的态度一下变得庄重严肃起来："式兰，我的孩子，有些事你不知道，我跟你爸爸讲过……在胜利前头，大叔还有个儿子，起名叫吉利，灵性得跟空空似的，听人讲《三国演义》《西游记》，一遍就记死了。如今要在着也四十好几啦。他九岁当童工，跟着我下窑背煤，时常在我屁股后头哭着喊'爹呀，我受不了啦。'回家睡上一夜，第二天起来又高兴了，老爱说：'爹呀，我昨黑夜梦了一个梦，我会做诸葛亮的木牛流马啦。'或是说：'爹呀，我梦见了孙猴子，他说今天给咱想办法哩。'可怜的孩子，这是梦呀。喝上一大碗高粱面糊糊，他还得跟上我去受罪，这就又是喊：'爹呀，我实在受不了啦。'……他名字叫个吉利，也没吉利得成，十二岁上就让石头砸死了，临死前，他血糊糊地躺在我的怀里，还在一个劲地喊：'爹呀，我昨黑夜……梦了……一个梦……'梦，梦！从古以来，多少窑哥都在做好梦，可死了多少呀，成千上万，成千上万！……解放了，说不做牛马了。对，不做牛马了。可是要叫大叔我看，只要一天不变老干法，使唤不上正经机器,你心里再说不做牛马了,不做牛马了,可你身子还得照样出牛力马力,动不动还得叫石头砸死! 叫水淹死! 叫瓦斯闷死! 叫大火烧死! 这种事眼见得还少吗? 因此,你爸爸第一次来矿时问我,你说如今矿上什么事最大最当紧? 我说弄几套综采设备使唤比啥都大、比啥都当紧。那会还有人打小报告哩……瞧,我这是说到哪里去了。不管怎么样吧,如今咱们金银湾总算有了综采设备,还是国产的。式兰,你想想,了不起啊! 真正是改天换地! 改天换地! ……不想去,你再说个不想去。"

我又一下抬起了头,想立即表明心迹,说:"大叔,我可不是不想去,我刚才只是说……只是……"

"有什么话就说! 这像什么样? 也不是小孩子了。"姜大叔突然变得严厉起来。这使我吃了一大惊,霎时想起了父亲的训斥声。"我早就看出了你心里有事。多大的事呀? 不敢说吗? 闷在肚子里,闷到多会呀? 今天你得给我说一说,不说清楚还不行。现在就说!"

我在他那比严父还要严厉的目光下,乖乖地开了口,诉说了所有的一切……连自己都感到意外,不知道这是怎么啦。

六

上午九时,试验在矿体育场举行。这可不是一次寻常的工作试验,简直是一个矿工的盛大节日! 只见体育场里人山人海、水泄不通,到处贴满红绿标语,高音喇叭播放着雄壮有力的歌曲,锣鼓声、鞭炮声不绝于耳,还有人放起了彩球和哨鸽,红日蓝天之下,这是一幅多么壮美的人间奇景啊!

我被请到主席台上,在特邀代表席就座。老矿长带着领导小组成员跟大家一一握手。在我面前停时间最长,所有的人与我握手时,都像对老朋友那样无比诚恳地微笑着说:"式兰同志,欢迎你呀!"

我眼里含着热泪,可一个字也说不出来,只是一个劲地点头。

姜大叔也许为了消除我过分的激动不安,过来坐在我的身边,给我一一介绍场地中间的试验设备:"你瞧,那就是液压支架,钢铁巨人,力大无穷,多威风哪!……"

我看清了这些现代化机器设备,更看清了那些正在做试验前最后一次检查的忙忙碌碌的小伙子,尤其看清了他们那位试验总指挥。胜利今天穿一身崭新的工作服,顶盔蹬靴,脖子上系一条雪白的毛巾,手上也是一双雪白的新手套,嘴上含着一只明晃晃的小哨子,"嘟嘟"地吹着,手臂挥动着,指挥得那么从容不迫,自信稳健。叫人都看迷了。

试验前举行了简短的庆祝仪式。刚一结束,我就悄悄地提着画夹跳下主席台,挤进了人群中。我只觉得心胸从来没有像今天这样开阔,充满了强烈的生活欲望和创作激情。什么个人的不幸,那个可恶的伪君子,现在都像阳光下一小片冰块儿,消失得无影无踪了。我在人群中到处走着,就像鱼儿在水里一样自由快乐。那一张张认识和不认识的笑脸,那一个个充满美好情感的眼神,都神奇地化作灵感的细胞。我要把这美丽的一切都画出来,画成一幅超凡脱俗的惊人画卷。而且,我甚至被必将获得巨大成功的预感激动得浑身发抖,心都缩紧了……是的,现在我自命不凡,一定成功!天生我材必有用,只要我不离开金银湾,不离开这儿……

然而,这天中午一回来,我就见到这样一封急电:"楞楞病重住院速归。"我自然心急如焚,好像已经看见孩子躺在病床上的垂危样子。可怜的孩子从小多灾多难,万一有个好歹,我也不想活了。要知道这几年如果不是小楞楞还能带来点阳光空气,他的妈妈早就窒息而死了。

姜大婶一边给我打点行装,一边着实生气地大声抱怨着:"不是大婶说你,你也太心硬了,全不像个当妈的。你有那么大的委屈不早说,这不,连三岁娃娃也跟上你多遭多少罪。哼,把娃扔出去!你就放心了?我还不放心呐。为啥不把娃给我带来?怕大婶不要?不亲?还是怕什么……你真叫大婶伤心哪！记着,病好了你们一起来！听见了没有?"

这时,姜大叔也把明天的火车票给买回来了,还买了那么多东西。听见了说:"老婆子,还唠叨啥呀！式兰心里就好受呀。先收拾吃饭吧。"

紧接着,彩梅也来了,一进门都插手帮上忙了。

很快,人们都知道了。不断有人来送行。到晚上,形成了高潮,送这的,送那的,络绎不绝,光鸡蛋送了一大筐。想不收? 你倒试试！一直到快半夜了,还有不少人坐着不走,给你讲各种宽心话的,给你推荐他们在省城当大夫护士的亲朋好友的……最后,还是姜大婶假装生气的样子,才好不容易把大家送走了。

屋子里留下我一个人。我想着晚上来过的这些古道热肠的人,心里忽然觉得好像少了个谁,谁呢? 是了,姜胜利。他真的没有回来。为什么不回来呢? 应该回来一下呀。可是我再一想,人家为什么就该回来呢? 人家就问了那么一句极为普通的话,你便出口伤人,让一个堂堂男子汉受得了吗? 这时,我眼前便一下浮现出胜利在大松树下那副脸色大变、黯然神伤的可怜样子,心里涌出一股十分歉疚和惆然若失的滋味,久久难以消失。

我心绪不宁地绕室踱步,忽然听见似乎有人轻轻叩了几声窗户。开始我没去理会,后来走过去撩开窗帘一看,发现外面窗台上放着一个小包,上面是一封信,在满月的清辉中,只见信封上写着"陶式兰同志收"六个字。我惊奇了一刹那,又马上预感到了什么,急忙开窗取回来。这封信果然是他写的。

式兰同志！

　孩子有病,你心情一定不好。我也不想多说什么。只有如下简单四点:第一,请原谅我上次的冒昧和粗鲁,不该问你那样的话,触痛了你的创伤。第二,作为一个普通同志,我希望你回去给孩子治好病以后,也应该将你个人的那件事正确处理一下。我以为正义的报复是人道的行为。但你的报复手段却未免失之幼稚和偏狭。须知战胜邪恶只有靠全社会的道德力量与法制。再说,为了报复一个小丑而继续断送自己的青春、才华、事业和爱情,值得吗? 请三思而后行。第三,煤矿是人类的能源基地,也可以是艺术的源泉。可惜的是,从来许多文艺家却对煤矿畏之如虎,望而却步。请你切勿学这些见小利而亡命,干大事而惜身的平庸之辈,而学学那位勇于走自己路的老父亲,也坚定不移地到煤矿来吧! 这儿太需要文艺家了! 第四,天下到处有煤矿。请你千万不要再来金银湾。我是个普通矿工,凡夫俗子。食人间烟火,有七情六欲。我怕我对你控制不住感情,一旦失去理智,也许会造成你生命中的第二次磨难。那样,罪莫大焉!

这个包里有我送给未见过面的小楞楞的几件玩具。还有三百元钱,是我们全家的一点心意。住院看病,会用得着的,务请收下。

祝勇敢重扬生活风帆!

姜胜利即日

我急忙朝窗外极目四望,多么想看见这个最后的送行人啊! 在月朗星稀的天穹下,在饱和着花香的薄雾里,一个高大的身影正穿过小树林,沿着明亮的三川河健步远去。我知道,这就是他。我想大声地将他喊回,却没有喊出来,只是流着眼泪呜咽着说:"胜利! 你……只说错了一点、一点! ……"

工人出版社1985年8月第1版
本篇由《小说月报》转载,改编成电视剧时名为《金银湾》

母亲,您为什么要走

中秋节的前一天,吃完晚饭的时候,母亲突然对我说:"应儿,我打算明天回老家去,你给我早点打票。"她那异常坚决的神情,决断的口气,加上这么稀罕地当面唤起我的小名,让我深感意外和惶然。

"妈,您……这是怎么啦?"我不禁有点结巴起来,"是……连朋惹您生气了?"连朋是我的妻子。婆媳关系嘛,不能不先想到这个。

"连朋挺好的呀,真的。"母亲说得恳切。

"那么……妈,是大胖二胖惹您发烦了吧?"我继续探问着。

做奶奶的立即露出笑容,说:"傻话!你们再给我生出几个大胖二胖试试。"

我却没有笑,又问道:"妈,那一定是我怠慢您了,对不对?"

母亲收起笑容,盯着我的脸,摇了摇头说:"快别想七想八了。都不是……唉,兴许我是想你兄弟他们了……"说完,她就坐下去,专心致志地搅开那架特意从老家带来的纺车了(我劝她不要往城里带,怎么也不行),嗡——嗡,嗡——嗡……

嗡——嗡,嗡——嗡……这匀称而单调的纺车声,使我心里好生烦乱,而且隐隐作痛,"是谁,是什么事,伤了七十岁的老母亲的心呢?"我躺在书房里苦苦思索着,终究不得其解。不时听见妻子在隔壁咳嗽(她当然睡不着);传来孩子的梦呓声,奶奶要走,连小家伙们也睡不踏实。

这古老的纺车声多么熟悉！多么亲切！它是一根回忆的尼龙丝，把人拉进无限往事的旧情中……

那是我始有记忆的童年：每夜一觉醒来，还没睁开眼，就先听到从父亲生前买下的那间破屋里传来嗡嗡的纺车声。母亲虽然没有一点文化，却打定主意要靠这双纺花织布的手，将炕上两个蜷缩在薄被里的孩子拉扯成人，供他们上学念书，跟那些有父亲、有办法的人家一样。我就是在这样绵绵不绝的纺车声中，由小学而中学，而大学，而成了工程师的。母亲呢？也就是在那架古老的纺车前，苦度了自己的大半辈子，一头浓密的乌丝，今日竟已华发稀疏了，叫人看了怎不心碎呢！

如果说，我早有什么夙愿，这便是：今生今世一定要好好报答母亲，要把母亲从那至今还填不饱肚皮的山乡老家接出来，晨昏侍奉，克尽人子之道。虽说难报"三春晖"，但总算还有着个"寸草心"吧？可惜自己多年来时乖命蹇，坎坎坷坷，颠沛流离；国尚不国，何以为家！每逢老母诞辰，也只好身在异地，遥望故乡，捧一颗痴痴孝心，化几滴莹莹清泪耳！好在天旋而地转，沧海变桑田。总算如愿以偿了。两个月前，单位一分配新房子，我第二天就动身回乡了。接来母亲后，我给她老人家买上十九英寸的彩色电视机，做了一件上等料子的好衣裳，让她尝了省府的名菜、糕点，观赏了古城风光……眼见得中秋节是团圆节，今年中秋节又是老母亲的七十寿辰，我已经尽其所能，准备得应有尽有，到时候请几位手足亲朋，热热闹闹地为老人家庆贺一番。谁料想……她竟说什么想念我那兄弟了……

我走进母亲的房间，默默地坐在一把椅子上，纺车在悠悠地旋转，母亲的身影落在油漆粉墙上，那是瘦长而又那么挺直的影子。

"你怎么还没睡？明天要上班的。"

"我睡不着。妈，您才来几天，怎么又要回去？我们到底什么地方做错了呢？"

"又是傻话。有什么错……唉,该咋说哩,真是我想你兄弟他们了。"

"妈,我不信。"

"不信?"母亲猛地停住纺车,惊讶地扬起眉毛,看了我一会儿,又慢慢地摇起纺车来。她的声音像纺纱那般地缓慢而平静。"看这娃,妈一辈子骗过谁! 骗过你一回,那是吓你,说我病了,打电报把你叫回老家,怕的是你在外头参加武斗。——这一回,我真是想你兄弟了。这些天不知为啥,尽想那天那个卖烧土的汉子,和他那两个又黄又瘦的娃娃。想起这呢,就又想起你兄弟来,他那紧巴紧的光景,他那一窝子的娃娃,听说咱们那儿又旱得不成样子……你看怪不怪,我总觉得他和那个卖烧土的很像,可你又说不像……"说到这里,母亲有点凄凉地摇摇头,不吭声了。

那是上个星期天的事儿了。有一个外路口音的中年汉子,拉着一平车烧土到我们宿舍大院里来叫卖,论穿戴的破旧、样子的疲惫,都和一般卖烧土者区别不大,特别的是在他的平车后头,紧跟着两个营养不良的小孩子。他拉着上千斤重的车子,大喘着气,憋着声音大喊着"卖烧土咧——! 卖烧土咧——!"在院里转了一圈,因为要价高出一毛钱来,竟没招下一个主顾,急得两个小家伙也帮着爸爸尖声尖气地兜售起来。这当儿我正在阳台上看书,当然不去理会这种事情。忽然,母亲夺下我手里的书,生气似的说道:"别看啦! 你下去把那车烧土买下。"我奇怪极了,说:"咱们用的是煤气,要烧土干啥? 又不打煤糕。"母亲急了,说:"再没个用处啦? 我就不信。"我说:"妈,还是别白花那个钱,能买一桶罐头呢。"母亲一下变了脸色,厉声地说:"吃,吃! 还嫌吃的好东西少! 你不去,我去!"说完,蹬蹬蹬地下楼去了。我吓坏了,赶紧起身追了上去。

母亲不仅买下了那车烧土,还把那父子三人拼命拉上楼来,请在我们的水磨石地板的客厅里吃了顿中饭。连朋中午不回家,饭是由母亲一手操办的。她兴致很好,一面出出进进地忙着,一面向那汉子问这问那。可惜那父子三人没见过世面,始终显得怯生生的,六只眼睛里一直露出受宠若惊和感恩戴德的可怜神情。问了老大半天，也就仅仅问出他是个回城告状的，前不久死了妻子，留下两个孩子，一个九岁，一个七岁，都还没有上学，如今三口子的生路就全在这一车烧土上……贵客走了以后，母亲一边洗涮，一边忧伤地唠叨说："这个人像你的兄弟。"看见我不以为然，她显得很失望，但还是固执地喃喃道："反正我看着像……"

"你总是说不像。"蓦地，母亲又开口了，好像知道我会想到什么地方似的，"怎么不像？看看他们吃饭那狼吞虎咽的样子，身上那一股土腥气和汗酸味，说话不敢抬眼皮，木木讷讷；还有他们那些没福气的娃娃……唉！看来受苦人还多哩，不光是咱那山沟沟里你兄弟他们，就连这天天吃肉看电影的城里，没想到也还是这个样样。说要四化呢，我看离那四化早哩……这些天，一听到街上卖烧土的叫喊声，我这心里就……再看看咱这吃的、穿的、用的、烧的，还有这茅房安在家里的洋楼……儿啊，我是一天也住不下去啦……"

母亲就是这样地走了！在一个难得的中秋佳节，在一个将要为她祝寿的日子，在她的儿子——有着一颗基本符合现代化脑袋瓜的儿子——茫然不知所以的情况下，走了，头也不回地走了，也许是永远地走了！她留下的最后一句话是啥？"要再碰上那卖烧土的，就再接济接济他，三块也行，两块也行，一块也行……"

母亲终于走了，使我久久地不安。

发表于《无声的细流》一书，山西人民出版社1983年3月第1版

本篇收入《母亲之歌》一书

母亲，您为什么不走

我刚从国外考察归来，即收到六娃子打来的电报，要我务必火速回乡一趟。六娃子是我们老家的大队党支部书记，早在穿开裆裤时代，就是我的好朋友，而如今则额外地替我担负着照顾老母亲的义务，所以，一见是他的电报，我的心就咯噔一下，只怕是老母亲有了什么事。

许多人都知道，去年夏末，我曾将在穷山沟里守寡、操劳了大半辈子的老母亲接到省城，实心实意想叫她老人家享上几天儿孙福。不是吹，一片孝心可对天！但是，老母亲很不赏脸，在城里统共住了不到一个月，说是想念留在老家的我兄弟他们，执意要走，怎么劝也不行，竟在中秋节她七十岁生日那天返乡了。当时，我和妻子连朋曾为此而大伤脑筋。

不过，令人略觉放心的是，老母亲一到家就写来了平安书信，而且此后每月都有一封，有时候还是两封。看来她是有意要解除我们的顾虑，证明她的由城返乡，绝非是生了我们的什么气。说到信，自然都是由我的侄女儿葡萄写的。这个农村中学的一年级学生，不仅写得一笔好字，而且极有文采，看她以奶奶的口气把信写的，分明就是一篇篇绝妙的抒情散文。譬如，有一篇景物描写得很出色，说是月亮现在似乎非常羡慕咱们家，老趴在大皂角树的顶顶儿上，笑嘻嘻地望着咱家的院子。大喇叭里再不响催人夜战的吼喊声了。但能听到南墙根下蛐蛐儿的叫声，胜天渠水的哗啦声，地里玉荽棒子和玉荽棒子的磕碰声……再譬如，有一篇人物刻画得蛮形象,说是你兄弟如今当了个作业组长,高兴得脸短了少半截,嘴倒宽了一大圈,为了多得些超产粮,正跟相邻的愣青娃作业组摽着干呢……读着这一封封万金家书,我和连朋不仅完全放了心,而且还高兴地议论说,我们家怕未来要出一位女作家了吧。

可是,到了今年,一连两个多月,都没有收到母亲的来信。我们很觉不是味道,连着写回去几封信,也都如石沉大海,不见回音。我们更慌神了。正在心惊肉跳之际,果有晴天霹雳,老母亲忽然打来加急电报,说是我的兄弟庆娃子不幸身亡,要我赶快回去理丧。

这事太想不到了!虽然说生死路上无老小,但怎么就会轮到我的兄弟呢?提起来实在心酸。原来,去冬无雪,今春无雨。胜天渠里一直是底儿朝天。春浇开始后,从黄河里抽上来一股水,顺着大渠流下来,流到我们古驿庄,可就起了一场多年不见的抢水风。我们这地方,民性强悍,好争好斗,古来为抢水之事,年年发生械斗,没有一回不闹出人命的。今年全村分成几十个作业组,为水的事情闹得一塌糊涂。我那兄弟硬出头,让愣青娃一钢铣劈破了脑袋,在医院里缝好伤口,住了一个多月院,眼看就要好了,却让潜伏着的破伤风菌发作起来,生生地夺去了性命。

俗话讲,福无双至,祸不单行。我料理完兄弟的丧事,前脚刚回到单位,后脚又飞来一封要命的信。六娃子在信里开门见山地说,你兄弟媳妇菊花突然走了,领着两个最小的孩子改嫁了!他说他一下弄不清是怎么回事,要我再回去一下,免得老人气出什么意外来。

我坐在火车上,那车轮子响得能把人烦死!一个好端端的人家,正想过几天活套日子,却死的死,走的走,眨眼塌了半边天。如今留下这老小三口,往后的日子怎么过?我不禁把一肚子的火气,都窝在弟媳妇菊花身上:你就全不念十多年的夫妻之恩、婆媳之情么?你这是活活想把我的老母亲折磨死啊!菊花呀菊花,这事情不算完!

然而回到家里一问,我不禁大吃一惊。只听老母亲一板一眼地对我说:"菊花怎么啦?是我劝她走的!你想咋?"我愣在那里,一个劲地把老母亲的神色瞧了又瞧。她分明憔悴多了,眼睛浑浊而血红,只有对我的斥责一如往常般严厉。随后,她才原谅似的看了我一眼,缓和了口气说:"你也是知书知理的人。这有啥呀……菊花才三十四,可怜她自到咱们家,一路都是穷日子。如今总不能也叫她像你妈一样,再守半辈子寡吧?招赘上一个人吧,屋里四个娃娃,谁肯上门来?思来想去,我就做了主。菊花她哭着死活不走,可她拗不过我。我说:'娃呀,你真要恋念妈,你就听妈的话,给妈当个好闺女,让妈欢欢喜喜地把你嫁出去,成一个新人家。那妈才高兴哩!'……你哪里知道,是你妈把话说了千千万,菊花才勉强应承的呀。"我默然了,久久地说不出话来,心里不知道是一股什么滋味。

深夜,我忽然被一阵阵熟悉的嗡嗡声唤醒,知道这是母亲在里间纺棉花。我看看表,是下三点,离天亮还早得很。我轻轻地披衣下地,走过去,从门帘缝儿里一望,只见老母亲盘腿坐在炕上,微侧着白发稀疏的头,一下一下地搅着纺车。扇起的小风将煤油灯焰吹得摇摇晃晃。灯影里,在老母亲身边的被子下,并排蜷卧着两个小小的身体,那是葡萄和她的大弟弟枣儿。一会儿,老母亲双肩一垂,停下手来,气短似的长长叹息一声,然后扭头瞅着孙儿孙女出神,末了,惨然地摇一摇头,叹息道:"唉,想不到又从这儿来了……"于是乎,她潸然泪下,唏嘘不已。但很快地,她又用袖口揩揩眼角,更加发力地搅起纺车来,嗡——,嗡——,嗡——,嗡——啊,我的心发颤了!这不是几十年前的旧景重现吗?所不同的是,那时躺在母亲身边的两个可怜的小人儿,不是葡萄和枣儿,而是我和短命的兄弟庆儿罢了。我的白发苍苍的母亲啊!你还要这样一直纺下去吗?还要这样地将人生艰难抚孤的苦酒再尝一遍吗?你已经风烛残年,还在指望什么呀?

那次,我本想在家多住几日,陪一陪母亲那颗饱经忧患的孤独的心。结果却难如人愿，派我参加出国考察团的事情又过早地确定下来，单位上一天一封电报地催。老母亲见我游游移移、二心不定的样子，不仅又气又急，一个劲地抱怨，说我这一回就根本不该回来，就不该听六娃子的话，说我四十大几的人啦，怎么连忠孝不能两全的道理都不懂。她抱怨到最后，口气毕竟软了下来，红着眼圈说："儿啊，不是妈撵你走，妈这辈子还能再见你几回？……我是说，你拿着公家的钱，公事要紧呀！你走吧！你妈没一点事儿。你妈可经得多了，这算什么……"

我出国了。一出三个月。在国外，只有紧张的考察活动能使我忘掉一切，除此而外，我则无时无刻不在思念老母亲。参观罗浮博物馆时，我站在米勒的传世之作《拾穗》前，不由得热泪涟涟，因为画上那烈日下艰难拾穗的农妇，使我想到了我的老母亲。家乡也正是收麦天啊。随后，登上三百米高的埃菲尔铁塔，尽管同伴们都为眼前绮丽的异国风光所陶醉，我独独视而不见，一颗心早就飞越高山大河，飞回到东土神州，飞回到生我养我的老母亲身边了。

所以，现在就是没有六娃子的这封电报，没有出国归来的休假，我请事假也非要回故乡不可的。

半上午的时候，我在离我们村十多里路的小火车站下了车。六娃子一个人在接我，一见面，他就忧伤地拉着我的手说："应娃子，糟了，我给你惹出麻烦来了。"

我连忙问是怎么回事。

六娃子先不说，把我拉到车站旁边一个小饭铺里，要了几样菜，四两酒，吃喝了起来。他这才长叹了一口气，说道："应娃子，是这么回事。我当了多年支书，在公社、县上有几个熟人。看到你家的难场事，我就在上头给跑了跑，总算把婶子他们老小仨的户口转成'国供'了。"

我一听这话，惊喜得心差点从嗓子眼里蹦出来，狠劲擂了他一拳头，笑着说："你这家伙！给我办了天大的好事，还说是惹了麻烦，卖关子哩吧?"

六娃子苦笑一声说:"好我的应娃哥哩! 我还敢给你这大知识分子卖关子吗! 你说是好事倒是好事,可好事变成坏事啦。"

我连忙问道:"咋啦?"

六娃子用拳头揉着硕大的狮子鼻,愁眉苦脸地说:"婶子她不愿走呀,不想到你们城里去。我左劝右劝,前比方后比方,把十几年耍嘴皮子的功夫都使尽了,不抵事还是不抵事。我追得急了点,竟把她老人家急出一场病来。"

我大惊失色,"什么,病了?"

六娃子赶紧补充说:"病,你放心,好医生都看过了,没啥,再有几天就能下床了。要不,我还敢拉你先喝酒吗?"

我略觉放心了一些,便问道:"那她为啥不走呢? 你咋劝她来?"

六娃子说:"婶子为啥不走,我实在估不透。可我劝她的话,谁听了也得动心。我说,'婶子呀,你辛苦了一辈子,还不该进城去享几天福吗?'我又说'先前你不愿进城,去了也住不住,那是有我庆娃兄弟在村里。可你如今还留在这指靠谁呀!'我还说,'婶子呀,你不走,村里人可不说你不走,而不要骂我应娃哥两口子不孝顺、没良心。再说,你孤单单在村里,他们在外头能放心吗? 不放心,结记你,能不影响他们的工作吗? 老婶呀,你不是就最怕我应娃哥不能为国尽忠吗?'……哎,伙计,你说我劝得咋样?"

我说:"你劝得好。"

六娃子把嘴角的白沫子一舔,吱地干了一杯酒,又说:"对啦,我还给她老人家讲了个最要紧的事情。你恐怕也不知道。咱们村下一步也要分地分牲口,各家种各家的庄稼啦。我对婶子说:'老婶,你瞧这咋办? 不给你分吧,你是咱村的老户,不敢不分,给你分吧,分下地,不在东沟在西洼,不在北坡在南梁,谁种? 分下牲口,喂在哪里? 谁去割草? 谁能使唤？就是要卖了它，谁上牲口市挤去呢？老婶呀，这往后的难处大着哩！'"

我听了顿觉心头更沉重了许多，说："是呀，这才是最要命的。"

六娃子放下酒杯，说："可就这，也打不动婶子她的心呀！这不，只好把你请回来，就怕你也……"

我暗暗地下了决心。我说："六娃子，这一回，我无论如何要把她接走。"

六娃子赞同地连连点头，并出谋划策地说道："不过是这，你得有个战略和策略。你回去先别提走不走的事，你就说你是出差路过，顺便回家看看。然后你再把各种该走不该留的道理，假装无意地讲来讲去，等火候到了你招呼我一声，咱们两个一起上。咋样？"

我感激地望着忠诚的儿时伙伴，赞同地点了点头。

然而，不得不承认的是，世界上一切最高明的战略也罢，策略也罢，都远远赢不过一颗最普通的母亲的心。

就在当天夜里，我已经准备睡觉了，母亲将我喊了进去。

"都睡着了。"我走进里间，望着炕上的侄儿侄女说，等待着母亲的问话。我预感到她要讲一件不寻常的事。

"你说你是出差路过？上哪儿去呀？"

"到……西安吧。"

"那是不是要路过中庄煤矿？"

"中庄煤矿？好像是个劳改矿吧。你问这干啥？"

"你能不能在那儿下下火车，耽搁上一天？"

"母亲！你说什么？"

"你别瞪眼睛呀。你听我说，愣青娃就在那里劳改。天冷了，我想叫你给他捎几件衣服，再顺便问他几句话。"

我的天啊！这是我的老母亲在说话吗？我这个第一流的电子工程

师的脑袋,就是专门思考一千年,也想不到老母亲会说出这样的话来……我是听村里人讲的,当时闹出人命以后,愣青娃被民兵们五花大绑着,要往公安局送。那时候,老母亲像疯了似的扑上去,抓得愣青娃脸上血淋淋的,要不是人们拉得快,能把他的眼珠子抠出来,可这才过了半年多天气,她居然要给愣青娃送衣服、说什么话。难道说,老母亲把那毁灭性的横祸和家破人亡的巨创全忘光了吗?难道这是可能的吗?……不,这无论如何是难以理解的、难以想象的、难以接受的……

老母亲像是看准了我的心思似的,闭着眼睛靠在墙上,用充满忧伤的语气,缓缓而生涩地、自顾自地开口了:"唉!……怪呀,我也觉着怪呀。那个时候,我怎么就跟疯了一样呢?怎么就不怕村里人笑话呢?国有国法呀。再说,他跟咱家往世无仇,现世无怨,哪里就会是有意伤人呢?他从小没爹没娘,性子野,二十大几的人娶不下媳妇,心里烦;时下日子活套些了,他急着想挣几个,急红了眼;碰上你兄弟也是穷怕了的,也急红了眼;还不就惹出乱子来了?……唉,可当时我就怎么也想不开呀!

"水总要流,人总要活。事到如今该怎么办哩?死了的救不活,该走的也到了好地方,可愣青娃……总不能让他劳改一辈子呀!说是三年,那三年以后他回来怎么办?到时候肯定没人理他,没人看得起他,没人帮他,有他受的凄惶哩!……我一夜一夜地睡不着,想过来,想过去,胡想哩。我倒是想,能不能去跟他说说,他要是愿意,日后回来了,就跟妈过到一块儿,再能碰好了给他娶个媳妇,就算另成起个人家了。反正又都是一个姓,又不用去改……这么着,他也有了活头,葡萄和枣儿也有人养啦,分下地也有人种啦,妈我呢,也用不着你们在外头多操心,耽误了公事,更不用你们硬把我接到城里,吃闲饭不说,还断了咱家在村里的老根!"……

那天晚上,我是怎样离开母亲的呢?是做了愚蠢的争辩和忤逆的否定,还是流下了从心里沁出来的带着笑声的泪水?全然地记不清楚了,真的,全然地记不清楚了。

然而,我却永远地记住了这么一句话:

"奶奶,什么是咱家的老根?"这是我的侄女葡萄儿说的。她也许是睡醒了,也许根本就没有睡着,谁知道呢? 她是未来的女作家呀!

发表于《上海文学》1981年第3期

《山西文学》1982年第1期

美之梦

一

"十四比一！真无情啊！"黄群已经离开"总评委"所占据的"蓝天大厦"好半天了，已经坐在颠来晃去的公共汽车上好半天了，脑海里却一直翻腾着今天下午的表决结果，感到极不公正，令人痛心和愤慨，仿佛受害者就是自己。这一段工作期间，每个高级评委上下班都有专车接送，但今晚黄群无意接受这种优厚待遇，是对十四张冷酷的反对票的抗议？是对自己一张孤单无用的赞成票的自责？是对女画家顾二曼没能得到应得的高级职称的谢罪？……反正都是一回事，都是因为这个可恶的十四比一！

昨天下过一场大雪。雪后气温骤降。今天虽然太阳很好，化掉不少雪，但雪水很快又跟未化之雪冻在一块，使得路面更加滑溜难行。在灯光杂乱的暮色中，一辆辆电车、汽车像孕妇似的慢腾腾地挪动着，而人们则扎煞着两条胳膊摇摇摆摆地走路，像是无数胖乎乎的企鹅蹒跚在南极地带，显得十分滑稽可笑。黄群透过结满霜花的车窗玻璃凝望着，不由得善意地一笑。但不可思议的是，这情景让他立刻联想到十四位"评友"们的面孔，他们在表决时神情是多么庄重，多么认真，多么圣洁呀，可他现在却觉得同样是滑稽可笑的。

难道不滑稽可笑吗？他在心里愤愤地反诘道，仿佛有谁在提出质询似的。一位全省最有才气、成就最大、五次获奖中包括一次国际金奖和全国三次头奖的画家，居然得不到一个当之无愧的高级职称；原因呢，什么画龄不足啦，外国人的奖状有什么了不起啦，业务自传写得太不像话啦等等；不是有一条可以照顾做出特殊贡献者的特别条款吗？不是以此也成全了不少平庸之辈吗？可临到顾二曼头上却不适用，说什么还太年轻，还没有太大的资历、名望和影响云云。请问，改革之风劲吹的今天，还有比这更令人啼笑皆非的事情吗？

二

黄群走进自己的家，"高知楼"三〇五号，四室一厅、煤气、暖气、电话、空调、全套厨房设备和卫生设备；他走进自己的幽雅书房，二十五平方米，拐角阳台，铝合金门窗；他端起一杯浓浓的咖啡，正宗雀巢，友谊商店买的，使兑换券，不放糖最带劲……这一切往日享受起来心安理得，今天却惶惶不已，心里不是个滋味……是为顾二曼吗？

在这次充当高级评委之前，他从未见过这个顾二曼，并不知道她是女性，现年三十五岁，是省立动物园的一名美工。他是前不久从有关表格上才知道的。不过说起来，他却相当熟悉这位女画家的画儿，可以说所有的画儿，也可以说他之所以半道上对美术这一行产生了浓厚的兴趣，就是因为九年前他偶然看到了那幅三十五米长的《生命传说》——顾二曼的成名作。

他至今清楚记得，当时一来到巨幅壁画前，他的灵魂猛地一抖，突然感到自己在被可怕地压缩，被强烈地排斥，越缩越小，越离越远，显得渺小极了，可怜极了，唯有哀伤地自悲自叹：你就是那个名叫黄群的生命么？已经三十多岁还这么畏畏缩缩、自甘沉沦？你这颗可怜的宇宙尘埃来自何方，又飘向何处？就这么下去，茫然如云雾，消极如面团，绝望如死亡吗？……可是过了不久，一阵剧痛过去，他忽然听到一种声音不知从何响起，是从那深邃奇幻的构图中？是从那粗犷绵延的运笔中？是从那翻滚奔涌的晕染中？还是从整个画面背后那时空消失的宇宙深处？它震荡冷漠的耳鼓，惊醒麻木的心灵，点燃熊熊的生命之火……他不由得浑身燥热，泪水滚滚，紧握双拳，焕发出无限的创造激情和拼搏意志。他永远不想否认，自己能由昔日一个落魄者，变成今天一个成功者。《生命传说》产生了意想不到的巨大刺激作用和振奋作用。为此，他一直牢记顾二曼这个名字，成为她作品的一个狂热崇拜者，并且始终怀着美好的感激之情。也许投赞成票就是个小小的证明吧？不然的话，何以能引来"评友"们那些惊奇而猜疑的刁钻目光呢？

现在，他一想到自己今天开会时的窝囊表现就后悔不迭。在"评友"们那些不怀好意的注视下，我为什么要脸红心跳呢？为什么不坦然大方地告诉他们，那张唯一的赞成票就是我黄群投的呢？怎么就没有把自己对《生命传说》的喜爱与感激、对女画家整个创作成就的了解和理解大声宣讲一番呢？怕怀疑你们早就认识吗？怕怀疑你是在为一个女人拉票吗？……哦，胆小鬼！明摆着的是，《生命传说》荣获了国际金奖，得到世界亿万人民的理解和欢迎，这是作者的杰出贡献。仅此一项就应该得到一位著名画家应该得到的一切荣誉、地位和奖赏；假如出现了不公正，就应该有正直的人挺身而出，主持公道与正义。可我身为高级评委却……黄群坐在书桌前心情沉重，思绪不平。

现在几点了？怎么这样静？怎么这样困？啊，已是午夜时分。睡吧？现在想也没用，后悔已经晚了……可是就那么完了吗？不，不能，世界上怎么能没有公正！再好好想想吧……要不，明天先找"总评委"主任好好谈谈？看他虽为党政要员，可也毕竟是斯文一党，搞专业的出身，是应该懂得爱惜人才的吧。或者是先去找这位顾二曼谈谈？你那个专业自传不光是太简单，主要是写法和口气不对，心高气盛不能在这儿表现，也不能表现在这个当口呀。不看别人写得多么谦卑，多么恭敬，多么聪明，但对蝇头蜗角般的所谓成就却描绘得出神入化，不厌其烦。你却正好相反，书生气十足，全不会讨人喜欢。你真不懂该怎么写吗？不懂也得尽快重写一份，也该像其他人一样，通过关系找各位评委谈一谈，当然别搞请客送礼拉拉扯扯那一套，就是诚诚恳恳地谈谈，汇报一些必要的情况……可是直接找她谈谈合适吗？写封信怎么样？通讯地址表格上有，文美巷三十六号。不过这么复杂的事情，信上说得清么？弄不好产生什么误会怎么办？再说该如何介绍自己？不介绍又不行，素昧平生的写什么信！看来还是登门拜访的好，当面能有来回话嘛，再说自己不也想一瞻女画家的风采么？……且慢！一个堂堂高级评委，全省只有十五个，你又是其中最年轻的一个，这样随意去会一位女……合适吗？要不先向"总评委"请示一下？然而这一来难以启齿，二来不是引火烧身吗……如此看来，还是先简单写封信，用严肃的公事公办的口气，但内里务要露出恳切之情。黄群想到这里，便慢慢地取出纸笔，开始写上："顾二曼同志：您好！"但旋即又游移起来，真是的，该如何介绍自己呢？一个不愿意透露姓名的普通崇拜者，还是一下就亮出高级评委的牌子？这可要慎之又慎……写？还是不写？……写？还是不写？……一阵困意袭来，他长长地打出一个响亮的哈欠。

三

黄群还是下决心去拜访女画家顾二曼。其实文美巷十分好找，没向人打听就轻而易举地找到了。

三十六号是一座外貌陈旧的二层楼房，不过看它那花岗岩条石砌的基础，仿秦砖垒的厚实墙壁，高高的雕花天棚，五色瓷砖拼成复杂图案的地板，以及两层纱扇夹一层玻璃的高大窗户，却也表明那个建筑时代比我们今天要从容、诚实得多，也说明它早年的主人绝非等闲家族。不过如今它完全大众化了,像个用旧的大集装箱似的包容着七八家二三十口子人,也真难为它了。

顾二曼家住在楼一角,门口蹲着做饭用的小蜂窝煤炉子,上头坐着熬小米稀粥的平底锅,里头咕嘟咕嘟地响着。黄群颇觉这情形极为熟悉,哦,多像当年下放在水泥厂时自己那家门口!

开门的是个已经秃顶的男人,扎着油污的白围裙,提着菜刀,神情戒备、狡猾而卑俗,也显得极为面熟,似乎天天都碰到他。

"你找谁?"秃头毫不客气地堵住门口,"我瞧又是求画的吧?不花钱倒能换钱!"

黄群犹豫了一下,递上一张自己的名片。

"啊,黄……久闻大名!请进,快请进!二曼,来贵客了,快出来。"一副人格猥琐的媚态,叫人心里发腻发烦。

这是一间不足二十平方米的房子,有一张被褥凌乱的双人床,是由两张公家的单人床拼成的,床下塞满书报杂志,瓶瓶罐罐,破鞋烂袜;有一个新做的大衣柜和两个新书架,还没上油漆和玻璃;有一张书桌放着案板,案板上是一棵劈作两半的圆白菜;有一股醋味、蒜味、霉味相混合成的呛人的气味;有一个身穿鲜艳红毛衣的秀气的小姑娘,趴在床沿上聚精会神地写作业;另有一道显然是后来自己开挖的门通向里间,从那紧闭的门里传出轻微的音乐声……黄群又惊奇起来,多么像自己当年那个穷窝?这家当、这气味,就连这可爱的小姑娘,不也正是自己的心肝宝贝——九岁时的莹莹吗?唯一不同的,就是自己没有这个传出高雅音乐的里间小屋。

"二曼,你怎么回事!快出来嘛!"秃头男人又一次叫唤起来,他自称是女画家的丈夫,想必这绝不会有错;可黄群总觉得哪儿有点不大对头。

这时,小姑娘瞪起漆黑的眸子,不满地说道:"妈妈正在作画,你直喊什么!"接着又回眸一笑,对客人点头道歉,"对不起,请原谅妈妈的习惯,您请坐,伯伯。"

黄群极感欣慰,他坐在小姑娘身边的床沿上,和气地问:"那是你妈妈的画室吗?"

"画室?屁!那是厕所。"秃头丈夫却气呼呼地插进来,"你不知道,旧社会那是人家小姐光着屁股拉屎洗澡的地方,如今咱老婆钻在里头画画儿,真他妈晦气!我操他……"他瞄了瞄那张金黄色的名片,于是决定不操什么了。

"您在哪儿上班?"黄群想岔开话题。

"这不,上班在动物园喂老虎吃肉,回家再喂老婆孩子吃白菜、土豆、老咸菜。瞧这光景过的,人他妈不如野兽舒坦。这物价,我操……你一月挣多少钱,不连奖金?"

"我们没有奖金。"黄群实在不想开口了。"哦,对,你们是摇笔杆的。那写一本书给多少钱?听说是好几千块?你早就是几万元户吧?嗨,能捞就捞呗,现在谁他妈管谁。可咱老婆真叫个贱,画画不换钱,换钱的她不画,这是摆的哪门子谱噢!管什么用?——哎,对了,听说正在给他们这号人评职称?你知道吗?说不定你就管这事吧?那你今天来……"

"爸!你真俗!"小姑娘羞愧得满脸通红,差点儿要哭了。

"瞧,跟她妈一个德行。"女画家丈夫兼老虎饲养员似乎脸上有点挂不住,讪讪地嘟囔着,提个水桶走了出去。

黄群顿觉呼吸顺畅一些,感激地朝小姑娘点头笑笑。小姑娘却用尖小的食指在嘴上轻轻发出嘘声,凝目谛听里屋动静,良久,皱皱小眉头,自言自语地说:"妈妈怎么又回到中间部分呢?"

不错,是第二乐章的中间部分,是《悲怆》的第二乐章,是柴可夫斯基的《悲怆》。黄群侧耳倾听,分辨得清清楚楚。旋律以下行二度为主奏出,像一个年轻女子深沉的叹息,凄婉的怨诉,刚刚走出人生忧患忽又触发起对昔日辛酸阴郁岁月的回忆,而那持续不断的低音区,分明就是世俗厄运对她不肯罢休的无理纠缠。进而发展到结尾部分,两个主题一起出现,酸甜苦辣,幸福与不幸,交织成她一颗无限怅惘不安的心……

黄群觉得自己随着这熟悉音乐的引导,已经进入到女画家的神秘空间,这儿小得不足十平方米,却是一个色彩和线条的特殊世界,是热烈奔放空灵高雅的艺术天地。就连那张作为世俗生活唯一标志的沙发床,也凌乱得别具一格,富有寓意,勾勒出一个天才艺术灵魂那复杂多变的悲剧式的动人曲线;她日夜沉浸在艰苦创作的狂热中;她与外部那个平庸喧嚣的世界格格不入;她根本不喜欢那个粗俗不堪的所谓丈夫;她的婚姻是被无数二流作家写烂、再写就令人作呕的那个绝望时代的产物;她只有把美术当作女儿、把女儿当作美术才能忘掉刻骨铭心的创痛;她多么孤独,多么高傲,多么艰难,多么需要理解和帮助……

是的,她正在作画儿,只让客人看到一个陷入新的苦闷和思索的焦躁不宁的背影。面前的画布上却一片空白,隐现出一个又一个痛苦不堪的大问号;假设科学已经解释了重力的作用,从而使人们看到宇宙形成以前是什么样子,那时应该怎样表现地球生命?民族文化的概念该怎样确立?现实一点想,为什么毕加索一生精力所追求的东西,在中国民间艺术中却比比皆是?能不能把握东方直觉整体思维方式和综合转化的变革方式进而创造一种"生命态复合体"的形式语言?柏格森说直觉排除分析,本能地、直接地、整个地把握宇宙的精神实质,并进入意识的深处,这不无道理但是否有点过分?中国画家创新的路子究竟在哪里?……唉,枯竭,太枯竭;混乱,太混乱;平庸,太平庸了!这样不断地重复别人和重复自己,艺术还有什么生命?生命还有什么意义?……她悲苦地浩叹,绝望得发疯,猛地掷掉画笔,跌跪在地上,一任泪水夺眶而出,潸然流淌……

黄群走过去,拧大收录机的音量,于是,响起《悲怆》第三音章活泼、呼啸喧闹的主部主题的旋律,紧接着展开的副部主题,以明快有力、粗犷雄壮的进行曲节奏响起,小提琴用第四根弦奏出向上的音阶,呼唤出木管和其他乐器的热烈反响,终于造成一种气势宏大如波涛汹涌般的激励人心的音乐效果。

女画家慢慢昂起了头,抬起了一双泪光莹莹的双眼,对陌生的知音者报以感激的微笑,但滚动着泪珠的长睫毛亦复颤动着一丝惊讶的询问。

您也喜欢《悲怆》?

是的。它是一部世上少有的描写人生哲理的不朽乐章。

太对了。让人思考人生,理解生命,超越时空,唤起对未来深邃而执着的向往,甘愿以疯狂的创造去迎接悲壮的死亡结局。

你喜欢一边听音乐一边作画?

因为音乐到了具有最高说服力时就必须变成形象;而造型艺术到了最高度完美时就必须成为音乐。

真精辟!

可这是伟大的席勒的话。可惜我怎么也达不到这种最高境界啊。

哦……

黄群顿时失落了语言。他肃然起敬地打量女画家,像瞻仰一尊智慧女神。乍一看,她并不十分美,白皙的前额有点宽阔,平直的头发也缺乏光泽,那眼睛,那下巴,那嘴唇,一切都显得并不特别。但很快你就会惊奇,她却是怎样的美不可言!这是一种什么美?含蓄?圣洁?尊贵?高雅?说不清楚。反正美得不敢多看,美得叫人生不出半点邪念,美得好像天天见到,又好像是平生头一次。

您应该生活在金碧辉煌的艺术圣殿里,怎能栖居在这简陋污秽的下贱地方?您应顶戴光芒四射的头等桂冠,怎能容忍"十四比一"的侮辱?我是高级评委,但更是您的崇拜者,我为您深感不平,愿意为恢复公正而一尽绵薄,今天我就是为此而来。专程拜访您的!……黄群想大声地向女神表白心迹,却忍住终于没有喊出来,那样会有面谀之嫌,会显得平庸乏味,会亵渎美好的一切。

"爸,你又在偷听！真可恶!"外面忽然传来小姑娘愤怒的尖声。

霎时,女画家的脸上失却了光彩,为阴影所笼罩,并且痛苦地闭上了眼睛。

气氛突变,滞重而令人难堪。

黄群思忖良久,打定了主意,他毫不犹豫地拔笔写下一张留条:"顾二曼同志,请您务于明天上午九时来'蓝天大厦'二七〇五号面谈,有要事奉商,至盼。黄群。"然后,很快地走到了街上。

"黄老师,请等等。"女画家是什么时候追上来的？黄群愕然。"黄老师,如果可以的话,我请求换个地方谈,好吗?"

"当然可以,"黄群毫不犹豫,但他感到好奇,"换哪儿呢?"

"美之梦!"

"'美之梦'？它在哪儿?"黄群惊讶于这个相当陌生而又充满诗意的地名,询问地望着女画家。

她莞尔一笑,荡出几许孩子般的狡黠,递过一张画着路线的纸片,"请赏光,明儿见。"

旋即消失得无影无踪。

四

莫非这里就是"美之梦"？一时,黄群全然惊呆了。怎么刚出城不远,就会进入这样一个陌生而广袤的大雪原？真是难以想象！在省城居住快十年,居然根本不知道有这么个地方,听也没听说过。举目四望,整个一个冰清玉洁的银白世界,肯定不会有人能走到它与蓝天交接的地方,恰如绝没有人能走到白昼与黑夜的分离之处。它这样的壮丽神秘,又这样的寂静荒凉,多像女画家面前那幅一片空白的画布？

黄群想到这儿,忽然,惊心动魄的情景出现了,充满整个空间的湛蓝而清洌的空气，犹如盛在一个硕大无朋的玻璃容器中的特制显影液，而这幅巨型画布则恰是浸入显影液中的胶片，竟然慢慢地、神奇地显现出五彩斑斓的种种图像……

这是一只什么鸟？乌鸦吗？鸽子吗？啄木鸟吗？怎么会有牙齿呢？有牙齿的鸟只能是活在一亿七千多万年前的始祖鸟——现代鸟类的老祖宗。不错，是只始祖鸟的化石，瞧那带爪的指，有一条骨质的尾巴……可是，它的骨盆和后肢为什么比始祖鸟还来得强壮，类似于两亿多年前的小恐龙呢？难道说它是更加古老的鸟化石？那它生活在什么年代？生活在怎样的环境中？地球上还有比它更早的鸟类生命体吗？

这个阴阴沉沉的老头又是谁？现在已是半夜时分，他却艰难地从螺旋梯爬上屋顶干什么？瞧他那古怪劲，穿着古埃及式的长袍，坐在一只仅有三条腿的铜凳前，两腿之间夹着月桂树魔杖，开始往长袍和脚上洒水，然后目不转睛地盯着放在铜凳上的一碗清水，仿佛从中看到了什么，惊恐地张大嘴巴在呼喊。他这是干吗？是在根据上帝的旨意预言人类生命将在两千年时遭到毁灭吗？那真是世界的末日吗？就像万劫不复的大西国文化，悲惨沉没在大西洋底已经一万二千年！

然而请看这里，请看这四只可爱的小青蛙，皮肤柔软，富有光泽，活泼好动。谁会相信它们在古老的地层中竟埋压了两百万年之久，前不久才重见天日，却依然好好地活着。多么顽强的生命！多么神奇的生命！多么伟大的生命！动物尚且如此，那么人呢？能毁灭吗？不！人类社会绝不会毁灭，世界的前景无限光明！

说到人类本身，那么请问这又是一组什么形象？七块肥皂、一间用石灰粉刷得雪白的小屋，二十磅生炭、二千二百根火柴、一汤匙硫黄、一英两贵金属，还有一根长一英寸的铁钉，而所有这一切，又都框在一个巨大的人体轮廓之中。这是什么意思？难道是在形象地告诉人体内总共含有这么多的脂肪、石灰、碳、磷、硫、稀有金属和铁？难道是在大声论断说，瞧，这就是一个人的价值。不，不能这么说。充其量这不过是一个人肉体的价值，不是一个人的真价值。

你再往那儿看，色彩为什么涂得如此浓重？混混沌沌像个巨大的铅球。很显然，它激怒了旁边一条好汉，只见他大吼一声，挥动手中长斧，奋力向大铅球劈去，但听一声响亮，铅球应声断为两半，上面的一半忽悠悠地往上浮，下面一半扑通一声下沉，变成坚实可靠的大地。可是天地之间依然显得荒凉寂寞。于是，这个顶天立地的男子汉，一不做、二不休，大笑三声倒地而死，甘用自己宝贵躯干的各个部分变成太阳、月亮、星星、高山、大河、草木……眨眼间诞生出一个绮丽多彩、生机勃勃的大世界。怎样来估评他的价值？

哦，这里是一个多么美丽的四季花圃。残雪未尽，这里就春意盎然。迎春花儿黄，又红了杜鹃，香了龙须兰；一旦春光将逝，玫瑰花便大放异彩，还有栀子、茉莉、黄桶兰，金风乍起，清高的荷花亭亭玉立，木芙蓉和秋海棠也悠然启绽；便是到了大雪纷飞的严冬，从中国移栽来的蜡梅又会吐香挺秀。在这个花圃的后面，还有一片长满榛树、赤杨、菩提树、白桦、冬青的树林，绿草如茵，鸟声啁啾，是个转换情绪、令人轻松愉悦的绝妙所在。可是这个五十多岁的外国人，拥有如此美丽的花圃和树林，为什么一点不高兴，反而显得那么忧伤和悲痛？原来就在昨天，病魔刚刚夺走他两岁爱子的生命，比七年前夺走他十岁女儿的生命还要残酷无情。这时，他所挚爱的大自然伸出温柔的手，抚慰他那创伤累累的心灵。它总有一种神奇的保护生命的能力，渐渐地，这位一贯坚强的老人抬起头来，被眼前一片无比绚丽的色彩和蓬勃朝气所感染，不由得想到生命为何如此神奇不朽，奥妙无穷。想到自己已经写了一半的《论物种起源》。于是，一种为崇高理想和伟大事业勇敢献身的激情重新勃发，急急走回书房，握起那支向上帝挑战的笔……个体的生命价值有限，会不断死亡，但生命之树常青！它会愈来愈接近真理，而真理是永恒的，它会使人类由弱者变为强者,成为地球的长久主人,还会帮助人类不断揭示包括生命奥秘在内的一切宇宙奥秘,最终成为宇宙的主人。

那么,又何以要让人们同时感到绝望呢?眼前这一望无际的大沙漠,空旷凄凉,了无生趣,叫人发疯。更可怕的是,它正以每分钟吞噬十公顷土地的速度向前推进,十年后将把大陆土地的三分之一化作不毛之地!二十年之后呢?五十年之后呢?一百年之后呢?真是不堪设想!那时,我们的子孙后代将何处安身?何以为生?莫非真要倒退回曾经诞生了原始生命的海洋之中?可那里也遭到了严重污染,且不说还有可怕的"魔鬼三角"和凶恶无情的"埃尔宁诺"!难道说多灾多难的地球人最终还是在劫难逃吗?难道五千万年后的地球上,人类生命果真榜上无名,而由狼狗般大小的老鼠和能把毒液喷出三十多米远的巨蛇狼狈为奸,共同主宰一切吗?

……

面前这一幅幅画面夯实,形象杂乱、内容矛盾、色彩压抑的图画,直看得黄群头晕目眩,心头沉重而困惑。主要表现什么?要说明什么?它要象征什么?它要预见什么?真叫人莫名其妙。而更可疑的是,这究竟是谁的洋洋杰作呢?

"我的呀。"立刻响起一个悦耳动听的女声。黄群吓了一跳,环顾四周,连个人影也没有,不禁倒吸一口冷气,脊背上一阵发麻。

"你是谁?"

"是我呀,黄老师,听不出来?"

"顾二曼?你……"

"好累,我刚完成这幅草图。"

"你……这……它是……"

"它是《生命思考》,我的生命三部曲的第二部,第一部叫《生命传说》,第三部叫《生命真谛》。啊,黄老师,您是看过我《生命传说》的呀。"

"对,对。"黄群激动起来,"我一直为此感谢它,也感谢你呀。"

"那么请问黄老师,您觉得这幅《生命思考》怎么样?"

"这个……我当然是外行。不过我觉得……好比写小说,不能在有限的篇幅里过多地堆砌生活原型,那岂不造成素材爆炸?"

"所以说,我这幅画儿太臃肿了,对吗?"

"这个也许……"

"黄老师,说真的,我也正为此而苦恼。没有空灵飘逸之美算什么美术作品! 不过……怎么说呢,我实在是想得太多,都想了解,都想思考,都想理解,什么也舍不得丢掉呀。"

"可你毕竟是个画家,不是来解释真理、提出疑问和创造真理的哲人。"

"不过我却想,也许这正是我的平庸、肤浅和悲哀。黄老师,您能理解我吗? 能帮助我吗?"

黄群不觉有点赧然,望着那一双充满心灵渴求的明亮而焦急的眼睛,谁有勇气说我能帮助你获取高级职称,从而住进"高知楼",过上体面而舒适的日子。他惶惑地自问:我真能理解她吗?

黄群陷入了默默地沉思……

五

清晨六时半,黄群醒了过来,发现自己躺在"蓝天大厦"高级套间的席梦思软床上,顿觉十分诧异,因为他立刻记起那一片美丽的雪原,记起那幅《生命思考》的清晰画面,记起女画家那略带忧郁的梦幻般动听的声调,以及双方那段并未深入下去的交谈……难道说那是一个梦? 是在梦中看到了海市蜃楼? ……可能的确如此,不然女画家怎么能只闻其声不见其人呢? ……那么昨天一天我在哪儿呢? 肯定是去了那个"美之梦",否则根本说不过去……这么说,我又是怎样离开那儿的? 为什么破例地没回家而躺在这儿呢？昨天晚上还干过什么？一点想不起来了，真奇怪！

正当黄群的思绪夹缠不清、越理越乱之时，床头柜上的电话铃声爆响起来。大概是妻子打来的。你怎么一夜不回家？现在在哪儿？这可是从未有过的事。要不就是"总评委"主任安排今天的日程吧。但当他拿起话筒十秒钟后，发现自己的手腕猛地抖动起来，声音也变了调："我……我就是……"

"知道我为什么打搅你吗？"

他怎么知道公安局长要干什么呢？他甚至从未想过这辈子还会与罪犯的克星们打交道。他心慌意乱。那个冰冷中带刺的声音又响了：

"该想到吧？大清早冒昧打搅，非常抱歉。"

"没，没关系的。"

"能请教您几个问题吗？"

"那当然，请问吧。"

"你认识一个叫顾二曼的女画家吗？"

"认识，当然认识。"

"很好。认识多久了？"

"认识……前天才头一次见面，昨天　　　"

"说呀，昨天怎么啦？又见过她没有？"

"这个……没有没有，可是说过话的。"

"没见过面却说过话，挺有趣！打电话吗？梦里头吗？啊？"

"确实……都不是……那是……"

"在哪儿说的话？"

"在……'美之梦'。"

"什么梦什么梦？黄高委在说梦话吧？这个鬼地方在哪儿！"

"它在……它在……"

黄群汗如雨下，怎么能说得清呢？说城外不远有个大雪原，公安局

112

长的小舅子都不会相信。他听见对方得意地冷笑一声。

"紧张什么，黄高委。那么再请问，最近你找过她吗？"

"找过找过，因为有件极重要的事情。"

"噢——，极重要，是吗？能说说是哪方面的事吗？"

"这个……这个……"

"看来不大好出口，对吧？那么，你可曾留过什么东西给她？"

"哦……是的，留过一张便条。"

"能记起写的什么吗？"

"这当然，当然能，是……"

"很好，一字不错，真不愧是高级评委的脑袋。请问你昨天一天在哪儿？好像并不在七〇五号吧？"

"昨天我……刚才不是说了，在……"

"说那个煤什么梦，还是炭什么梦吗？！这就是说，昨天你不在现场，是这个意思吗？"

威严刺耳的声音震得黄群耳朵嗡嗡地响，心儿剧烈地跳，他几乎是在哀求地说："同志，到底发生了什么事吗？什么不在现场，啊？我……"

"还用得着我来告诉你吗？黄高委！"

"当然，这当然。请您……"

"那好吧，我告诉你，但愿你听完不感到意外。昨天九点差十分，顾二曼被一辆去向不明的小汽车撞成重伤，抢救无效，已经死亡。这也许……是一次普通车祸，你说呢？"

黄群只觉脑袋嗡的一声，手中的话筒差点脱手掉到地上，一种从未有过的震惊和恐惧之感慑住他的整个身心，喉咙里干得直想咽唾沫，好半天才说出几个不连贯的词语："天哪！……这不可能……昨天不是……怎么回事啊！"却发不出声来。

"怎么不说话呀？！"公安局长的口气依然冷峻逼人，"请记住，不要离开你现在待的地方,两个钟头后会有人登门拜访的。我想你不会再干什么令我们大家都不愉快的事吧?再见。"说完"咔"的一声挂断电话。

黄群还手握话筒发了半天呆,这才无力地送回它去。想坐起来穿衣服,浑身像瘫痪似的没一点力气,头也发晕,仿佛旋转着要飞离脖子。过了足有半个多钟头,他才觉得稍微好受些,开始抖抖索索地穿衣服,扣扣子,套毛衣,不料刚刚登上裤子,那电话铃又发疯似的响起来,惊得黄群一屁股跌坐在床沿上。

"谁……谁呀?"他的声音打颤。

"谁?你说是谁?"妻子素英的声音却是硬邦邦的。

"素英吗?"

"我是那死鬼!"

"啊,什么死鬼?"

"哼,装得倒像!我问你,昨天上哪儿啦?昨天晚上睡哪儿啦?"

"我……哪儿也没去呀。"

"没去哪儿?没干什么好事?公安局咋不寻旁人!你说呀。"

"素英,你听我说,我昨天……本想去帮助一位画家……"

"什么画家?女人!骚货!野狐子精!"

"不,不。素英,真是为评职称的事呀。"

"好啊,你还要哄我。十几个评委呢,为啥就你一个人瞎忙乎?在那没人没影的冰天雪地胡转乱看,两个人呱嗒得多热乎!这叫评职称吗?哄鬼去吧!"

什么冰天雪地胡转乱看?黄群张口结舌,分外心惊,又分外迷惘。听妻子这言语,看"美之梦"之行确有其事,并非是梦中的海市蜃楼。可既然如此,顾二曼一整天都跟我在一块,又怎么会在城里让汽车撞死呢?莫非是另一个同名同姓者?……不等他想明白,电话里传来妻子撕心裂肺的哭声,夹着令人心酸的种种诉说。

"没想到你黄群如今坏了良心。你看那女流氓年轻漂亮就丢了魂，就听了她，依了她，想踢蹬掉这个家呀。我跟上你多少年，伺候你吃，伺候你穿，给你养儿育女，打里照外，什么苦没吃过？哪一点对不起你黄家呀？你为啥就这么狠心！……都是这个大骚货，一个男人还不够使唤？还要霸，还要搅散别人家呀。她不等死等什么？死了活该，现世报！老天爷真有眼……还有她那个秃驴男人！管不住自己偷汉的老婆，跑到人家家里逞什么凶？砸了我的电视机、大衣柜，我跟这秃驴没完！……还不都是你这个丧良心的，把名片送给人家，引来些什么鬼哟……这是丢的哪份人哟……你给我回来！马上就回来！你不回来我也马上死……"

黄群听不下去了，正想好言劝慰一番，忽听有人敲门，便随手放下话筒。

门开处，浮现出两张笑嘻嘻的面孔，一张圆而笑得文雅，这是"总评委"主任的，另一张方而笑得滑稽，一介绍原来是公安局长。

首先，局长哈哈一笑，从此打开话匣子。

"哟，黄群同志，久仰久仰。您看，我是专门向您道歉的，刚才在电话里……啊，哈哈哈！还得请您多多包涵哟。嗨，完全是一场误会……虚惊……自我紧张……这个怎么说好呢，我都想不出词来。总而言之，统而言之，总而言之，小事一桩，司机已经归案，酒后开车。没给这小子来客气的。什么有计划的谋杀，都赖那个秃瓢男人瞎叨咕，还不是拿什么二曼三曼的敲竹杠？真是瞎扯淡！……知道不，女画家是咱们这个月的第十二个，死得可真惨哪！也只能怨她倒霉，一大早你慌里慌张急什么嘛。前天那位青年改革家也是，手里拿着几百万，省长刚接见过，屁股底下皇冠超豪华，死得比女画家可惜多了。唉，这叫没法子……这么多汽车，这么多人，这么窄的马路，能怎么着？我最近看了个内部材料，人家外国……哟，八点半多了，还有个大案等我去。不说啦，黄群同志，总之我是来向您道歉的,就忘掉那档子事,没您一点关系。您就在咱们主任领导下,把全省这个职称工作评好,关乎改革深入哟。我最近看了个内部……"

啰嗦先生终于关上自己的话匣子走了。总评委主任摇摇头,平静文雅地苦笑了一下,又在沙发上落座,隔着茶几平静文雅地开了口:"好了,这下咱们说自己的事。你坐,老黄。"眼镜片后面的一对目光也是平静文雅的,仿佛替嘴做补充:"咱们轻松点谈吧,这下可用不着你再紧张了。"

黄群终于长长地呼出一口气,浑身轻松多了。他走进卫生间,洗脸,刷牙,刮须,并且对着大镜子把胡乱在身的衣裳整整好。当他在总评委主任对面坐下时,开始觉得杂乱的思绪有点条理了,决定先把自己这两天的详细情况汇报一下,怎么想的,怎么做的,为什么要这么想这么做,然后坦率诚恳地提出建议和要求……总之,要痛痛快快地谈谈,他相信一切不但能说清楚,还一定能得到领导的理解和支持。于是,他为能有这样一个平心静气交流思想的好机会,而感激万分地望着总评委主任。

"您还没吃早点吧?"依然是平静文雅。

"不要紧,我早上一般……不怎么饿。"

"哦,那好。那咱们就长话短说,其实也很简单的。您看,老黄,是这样的。你们机关是怎么搞的,好像说是有个紧急任务非你莫属,我看也是鞭打快牛吧。这不,拿着尚方宝剑一个劲催。再就是听您爱人说,好像有个孩子快大学毕业,让您回去跑跑分配的事。唉,由此看来,我是不得不忍痛割爱了。我原想终评工作还想得靠你鼎力相助,'偏师借重黄公略'嘛。……不过这事不算完,能拖就拖,我已找过省长大人三次,看来还得继续找……"

其实,黄群早听不见总评委主任在说什么,在他那惨白的空空无也的脑荧屏上,只有两片光溜溜红润润的嘴唇一张一合,上下翻飞,多么灵巧,多么文雅,他惊奇地都快认不出那究竟是什么物事了。

六

黄群急匆匆地走过一条街道又一条街道，心头只有一个想法，快点给可怜的死者买个最好的花圈送去，就像一个快死的原始人只留下一个吃的念头，别的一切危险和痛苦暂时都不管不顾了。

好不容易找到一家纸扎店，挑好一个最昂贵的花圈，掏出钱包要付款，忽然心里一动：女画家喜欢它吗？她生前连人间最金光耀眼的高级职称都不屑一顾，死后能入鬼俗吗？当初是我傻乎乎地扯起主持公道的破旗，致使她断送了性命，还要以这花圈再做诱饵，叫她为鬼也不得安宁吗？时至今日，唯有捧出一颗忏悔的心去祭吊她，舍此还有其他办法吗？想到这里，他又把钱包送回口袋，尽管老板娘大惊失色地连呼"可以喊价""可以代送"的奸商号子，他也毫不动摇地转身就走。"神经病！"咬牙切齿的送客声。

黄群出得店来，抬头辨辨方向，踏着冥冥夜色向火葬场走去。路灯惨淡，朔风凄厉，身影孤独，黄群忽觉一阵浮生如梦的哀思涌上心头。芸芸众生代代不绝，一个个都是来去匆匆，不管你正直还是邪恶，智慧还是愚鲁，造福于世还是糊涂一生，结局却都一样，都得从脚下这条路走向地狱。那么，还有什么人生价值和意义可谈呢？一个身怀绝技的女画家，得到的是何报酬？不幸的身世，艰难的生活，没有理解和信任，到头来还惨遭不测，香消玉殒。这命运时钟不是在倒转吗？就说我黄群吧，一介书生，清白在世，无非是不违心地投出一张赞成票，刚想同情帮助一下人，顷刻间便招来这般误解、屈辱和惩罚，生命的前景不是一片暗淡么？……他伤感地思索着，凄苦的思绪绵绵不断。

忽然，前面传来一阵嘤嘤的哭泣声，低低的，细细地，叫人心里发颤，分明是自己的宝贝女儿莹莹的声音呀。抬头望去，在一座灯火辉煌的大厅前，果然映衬出一个瘦小的女孩身影，坐在高高的台阶上，可怜兮兮的饮泣不绝。他猛地醒悟过来,这怎么会是莹莹呢? 她都是上高中的大姑娘了,再说也根本不会跑来这里哭的。他疑疑惑惑地靠上去,想看个明白,那女孩一下抬起头来,带着哭音问道:

"您是黄群伯伯吗?"

"你是谁家的孩子?"

"您忘了? 那天您去过我们家的呀,黄伯伯。"

哦,那个可爱的穿红毛衣的小女孩。黄群记得清清楚楚。"你叫什么名字?"

"莹莹。妈妈起的。晶莹的莹。"

莹莹! 黄群倍觉亲切,"你一个人坐在这儿干吗? 大人们呢?"

"他们大人全让妈妈给吓跑了。"

"什么?"黄群听了一愣,"全让你妈妈给吓跑了?"

"嗯。"莹莹肯定地点点头,"我爸爸,他们那些同事和朋友,还有单位那些头儿什么的,还有殡仪馆的人,全都吓跑了!"

黄群不胜惊疑,抬头看去,才知道这里是殡仪馆大厅,停灵、开追悼会的地方。他拉起莹莹冻得冰凉的小手,说:"走,咱们进去看看。"

大厅里宽敞明亮,装潢考究,颇具现代化气派。那些一生贫贱的灵魂临走前能在这儿享受片刻,也是一种安慰吧。

灵堂布置在大厅的北端。种种迹象表明,这儿刚才举行的追悼会的确是半途而废,且肯定是受到某种超常的惊吓。黄群停住脚步,把目光投向灵堂正中的花丛和罩着一袭雪白绸布的地方,心里有点明白过来,噢,事情肯定是这样的。

黄群知道,按照惯例,追悼仪式开始时,应该由死者的直系亲属走上前去,揭开罩尸布,好好地再看亲人一眼,作为生死离别的最后一幕,从此便生死两茫茫了。想必是女画家横遭车祸的惨相目不忍睹,吓得那个俗物丈夫一声怪叫,撒腿就跑,连带着把众人全吓走了,方才莹莹不是说过"他们都让妈妈给吓跑了"这样的话吗？可是转念一想又觉不对，这里预先都要给死者清理消毒、整容化妆的，不论他们死得多么痛苦、可怕，经过训练有素的化妆师的努力，死者们一个个神态安详，衣着整洁，似乎他们生前从未含辛茹苦，都过着神仙般快乐的日子，怎么会让人恐怖呢？那么，到底是什么把活在八十年代中期的一群正在从事改革的中国人吓跑呢？黄群决心弄弄清楚。他把小莹莹安顿在一个远远的地方，自己壮壮胆走上前去。

就在他撩开白罩布的一刹那，一片炫目的光彩喷薄而出，但见一块充满生命气息的绿毡上，舒展着女画家雕塑般的全裸体，她那覆盖着黑雾般秀长睫毛的眼睛，沉静地闭着；荡出一丝神秘微笑的深而弯的嘴角，沉静地抿着；两只红活玉润的充满艺术灵感的手，十指交叉，沉静地放在胸前……沉静、沉静，完全是一个活生生的充满静谧之美的躺着的蒙娜丽莎！那种神秘的微笑是什么？回忆的安详？思索的甜蜜？想象的美妙？嘲讽的狡黠？预言的深邃？……真叫黄群看得如痴如醉，大气儿不敢出，内心被深深地吸引着、激荡着，感染着，心里感叹道：原来是你这美之精灵吓得他们灵魂出窍！

你不害怕吗？黄老师。

请不要再叫我老师。

唉，真可怜。我原来怕涂脂抹粉的假面具吓着他们，特意摆出天然模样，谁知反而吓破了他们的胆。告诉我，我的样子真的可怕，就像克利画的那两个互相猜测对方是否属于较高阶层的裸体男人吗？

克利？哪个克利？我不懂。不过你……真美。

哦，谢谢。可谈不上真美，我根本就达不到，我正是为了追求它才自杀的。

什么？自杀！

对，我是自杀的，一点不错。他们狠揍了那个小司机，又把您当成谋

119

杀嫌疑犯，多么粗暴而低能。

可是……真的是自杀？为什么？

黄老师，我正要向您诉说，从前，王国维和华昌平读罢号称悲观大师叔本华的生命哲学，走上自杀之路，为的是解脱生命的痛苦，归于佛教的涅槃。一句话，他们自杀是为了"解脱"。可我不，我才不干那种否定自我价值的蠢事！我自杀的动机恰恰相反，是为了自我升值！

自我升值？

对。我正是要借此彻底挣脱世俗的束缚，完全实现心灵的自由超越，真正恢复一个人应该具有的"自我意识"和"宇宙意识"。从而能够为我挚爱的艺术事业开辟新天地，在那儿，不受任何干扰地完成我生命三部曲的最后一部、也是最有价值的一部——《生命真谛》。

可是，我太不明白，自杀不就意味生命实体的消失吗？人之不存，谈何事业？

噢，我立刻来解释，这很好说清楚。几十年来，世界上一直存在个两个顾二曼，一个顾二曼生性热情奔放，充满艺术灵气和创作渴望，她总想倾听大地的脉动、雷电的交响、潮汐的涨落、远太空的宇宙爆炸；要不就喜欢久久地沉思，在一种空灵自在的内心宁静中忘掉一切欲念，细细体会自己不过是大千一叶，但却与生命之树一茎相连的无穷奥妙，把渐渐生出的创造激情鼓荡起来，用热的血去描绘五彩人生之画卷。可另一个顾二曼，生性懦弱，逆来顺受，被命运塞进一个规规矩矩的硬壳里，人变得越来越胆小、空虚、患得患失和没有主见；但她整天却忙来忙去忙得要命，上班挣钱，上街排队买东西，上医院看病，回家做饭，招呼孩子，操持家务，夜晚则难免丈夫那种古老而乏味的纠缠，且不说还有开不完的会，填不完的表，什么转干、升级、提工资、评职称、夹带着听不断的流言蜚语、受不完的猜忌暗算……这是人过的日子吗？与其这样活着，不如干脆自杀，还能腾出好多时间和精力成全别人。自杀的就是这个顾二曼。

您觉得不应该吗?

照这么说,听起来倒也不无道理。不过总觉得……有点太过分,毕竟是一条人命啊。

人命倒是一条人命。可你再想,为提一级工资,为升一品官,为捞个文凭、职称什么的,多少人不要命啊!还有把比生命贵重的人格也随意断送的哩。与其这样不光彩地送死,我看还是自杀的好。

哦,原来这样:你是想牺牲那个世俗的顾二曼,换取另一个顾二曼的灵魂不朽,达到某种升华或超越。是这个意思吧? 然而你可曾想过,我们这个臃肿而喧闹的世界,从来就是为世俗生命的栖息和繁衍而存在,它那延续了几千年的传统和世俗,可是出名的森严可怕,岂能容忍你那个充满反叛色彩的异己灵魂存身吗? 够呛!

请你听我念出两句杜撰的诗:

为什么还要下到底舱?
何不爬上高高的桅杆!

你的意思是……

譬如讲,"美之梦"!

"美之梦"? 那陌生无边的大雪原? 在那儿时间长了你会感到孤独寂寞的。

不。它正是我梦寐以求的地方。你不觉得中国的文艺天地里,时常显得有点闹哄哄的,你方唱罢我登台,噪音几达120分贝。我看不惯这种日子,也厌倦这种日子。只想静静躺在"美之梦"那洁白温暖的雪原上,静静地思索,静静地回忆和想象,静静地捕捉一个个真正来自自己良心和智慧的创作灵感,画呀,画呀,忘我地发疯地画呀,即使再画出像《生命思考》那样不成功的东西也不要紧,我可以无数次改正,直至画出我毕生的艺术理想——《生命真谛》。这该是一种怎样的幸福生活呢？

黄群默默不语，内心极为感动。他凝望着面前那副神秘的微笑，觉得似乎明白了许多。

"黄伯伯！你过来。"远处猛不丁传来小莹莹的尖声呼唤，这才把黄群从一种醉酒般的恍惚中惊醒。他慢慢地走过去，蹲在那两颗亮晶晶的黑葡萄似的眸子前，且听有何吩咐。

"您不怕妈妈吗？"认真地问。

"你妈妈是个好人。"认真地答。

"黄伯伯真好！"小姑娘粲然一笑，伸出一只小手，"那咱们走吧。"

黄群一愣，"上哪儿去？"

"'美之梦'呀，妈妈没对您说？"莹莹感到惊讶和失望，"可妈妈对我说，让黄伯伯领你常去那儿玩。谁骗您是个坏小狗！"扬起的眉毛又细又弯，充满楚楚动人的期待之情。

黄群顿生怜爱之心。怎能让一颗幼小的希望之心蒙上阴影呢？他笑笑说："瞧莹莹急的，伯伯是跟你开玩笑呀。好，咱们一定要去。"

七

是那个"美之梦"吗？是的。巨型画幅般的大雪原依然广阔无垠，静谧中包孕着大自然的深厚，凝重里勃郁着黄土地的无限生机。注目良久，令人不禁荡气回肠，心儿酸楚得甜蜜，高兴得又想哭。但是，它又叫你大吃一惊，迎面何来这座蓝莹莹的万丈冰峰？秀丽、纯洁、坚挺、升腾，在灿烂阳光下发出耀眼的光芒。

黄群驻足观之，简直不敢相信自己的眼睛。哦，"美之梦"！原来你是一个神奇的世界，能够时时展现出大自然的丰富情蕴，和对人生宇宙之谜提出大胆的探询。在这瞬间，他深深感到自己原来是多么渺小怯懦，麻木退化，遭到世俗多么厉害的恐吓、伤害和污染，心头不禁一阵刺痛。谋杀嫌疑犯算得什么？为什么要有浮生若梦的哀思？为什么要乞求廉价的同情和理解？为什么要贪恋那浮云败絮般的名誉、地位、权势、声望？……多么无聊多么可笑多么后悔呀！

"黄伯伯快听!"莹莹惊喜地大声说着。"妈妈开始作画啦。"

黄群回过神来，凝神细听。

果然，一首轻轻的缓慢的安魂曲，似乎是从蓝色冰峰之巅弹出，在肃穆的雪原上盘旋荡漾，那悲哀的慢板却含蓄有力，表达着对死亡悲剧的生命毁灭的谴责、抗拒、蔑视；尽管有叹息，有恸哭，有哀叫，有惆怅，但恰恰是在这种百感交集的情怀里，潜涌着对生活燃烧般的爱，对生命的无比珍惜与眷恋，对向往和创造的难以遏制的热情与骚动……

一大一小两个人影默默地退出雪原，小心地踮起脚来，千万别发出不和谐音响；一老一幼两颗心同时在默默祝祷：你一边静静地听音乐，一边静静地挥动画笔吧，再不会有什么干扰了。《生命真谛》就在"美之梦"!

八

整个城市沉浸在一片浓重的烟雾中，朦胧的灯火更使它显得悲苦凄惨，老远老远就嗅到刺鼻的恶臭，听到不堪入耳的可怕噪音……黄群望着面前这个地狱般的空间，想到自己原来就一直生活在里头，而且马上就要步入其中，继续漫长地生活下去，直到老，直到死，不仅感到万分悲哀、气馁、绝望，心情一下阴沉起来。

恶烟毒雾中浮现出一座破旧的门楼，他认出好像是自己的家门，腰里摸出钥匙去开锁却插不进去，戴上眼镜凑近一看，发现根本就没有三保险锁眼，靠上的地方赫然吊着一个巨型老式铜锁。难道这不是自己的家？他狐疑地退后几步仔细端详，终于断定一点不错，这就是孕育诞生抚养了自己的那个老家，坐落在一个背靠黄河名叫黄土塔的山村里。这下，他大大松了一口气，同时记起这把世代相传的大铜锁的钥匙有一拃长,通常就放在左边的"门转角"上。于是,他习惯地伸手去摸,摸来摸去摸不着,只摸下一手灰尘。这是怎么回事?他不免又惊疑起来。

"呔!你也别想进这个家啦!"忽然有人在背后气鼓鼓地说。他听出来是妻子素英的声音,急忙转身答话,却连个人影也没有,但那声音还在嗡嗡地震响,生出几分恐怖来。

"给你这个东西吧。"

"这是……什么?"

"你又不是瞎子!"

"啊,离婚通知书!"

"你听着,法院说啦,那律师也说啦。往后,这个家门你不能进,另想上哪没人管。你那宝贝儿子,我看将来比你还坏!人家说他大学毕业出国呀,永不回来。那莹莹,不管是大的小的,你都给我带走,我不稀罕!这座旧院子就我死守,就行啦。你看还有啥?不服上告去。我倒要瞪大眼珠子瞅着,哪个领导支持你!哼!"

如电穿身。

黄群奋力狂叫起来:"不!我不离!我不愿意!我不能!……"他疯子似的撕扯着手中那盖着血红大印的一纸法律,却怎么也撕不烂,气得大哭起来……

九

据说是仿美式的厨房里,妻子又麻利又熟练地摆出早餐:牛奶、面包、果酱;馍头、稀饭、咸菜,中西杂陈,土洋结合,看你怎么消受吧。

黄群木木地坐着发愣。

妻子吃吃地笑起来,"吃呀你!咋的还没睡醒?你那会发啥神经,差点把我被头撕开,嘴里还呜呜地,我当是哭哩还是狗叫唤,嘻!——凉啦!"

黄群没有一点食欲,对妻子罕见的逗趣也没有半点积极反应,只觉得头发沉、眼发胀、嘴苦、嗓子干、心尖冰凉。

"哎,你这还要不要?"妻子又在书房欢愉地大呼小叫起来,"聋子!听见了没?"

"什么?"他冷漠地一吼。

"就是这……'顾二曼同志,您好!'还要不要？这才开头没几个字,我扔啦!"

他忽然记起早上八点半"总评委"还有个会议,据说省长大人要光临。于是回到卧室穿戴整齐,夹着公文包正要出门,妻子猛地又发出提醒:

"你急啥？小车还没来哩!"

他抬起的那条腿在半空神经质地抖了几抖,浑不知怎样放将下来好……

发表于《火花》1988年第8期

松凤缘

一

中国历朝的皇帝,每年都要举行一次祀天大典:冬至为祭期,天坛为祭所,冕服为祭服,跪拜为祭礼。中华民国的大总统袁世凯,既然一门心思要尝尝当皇帝的滋味,自然觉得此礼万不可废,于是就在这年的冬至令节里,他头戴爵弁,身穿十二团大礼服,下面系着印有千水纹的紫缎裙,也活灵活现地表演了一番。

这一番化妆表演,大众看起来觉得十分滑稽可笑,但把袁大总统本人却累得够呛!你想,从天不亮折腾起来,到八时五十分礼成,前后五六个钟头里,又是香汤沐浴,又是梳妆打扮,又是乘装甲汽车,又是乘四角垂璎珞、双套马拉的朱金轿车,又是乘竹椅显轿,再加上沉重的古代衣冠和费劲的跪拜大礼,再加上袁大总统天生就又肥又胖,再加上他又着意要在文武百官和沿途士民面前大摆其架子,也就真够他受的了。所以,当天的午觉,袁大总统就不免多睡了一会儿。谁知道,这一多睡不打紧,却由此造出了一段千古丑闻。

原来,袁大总统每天都要午睡,醒后总要呷一口不烫不凉、温个乎乎的上好清茶。这天,小书童按时来送茶,却见袁大总统并未起来,仰天躺

126

在那里,又打呼噜又吹气:打呼噜时,嘴张得像个无底洞;吹气时,嘴又噘得像个鸡屁眼。小书童忍俊不禁,扑哧一下笑出声来,又吓得连忙用一只手去掩嘴,另一只手中的茶盘一斜溜,咣当一声响,可巧就把那只袁大总统最心爱的青玉杯掉在地上摔碎了。好在还没有惊醒袁大总统,小书童赶紧收拾起地上的玉杯残片,战战兢兢地退出来,回到茶房里吓得哭起来。老茶房是位好心人,问明情由,很为小书童的性命担忧。猛然间急中生智,他想出了个救急的妙法子,对着小书童的耳朵如此如此、这般这般地交代了一遍。小书童这才破涕为笑,咕咚跪在地上,给老茶房磕了个响头。

过了约半个钟头,小书童打听袁大总统已经起来了,就换了个茶杯又去送茶。

"奴才!为何才来进茶?"袁大总统睡眼惺忪,怒气冲冲。

小书童跪下献上茶,说:"万岁爷,奴才已经来过,没敢惊动万岁爷的好梦。"

袁大总统哼了一声,正端起茶杯要喝,看出不是青玉杯,就啪嚓一声摔在地上,更加恼怒起来:"混账东西!青玉杯呢?"

小书童答道:"万岁爷,奴才方才不慎将它摔碎了,因为奴才看见……有一条龙。"

"什么?"袁大总统正要一脚踢出去,猛听到小书童出言蹊跷,大声问道,"混账奴才!你看见了什么?快说!"

小书童答道:"万岁爷,奴才上次端茶进来的时候,一眼看见床上躺着的不是万岁爷,是……是一条五爪大金龙,吓得奴才就把……"

袁世凯一听这话,心中惊喜异常,暗暗想道:"哟嚯!天底下真有此等事。看来我这个真龙天子是一点不假了。"他这样想着,脸上依旧浮着严厉的神色,"你可看清楚啦?莫要胡说!"

小书童只怕袁大总统不相信,忙又磕了个头,说:"万岁爷,奴才不敢胡说。那五爪大金龙盘头露尾，红光闪闪，奴才看得清清楚楚。"

袁世凯连着追问了几遍，说："谅你也不敢胡说，你去吧。"便赏给小书童一百元钱。

小书童躲过了一场杀身之祸，又凭空得了一百元钱，一道烟似的奔向茶房而去。

自从出了这件事，一传十，十传百，添油加醋，添枝加叶，把袁世凯真龙现身的鬼话编造得神乎其神。一班帝制派人物欣喜若狂，抓住这个机会大肆活动起来：杨度等六人，暗中从总统府领到白银二十万两，在石驸马街办起"筹安会"来，专门制造"改变国体，恢复帝制"的舆论，替袁大总统早日改成袁大皇帝寻找法律依据。又有梁士诒等七人暗中筹划。在全国各地组织"请愿团"，上书国民政府参政院，恳求袁大总统黄袍加身，早登大宝；什么"商会请愿团""教育会请愿团""乞丐请愿团""妓女请愿团"……五花八门，光怪陆离，无奇不有。还有一个"登基大典筹备处"也公开成立起来，以二百万元刷新太和殿，更名为承运殿，将来的登基大典就要在这里举行。殿内的圆柱一律改漆红色，当中八大柱加鏾赤金，并饰以盘龙云彩；御座扶背各处一律雕龙，上披绣龙黄缎；御座前设雕龙御案，案前左右两侧各列古鼎三座、古炉三座；御座后设九折雕龙嵌宝屏，宝屏左右两侧各设日月宝扇一对。以八十万元做两件龙袍，一件是登基时穿的，一件是祭天时穿的，均由北京城内名气最大的瑞蚨祥服装店承制。以三十万元做一顶皇帝戴的平天冠，四周垂旒，每旒悬珍珠一串，冠檐缀以大珍珠一粒。以七十万元做六颗御用金玉大印，其中那颗玉玺，四寸见方，镌以"诞膺天命，历祚无疆"八个字，造价在十二万元以上。以十万元将清朝皇帝的车马仪仗修理一新，暂先充用……更有甚者，居然由参政院出面，强迫各省推选"国民代表"，明令他们在推戴书上必须写有这样四十五个字："谨以国民公意，推戴今大总统袁世凯为中华帝国皇帝，并以国家最上完会主权奉之于皇帝，承天建极，传之万世。"……

袁世凯看到这些"应命贤臣"如此卖力,恢复帝制的事情进行得这么顺畅,自然十分高兴,恨不得明天就能登上皇帝的宝座。但是,不料就在这个时候,却发生了两起"炸弹案"。

先是,袁世凯为了让日本国能够首先承认他恢复帝制,计划派周自齐为专使,用七项卖国条款和一份厚礼去日本活动。不料事不机密,这个情报被当时别有用心的法国公使花四十万元收买了去,故意张扬开来,一时内外哗然。袁大总统恼羞成怒,断定总统府内必有内奸,下令来了个挖地三尺的大搜查。结果,出卖情报的人没有查出,却搜出十几个要命的铁炸弹来。这一下,总统府里人心惶惶,草木皆兵,你也掘,我也掘,厨房里也掘,厕所里也掘,奴仆的下房也掘,小姐太太的香房里也挖,搞了个天翻地覆,一塌糊涂。

一波未平,一波又起。那个早就投靠了袁大总统的保皇首领梁启超,这时却冷不丁来了个回马枪,在上海发表一篇怪文章,题目叫作《异哉所谓国体问题者》,洋洋洒洒一万多言,竟是高谈阔论,反对帝制,拆起袁大总统的台来。比起那十几个铁炸弹来,这岂不是一颗更可怕的炸弹吗!

自打发生了这两件事,袁大总统的心情很不好,当然脸色就更不好,苍白而冷酷,谁看见谁害怕。所以,当他这天晚上来到平时最宠爱的第六个小老婆的房里时,把这个人称洪姨的小美人吓了一跳。

"万岁爷,臣妾有失远迎。"洪姨下跪行礼。

袁大总统共有大小老婆十六个,唯有这个洪姨青春美质,妖艳异常,且有一张能粲吐莲花的巧嘴儿,常能从奸谋深沉的老袁口中掏出一些惊人的秘密。要在平时,袁大总统一听这娇滴滴的"万岁爷"三个字,早就会变得雪狮子向火——软了半边。但今天听了,他却皱一皱眉头,道:"我不是说过,大典未成,不必跪称万岁吗?起来吧。"

这个洪姨是打定主意日后要夺正宫之位的,所以察言观色,千方百计地要讨欢心,这时就款款地劝慰道:"万岁爷,不要过分忧虑。那放炸弹的凶犯是会查明的。"说着挨在老袁的身边坐下,把一股浓浓的脂粉香灌进大总统的鼻孔里。

袁大总统吸吸鼻子,板着脸说:"你知道什么。我是怕那几个炸弹吗? 哼!"

洪姨又试探道:"那万岁爷忧愁什么? 莫不是梁启超的文章……"

"不是,不是。"袁大总统很不耐烦,愤愤地说,"梁启超他算什么! 当年他没跟着谭嗣同掉脑袋,算他溜得快。后来又来信拍我的马屁,说我'功在社稷,名在天壤'。现在却又作此蛙鸣,反对帝制……这么个穷酸书鱼儿,我睬都不睬他。"

"那……万岁爷是……"洪姨有点失望。

袁大总统看了一眼爱妾,欲言又止,叹了一口气,说:"你不懂……"

洪姨小嘴儿一噘,细腰儿一扭,眼圈儿一红,竟撒娇卖痴地要哭起来。这副模样反倒逗得袁大总统高兴起来,一把把洪姨揽过去放在膝头,说:"你看你,我又不是要瞒着你……实在是事关重大……好了好了,我告诉你。你别哭,笑一笑。"

洪姨说:"既然臣妾不配听,还是请万岁爷讲给别人去吧。"说到这里,一双俏眼瞟着袁大总统,柔媚地一笑,露出两个圆圆的小酒窝。

袁大总统哈哈一笑道:"洪爱卿! 我的满腹心事,抵不住你莞尔一笑。"说着捧过那粉嫩香腮就栽了一口。要不是此时门外有人大声禀报,堂堂大总统还不知要做出什么馋相呢。

袁世凯朝着进来的人正要发火,细一看,原来是侄儿袁乃宽。这才想起是自己命他来的,板起脸淡淡地道:"噢,乃宽呀。起来吧。"

这个袁乃宽,并不是袁世凯的亲侄儿,也不是堂侄儿,也不是表侄儿,只因他得天独厚,碰巧姓了一个袁字,便趋炎附势,联宗做小,甘心给人家当个干侄儿。他倒很是得意,每日里出入总统府,掇臀捧屁,殷勤趋奉,实实在在是个鹰犬式的人物。最近一段时期,他就担负着干叔父交给的一项秘密使命,干得十分卖力。

干叔品着茶,问:"那边有什么动静?"

干侄儿屁股尖挂在椅子沿上,答:"在他的住宅经常有南方人和陌生面孔的人往来。照您的吩咐,没去惊动他们。"

干叔问:"他本人呢?"

干侄儿答:"他还是无心公务,每天与杨度理事长他们游山玩水,饮酒赋诗,已经在八大胡同吃过四回花酒了,前天晚上还……"

"还怎么样?"

"他们在云吉班吃花酒,让妓女小凤儿骂了他。听说有家报馆登了这件事。我让人去找报纸去了。"

干叔放下茶杯,往太师椅上一靠,闭起眼睛沉思起来。良久,他忽然睁开眼睛,伛身坐起,把干侄儿和洪姨都吓了一跳。但他很快又闭起眼睛,用肥白的手指捏弄着下巴颏儿,嘴角升起一股含义不清的微笑,说道:"乃宽,你听着。挑选得力密探,继续监视他和他的住宅,但千万不能让他觉察。另外,你让杨理事长明天来见我。去吧。"

袁乃宽走后,袁世凯心事重重地在地上踱来踱去。洪姨几次想问话也不敢开口。一直到上了床,经她施过一番美妙的魔法之后,袁大总统的兴致才又好起来。她问道:"万岁爷,他……是谁呢?"

袁大总统说:"你问他? 好,伸过手来。"

他在她的手心里依次写了三个字:戴松亭。

洪姨大为惊讶:"是他? 杨理事长不是说,他也很赞成帝制吗?"

袁世凯嘿嘿冷笑起来:"他能骗过别人,能骗过我吗? 你看他表面上折节下交,肯与杨度他们频频交往,大谈帝制,可实际上……乃吾心腹之患! 此人不除,帝制难成,一日不除,寝食难安!"

"莫非他比孙中山、黄兴还可怕吗?"

"什么孙中山、黄兴！吾从来瞧他们不起。何况如今孙中山羁留日本，黄兴远在美国，又能怎么样！但这个戴乳儿，文武全才，智勇深沉，且在西南一隅大有实力，倘若他要挑头造起反来，帝制一事就全砸锅了。"

洪姨见袁大总统又犯了忧愁，忙劝慰道："万岁爷，也不必太过虑了。我想他原不过是一省的都督，是万岁爷您将他调回北京，又当参政院参政、政治会议议员，又当陆军部编译处副总裁、全国商界局督办，真是高官任坐，骏马任骑，一辈子的荣华富贵都有了。我看他还不至于恩将仇报。"

袁世凯苦笑了一下，说："洪爱卿，你怎么聪明人说糊涂话。我调他入京，是夺他的军权；让他一身兼数职，全是些虚位，而且是要用虚名笼络他。可你看他进京两三年来，伪作呆钝，不露锋芒，给他加一官，他也未尝惊喜，给他添一职，他也未尝推辞，不吭不哈，不卑不亢。如此沉静，委实可怕！"

洪姨又说："不过呢，万岁爷，我想他既在京中，便是笼中之鸟，插翅难飞，谅他也不能怎样。"

袁世凯点头说："这倒也是。只是搜出炸弹，何人主使？梁启超敢于饶舌，何人壮胆？他们曾有师生之谊，我不能不防这条泽中蛰龙！"

洪姨忽然一笑，说："万岁爷，方才乃宽不是讲，他跟着杨理事长他们吃花酒吗？只要他真的进了风月场，保管会乐不思滇哩。"

袁世凯又嘿嘿地冷笑几声，说："朝朝花酒，夜夜笙歌，戴松亭真要乐此不倦，我倒要烧高香，只怕是其中有诈……也好，我就来试他一试，倘若是真还在罢了，如其不然嘛……"

洪姨猛看见袁世凯脸色变得狰狞可怕，眉间徒地升起那团她很熟悉的杀气，吓得脊背发麻，不禁脱口说道："那……要杀他吗？"

袁世凯盯着爱妾煞白的面孔，猛地在上面栽了一口，吓得洪姨呀的尖叫了一声。他却得意地嘿嘿一笑，说："现在杀他？……不！我还要再提拔他。"

二

晨曦中,假山前,露草上,戴松亭手握一把三尺龙泉,正在舞达摩剑。多少年来,他闻鸡起舞,不论碰上多么吃紧的军情,也不论担着多么沉重的心事,只要提起这把心爱的宝剑,他都能马上做到意定神闲,专心不二:或击,或刺,或格,或洗,或挽花,或旋转,皆能如法而行,略无破绽;八个套路,七十个动作法,环环相扣,一气呵成;一双明亮平静的眼睛,与那宝光熠熠的剑锋瞬息不离,交相辉映……可是今天呢,唉!他这剑舞得是多么糟糕啊!先是开门的达摩捏诀就没法做好,本应该意收丹田,两眼平视,他的心却怎么也平静不下来,脑海中总是浮现着报纸上那一行刺目的标题:"戴松亭氏嫖妓出丑,侠妓小凤儿名不虚传"。一直到第四式的二龙戏珠,他才好不容易控制住了一点情绪,但还是失手让剑镦偏出抵空,简直跟单刀下砍的动作差不多了。于是一种十分懊恼和惋惜的情绪又袭上心头,这又直接影响到后来的一招一式:一会儿是鹞子翻身立脚不稳,一会儿又是金龙吐舌挽错了逆花,一会儿是九品莲台蹲下忘了站起,一会儿又是荆轲刺秦出剑太早,而最犯忌的则是目光老也随不上剑锋……老母亲恼怒的面孔,贤妻子含怨负屈的眼泪,怎么也从眼前头离不开。这样勉强舞到第六路,他实在是舞不下去了,终于长叹一声,跳出了圈子。他对剑苦笑了笑,百感交集地喃喃道:"老朋友,老朋友!你可知道戴松亭的难处吗?"

他回到书房,将宝剑挂回壁上,用冷水擦了脸,坐到书案旁。伸手刚要熄灯,又一眼看见了那行大字标题,不由得拿起报纸,将那全篇文字又看了一遍,脸上一阵阵发烧。这家报馆的访员也真够损的了,说有那么回事也就是了,何苦要用这么一个扎眼的标题呢?而且在细节上大肆渲染,捕风捉影,尖酸刻薄得让人难以忍受。他又气又恼地将报纸扔在一边,愣愣地发起呆来。那天晚上的经过情形又一幕幕地闪现了出来……

自从他认清了袁世凯的丑恶本质和狼子野心,就暗暗发誓要举行武装起义,反对帝制,打倒袁世凯。为了能打开袁世凯的软禁,早日脱身,离开北京回到云南军中,他经过反复的考虑,选择了一条以醇酒妇人之计对付袁世凯的道路。所以,近半年多来,他借着从前与杨度的朋友关系,有意向帝制派核心人物靠拢,参加了他们组织的"消闲会",经常搅在一起吃喝玩乐,鼓吹帝制,招摇过市。那天晚上,杨度等人要在陕西巷云吉班吃花酒,他自然又跟着去"镶边"了。

当时摆齐了台面,众人入座,龟奴呈上局面,便由各人依着自己熟识的名妓,将芳名写在局票上。唯有戴松亭端坐不动因为他一向生活严谨,从未涉足花丛,哪里结识有什么名妓? 就是这一段跟着别人吃花酒,每次也是由杨度替他叫局,叫谁算谁,席散人散,别说从没在哪位花姐身上存半点意思,连人家的芳名也不记,所以现在当然叫不起局来。

杨度看见了,笑着说:"松亭,怎么,还得我帮忙?"

他说:"写不写吧,没意思。"

杨度把嘴一撇,拿过局票,提笔在手,蹙额想了一会儿,忽然笑嘻嘻地连说:"有了,有了。"便在那局票上写上了"小凤儿"三个字,交给龟奴,掷笔道:"松亭,保你满意。"

他问:"这是谁?"

杨度伸过嘴巴,挤眉弄眼地说:"你真不知道? 也没听说过? 此位小凤儿,就是这云吉班的镇院花魁,都中有名的侠妓,不但生得妙不可言,而且很有点文才,喜缀歌词,七步成章,琴棋书画样样皆通。就是有一样不好,性情孤傲怪僻,难以琢磨,别说连我们这些人一个瞧不上,去年大总统的爱侄袁乃宽三次慕名而来,均吃了闭门羹,扫兴极了。"

松亭说:"那就快算了吧。"

杨度说:"你却不同,你戴将军威名赫赫,年轻有为,英雄美人,正好唱一出松风缘呢!"

说话间,各人所叫的堂差次第到齐,一个个脂馥粉香,花枝招展,淫声浪态,紧偎着老相识的身子坐下。

唯有小凤儿不见露面。

杨度看见那个龟奴走出来,一把扯住问道:"你去请凤姑娘,怎么现在还不见出来?"

这个龟奴想是新来不久,不会撒谎圆场,照直端出来说:"凤姑娘死活不来,妈妈正在劝呢。"

杨度问:"你没说是戴将军请她?"

龟奴答:"怎么没说。其实不说才好哩,一说反而骂开了。"

松亭本来无所谓,一听这话却大为惊奇,插嘴问道:"她怎么个骂法呢?"

龟奴答:"小人不敢讲。"

松亭说:"与你无干,但讲无妨。"

龟奴无奈,吭吭哧哧地说:"凤姑娘骂你戴将军……小人可是原话原说,不是英雄,是趋炎附势的小人,跑到这里赶趁,她恨不得把你们都轰出去。真是这个话,小人不敢有一句胡说。"

这一下,来了个全体扫兴。一个个哭笑不得,喜怒不得,你看看我,我看看你,尴尬极了。尤其是松亭,虽然心里对这位小凤儿暗暗称奇,但当众也觉十分难堪,脸红一阵白一阵,眼看着不好下台。多亏此时老鸨母从里头赶出来,笑眯眯的,极力周旋道:"众位贵人,莫要介意。实在是小女喝酒喝多了,尽胡说八道,冲撞了贵人。得罪,得罪!请贵人们高抬贵手,高抬贵手!"她特意走到松亭跟前告罪道:"戴将军! 一定不必在意。回头小女酒醒后,就要叫她当面赔罪,当面赔罪!"杨度乖觉,也就乘机举杯在手,在空中向大家绕了一圈,故意用轻松的口气说道:"诸位,都怪我不知道凤姑娘醉酒,伤了诸位和戴将军的雅兴。来来来,看我先饮罚酒三杯……怎么样,滴酒不剩。哈哈哈……"这才将一个不尴不尬、不死不活的局面维持下来,勉强到夜深席散。

随后发生的是什么呢? 是更让人难以忍受的折磨和痛苦:首先是报纸披露了这件事。对松亭来说,不啻是个晴天霹雳,震动得他五内俱裂,长夜难眠……"想我戴松亭,出身微贱,苦学成才。十七岁东渡日本,入陆军士官学校,二十一岁学成归国,追求民主,献身共和。二十九岁被举为云南大都督,无功有苦,有苦无怨,光明磊落,壮志热血,世有公论。想不到现在屈身京畿,走投无路。不得已追腥逐臭,常与蝇狗为伍;出乖露丑,竟让妓女耻笑。如今舆论大哗,街谈巷议,满城风雨。苦心所在,谁人能知? 日后倘若大功能成,还在好说;倘若事败身亡,谁肯替我明心迹、洗清白? 只怕是到头来身败名裂,碧血付东流! ……"

紧接着,是那些海内志士仁人、亲朋厚友,不知松亭的苦衷,只管将那惋惜、责难、规劝的函电,雪片也似的盖将下来。尤其是滇军中那些肝胆相照、生死相随的部将,不忍心在密函中丝毫伤害他们最崇敬的"松帅",只说:"三军健儿,日夜盼松帅南归!""愿以头颅热血,共保松帅成就反袁救国之伟业!""流言可畏,吾等不信。唯恳请松帅能早日反出京师,回滇举义! 天赞人肋,功在千古……"这比当面挨骂还难受。

还有那最伤人心的事,是发生在自己的家里。原来松亭幼年丧父,家境贫寒,母子二人相依为命,苦度人间岁月。戴母性格刚强,见识过人,深明大义,发誓要教子成才,为国为民,名扬后世。因而管训极严,从不姑息。松亭十六岁的时候,考入长沙由维新派人物开办的"时政学堂"。临行前,侍母至孝的少年松亭,看到只剩下母亲孤单单一人在家,不免依依不舍,再加上自己头一次别母远行,要只身跋涉六百多里坎坷陌路,亦不免有点裹足不前的模样。戴母二话不说,举手就是一巴掌,斥道:"男子汉建功立业,就在今日! 没出息的东西! 上路!"立逼着松亭当天出发了。十几年后的今天,眼见身为赫赫大将军的儿子,居然不思报国，竟在花月场中惹出丑闻，老母亲当时就气得头晕脑胀，大骂儿子道："戴门之耻，戴门之耻！堂堂大将军不如一个京中妓女。你给我马上撞死！撞死！"要不是躺在床上，说不定又是一巴掌上去了哩。还有一个结发之妻戴夫人，温顺贤良，嘴上虽无一字恶言，但夜夜饮泣，把泪水往肚子里流，眼见得不思饮食，香消玉殒……

戴松亭回想着近来发生的这种种事情，不禁心乱如麻，忧心如焚。这个以冷静果断、刚毅不屈出名的南国人杰，不免对自己的脱身之计产生了怀疑，发生了动摇，陷入了十分矛盾的心理状态中……

一个声音说："松亭！这样以你的名誉、友谊和家庭来相搏，值得吗？舍此再无别的路可走吗？譬如讲，暗暗脱身。"

另一个声音说："冒险潜逃乃匹夫之勇，早就知道不行。周围全是密探，根本无法混出北京，徒给袁贼以捕杀之口实，为智者不取。纵然能混出北京，此去云南好几千里，关山阻隔，袁党密布，也是难于成功。时至今日，别无出路，只有照原定计划干下去，明里大行醇酒妇人之计，暗里尽快打通一道谁也想不到的归途。唯其如此，方能确保成功。松亭，松亭！怎么事情才开头，你就知难而退呢？小不忍则乱大谋啊！"

先一个声音说："可是，这样真能瞒过一代奸雄袁世凯吗？"

后一个声音说："松亭，这可不是大丈夫气概！岂不记有志者事竟成吗？不错，袁世凯是难斗的旷代奸雄。他出卖了戊戌政变的六君子，打败了孙中山、黄兴的'二次革命'，暗杀了宋教仁、吴禄贞。这些当代奇才们都没能斗过他。就是你戴松亭，当初不也被他算计，来到北京入了他的圈套吗？这些都是事实。但是，试看天下大势，已是今非昔比，天时地利人和全在你这一边。而袁世凯再厉害，挡不住利令智昏四个字捉弄他，必然是邪不压正。你可记得古有庞涓对孙膑，忌恨何深，防范何严！而孙膑双足被刖，尚能竭力尽智，骗过庞涓而逸去。你戴松亭乃发达现世之人，而立之年甫过，一腔热血奔流，七尺壮躯，满腹经纶，怎么就斗不

137

过一个帝梦昏昏、万民唾弃的老朽袁世凯呢?!"

先一个声音说:"孤木难撑,孤掌难鸣。可惜身边无知己,京中缺帮手,叫人急煞。"

后一个声音说:"莫怨前途无知己,天下何处不识君。你不是已经对一个人暗暗称奇了吗?"……

戴松亭趴在书桌上睡着了。一阵清爽的风从窗户吹进来,将那张引起无限烦恼的京中小报吹到地下去了。一片灿烂的阳光也挤进来,抚弄着他那张有些苍白的脸。他忽然做起梦来,真是奇怪,他竟然梦见那个没见上面的小凤儿……

三

自从京报上那么一登,戴松亭名誉受辱,小凤儿却侠名益著。连日来,陕西巷里车马喧阗,昼夜不绝,云吉班前,慕名嫖客,填门塞户。然而小凤儿却是闭门谢客,传出话来说:病了!

其实,小凤并没有什么病,不过是正在与老鸨母打别扭罢了。

那天的事发生以后,吓坏了老鸨母。她对那个戴将军很眼生,摸不清来头,得罪了也猜不出能捅多大的娄子。但她对杨度那一干人是知道的,那是当今北京城里的贵人、阔人、万万不敢得罪的人。既然那个戴将军跟这些人是一起来的,可见那也是个贵人、阔人、万万不敢得罪的人。正是从这一点上,老鸨母觉得惹下了泼天大祸,恐怕要吃不了兜着走。她本想设一席鱼翅宴,请得这些阔佬到,让凤姑娘给戴将军当面赔情,也许还能大事化小,小事化了,给往后的生意留一条宽道儿。谁知碰上个小凤儿,却怎么也说不通,一句一个不愿意。不愿意也罢,慢慢再劝说,可她连其他客人也不接了,一天不接,又一天不接,不知闷在房里想什么心事。老鸨母又急又气,恨不得打骂一顿,可又不敢,怕的是这姑娘性子烈,说得出做得出,逼急了敢给你横着来;真要那样,没了这棵摇钱树,人财两空,岂不是雪上加霜？只好暂先依了她的性子。

小凤儿到底是个什么性子？她闯了大祸不害怕、不赔情,又不再接客,闷在房里又犯的是什么心思？看来得从头交代一下。

小凤儿的老家在浙江钱塘,父亲是个坐馆的老塾师。她从小生得聪明伶俐,是全家人的掌上明珠。父亲亲自教她读了不少史书和诗词歌赋,指望她这个独养女儿将来能成为苏小妹一类的才女,再招来一个秦少游一样的女婿,也就足以补偿膝下无子的缺憾,平生愿足矣。不料祸从天降。忽有仇家设计陷害,老父亲被诬告同情"新党",瘐死狱中,家破人亡,仅留下九岁小凤儿被官卖为奴,又辗转入烟花,流落到北京。在长期艰难屈辱的生活中,小凤儿不甘沉沦,苦苦抗争,慢慢地磨出了一副刚强性格,时时留心天下英雄、诚实君子,总想借以跳出火坑,找一个正正经经的归宿。但处在一个恶浊时世,战乱不绝,人妖颠倒,可怜这个弱女子的一点心曲,至今尚无人知道,更遇不上一个可托终身的知心人。这叫她怎么能不怨不愤,做出许多不同俗情的事来！最早,恐怕就要算她拒绝参加"妓女请愿团"那件事儿了。

前面已经提过。袁世凯既得了"天意",便暗中指使杨度、梁士诒等人替他制造"民意"。这些帝制派的健将们,一方面密电各省将军在全国各地组织请愿团,一方面在北京、上海等地就直接干起来。遂有:官办的"公民请愿团",冯麟霈办的"北京商会请愿团",周爰镳办的"上海商会请愿团",梅宝玑、马为珑办的"北京教育会请愿团",山东女人在北京交民巷中办的"中国妇女请愿团",接下来还有"北京人力车夫请愿团","北京乞丐请愿团"……压轴的是花元春办的"妓女请愿团"。

这个花元春本是京中一个俗妓,除了有一个好脸蛋儿,别无能耐。她怎么就能那样神通广大办起一个请愿团呢？原来奥妙在袁世凯的大公子袁克定身上。袁大公子吃喝嫖赌不亚乃父,当皇帝的瘾头更是十足。有天晚上,他便在那衾内枕上向花元春密授机宜道:"他日我老子位登大宝,我就是东宫太子;我老子死了,我就是皇上。你就不想让我把你选进宫去当贵人吗?"花元春当然高兴,说:"大阿哥,那你要我做什么呢?"袁大公子说:"你就不看现在各处都在搞请愿团?车夫乞丐都在搞哩。你就不会搞个妓女请愿团?你搞得好,到时候我自然就忘不了你。"花元春高兴得光着身子坐起来,说:"那……得花不少钱吧?"袁大公子慨然道:"钱不发愁。他们都是从我老子那儿悄悄领的。"花元春又发愁,说:"听说还得给参政院写什么玩意儿,怎么办?"袁大公子想了想说:"听说云吉班有个小凤儿,不是能写吗?就叫她写一写请愿书好了。"

花元春这样的女人有什么见识!不过是个没有灵魂的粉妆躯壳。她捏着鸡毛当令箭,果真在八大胡同中卖力运动起来。那无数妓女中,又有几个是有头脑、知廉耻的!一见是花元春领头,知道来头不小,定有好处,一个个争相报名,挤得没打破脑袋。花元春洋洋自得,不料却在小凤儿跟前碰了一鼻子灰。

她见了小凤儿,无非拾起大阿哥的牙慧,说:"凤儿妹妹,你怎么还不报名呢?车夫乞丐都在请愿,难道我们姊妹们还不如他们吗?"

小凤儿正色道:"花大姐!车夫乞丐都有自由之身,我们姊妹们沦迹风尘,无非是路柳墙花,哪能与人家一样呢?"

花元春说:"一样不一样,总是为了国事。日后袁皇帝登基,记起我们有此功劳,就会特沛恩施,也说不定。"

小凤儿冷冷地道:"我不懂什么国事不国事。我只会倚门卖笑,供人驱使。袁皇帝真要恩施,就先让姊妹们赎身出籍,再给他请愿不迟。"

花元春强压火气,说:"妹妹,不要作耍。姐姐还要求你写请愿书哩。"说着就铺纸磨墨,张罗起来。

小凤儿知道再说也是对牛弹琴,难表心曲,不免凄然一笑,提笔在手,略一凝思,舒腕写出两句话来:"陷于无耻而不知,最是无耻;陷于可怜而不知,尤其可怜!"写毕将笔一掷,径自出门而去。

花元春气得面色发白,一句话也说不出来。好半天,才恨恨地道:"小蹄子!迟早要叫你当面求我花元春。"最后还是求杨度给"妓女请愿团"写了一篇请愿书,也堂而皇之地投入到中华民国的参政院里。而小凤儿的"侠妓"之名,也就因为不写这个请愿书才传扬开来。

小凤儿不是政治家。她对"民主立宪"还是"君主立宪"那一大套道理是闹不大懂的。但或许就是因为这个"妓女请愿团",或许再加上其他什么原因,使她首先从感情上厌恶起"帝制派"来,无形中也就给自己规定了一个区别好坏人的标准:凡是投靠袁世凯搞帝制的,大约都不是好东西;相反,想必都是真君子。正是出于这个简单朴实,甚至可以说是幼稚可笑的看法,她毫不留情地使未来的皇帝侄儿吃了闭门羹,又让戴将军挨了当头一棒。这对于她来说,那个畅快劲儿是一样的。然而奇怪的是,余味却越来越不一样了。坑那个袁乃宽,当时痛快,现在还照样骂;骂了戴松亭,当时也痛快,现在却越来越觉得哪儿有点不对劲儿。坑了那个,闪身就忘了;骂了这个,却越来越牵肠挂肚,尤其再见报上那么一写,她倒有点可怜起这个戴将军来。倒好像自己做了什么亏心事儿,倒有点抱怨那个报馆的访员,也太爱多管闲事了……这是什么原因呢?

其实,小凤儿虽然没有见过戴松亭,但这个名字她早就知道了。听起来很入耳,她很喜欢。而且,她早就凭着年轻女子特有的机灵劲儿,了解到这个全国著名的青年志士的许多事情:他的老家在湖南邵阳;他在日本士官学校留学时,是全校穿戴最陋劣的一个,被那些膏粱子弟骂作叫花子。他却不屑一顾,傲然鹤立,锐意求学,成绩是最优秀的一个;他曾用孟博、奋翮生、击椎生等笔名,在《清议报》《新民丛报》上发表文章,风格刚健,文采十足;他是最先响应武昌起义的革命人物之一,二十九岁当大都督后,立即撤换各级贪官污吏,大力提拔有真才实学的青年军官,以身作则地节约钱财,廉洁奉公,颂声载道……他可是太好了,太叫人满意了! 小凤儿正是从这些七零八碎的事实中,想象着戴松亭的相貌和人品:他挺拔英俊,比我高半个脑袋;他目若朗星,要是盯着看我,我一定就会脸红心跳;他同情我的身世,了解我的真心,不嫌弃我,为救我跳出火坑而肯想一切办法,操劳得胡子长得老长老长,我会给他送来刮脸的热水,还有绣着花、洒着香精的面巾……小凤儿就是在心里追随着这样的形象,又满足又惆怅地过了一年又一年,多少次默默地祷告苍天,恳求能在今生今世,与这个戴松亭结识一场,哪怕是见上一面也行啊!……可谁能想到那天遇到的戴松亭却是……怎不叫多情善感的小凤儿心烦意乱呢!

一阵脚步声,老鸨母又来了。

小凤儿厌烦地背过身去,看着窗外发呆。

老鸨母斜着眼睛溜了几溜,大大地叹了一口气,说:"唉,真是没办法。凤儿,你到底怎么考虑的?"

小凤儿:"考虑什么?"

老鸨母:"给戴将军认错的事呀,我已经让人把席面办妥了,怎么办?"

小凤儿:"不管!"

老鸨母:"凤儿,这可不敢任性。你没听说袁大总统的龙袍都做好了?眼看他一登基,戴将军这些人就是王公大臣。咱们门户人家还不就靠这些贵人使钱吗?"又说,"这可都怨你,惹下许多麻烦。得罪了花家姑娘,就是得罪了袁大公子和袁大总统;得罪了袁乃宽,也是得罪了袁大总统;如今得罪了戴将军,分明也是得罪了袁大总统。凤儿呀,三罪归一,不得了!你就是不学李师师巴结道光帝,可也不该专得罪袁大总统呀。"又说:"唉,娘说不动你,如今求你……你九岁跟上为娘,把你当亲生女儿看待,吃的啥,穿的啥,用的啥,戴的啥;你十六岁还不接客,娘没逼你;你只陪席不留宿,娘也没逼你;你留客要自择,娘还依了你;娘看出你是不愿为娼,有心从良,娘也没怪你,还替你处处留心,四方张眼,还替你算命打卦,求神拜佛,都说你快有贵人值年,后禄长得很哩,娘都高兴得睡不着觉……"

小凤儿原是打定主意再不吭声,禁不住老鸨母这一番聒噪,不禁想起多少年来的屈辱辛酸,顿时烈火攻心,再也忍不下去了,哭着道:"行了,你快闭嘴!你没打我,你没骂我,你没逼我,你没骗我,你没从我身上赚过一文钱!你可真是我的好娘啊……你,你,你给我快走吧!"

老鸨母勃然大怒,翻脸就是母夜叉,吼道:"猴妮子!真能由了你!老娘拿钱买了你,原本就是做生意。赚钱就好,赔钱不干!你砸了老娘的饭碗,老娘要你的命。你说,赔情不赔情?快说,快说!"

小凤儿正在气头上,忽地抓起一把削苹果的刀子,圆睁杏眼,紧咬银牙,一句话不说地看定老鸨母的脸。

母夜叉吓傻了。亏她有鬼脸三变的老功夫,忙挤出一把鼻涕一把泪,上前先抽去刀子,抱着小凤儿哭起来。"凤儿,娘的心肝肉!娘不是成心逼你,不过是说说吓吓你……娘不该吓你,娘不好,娘不好……"

小凤儿毕竟是女儿家,一见眼泪也就心软了,抽身坐到一边抹起眼泪来。

老鸨母偷眼溜了一下小凤儿,继续哭诉道:"唉,娘也是没法子,官不敢得罪,女儿不敢得罪,灰老鼠钻在风箱里——两头受气。一大家人要吃要穿,鬼东西又一个劲儿涨价,这钱……"

小凤儿听得不耐烦,打断说:"妈妈,我知道钱是你的命。我明天接客,行了吧? ——可要说好,只赔花酒,决不留宿。"

老鸨母想:不赔情,先接客,暂且退一步也好。于是开口笑道:"凤儿,这也是句话。唉,娘都是为你好。你告诉娘,要个何等样人?娘先给你过目。"

小凤儿气呼呼地道:"就是明天第一个!麻子,秃子,瘸子,跛子,我都喜欢!"

老鸨母搭讪着乐颠颠地走了。

小凤儿一头扑在床上，一任辛酸的泪水浸透绣枕……

四

这天上午，有一辆八成新的黄包车，来到云吉班门口停下。从车上下来一位年轻的商人，通身打扮得很俗气：头戴一顶狐皮小帽，上身穿一件玄色花缎对襟马褂，下身露出半截灰色羊皮袍，足蹬一双粉底皂靴，用一副大墨镜遮去了半边脸。这人正要举步进门，车夫过来凑在他耳边小声说："又跟着，又跟着。"他听了，嘴里一边说"知道，知道"，一边掉过身来，有意地摘掉墨镜，大摇大摆地在陕西巷里踱起步来。这是戴松亭和他的车夫甘良。

松亭举目看这烟花巷，果然是：柳翠花鲜，绣阁朱楼。十里香风，丝竹阵阵。黄金买笑，全是阔佬阔少。独自看了一回，不禁喟然长叹一声，心里自觉好笑："唉！想不到今天我戴松亭也跑到这儿赶趁来了。"

松亭走进云吉班，迎面就碰上老鸨母。老鸨母那鹰隼也似的一对眼睛，直勾勾地盯着看，当下就认了出来，笑眯眯地道："哎呀呀！这不是戴将军吗？好风吹得贵人到。穿这么一身清俊衣服，才显得富态呢。"

松亭说："随便出来走走。"

老鸨母："戴将军！这可真是缘分。哎呀呀，我说了你都不信。自那天凤姑娘得罪将军，把她的酒也吓醒了，天天催着要给您老赔情道歉，就是不见您来。方才凤姑娘对我说，妈妈，你快去接，今天戴将军准来，我梦见一匹红马送信哩。我还有点不信。可你看，真神了，真神了！——哎呀呀！瞧我喜昏了头，怎么让戴将军立在这儿？请进，快请进！"说着，一路碎步将松亭领到一间客厅前，亲手高高挑起绣花锦棉帘。

老鸨母将松亭让在正座，唤来香茶敬上，说："戴将军，您稍坐。我去

144

唤凤儿下来。"

松亭止住她,说:"你就说有个姓王的商人求见。"

老鸨母吓了一跳,忙说:"不敢,不敢,老奴不敢。戴将军真会开玩笑。"

松亭笑了笑说:"妈妈不必介意,我没有别的意思,不过是逗个乐儿。"说着拿出皮夹,顺手抽出几张钞票递过去,"这点钱,你拿去办几个碟子,随后送来。"

老鸨母这才放下一颗心,飞快地数一数钱,好家伙,一百多块!当下眉开眼笑地把钱装在腰里,一扭一颠地出去了。

这间客厅,并不是前次吃花酒的所在。松亭打量,见空中悬挂一新式吊灯;正面这张犀皮香桌上,放着一个傅山古铜香炉,燃着龙涎好香,青烟细细,香气袭袭;正面墙上一副对联,无非是"歌舞神仙女,风流花月魁";两壁上挂着四幅名人山水画,下设四把犀皮交椅,一律垫着洛花流水紫锦棉垫;周遭地上放着十几个盆景,全是奇花异卉,怪石苍松;角上一架楠木雕花屏风,半掩着通向后院的门户。松亭看罢,不禁慨叹道:"国乱如此,这里却和平清静,井然有序!"正在感叹,就见老鸨母从屏风后边转了出来。

老鸨母:"戴将军久等。凤儿请戴将军到她香房里坐。"

戴奖军:"你可是对凤姑娘那样说的?"

老鸨母:"戴将军吩咐,老奴不敢胡说。不过……"她想起小凤儿躺在床上不起来,方才死说活说才勉强坐起,心里不免有点发毛。

戴松亭:"怎么,凤姑娘不爽快?

"不是。"老鸨母眼珠一转,有了主意,一边领着松亭往后院走,一边现编鬼话,"只是凤儿这几天一心盼着您戴将军,如今听说不是,就老大不情愿。她原本早就梳妆好了的,方才却又卸了妆,无情无绪得很哩。——憨女子!你当王掌柜是哪个猴头小脸的凡人之辈?……不过

145

戴将军,您一会儿千万别怪她怠慢,不知者不怪嘛。便是老奴我,开头见了您这身穿戴,也差点儿认不出来哩。”

戴松亭也无心搭腔,任她一路絮叨,一直来到小凤儿的香房。

进得房来,只见小凤儿和衣躺在床上,脊背朝外脸朝里。

老鸨母有些发慌,赶紧看了戴松亭一眼,朝床上说:“凤儿,快起来,你看方才说的王掌柜来了。”连说了几遍,小凤儿竟是不理不睬,吓得她越发慌了。

松亭说:“看来凤姑娘也许身体欠安,就躺躺也无妨。我在此等一会儿吧。”

老鸨母舒了一口气,把松亭拉出门外,低声道:“戴将军,一会儿她再不识相,你尽管用强也无妨,外面我已叫人招呼着呢。贱妮子! 都是老奴平日娇惯坏了。戴将军,实在对不起,包涵,包涵。”又翻来覆去地咕哝了半天,这才气哼哼地走开。

戴松亭复转身入房,见小凤儿还躺在那里,便不去惊动她。坐在窗前一把椅子上打量起屋内的陈设,但见妆台古雅,绮阁清华,湘帘綀几,天然美好,只是四壁上并没有什么赠画赠联张贴,显得有些空寂。掉转头来,却见旁边箱箧之上,庋阁卷轴,堆积如山,不免动了涉猎之兴,起身轻轻踱了过去。他信手一件一件地仔细展阅,全是客人的赠品,其中也有几个闻名的人物。只是画面平平,词意泛泛,竟没有一件中意的,不免自语出声道:“浅薄之作,何堪为赠。”翻了一遍,见小凤儿还没动静,就又回到窗前坐下。这时,窗台上有一个小巧精致的支架相框,内装一张美玉照,鲜亮亮地撞入松亭的眼里。他想,这肯定就是小凤儿了。细看之下,果然年轻漂亮,尤其眉梢眼角那一种含嗔含怨、郁郁不平的神气,更是招怜招爱,动人心魄。他忍不住想伸手拿过来,却有点心慌意乱,相框没拿上,反而啪啦一声把它捅倒了,吓得急忙缩回手,脸霎时涨得通红。扭头一看床上没事儿,这才轻轻地吐了一口气。不过,也就再无取那相

146

框的勇气了,只直勾勾地看定它发起愣来……

坐在这儿干什么呢?旁边躺着一个陌生的年轻女人,面前是她的照片,这儿是她的香房,堂堂戴松亭怎么会来到这里?莫不是在做什么怪梦?……这几天思来想去,权衡利弊,觉得还是不能放弃醇酒妇人之计!即使难以根除袁世凯的忌恨之心,但搞得好,总可以使他稍有松懈,便会有可乘之机。时至今日,这是再也不敢动摇的了!成败祸福,在此一搏!然而,何处没有歌舞场?哪里不能吃花酒?为什么非要乔装打扮,坐在这里受洋罪呢?何苦一定要见见这个小凤儿呢?……好久以来,早想在这北京城中结交一位意气相投、拔刀相助的生死朋友,来共度危难,成就大业;甚至想过,便是能结识一位红粉知己也是好的。可是,面前的这个小凤儿,难道能成为自己要结交的人吗?……松亭啊松亭!要检点,莫荒唐,千斤重担在身,海内群英瞩望,万不能动了儿女之情,一失足成千古恨……走吧!离开这儿!八大胡同,千家妓院,哪里不能行醇酒妇人之计?……

松亭想到这里,不再犹豫,站起身大步向门口走去。就在这时,猛听身后传来一声:"客人留步!"松亭惊讶地回过身来,只见小凤儿已经翻身坐在床边,一张粉脸涨得通红,一对黑亮黑亮的大眼睛,望着自己,分明是挽留的意思。他倒一下子紧张起来,不知该说什么好,冷丁冒出一句:"你……你睡醒了?"

逗得小凤儿扑哧一声笑了起来。她看着面前这位拘谨得有点可笑的青年汉子,觉得心里很是过意不去,急忙站起让座、唤茶、寒暄;又赶快照着镜子,把自己有点披散的头发梳一梳光,把压皱的衣裳舒一舒平。从镜子里偷偷看一看客人的眼睛,见它是那样的惊喜、专注、真挚,就有一股热潮立即胀满全身。她的脸上容光焕发,心里有一股说不出来的高兴……这可真是有点奇怪呢。

不过一说出来也不奇怪。昨天,小凤儿在气头上说出接客的话,后来很觉后悔。方才又听说来了个什么王掌柜的,她想定是那满身铜臭的废物一个,心里更是不悦。她就使起性子躺了下去,心想给他个迎头冷落,扫了他的兴,或许能脱开一番应酬。没料到这个客人却说要等,也就真的规规矩矩地坐在一旁等了起来。要是那些狂蜂浪蝶,也就趁机歪缠起来了。可见这是个心地善良的诚实君子。她心里就先消去了反感。随后又听见客人翻看字画,时间那么长,可见看得很仔细,而且说出"浅薄之作,何堪为赠"那样的评语,中肯而清高,足证来客定是一个饱学有志之人。小凤儿便动了钦佩好奇之心。她偷眼看去,来客中等身材,眉清目秀,一身长袍马褂虽然俗气,却裹不住他通身浩然风骨;一顶狐皮小帽确实可笑,压不住他满面英雄之气。她接客有年,眼里经过多少人物,但似此客这般的风采,确实少见。她不信他会是个区区商人,有心要起来探问一番,但转念又想,还是不可孟浪,且再察看察看他。及至见人家抬脚要走,这才把她急坏了,顾不得失态难看,脱口喊出"客人留步!"

这时,戴松亭也慢慢镇静下来,把小凤儿上下仔细端详,愈觉胜过相片十分,吸引得他愈看愈想看。倒看得小凤儿有点不好意思起来,只好拿话来挡,开口问道:"王君是第一次来京吗?"

松亭答:"是的。是来做点生意。"

"不知经营的是何等生意?"

"经营的是……是这样,押着些家乡的蜜橘来京贩卖。"

小凤儿抿嘴一笑:"君休骗人。如今是早春天气,何来鲜橘可贩?请问王君到底操何职业?"

松亭支吾道:"是贩点去年的存货。我真的是世代经商,先父……"

小凤儿见对方执意不讲,并不勉强,笑一笑转过话题:"听王君的口音,府上该不是湖南?"

松亭说:"是湖南,湖南邵阳。"

一听"邵阳"二字,小凤儿心里一动,眨了眨长长的睫毛,试探地说:

"潇湘古域,人杰地灵,本是出英雄的地方哩。"

松亭说:"这个不假。"

小凤儿说:"可惜的是,现世无英雄,都是些假英雄、半英雄、短命英雄。"

松亭说:"何为短命英雄?"

小凤儿良久不语,忽低吟长歌道:"'谋自由独立于湖湘之一隅兮,事竟败于垂成;嗟神州之久沦兮,尽天荆与地棘;欲完我神圣之主义兮,亦唯有重振夫天戈'王君可知此乃何人胸襟?"

松亭说:"当然知道,这是陶源宋教仁君的壮句。"

小凤儿说:"惨遭暗杀,卅岁而亡,壮志难酬,足堪痛惜。还有一个蹈海报国的陈天华,亦死在而立之年,不都是可悲可叹的短命英雄吗?!"

松亭说:"那半英雄呢?"

小凤儿说:"便是你们长沙的黄兴黄克强。他与孙中山缔造共和,首兴义旅,功在国家,堪称英雄。可是最近那报上说,他与孙中山不和,远避美国。试想故国多难,奸雄当道,正需男儿喋血奋斗,显一番英雄本色,跑到西洋算什么呢? 岂不是半个英雄?"

松亭说:"那假英雄又是何人?"

小凤儿冷冷一笑,说:"假的嘛,现下京中便有两个。一个姓杨名度,大号皙子,是你们湖南湘潭人,早年也曾上书清廷,要参加甲午之战,还有点英雄气息;也曾壮怀激烈,悲愤忧国,写下'西山王气但黯然,极目斜阳衰草','群雄此日争逐鹿,大地何年起卧龙'的佳句;还曾替你们湖南人夸口说:'中国如今是希腊,湖南应作斯巴达','若道中华国果亡,除非湖南人死尽'。可是现在呢。他投靠在袁氏门下逐名逐利,浪迹于歌舞场中卖笑求欢。他要自充英雄,只是个假英雄!"

松亭说:"请问这另一个呢?"

小凤儿说:"就是你们邵阳人,大名叫作戴松亭,从前谁不说他是大英雄,其实却是个最大的假英雄。"

松亭说:"就是报上写的你骂过的那个戴松亭?"

小凤儿说:"正是此人,你可认识他?"

松亭略一沉吟,说:"岂止认识。我与他同年同庚,同乡同学,是同生同死的朋友。不瞒你凤姑娘说,我这次来到京都,就投奔在他的门下。"

小凤儿哦了一声,低头在心里将那"同年同庚""同乡同学""同生同死"的话重复了三四遍,猛然抬头扬眉,又将松亭细细地打量了三四遍,撇一撇小嘴儿笑道:"王君! 你绝不是商人! 我看你……莫不就是戴……"

松亭哈哈一笑:"我是谁? 戴松亭? 他还有胆量上这儿来? ……凤姑娘,你猜哪儿去了。我是他的朋友王新。不过,倒是戴松亭让我来的,让我来亲自找你凤姑娘问话。"

小凤儿半信半疑,瞪起一对杏子眼,说:"问什么话?"

松亭说:"他与你今世无仇,往世无冤,天南海北,素昧生平。那天你不见他也就是了,为什么要那样骂他? 倒好像他什么地方负了你,你们有过些什么瓜葛不成?"

一句话问得小凤儿腾地红了脸,心儿也跳起来了,勉强答道:"如今京中父老、全国各界,谁不知他是袁氏一党? 又不是独我这样骂他。"

松亭说:"国人皆错怪于他,莫非你也要错怪于他吗?"

小凤儿闻言愕然,说:"怎么是错怪于他? 愿闻其详。"

松亭自知失言,遂支吾道:"这个……原是我信口说来,也没有什么错怪不错怪。"

小凤儿哪能骗过,正色道:"王君搪塞,必有隐情。怎么,信不过我这青楼女子吗?"

松亭终是缜密,再三婉言推辞。正在这时,恰巧老鸨母着人送来酒菜,方才打发过去。

小凤儿神情郁郁,默默地指挥龟奴们调好桌椅,理好席面。松亭在旁看见她这副模样,心中有些不忍,暗暗叹道:"倒是个有血有性之人。"

老鸨母早就打听得二人欢谈,这时兴冲冲地跑来,倒满三杯满酒,首先举起说道:"戴将军……"

松亭急用目制止。

小凤儿抬头盯看二人。

老鸨母自知失口,便顺势说道:"戴将军刚才还派人来过呢,也没什么事。王掌柜。来来来,举杯,举杯。"连劝了三杯酒,生怕自己再出个错,重又开罪于这位大将军,便借故脱身去了。留下松亭和凤儿,相对而坐,半晌无话。

到了此时,小凤儿已料定来客是谁了。她斟满两杯酒,双手递给松亭一杯,然后举起自己的一杯,说道:"戴将军! 事已至此,君还要再瞒下去? 若不嫌贵贱悬殊、凤儿粗直,请君满饮此杯!"

松亭还有何言,笑一笑,慨然举杯,一饮而尽。小凤儿解颐一笑,也随即喝干了自己的酒。

松亭把壶在手,要来回敬。小凤儿双手按住说:"戴君,且慢。有话说清了,再饮不迟。我早看出君非常人。细观君态,外似欢娱,内怀郁结,必有心腹大事。又听你方才口出'错怪'之语,到底是怎么回事呢?"

松亭沉吟不语,还在游移,说:"来日方长,既然认识了,以后慢慢再叙。"

小凤儿正色道:"君尚疑我吗?"说着,袖中取出一方雪白丝帕儿,铺在面前,咬破右手食指,洒血挥就"死同君谋"四个大字,推了过去,然后趴在案上啜泣起来。

松亭惊得手足无措,嘴里只说:"这是何苦,这是何苦。"也顾不得平日的矜持,掏出自己的绸巾撕成条条,粗手笨脚地替小凤儿扎绑起来;可是在激动之下,加上头一次接触这样的女子,急切间弄不停当,竟沁出了一脸的汗。又逗得小凤儿扑哧一下笑出声来,自个儿接过来包扎起来。一双明眸执拗地看定松亭,那是说:"戴君啊!还不倾诉心腹吗?"

松亭早就积压着沉甸甸满胸块垒,无处可诉,无人可诉,今天面对这情真意烈的小凤儿,当然是一吐为快,倾之如江流了。于是,他便从髫年丧父讲起,如何侍母苦读,如何长沙求学,如何东国习武,如何云南举义,如何上了袁世凯的当而被软禁京畿,如何誓死反袁而急无脱身之路,如何决心以一生名节相搏而苦行醇酒妇人之计,以及如何为朋辈所谴责、为母妻之不容……从头至尾,原原本本,详详细细地叙了一遍。

只听得小凤儿出神入化,如痴如醉:听到讲伤心,她暗弹珠泪;听到讲得意,她笑着拍手;听到讲软禁,她恨声不绝;听到讲脱身,她坐立不宁;听了最后一段,她流着愧悔的眼泪,一头扑在松亭的怀里。"我真该死!松亭,松亭,你打我骂我吧……"

铁骨铮铮的戴松亭也不禁为之动容,他扶起小凤儿的肩膀,劝慰说:"凤姑娘,别哭。这怎么能怨你?应该感谢你!正是你一骂,报上一登,事情一逼,我才斩断最后的游移,铤而走险,决心干到底,不管他袁世凯再玩什么花招,也不动摇!……凤姑娘,它日大功能成,我还得谢谢你呢。"

小凤儿低眉垂首,珠泪莹莹,哽咽道:"凤儿日后有机会补偿过失,佐君微劳,死而无憾。哪里还敢指望有什么功呢?"

松亭睹此情状,不禁感慨道:"好个梁红玉,恨乏韩蕲王。"

小凤儿说:"蕲王尚有,唯恨自己不及梁红玉。"说到"玉"字,又泣不成声,用几作枕,呜呜咽咽地哭起来了。

松亭待她略略平息,便细细地叩问起她的履历。

多少年来,孤女天涯,卖笑平康,任人欺凌!谁来嘘寒问暖?谁来叩问辛酸?谁来推诚相待?今日始见真君子,愿掏肺腑托终身!小凤儿便又将自己的身世遭际、志向凤愿等情细细地倾诉了一番。

松亭平日深沉少言,其实却极是个重感情的人。他听完小凤儿的血泪情怀,指天为誓道:"不必说了!戴松亭但得功成不死,总要救你跳出火坑。食言者雷殛!"

正当松凤二人并肩执手而坐、共诉衷肠之时,忽有一人从背后将他们往一处使劲一拥,哈哈笑道:"好一对明骂暗亲的野鸳鸯。"二人回头一看,却是杨度作怪,顿时臊得满面通红,急忙分开坐下。

杨度瞟了小凤儿一眼,对松亭说道:"好一个正人君子,却是偷情老手,连刺儿玫也攀到手了。小心我可要报告伯母弟媳知道。"

小凤儿道:"请杨理事长坐。"

杨度笑道:"拨了我多少回面子,为何今日赏脸让座?莫不是要请大媒吗?"

松亭说:"皙子,到底有什么事?"

杨度说:"这事虽然比不上松凤新会有趣,可也差不多。袁大总统请你入府晤面,明天上午。"

松亭心里咯噔一下,说:"你不要开玩笑。"

杨度说:"谁敢开这个玩笑。明天早饭后你在府专候,有汽车来接。好了,本人告退,不打扰你们的好事了。"说罢,嘻嘻溜溜地离开了。

松亭站在地上愣愣地出起神来。

小凤儿关切地问:"松亭,你猜会是什么事呢?"

松亭叹口气:"一下还猜不准。这个老奸雄!不过有一点我敢肯定,他要用尽一切办法将我困在北京。"

小凤儿沉思说:"那就得用尽一切办法不让他困住,可对?"

松亭点头道:"对,一切办法,一切办法。"

这时,壁上的挂钟当当地响了五下。松亭掏出怀表对了对,笑着说:"今天天短,太阳都快落了。"他看到西来的阳光恰好照在那些字画上,不禁随口问道:"凤姑娘,那么多好字画,你怎么让四壁秃秃?"

153

小凤儿娇嗔地剜了一眼，说："浅薄之作，何堪为赠！"她见松亭红了脸，又说："松亭，今日相逢，三生有幸。可该赏我一联为志否？"

松亭慨允不辞，当下铺开小凤儿取来的宣纸，提起大狼毫，待小凤儿磨得墨浓，下笔一濡，随即挥染云烟，顷刻写好一联，联语是："不信美人终薄命，古来侠女出风尘。"上款署的是："生死交凤儿女友粲正"，下款落的是："邵阳愚友松亭敬涂"。

小凤儿站在旁边看了一遍又一遍，粉面含羞，秋波盈盈，只说："松亭，美人侠女，溢美之词，当改。"

松亭戏言道："那好，我就将它撕了。"

小凤儿噘嘴嗔道："你敢！"随即将赠联抢过一边去了。

松亭看看天气不早，说："也消磨得不短了，我得回去。"

小凤儿恋情依依，说："午饭没吃好，就在此吃过晚饭吧。"

松亭总是记着明天之事，说："我还是走吧。省得老虔婆又来絮叨。"

小凤儿遂憾然道："儿女情长，消磨壮志，我也不固留你了。只是明天消息如何，请君勿忘见告。"

松亭正要走，一眼看见那个相框，站住说："凤姑娘，可肯将它赐我？"

小凤儿说："那不行。"

松亭说："为什么不行？"

小凤儿半晌不语，面生痛楚，凄然道："凤儿是何面目，你不是不知道，就不怕老夫人、夫人生气吗？"

松亭敛容道："松亭一生不做暗事。正是要让她们看一看你，再提从良一事，一来了你心愿，二来也让袁贼知道松亭正在忙于家事，无暇他顾，岂不一举两得？你方才不是还说，要想尽一切办法嘛！"

小凤儿无限感激，不知该说什么好。即刻找来一条方巾，将相框收起包好，递了过去，无限柔情地依偎在松亭身上……

五

第二天上午,杨度坐着袁世凯的装甲汽车来接戴松亭。松亭坐上车,有意一言不发,且看饶舌的杨皙子如何开口。

杨度穿一身黑色西服,满面春风,捺不住开口道:"开戒僧! 昨夜春风一度,可有什么好梦没有?"

松亭说:"你别瞎说。"

杨度说:"你还摆道学面孔。老弟台! 假若我杨某人推荐你当陆军总长,将来就是开国大将军,你该如何谢我? 可肯在云吉班公请一席,叫新弟媳陪我一醉?"

松亭说:"开玩笑。"

杨度叹口气笑道:"哎呀松亭! 人们愈说你沉静莫测,你就愈来了,对老朋友也这样口紧吗?"

说话间,汽车开进总统府,并没有在袁世凯办公的春藕斋停下,却一直开到内书房跟前。松亭知道这是一个优礼相加的表示,心中愈加诧异。

进到里头,袁大总统却并不在,一个侍从副官迎上来说:"总统现在有客,请二位参政在此稍候。"说完招呼好茶点就出去了。

杨度也有点感到意外,"说好在此专候的呀!"

松亭向着杨度微微哂笑,那意思是说:"皙子,你以为你摸透了袁世凯吗? 书呆子!"

两个人坐等起来。杨度有点烦躁,坐不安席。松亭却神色坦然,慢慢踱到对面壁上挂的一幅极精美的金相框前,仔细端详起来。只见在一片烟波缥缈的水面上,横着一叶孤舟,舟上立着一个胖胖渔翁,头戴斗笠,身披蓑衣,手扶木桨,若有所思。不难认出,此翁就是袁大总统。在他背后,苍云之下,影影绰绰露出一带小桥。

松亭微微一笑。他知道这张照片的来历。宣统元年（　　），投机失着的袁世凯总算保住了脑袋，被清王朝的摄政王戴沣赶下台去。这个野心勃勃的阴谋家当然不肯认输，为了东山再起，大行韬晦之计，他就张而皇之地在彰德城外、洹水之畔，筑精舍，架小桥，辟出个"养寿园"来；又自称"洹上老人"，每天与几个随身策士饮酒题诗，装模作样，掩人耳目。还特意拍下这张怪模怪样的照片，自题曰"烟蓑雨笠一渔翁"，然后遍赠京中亲友故人，以示闲云野鹤之身，绝无迷恋朝政之意。颇迷惑了不少人。所以，袁世凯将这张照片供在金相框里，那是要永作纪念的呢。

松亭想到这里，不禁哑然失笑，心里说："老奸雄啊老奸雄！松亭今天万般无奈，亦不得不用这遵时养晦的方略对付你，即以其人之道，还治其人之身也！"

杨度看见松亭优哉游哉，还高兴得笑，就一把将他扯过来，按在椅子上，说："松亭，你可真是！空城上的诸葛孔明还不如你哩。"

松亭说："你又不说是什么事，我急什么？"

杨度说："是总统不让早说。算了算了，咱们老朋友不在乎。我先叫你看一样东西。"说着，他溜了溜门口，从西服口袋里取出一张纸来。

松亭不慌不忙地展开一看，乃是已被停职的陆军总长段祺瑞的一份辟谣通电，上面写的是："二十年前，大总统在小站练兵时，祺瑞以武备学生充下级武秩，与大总统素无关系，乃承采及虚声，立委为炮兵统带，升任统制。及大总统东山再起，祺瑞复见任湖广总督、陆军总长等职。以大总统和祺瑞之深，信祺瑞之坚，遇祺瑞之厚，殆无可加。是以感恩知遇，数十年如一日。份虽部下，情逾骨肉。近数年来，祺瑞因吐血失眠，吁请息肩。乃包藏祸心之某国报纸，以挑拨离间之诡计，直欲诬祺瑞为忘恩负义之徒，甚至伪造被人行刺之谣，更属毫无影响。不得不略表心迹，以息讹言。"

松亭默看三遍，记得烂熟，嘴上却说："这跟我有何相干？"

杨度将那电稿仔细收藏起来，十分诡秘地说："当然有大相干。段祺瑞有什么吐血失眠之症！没有说有，无非是为被袁大总统赶他下台找个借口。再者，明明有人黉夜入室暗杀他，亏他命不该绝，反而将刺客一枪打死，第二天以家奴暴毙抬出去埋掉。这事早在外头张扬，他又为何说是别人造谣？"说到这里，杨度把嘴伸过来，压低声音说："老朋友，我实话告诉你。内幕是：袁总统手下这几位北洋大将功高震主，尤其这个段祺瑞野心勃勃，不愿再为人臣，居然对帝制喷有怨言。所以，袁大总统决心要收拾他，那个刺客……明白吗？"

松亭为之一震，却淡淡一笑说："这与我还是没有关系呀？"

杨度急了，说："怎么没关系？我干脆把什么都倒给你吧。你知道，当初袁大总统小站练兵，开创北洋一派，凭的是手下王士珍、段祺瑞、冯国璋三员大将，就是人们通常说的王龙、段虎、冯狗之辈。袁大总统把自己的干女儿张佩蘅嫁给段祺瑞做续弦夫人，把自己的家庭女教习周道如嫁给冯国璋做续夫人，又把自己学府胡同的那座价值三十万元的宅第送给段祺瑞，为的什么？就为收买他们的一片愚忠，尤其要收买那个可怕的段老虎。可如今呢？王士珍赋闲在家，无心再干；冯国璋呢，坐镇南京，拥兵自重，阴怀二心；段祺瑞逞强逞能，这不是让打入冷宫了。听说他自个儿躲到西山去了。因此上……"

松亭插话说："因此上袁大总统手下，元老派失势，你们这太子派要吃香了，对不对？"

杨度兴奋起来，说："你别打岔。因此上，袁大总统仿效古来削藩之策，决心及早下手，集权中央。便根据从德国留洋回来的大公子克定的意见，在总统府内成立一个陆海军大元帅统率办事处，为全国最高军事机构，由总统亲自掌握。还要改造北洋体制，重建北洋军队。于是，就要物色一个才堪大用的军事家，任陆海军大元帅统率办事处的座办，并主持建军大事。袁大公子商之与我，我能想到何人呢？松亭，你是我的老

157

朋友,文武兼备的全才,海内敬服的人杰,当然非你莫属了!你猜怎么样?我将你在袁大总统和袁大公子面前一举荐,他们十分满意!尤其是袁大总统,对你印象好极。"他还说,"我得戴松亭一人,就可高枕无忧呢。"

听到这里,松亭淡淡一笑:"我也受宠若惊哩!"但旋即觉得大事不好,心情不免沉重起来。

这时,方才见过的那个侍从副官进来通报:"大总统和洪姨在小餐厅专候,请二位参政过去赴席。"

松亭取怀表一看,果然已是中饭时分;再看杨度,说不来他是听到总统请吃饭高兴得,还是骇怪得,只管拿眼瞪过来,嘴里说:"怎么回事?怎么回事?"松亭只觉得好笑。

侍从副官在前引路,转过一道花墙,果然老远看见袁世凯和洪姨站在门前台阶上。不待客人走近,袁大总统就拖着那条早年在南京坠马跌伤的病足,笑容可掬地迎上前来,伸出肥白短小的两手,拉起松亭的两手连摇三摇,大有礼贤下士的古风,致歉说:"松亭,松亭,不会在意吧?让你久等了。就在这里吃顿便饭,好在别无外人,我们边吃边谈,边吃边谈。"

洪姨站在她的万岁爷身边,一双俏眼儿早将松亭溜了个仔细,果然年轻精健,风采不凡,也便搔首弄姿地插出寒暄,不惜卖弄那一对媚人的小酒窝。

松亭入京以来,应召进入总统府,也不是一次两次,从没受过这般待遇。他每次来,都保持着十分清醒的头脑,自敛锋芒,言辞谨慎,不卑不亢。现在尽管猝然间遇上这么个热辣香甜的稀奇场面,仍能一如往常,方寸不乱,应付得恰到好处。袁世凯不得不在心中暗自激赏道:"似此子临变不乱,冷毅沉稳,我北洋诸将中实无匹敌。可畏,可畏!"

袁世凯执着松亭的手步入餐厅,早有人侍候入座。刚刚坐定,猛听得一派军乐声骤然而起,鼓号齐鸣,好不热闹。原来开饭奏军乐,乃是袁大总统独有的惯例,比起历代帝王的竹丝歌舞,侑酒伴食,倒是更加威仪赫赫。

军乐声中,但见十几个一色打扮的仆役,捧着绘有金龙和"万寿无疆"字样的朱漆盒(想是清宫里搬来的御品),流水也似的出出进进,送上来无数的美酒佳肴。各类名酒自不必说,光那早先只供清廷万岁爷进的"御菜",就有什么口蘑肥鸡、三鲜鸭子、五绺鸡丝、炖肚肺、缨桃肉、山药炉肉炖白菜、鸭条溜海参、烧茨菇、羊肉丝焖跑鞑丝、熏肘花小肚、鸭丁溜葛仙米、烹掐菜……五光十色,琳琅满目,不下三十多种,连杨度都有点眼花缭乱,担心不知从何吃起了。

袁世凯举酒在手,笑嘻嘻地说:"松亭,我老朽有病,本不能喝酒,今天见了你很是高兴,就喝一点。你们正当精壮之年,务必不要拘泥,好好地喝几杯。我记得松亭今年是三十挂零吧?"

杨度赶忙答道:"大总统记得不错,他小我六岁。"

袁世凯说:"好,好,堪称是少年英才! 民国之幸,民国之幸! 喝,喝。吃菜,吃菜。"

洪姨也劝酒劝菜,特别照顾戴松亭。

酒过三巡,袁大总统好像忽然想起似的,对杨度说:"杨理事长,你把事情给松亭讲了吧?"

杨度说:"根据大总统的交代,方才简单说给松亭了。请大总统再当面宣示。"

袁世凯说:"讲了就好。"又掉头向着松亭,笑问道:"怎么样,松亭?劳驾屈就一事……"

松亭谦逊地笑笑,说:"听杨理事长讲了。大总统对松亭如此看重,松亭没齿不忘。不过,松亭自知粗质曲材,年轻望浅,阅历未深。建军重任,关乎国家兴亡、帝制成败,岂是松亭所能胜任? 恳请大总统详察,另选高才。"

袁世凯起身夹过来一筷子菜,放在松亭的碟子里,说:"松亭何必过谦。你在江西、湖南、广西三省经办过军事学校,在云南训练过新军,都是卓有成效,遐迩闻名的。说句心里话,我当初执意调你来京,也就是为延揽、扶掖后辈英才,以为今日重用的意思。至于说到年轻望浅,这有什么!我就是喜你少壮有为。何况,你二十九岁任都督,镇威西南,名满天下,如今由我筑台拜将,请你统率三军,谁敢不服?松亭,不必推辞吧。"

松亭想再换一个地方试探他一下,说:"大总统过奖了。松亭听说,才德兼备,方能服众。就算松亭小有才能,只是在这德字上……想必大总统也已听说。只因松亭少小无教,生性癫狂,不自检点,涉足酒色场中,前时致生丑闻,有玷官箴,追悔莫及!似此何以指挥三军、令行禁止?还是请大总统另行裁夺。"

袁世凯故作吃惊之状,左视杨度说:"有这等事?老夫不知。"

杨度停筷说:"松亭言重了。不过是我们在云吉班偶吃花酒,遇一妓女酒醉失言,便由无聊京报无风起浪,大做文章。"

袁世凯哈哈一笑,说:"这算什么!韩信尚有胯下之辱,不也照旧千古扬名吗?况据我所知,松亭少年老成,那是尽人皆知的呢。"

松亭暗想,这也不痛,那也不痒,看来是该在此处见红了,便又从容说道:"大总统,松亭还有一言,不知该说不该说?"

袁世凯停筷说:"但讲无碍。"

松亭说:"大总统既深信松亭,松亭也就不好固辞了。但是为帝制大计,松亭倒有一个稳妥办法:松亭愿意先行入府,追随大总统左右,好生砥练一番,再担当重任不迟。在此之前,松亭愿保荐二人,凭大总统从中求一。"

袁世凯凝神细听,说:"松亭保荐何人?"

松亭看住袁世凯的眼睛,说:"建军大计,非段总长祺瑞、冯督军国璋,难保无虞。"

一听段、冯二人,袁世凯勃然变色,默然不语。

杨度吓得脸色发白,急给松亭递眼色,又用脚在下面踹他。

松亭只是不理,依然平静地说下去:"二公几十年来追随大总统,功绩赫赫,忠心耿耿,实可为松亭楷模,松亭愿意……"

袁世凯掷筷怒道:"不必说了!"自知失态,又旋即缓和下来,强作笑颜道:"松亭,你真要我失望吗……"

杨度忙插话说:"松亭,段冯二人有负大总统恩德,你不知已将段祺瑞免了吗?不必再提了。"

这一回轮上戴松亭故作惊讶了,连忙向袁大总统谢罪说:"松亭该死,望大总统不必介意。近时耽于游乐,好些事体不明就里……唉,段冯二公的为人竟是……"

袁世凯这一回可真是露了真情,但马上又说起假话:"松亭!你还是不了解老夫呢……世凯本忧患余生,无心问世,早就遁迹洹上,远避宦海。谁知辛亥事起,时局艰危,忧患纷乘,战兢日深。世凯不忍心国家遭劫,万民涂炭,不得已勉出维持,力挽狂澜。并不想做什么大总统,更不想当什么大皇帝,前年,有湖北商民裘平治,竟写表劝进,歌功颂德。我十分生气,即着下令严行查拿,按律重办。去年,又有个宋育仁,公开倡言复辟帝制。我本想予以严处,念其年老荒谬,精神瞀乱,只将他递回四川原籍算了。谁知到了今年,忽然民众请愿如潮,皆言帝制吻合国情;再加上天公示意,瑞兆频频。世凯这才不敢违拗天意民心,始有筹典之举。"说到这里,他白眼溜了松亭一下,见对方正襟危坐,洗耳恭听,才又长长地叹了一口气,接下去说道:"可惜天下之人,多有疑忌之心,竟是不解我的胸怀!外人还在罢了,可恼段、冯二人,忘恩负义,居功要挟,久占高位,暮气沉沉,一个长期不过问部务,另一个每天要睡到十二点钟才起来,似此悖逆慵懒之徒,何堪信任?我早就想改造北洋,重震军威。且早就看上松亭你忠勇可嘉,才堪大用。于是竭诚拜求,躬身延请,深望接替有人,遂我初服,我也就马上告老林泉,永不出山了。想不到你……"说到这里,袁大总统使出老演员的本领,即刻眼圈一红,现成成地挤出一串咸汤水来。

事情到了这步田地,松亭可也就把什么都想好了。根据自己平时对袁党内部争权夺利、尔虞我诈的了解,加上前面杨度讲的情况,尤其是亲自试探了老奸雄本人,看来是真的又要给他加官晋职了。但是,既然陆海军大元帅统率办事处是设在总统府下,由袁大总统本人直接掌握,那么,办事员也罢,座办也罢,陆军总长也罢,都不过是傀儡一个,形同虚设。还不仅仅是虚位,还是可怕的绳索,将你结结实实地捆在总统府里插翅难飞,有苦难言! 反过来你还得感恩戴德,活活地、乖乖地让人家牵着鼻子走。好一个一箭双雕的连环计啊!

怎么办? 答应吧,明明是自投罗网;不答应吧,袁世凯要是恼羞成怒起来,别生枝节,反而更糟。不过到底该怎么办,松亭却是成竹在胸了。所以,一看袁大总统把戏演到落泪之处,他便看准火候说话了。

松亭大声说:"唉! 松亭愚顽,竟不知大总统有此难处,有此好心,实在惭愧至极! 天非无情,人非草木。此时此刻,松亭再要推三阻四,辜负好意,也就难以为人了! 从今日始,此身此心,任凭大总统指使,赴汤蹈火,在所不辞!"

袁世凯顿时心花怒放,与洪姨相视一笑,即对松亭说:"如此甚好。松亭,有你来归,真乃天助也! 你回去抓紧交割旧有诸公事,不日就有委令下去。取大杯来!"

仆人调好大杯。洪姨亲手取过银壶,斟满一圈,到了松亭面前,莞尔一笑,分外多情,娇声说道:"戴将军,我早知你会欣然赴任,所以已经让他们把你办公的地方都收拾出来了。往后离得近,我也好让他们招呼你。"

松亭避开那一对风流眼,正色道:"谢谢洪姨。"

出了总统府,杨度长出了一口气,说:"我还怕你死不答应呢。够意思。"

松亭哼了一声说:"够意思的还在后头。回头我请客! 云吉班!"

六

妓女中也有人会发相思之真情吗? 有的。这会儿,小凤儿就辗转在相思苦中。

说也奇怪。小凤儿十六岁被迫开始接客,至今七年有余,其间见过多少公子哥儿、风流才子,也曾有过灯红酒绿华绮宴,也曾有过同衾共枕半宵眠,不过是强颜欢笑,心冷似铁,人走茶凉。何曾有过什么藕断丝连相思苦! 然而,自从前天送走戴松亭,却叫她情牵牵,意连连,怎么也放心不下。她睁眼就见那副赠联,闭眼就见那张刚毅英俊的脸,两夜来做出无数的梦,又有哪一个不是围着戴松亭转? 有几回她哭醒来:那是梦见戴松亭将"死同君谋"的血红帕儿扔在脚下,将他的赠联撕得粉碎,说:"你原来竟是个烟花女呀!"又梦见戴老夫人、戴夫人将她堵在大门外,骂得她无地自容,隔门摔出那相框儿,摔得个粉碎。又梦见袁世凯忽然派来恶兵凶将,从她身边活生生地把戴松亭五花大绑,问押到哪儿去,说是虎头牢,问几时能回来,说是今生今世难再见! 有几回她笑醒来:那是梦见忽然有一个人向她走来,一看却是老鸨母。老鸨母笑嘻嘻,忙忽忽,说:"女儿呀! 快收拾! 花轿已到门口,戴将军迎亲来啦!"她不信,回身就往房里走,猛地被人从身后抱住举起来,回头一看,真是新郎打扮的戴松亭……唉,梦呀,梦呀! 梦是心头想,睁眼全是空,唯留下千丝万缕相思情,剪不断,理还乱,何处是收束,真个要消磨得人腰瘦?

今天天亮时,小凤儿打了个五更盹,醒来一看,已是艳阳临窗。有只花喜鹊落在对面梧桐树上,喳喳地欢叫。她看着它,心里默祝道:"我数到九字上,它要飞走,定是戴郎来。"结果才数到七上,那该杀的讨吃鬼倒掀儿掀长尾巴,嗖的一声飞过屋檐去了。气得她砰的一声关上窗户,自己赌气道:"哼,不来便不来,谁求谁不成?不来,我就把那帮你的主意开销了……"

小凤儿的确不是那种只知欢宴歌舞的轻浮女子。她急盼戴松亭来,是要告诉他自己想出来的一个好主意,当然是帮助戴松亭成就大事的好主意。真正算不算好主意,她又吃不准,所以要和戴松亭商量商量。什么好主意呢?说起来也简单:明天,是小凤儿的生日。她想乘这个机会,摆下一桌酒宴,请来花元春和其他一些姊妹,关键是请来那个花元春!她要在席间当面给她认错赔情,报名加入"妓女请愿团";她要给大家大讲特讲,是戴将军劝她赞成帝制,拥护袁大总统的;她还要借着酒劲儿说疯话,讲戴将军如何如何迷恋于她,说他一辈子都不离北京了……照小凤儿想来,花元春知道了,就是袁大公子知道了,也就是袁大总统知道了。这不是就帮助了戴松亭吗?好一个小凤儿,真是个有心人啊!

小凤儿正在犯相思,忽听门外传来脚步声。她以为是来送茶点的,便坐着没动。谁知进来的却是个兴冲冲的活杨度。

不知为什么,小凤儿现在看见杨度也似乎略为顺眼了一点点,忙站起身来让座、招呼,说:"杨理事长好早呀。"

杨度笑嘻嘻地说:"报喜的赶早不赶晚呀。"

小凤儿瞪起眼睛说:"给谁报喜?"

杨度说:"当然是给你凤姑娘啰。"

小凤儿说:"杨理事长真会取笑,我有什么喜?"

杨度忽然看见壁上新挂的赠联。他看一看赠联,又看一看小凤儿的脸,狡黠地眨巴眨巴眼睛,神气活现地摇晃起脑袋,拖起长声,念四书似的念起来:"生—死—交—女友—凤儿……"

臊得小凤儿满面娇红,急忙掉头走开。

杨度念完，一本正经地说："惭愧，惭愧。想我杨皙子，与松亭同在东洋留学多年，自认是至交，竟抵不上你们一面之识，瞧，生死交！梁山泊祝英台！贾宝玉林黛玉！凤姑娘，个中有何奥妙，祈望赐教，不胜感激涕零！"说着就是京剧中的一个可笑动作。

逗得小凤儿咯咯地笑起来。她忍住笑，献上茶，说："杨理事长，说正经的，你们那天见袁大总统，到底是什么事情？"

杨度说："你急啦？我道的就是这个喜，你不信嘛。"

小凤儿真急了，说："我信，我信，你快说呀。"

杨度说："好，说完要讨报喜钱。你这个戴松亭，吉星高照，官运亨通，要进总统府啦！"

小凤儿一惊，说："啊，要进总统府？"

杨度说："是呀，进总统府，不含糊。袁大总统筑坛拜将，叫松亭当天下兵马大元帅呢。"

小凤儿说："不，我不信……他答应啦？"

杨度说："谁？松亭？当然答应啦。起先我还怕他这牛性子坏事哩。"

小凤儿说："你怕他坏什么事？"

杨度自觉失口，急忙掩饰说："其实也没什么要紧，不过是我向袁大总统推荐了他，他要不去，我岂不是脸上无光吗？……好啦好啦，现在不管怎么样，总算我给老朋友办成了一件好事。"

小凤儿说："好事？什么好事！杨理事长呀，是个大坏事！"

杨度说："什么什么，坏事？"

小凤儿也自觉失口，急忙掩饰道："杨理事长，你不知道，对我当然是坏事呀！他进了总统府，还能记着我吗？现在才两天都忘了呢！"

杨度说："噢，这个呀！这你不必担心，松亭虽然面冷些，内里却是个大情种呢。他这两天不来，是家里小有事端，并不是别的。这不，他派我来了。对了,还有令箭在此。"说着,从兜里掏出一个折成燕形的字帖子。

小凤儿展开一看,是:

凤儿见字知悉:

我承蒙杨度兄有意保荐,即将被袁大总统另委新职,真乃意外之喜!我早想好主意,拟于明日下午三时在贵处大宴贵宾。即请你帮杨兄发送请柬,并与鸨母想尽一切办法张罗之,再不变更!切切!

所请客人名单已与杨兄商定附后。晤面相叙。

松亭草草即日

小凤儿看完后,杨度说:"明白了吧?"

小凤儿含蓄地一笑,说:"略略明白了一些。"她怎能不明白呢?"有意保荐"就是有意坑人;"意外之喜"就是意外之忧;"我早想好主意",就是我答应此事不是没有经过考虑的;至于"想尽一切办法张罗之","再不变更"这就更加明白不过了。尽管她还猜不透杨度为什么故意制造麻烦,松亭为什么要大宴宾客,他想的好主意到底是什么,以及能不能顺利地消除这个意外之忧,但见到这个字帖儿,小凤儿的心总算安稳了许多。她甚至感到有点高兴,觉得杨度这么聪明的大人物,居然看不出这个小帖儿里的半点奥妙,还来问别人看明白了没有,岂不是很可笑吗? 一种看人出丑的得意的微笑,偷偷挂在她的嘴角,不过很快就消逝了。因为她马上想起这个杨度方才曾说过很可疑的话,说是松亭家里"小有事端"。什么事端呢? 小到什么程度呢? 与别人,譬如讲,与我小凤儿真的无关吗? ……一种女性特有的敏感,一种小凤儿特有的敏感,顿时又揪紧了她的全部神经。

忽听杨度开口说:"凤姑娘,你既然看明白了,又发什么呆?"

小凤儿莞尔一笑,说:"没有呀!"

杨度摇头说："不能。你一定还有什么心事。我会相面。"

小凤儿低下头,咬着下嘴唇沉思片刻,然后抬起一对水汪汪的大眼睛盯住杨度,十分恳切地说:"杨理事长,我问一件事,您要以实相告。方才听您说松亭家中小有事端,难以脱身,不知是什么事?"

杨度一听问这个,吓了一跳,干咳了两声,支吾说:"我不过是用词不当,倒让你抓住了,哈哈!松亭全家三口人,何能谈上事端!——风姑娘,你看这客人名单……"

小凤儿说:"杨理事长!您不必瞒我。不管怎样,您和松亭过去就是老朋友。我就是从这一点上求您……我但求真情,决不怪您!是不是因为我的事……"

杨度避开小凤儿那已带乞怜的目光,不觉心头一软,叹口气说:"这叫我怎么说呢?……其实,到现在我都弄不清是怎么回事。我看全怪松亭一个人把事情搞僵了。他遇事从来缜密周到,全在按计划行事,唯有这一次真像……"他本要说"鬼迷心窍",急忙改口说:"当然,事情本是一件好事,也就是关乎你从良的事。戴老夫人、戴夫人暂时不通,可以放一放,慢慢地再设法,总是能解决的。可他呢,好像故意惹事似的,手里拿着你的照片,非得让马上答应不可,气得老夫人狠狠打了他一耳光。"

小凤儿啊的一声,好像那耳光就打在她脸上似的。

杨度说:"这又不是第一次。我记得松亭说过,他十六岁上吃母亲打过一回,可现在他是大将军……唉!戴老夫人打了他,拉着戴夫人要回湖南老家去。戴夫人呢,是个老好人,心软得又撇不下松亭,只是个哭。松亭本该趁这个机会向母亲说几句好话,至少不必再逞强就是。可他这个孝子真是疯了!瞪着眼睛不认人,叫唤说:'走吧!你们都走吧!今天晚上就走!'太不像话!我也是合当晦气,正碰上这般场面,不劝不行,劝呢,又该先劝谁?我就先劝老伯母。我说:'老伯母,这件事……'不料话才开头,她那里噗的一口唾沫喷将过来,不是闪得快,就吐在面门上,怒骂我不仁不义，害国害民，且教唆得松亭不忠不孝，少廉鲜耻，有辱戴门！你说我何其冤哉！松亭的志气我能屈它？笑话！……唉，这场戏还不知会怎样收场呢！凤姑娘，我还想问问你，松亭突然如此行事，令人极可骇怪，其中必有原因。也许他曾向你透露一二？"

小凤儿猛一震惊，忙说："唉！看来都是我的罪过了，害得松亭失态，戴门不安，连您理事长也跟着受了这么大的委屈……既然如此，我也就知道该怎么了结了。"说着，有意显出一副失望伤心的样子。

杨度反来安慰说："凤姑娘，既然并无其他原因，松亭肯定就是情迷心窍了。你看，我说过他是个情种的。你也正该高兴，不必想得太多。"

小凤儿说："话虽如此讲，我看还是早断早好呢。杨理事长，明天的宴席就不必……"

杨度急了，说："哪能，哪能！家事是家事，宴会是宴会。松亭既然主办，必定自有用意。凤姑娘，松亭让我告诉你，他明天一准过来，嗳，明天你们见了面。你可千万别提此事。一定，一定。你可不能把我装在里头去。"

杨度走后，小凤儿坐在窗前，将杨度方才所讲戴门争端的情形又细细地想了几遍。她当然不像杨度那样觉得"极可骇怪"，她想起松亭那天要相片时说的话，断定这松亭是在实践诺言，的确没有忘记自己。这叫她十分高兴。但是，有一点她也觉得奇怪，松亭为什么当着外人的面，逼着母亲妻子，"非得让马上答应不可"，甚至说出撵她们走的话呢？真是他情急了吗？还是有其他用意？若是后者，他又是什么用意呢？……莫非是要故意闹翻，趁机先让母亲妻子离京脱身吗？……

这天晚上，小凤儿久久难以入睡。她和衣躺在床上，苦苦在琢磨松亭这几天的一言一行，以便知道他的用意，才能更好地辅佐他成事。她的眼睛，时不时地就落在那副赠联上，默读一遍又一遍，甚至一个字一个字地琢磨起来，似乎其中都含着松亭的微妙用意……她刚一蒙眬入睡，就见松亭站在床前说："你这个风尘侠女,究竟会怎样帮助我呢?"……

七

……风起云涌,浊浪排空,一叶扁舟在渡江。舟中呢,就是自己和松亭。忽然一个狂浪打来,自己失足落水,冷得浑身发抖,一个劲儿喊松亭救我,松亭救我……松亭竟然恶作剧,拉着自己的一根指头,拉呀拉呀,疼极了,最后居然被拉了上来。松亭笑着给她换衣服,又一下把她拥在怀里,像抱小孩子那样,这就暖和多了,一点都不冷了。可是那根手指头还在隐隐作痛……

小凤儿从梦中惊醒了。她抬手一看,老天爷! 左手无名指上哪来的这一只宝石金戒指! 她再扭头一看,只见戴松亭立在床前,微笑着看住自己。她惊喜得心都要化了,翻身坐起,紧紧抱住松亭的脖子。

松亭还不大适应这种温存。他不好意思地慢慢挣脱出来,说:"你睡觉也不盖好,冻得又是喊又是抖的,快九点钟了也不起来。"

小凤儿想起方才梦中情景,不禁把头顶在松亭的胸前咯咯地只管笑,笑够了,才想起手上的戒指,连忙褪下来,说:"这哪来的?"

松亭说:"给你买的。"

小凤儿说:"平白无故,给我买这个干什么?"

松亭说:"不是平白无故,这是……怎么讲,就算是定情戒指吧,老母亲的意思。"

小凤儿惊奇得目瞪口呆,好半天才换过气来,说:"戴老夫人? 松亭,我不信。给你,我不要。"说着把戒指递过来。

松亭惊讶地说:"咦,这你该高兴呀? 凤儿,说实在的,我原不想今天就买,刚才听老鸨母讲,今天是你的生日,我这才又跑出去,专门替你挑的上等好品。来,我再来替你戴上。"说着拉起小凤儿的左手。

小凤儿抽出手来,低头叹道:"松亭,你的一片真情我知道了。可你

169

不要这样安慰我，叫我更难受。"说到这里，她抬起一双泪水莹莹的眼睛，只管左一下右一下地瞧起松亭的脸来，柔声问："你的脸还疼吗？打在哪儿啦？你让我看看，看看嘛……"

松亭推开小凤儿的手，哈哈地笑起来，说："准是那个饶舌杨度说了什么，是不是？"

小凤儿小嘴儿一噘，说："说了又怎么样，难道不是真的吗？吃了耳光还装相！"

松亭涨红了脸，说："就算真的吧。可是……这戒指也是真的呀。凤儿，真的是老母亲答应了的；我要骗你，一会儿出门被汽车撞……"

小凤儿急忙伸手来堵松亭的嘴，嗔道："讨厌！谁让你赌咒了？那到底是怎么回事呢？"

松亭笑一声说："也是好事变坏，坏事又变好。那天，我给母亲讲你的事，拿出你的相片让她看。她开头不大高兴。正在这时却见杨度撞进来，母亲的心情就更不坦然。我触景生智，异想天开起来，心想，何不趁杨度在场，借这出事演出一派事端，倘能气得老母亲和妻子还乡而去，先行离京，而又顺乎常情，不为人疑，岂不是意外所得？……不料却败在夫人手中。"

小凤儿说："夫人怎样？"

松亭说："她天生诚笃温厚，追随松亭有年，终不愿割舍而去，并说宁愿凤儿为正她为偏，也不愿留我独苦京师。松亭至此，再也不能忍心相逼。到了晚上，老母亲气蒙心田，既而昏迷。倘若刚强老母因此有差，松亭将成为千古罪人！无奈，我只得将全部根由禀告老母，且细叙了你的心胸作为及怆楚往事。"

小凤儿急问道："老夫人怎么说？"

松亭说："老母乃深明大义之人，惜贫济弱之心，自然是再无二言。她只是怨松亭不该将天大机关瞒着她。"

小凤儿说:"夫人可也知道了?"

松亭说:"暂还不知,我回头伺机对她详谈。"

小凤儿极为感动,说:"如此说来,老夫人、夫人的大恩大德,凤儿三世为报,也怕报不过来呢!"

松亭说:"这下不疑了吧? 这戒指……"

小凤儿捂着嘴儿笑起来,含情脉脉地伸过手去,说:"你给我戴好!"便一头扑在松亭怀里,竟呜呜地哭起来。

急得松亭面红耳赤,说:"这是怎么啦,这是怎么啦……还有话说,还有话说!"

小凤儿依然把头埋在松亭怀里,却又扑哧一声笑起来……

松亭说:"且讲正事。我问你,所有请柬可曾发出?"

小凤儿说:"一切尽皆办妥。松亭,你怎么有兴致大排筵宴呢? 况且人家的委令也并未下来。"

松亭笑着说:"给你过生日呀。"

小凤儿啐道:"你也想学杨度贫嘴吗? 到底是为什么?"

松亭说:"当然是有妙用。杨皙子没向你详说总统府之行吗?"

小凤说:"未曾。他只说他替老朋友办成了一件好事。"

松亭冷笑说:"好一个为朋友! 凤儿,他是为了'太子派',拉我做个垫背的呢。"

小凤儿说:"愿闻其详。"

松亭走过去掩上门,坐在小凤儿对面,讲出一段险恶微妙的官场内幕来……

在袁世凯集团中,派系纷纭,互相残杀,难解难分。总的来说,是两大派:一派属于所谓"旧派人物",或谓"元老派";一派则称"新派人物",亦叫"太子派"。

先说旧派人物。这是袁世凯从小站练兵开始,至今二十年来日渐形

171

成的。在军事方面,代表人物是"龙、虎、狗"即是王士珍、段祺瑞、冯国璋;在财经方面,代表人物是梁士诒、周自齐、周学熙、龚心湛等;在文治方面,代表人物是徐世昌、杨士琦、朱启钤、汪大燮等。这些人物,均有各自凭持的武力、财源、党派。均有当初在清王朝中赚来的地位、名望,还有与袁世凯本人不同时期和程度的交往历史。所以,这一派由来已久,盘根错节,根深蒂固,难以小视。

再说"新派人物"。这就要从大太子袁克定说起。袁世凯十六个大小老婆,共生男十五,生女十四。唯这个袁大公子,为正室于氏所生,机警狡诈,野心勃勃,从德国陆军学校学成回国后,力助袁世凯称帝,自己一心要当唐太宗。他为了培植势力,派阮忠枢以朋友之情去拉拢铁腕人物段祺瑞。不料,段老虎另有自己的一套打算,竟看不起这个新派乳儿,不予理睬。气得袁大公子嗷嗷直叫,乃与段结下不解之仇,在老子跟前尽说坏话;又推荐干兄弟袁乃宽出任陆军次长,专以监视、钳制段老虎。但是,袁大公子想,没有势力不行呀!正在他抓耳挠腮之际,可巧就钻出个杨皙子来。

这个杨度从小崇尚"帝王之学",鼓吹"君主立宪"。他认为袁世凯有"治世才能",是自己期待已久的"有为者",可以实现自己"君主立宪"的主张,所以决心要成为袁王朝的开国宰相,自然也颇受袁世凯的赏识。

1907年10月,杨度从日本回长沙,料理伯父杨瑞生的丧事。当时身任北洋大臣的袁世凯得知后,便与两湖总督张之洞联名上本清廷,说杨度"精通宪法,才堪大用"。遂有电令湖南巡抚岑春蓂将杨度择日咨送入京,以四品京堂充任"宪政编查馆"提调。从此,杨度对袁世凯感恩戴德,无限崇拜,拼死效命。后来袁世凯隐迹洹上时,杨度也不背弃。他预料袁世凯迟早还要东山再起,便趁机"烧冷灶",频频往返于北京与"养寿园"之间,报告消息,出谋划策,很出了一点牛力。

但是,杨度虽然在袁世凯跟前得宠,却难以见容于那一班"老派人物"。这有三个原因：一个原因是，他既非清朝重要遗老，也不是北洋老人，又没有门第和经济等资本，当然为一班老派人物看他不起；一个原因是，当初清朝内阁总理大臣奕劻，为了请袁世凯出山对付武昌起义，曾将湖广总督瑞澂为请求内调献来的贿款七十万两白银交给杨度，让杨度去拉拢袁世凯手下的大员们。结果，杨度将这笔款子独吞了个一干二净。自然气得那一班人咬牙切齿，恨之入骨；一个原因是，杨度自负饶舌，锋芒毕露，这就更加遭到老派人物的忌恨和排挤。

袁世凯可不是书呆子。他知道该怎样玩弄权术，驾驭下属。他当了大总统后，看出如果重用杨度，就会招致旧派不满，内部分裂。他知道，要巩固统治，实现帝制，必须依靠有军事实力、财政实力和老资格的人物；而要笼络这些人，只好先把杨书呆子牺牲一下。袁世凯知道，冷落杨度一下，也没有什么大不了，你一个文人，到后来还得为我所用。

于是，正做好梦的杨度，不仅没能当上"开国宰相"，连第一任内阁的阁员也没捞上。后来袁世凯撤销国务院，改在总统府内设立政事堂，有国务卿一名，左右丞相各一名。杨度想，这回该差不多吧？结果更惨，国务卿给了徐世昌，左丞给了杨士琦，右丞给了钱能训，加上各部总长，全是旧班底！连参政院七十二名参政的第一批名单上，也没有杨度两个字，一直过了好几天才补充发表了他。这一下，可真把个杨度给气蒙了！

可是，杨度的宰相梦并没有做醒。他只是开始揣摸到袁世凯的一些心机和手腕，认为光得到他的一些好感是不行的，还必须在他的周围结交和布置自己的各色人物，形成一个势力，方能左右形势，于中取事。所以，他一方面继续迎合袁世凯称帝之野心，竭力效劳，办起"筹安会"，写出两万余言的《君宪救国论》；另一方面，则一眼盯上了也被旧派人物瞧不起的袁大公子。

如此，袁大公子和杨度同病相怜，一拍即合，谈到未来的新朝大业，一个以李世民自居，一个则以房杜自居，此唱彼合，俨然君臣。接着，杨度开始收罗人马,招揽同党,大有成效:他引荐密友夏寿田充任总统府内史,掌管机要,对总统周围的一切机密动态尽皆获悉;又拉拢"约法议会"议长孙毓筠、陆军中将李燮和、烟台都督胡瑛、大名流严复、公府谘议刘师培等六人,共同发起"筹安会";还招引了法制局长施愚、约法议员顾鳌、政事堂参议薛大可等人,逐渐形成了一个所谓"法律系"的大派别,成为"太子派"的中坚力量,而杨度则俨然魁首,赫赫一派,今非昔比了。

恰巧就在这个当口,"元老派"的铁腕人物段祺瑞出了娄子,惹翻了袁世凯,被撤职夺权,打入冷宫。元老派暂时失利,处于守势。

新派人物当然高兴,呼哨一响,一拥而上,攻势凌厉。遂有"大元帅统率办事处"之产生,改造北洋军之计划问世。但是,苦于"太子派"中无军事帅才,便由杨度出面推荐,要戴松亭出来顶缸,以形成彻底打垮旧派人物的军事实力……

松亭的这一番话语,直听得小凤儿啧啧连声,感叹不已,说:"哎呀呀! 你们宦海之中,竟如此阴森可怕! 松亭,既然如此,你怎么要答应他们呢?"

松亭叹口气说:"不答应怎么行? 他们要恼怒起来,就更难脱身了。"

小凤儿说:"那如今怎么办呢?"

松亭沉静地一笑,胸有成竹地说:"袁世凯这个老奸雄,我是看得他透彻到底了。他是绝对不会将军权交给我这样一个士官出身的新式军人,一个与北洋派毫无渊源的湖南人,一个为他忌恨而施以软禁的异己人物! 他请我入府,实在是二次下钩。可惜松亭吃亏一次,对那香饵就再不感兴趣了。"

小凤急道:"那你说怎样破他呀?"

松亭说:"你别急,听我慢慢说。我方才讲了,元老派由来已久,盘根错节,根深蒂固。袁世凯既忌它、疑它、怕它,欲取代它,却又不敢,也不能,否则,他也得跟着同归于尽。这是几十年来造成的生死关系,到如今也由不得袁世凯自己。所以,我敢断定,或迟或早,袁世凯还得利用这些老派人物。再一说,这一班元老派虽然处于守势,但整个看来,却绝不是劣势而且是优势,正在伺机反扑,咄咄逼人,必定能卷土重来,压垮太子派。他们现在缺的是反扑的机会和口实。假如我们能给其制造一个机会和口实,凤儿,你就看着吧,一场恶狗打架之中,就有我们的可乘之机。"

小凤儿若有所悟,说:"噢,我明白了一点儿。莫非你这样大请太子派人物,就是要刺激那些元老派?"

松亭点头笑道:"正是这个意思。你想,这件事至今秘而未宣,如今大吹大擂,张扬出去,无异于长街夸官三日,必定气得那些老派人物鼻歪眼斜,暴跳如雷,入府质询,告状闹事。他们又不理会袁世凯的另一番深意,混闹下去可就有热闹看了。"

小凤儿说:"那你为何还要请个梁士诒呢? 他不是归属老派吗?"

松亭笑道:"总得有个通风报信的呀。这个梁翼夫,是袁党中的粤派首领,因被皖派攻讦,有点处境不妙,为了巩固在袁世凯跟前的地位,目下他正与杨度既勾搭,又互相争功争宠,你搞一个'筹安会',我就搞一个'请愿团'。如今杨度推荐一个戴松亭,他岂能闲着? 他必定要惹是生非,败坏杨度的好事。假如我们在这里大吃花酒庆贺,梁士诒和元老派们必定会抓住不放,大做文章的。——凤儿,你在想什么?"

小凤儿看着松亭一笑,说:"我在想……你别管,不告诉你,也不许你问。"

松亭被小凤儿顽皮狡黠的娇姿逗乐了,正想学着说几句开玩笑的话,却见老鸨母一溜风似的旋了进来。

八

花酒宴就借着那个宽敞雅静的客厅举行。这里早已收拾得窗明几净,桌椅整齐,杯箸停当。

老鸨母换一副鲜亮的首饰,恭候在大门之外,预备接车迎客,十分兴头。

松亭和小凤儿则在客厅静候。趁着这个机会,小凤儿说:"松亭,今天叫局时,务必要设法让杨皙子写花元春。你要在心。"

松亭不解其意,说:"这是为何?"

小凤儿溜了松亭一眼,学着他先前的腔调,说:"当然是有妙用。"

松亭说:"讲讲何妨。"

小凤儿诡秘地眨眨眼睛,说:"天机不可预泄。待到了时候,保管你目瞪口呆。"

松亭正要再追问,就听见院里有人大声通报道:"杨老爷到!"

松亭和小凤儿刚刚站起,杨度已跨进门来,说:"怎么还称老爷、大人!民国已是成立数载,新定的称呼呢?"

松亭正想挖苦他几句,却见他身后还跟着一位客人,便住了嘴。细看那位客人,原是平时很少露面的总统府内史夏寿田,便说:"午诒兄,久违了。"

不等松亭向客人引荐小凤儿,杨度已是抢先,说:"午诒,仔细瞧瞧这位时髦丽姝,就是咱们的新弟妹小凤儿。凤姑娘!还没见过夏内史吧?"

小凤儿向夏寿田问好,说:"认识夏君,十分荣幸。"

杨度又憋不住,说:"凤姑娘,我给你略作介绍。寿田父亲夏时夏老伯原是江西巡抚,与袁大总统是世交。他如今充作内史,了不得哩。你好生记住,日后对松亭大有帮助。对了,午诒也是湖南人。看来你跟湖南人有不解之缘呢,哈哈哈……"

说话间,就听院里唱声连连,一片脚步声。松亭忙迎出去,见是顾鳌、施愚、胡瑛、阮忠枢、薛大可等十数位客人到,便导引入室。小凤儿也都认识他们,互相一阵寒暄。随后一会儿,又进来三位客人,其中倒有两个是小凤儿没见过的,只认识打头的一个孙毓筠。她随着松亭也照样应酬一番。却见杨度开口说道:"来来来,凤姑娘,我给你介绍介绍严侯官和师培君。这位就是海内闻名的严……"

一提二人的名字,小凤儿就知道了。这位严复,福建侯官人,精通英文,翻译西人赫胥黎之《天演论》等多种著述,小凤儿还啃过哩。后来听说这位大名流也参加发起"筹安会",还着实替他惋惜了一阵子,现在望去,倒还不至于讨嫌。而那一位痨病鬼刘师培,则令人一见就浑身不舒服。因为这位所谓"家学渊源"的经学家,当年居然向清政府两江总督端方变节投降,充当内奸,把江浙革命党人准备武装起事的计划向端方告密,害得起事不成,人头落地。小凤儿因为自己是浙江人,从报上看到此事后,便一直记着这个变节卖友的刘师培。后来见此人又投靠了袁世凯,也成了"筹安会"的发起人之一,就更加憎恶。想不到他今天也来这里赶趁。要不是大局在胸,小凤儿决不会轻轻放过他的。

这时,松亭招呼大家入座,说:"诸公都是信人,已是到齐,就差梁公士诒了,不知因为何事拉腿,到现在还不见来。"

一听说还请了梁士诒,众皆有些惊异。孙毓筠说:"怎么,松亭,你还请了这个梁大块头?"

松亭看了一眼杨度说:"我本来犹豫,商之于皙子,倒是杨兄宰相肚里能回船,让请了来的。"

杨度一听"宰相肚里能回船",心里酥麻麻的,很得意地说:"这有什么,就算是我请来的吧。虽是政见不同,我俩也还有过同榜之难嘛。"

原来十一二年前,清政府开设经济特科,在京会考。考的结果,梁士诒中了第一等第一名,杨度中了第一等第二名。但是放榜后,西太后向军机大臣瞿鸿玑征求对考取者的意见时,瞿因与阅卷大臣张之洞不和,就乘机找碴儿,说梁士诒和梁启超同姓,和康有为(又名祖诒)的名字又同一个字,是"梁头康尾",说不定是康梁新党的同伙。西太后听了,遂下旨不予录取,并让查办阅卷大臣。同科录取的杨度也成了新党嫌疑,让除了名。这件事当时闹得满城风雨。所以杨度现在不说同榜之谊,却用了一个"难"字。

大家见头儿说了话,也就不再吭声。

杨度更加自负,说:"你们都不知道内情。目下粤皖相咬,十分厉害。皖派首领杨士琦这个狗才,借左丞之位,联络了许多党羽,正在抄梁大块头的后路哩。所以,我们不妨趁势拉他一拉,多个朋友多分力气嘛。"说着又哈哈地笑起来。

笑声没落,但见硕大无朋的梁士诒,大摇大摆地踱将进来,喷着满嘴酒气说:"杨同榜,笑什么?又在夸你新接的小赛花不成?"说着又向众人致意,"累得诸位久候,抱歉,抱歉!"又向松亭和小凤儿说:"贵柬上也不写清,这让喝的是什么酒呢,啊?"

杨度应声说:"梁同榜,你怎么东说西说,喝醉了吧?在哪儿灌的黄汤?"

梁士诒洋洋得意,说:"不过是我们各请愿团的领袖们小聚一下,让花元春花姑娘灌了三杯。"

杨度一听,顿时面色不悦,嘿然不语。

松亭看在眼里。他知道,这一段"请愿团"越搞越上劲,竟使"筹安会"大为逊色,门前冷落车马稀。杨度不服,又在原来挂"筹安会"牌子的地方,大大地悬出一个"宪政协进会"的新号牌。但是虽然新鲜了几天,终是敌不过那面热闹,因此心怀妒忌。再者,杨度自恃是袁大公子的第一知己,便与花元春也大有来往。现在听梁士诒说出花姑娘给他敬酒,心里更是不舒服。松亭就说:"梁公!花元春可是袁大公子的禁脔,居然能亲敬三杯,梁公面子不小呀。"

梁士诒更为得意,挺着大肚子说:"这不算什么,这不算什么。"

杨度把瘦脸一板,说:"松亭,不早了,开席吧!"

松亭一看台面已经摆好,也就殷勤请大家入席。

众人以齿坐定,公推梁士诒坐了首席。松亭占了主位,小凤儿挨肩坐下。松亭招呼人呈上局票,叫诸位写局。大家也就一挥而就,唯独杨度握笔在手,似犯踌躇。松亭在旁说:"皙子,这回要我帮忙吗?就写小赛花嘛!"杨度也不理睬,又想了想,下了决心,抬笔先写了个"花"字。

松亭小声说:"错了,错了,'花'字在下头,怎么翻转上来呢?"

杨度还是不睬,须臾又写出"元春"二字,向龟奴说:"拿去,就说要她从速来此。"说着,有意地盯了梁士诒一眼。

松亭和小凤儿相视一笑。

小凤儿起身,亲自执壶,斟了一圈"状元红"。

松亭举杯,说:"诸公,先喝起吧。松亭来京数年,承蒙诸公雅爱,受益匪浅!今日得便设席,聊表薄意。来,干!"

酒过三巡,各路粉头陆续赶到,依着主儿坐下。唯独花元春迟迟不见。松亭悄悄对杨度说:"皙子,这回怕轮上你出丑啦?"

杨度心里又气又急,嘴上却说:"想来不至于到那个地步。"

梁士诒似乎也成心要杨度的好看,这时大声说道:"诸位!诸位!喝闷酒有什么意思!来来来,猜起,猜起!我摆十大碗的庄,来个通关。"说着,揎袖抢拳,五魁、八马地大喊大叫起来。大家都有相好的在一旁助兴,一个个喝五吆六,又说又笑,又打又闹,也就无心顾得自己的杨首领了。

杨度坐在冷板凳上,气得嘴唇发青,一杯接一杯地喝闷酒。多亏松亭和小凤儿用话岔开,才不至于气得离席而去。

这时,外面高声报道:"花小姐到!"

杨度一听,心里一块石头才落了地,嘴角现出一丝冷冷的笑,那意思是说:"姓梁的!想叫老子丢丑?没那么回事!"

在全场注目下,花枝招展的花元春出现在门口,向大家略一弯腰,口气很大地说:"为请愿的事耽搁了一会儿,不会有人怪罪吧?"

杨度今天也真叫晦气。他满以为花元春会笑嘻嘻地来到自己身边,当众说几句软软甜甜的赔情话,给自己挣回这个大面子。不料这个花元春,搞请愿团搞得上了瘾,一眼先看见请愿团的大首领梁士诒坐在首席,便颠着个丰腴的大屁股跑过去,伸手就要夺梁士诒手中的酒杯,说:"好啊!你把我们撇在那边,说是大总统召你,原来却是到这儿来了。"

梁士诒哈哈大笑,护着自己的酒杯子,说:"错了,错了,你认错人了。是杨理事长请你来的。那不是。快去,快去。"

杨度更是气上加气,但也是干气没办法,又一口将面前的酒灌了下去。这时,花元春才过来坐下。杨度冷冷一笑,说:"你过来干什么?又请我写请愿书吗?"一句话倒说得花元春满面通红,有点下不来台的样子。

小凤儿见状,急忙端酒走过来,说:"花姐,杨理事长喝多了,别理他。来,咱们姐妹们干一杯。"又说:"花姐,凤儿早想给你赔罪呢。上次都怪凤儿无知无识,不知请愿团是这么光彩的事,顶撞了大姐,后悔得了不得。大姐还记恨凤儿吗?"

花元春这才转过面色来,大大咧咧地说:"那算什么,我早忘了。我要是记恨,今天就不会来这儿。我倒是羡慕妹妹有福气,眼看就要当陆军总长的二太太了。"

花元春这么一句话,好像是一种魔法,让满座的人都变得瞪圆了眼睛,张大着嘴,一色色愣相。尤其是那个梁胖子,更是愣得可笑。

梁士诒先缓过神儿,说:"花小姐,你方才是说……什么来着?"

花元春神气地一笑,说:"哟,你们都还不知道呀?我以为戴将军两口儿今天请客,就是为庆荣升呢?"

梁士诒困难地转过脑袋,说:"松亭,真的吗?"

松亭此时,心中暗暗叫好。关于总统府之行,杨度一再叮咛他务要保密,免得有人在委令下达前从中作梗,招致不测。但他想要的却是相反的结果,一直还在发愁怎样才能使其宣泄出来,想不到却等来这样一个意外的好机会。但他却回答说:"哪有的事!不信,问问夏内史,他总该清楚吧?"

夏寿田赶快矢口否认,说:"绝无此事!简直是开玩笑!"

杨度已经有点醉了,这时嘿嘿一笑,也斜着眼,瞄着梁士诒,说:"想知道点吗?梁同榜!要不要我来给你说说?"

花元春的消息当然是从袁大公子嘴里得的,这时她也为不慎失口大为惊慌,劝杨度说:"你是喝醉了,皙子,别胡说了,我也是信口瞎扯的。"

花元春不劝犹可,这一劝,反而更糟糕。杨度憋了一肚子的火,一下爆发了!他两眼通红,射着挑衅和报复的光芒,用力甩开花元春的胳膊,望着梁士诒说:"你听着!我全告诉你。戴松亭,我的老朋友,我们湖南老乡,马上就要进陆海军大……大元帅统率办事处,座办,参谋总长,陆军总长,还要主持建军工作哩。谁推荐的?我,我!杨度,杨度!梁翼夫,你有本事搞请愿团,搞吧!再搞上几百个,能抵得上一个陆军总长?哈哈哈……"杨度一阵狂笑,笑得咳嗽了起来,抢过一杯酒又灌进了肚子。

梁士诒的确十分震惊,但却装得很平静,笑着掩饰说:"杨老弟这是喝醉了,喝醉了……"

松亭趁机说:"梁公,别听他瞎扯,没影儿的事。寿田,你扶杨兄到后面歇息一会儿吧。"

夏寿田早就吓得面如土色,连忙起身过来,不由杨度分说,半推半抱地就将他送出去了。杨度嘴里还一个劲地叫道:"你们能挡住大总统的委令才算有本事……"

松亭见夏寿田送走杨度,忙返身收拾这边的乱局。他先向梁士诒笑着说:"梁公!皙子酒后失礼,不必介意。你们有同榜之谊,现在又一起辅佐大总统创造帝业,转眼就都是开国元勋。总应以大局为重,不要让那些反对帝制的人物看了笑话。"

梁士诒老于官场，哈哈一笑，说："你看看，杨老弟也是太多心。我信口一问，哪里是想掏他的机密！就说大总统重用戴公你吧，我听了当然是举双手赞同，莫非还能有什么妒贤嫉能的歹心吗？不会，绝对不会！"

松亭说："梁公人品，海内咸服。不过关于松亭浮沉的话，完全是晳子酒后戏言，绝无此事。还请梁公代为辟谣，免得以讹传讹，混淆视听。倘若要传到大总统耳朵里，还不知要惹出什么乱子，追究下来，于大家脸上都觉无光。"

梁士诒拍拍胸脯说："松亭说哪里话来。梁某向来是不信流言的。我在这听了，出门就全忘光了。你尽管放心，尽管放心！"

松亭说："到底是梁公！快人快语。"转头招呼说："凤儿，给梁公斟满！也给诸君斟上！大家开怀畅饮，一醉方休。"

不料，就在大家举杯要喝的当儿，只见小凤儿站起来大声说："且慢！在座诸君、姊妹们！凤儿冒昧，有一事想当众说明白，请大家做个见证。"

全场为之一惊。看她脸色，听她口气，显然不是开玩笑。连戴松亭也一下子愣在那里，"凤儿，你……"

小凤冷冷一笑，说："戴松亭！我正是要找你说话。我问你，袁大总统要提拔你的事儿，到底是真是假？你现在当着天地鬼神和众人的面，给我说清楚。"

松亭意识到这可能是小凤儿在搞名堂，但一时摸不着头脑，生怕坏了她的事，有点提心吊胆，笑了笑说："这个……我方才不是说了，全系没影儿的事，怎么……"

小凤儿也不再说话，从手指上摘下那个宝石戒指，亮给大家说："诸位看清，这总不是没影儿的事吧！"说着把戒指扔给松亭，绝情地说："把你的宝贝收回吧！凤儿不配戴你的！只能受你的欺侮……"说到"欺侮"二字，竟伏案呜呜地哭起来。

全场更是骇然。你看看我,我看看你,窃窃相议,莫名其妙。

花元春和一群姊妹们围上来,摸头的,扳膀子的,说话的,催问小凤儿到底是怎么回事儿。这边以梁士诒为首,也是围住松亭探问究竟。一时间叽叽喳喳,拥拥挤挤,好不热闹。

好容易劝得小凤不哭,才哽咽着说了起来:"大家不知道……自从凤儿上回开罪了他,便拗妈妈不过,只好给他赔情道歉,设席请罪。不想他从此就天天跑来厮缠,百般地甜言蜜语,赌天咒地:说他要替我赎身出籍,马上就正式结婚;说他已经和原来的妻子离了婚;说是正在选购新宅,不日就可安排就绪;更说是袁大总统请他吃饭,让他当什么什么总长,我就是总长夫人,当时就送给我这只宝石戒指,作为定情信物,等他一上任就立即举办婚礼……说得天花乱坠啊! 可现在呢……骗得我好苦啊……"说到这里,又伤心地大恸起来。

梁士诒按捺不住满心高兴,首先出面说:"松亭,这到底是怎么回事呢? 真乎? 假乎?"

松亭心里比梁士诒还高兴,故意做出一副愁眉苦脸、左右为难的苦相,说:"唉,这,这,这叫人怎么说……替她赎身脱籍和结婚,到现在也不骗她呀,自然是真心实意! 可至于上总统府吃饭,这种事……唉! 袁大总统能这么看得起我戴松亭吗?"

梁士诒已经心满意足,便摇头颠脑地充起好人来,说:"松亭,你上没上总统府,我不感兴趣。君子成人之美。我倒是有心为你和凤姑娘的好事出一把力。你刚才说你是真心爱凤姑娘,叫她从良,与她结婚。那么好,你当着众人的面,再把这只戒指戴在她手上,并指天发誓,以证诚心。如何?"

松亭接过戒指,说:"这个可以!"说着就拉起小凤儿的手。

小凤儿却甩开手,强硬地说:"不行! 我已经不信他。若要我再信他时,须得他当面应承一件事。"

梁士诒说:"好办。你说什么事,包在我身上。"

小凤儿一字一板地说:"先叫他与原妻离婚! 这是他先前许我的。"

这"离婚"二字,唬得大家直吐舌头,直缩脖子;唬得梁士诒傻了眼;松亭自己,明知是凤儿在弄假,但也打了个愣怔,心里说:"我的天! 她怎么能想到这儿。"这时又听见凤儿说道:"戴松亭! 你给大家讲讲,是不是你亲口给我许下的?"

所有人的目光都注视着戴松亭。梁士诒问道:"松亭,真的说过这话?"

松亭定定神儿,抬头去望小凤儿,正遇上她那对亮晶晶的眸子,明明在提醒他说:"我是好人! 你先别管为什么,你快说你许过呀……"

松亭面朝大家,端出一副无可奈何的苦相,说:"唉,有是有过这话,不过,那是我随便说了一句……"

小凤儿截住说:"诸君们! 姊妹们! 你们听听! 不是我小凤儿有意刁难他吧? 随便说的? 多么轻巧! 梁公,你说过要替我做主。今天,要么他戴松亭马上答应条件,三天内跟原妻离婚,要么我就一头撞死在你们面前!"

这倒把机巧善变的梁士诒给将住了,他揉一揉肉团团的鼻子,干咳了好几声,说:"这个……这个这个,松亭,你看呢?"

松亭装出忧心如焚、万分为难的神态,脸憋得通红,在地上转来转去,最后以拳击头,咬一咬牙根下了决心,说:"算了! 不让大家跟着作难啦! 既然松亭如今丢脸丢到这个地步,就干脆丢到底吧! 凤儿,如今不提别的,请你先给客人添酒,不要因为咱俩的事,伤了大家的雅兴。梁公! 诸君! 女士们! 都怪松亭无德无才,且又粗疏误事,致使今日席中迭起意外,不胜惭愧之至! 务请各位不要介意,多多包涵,继续赏脸。从此开怀畅饮,尽醉尽欢,才是松亭原来的心意。请端起! 干!"

九

"快十点钟了,这么晚谁来找松亭呢?"小凤儿一面洗头,一面这样想。

筵席是在九点左右散的。松亭居然能够很巧妙地将席间的话题引到大家都喜欢的帝制问题上去,如何推戴,如何筹备,人人谈得津津有味,红火热闹,使后半截的宴会气氛洽然,尽欢而散。这叫小凤儿对他十分赞佩。送走客人以后,偷听到席间谈话的老鸨母出面,竟主动来商议让小凤儿从良一事,一再说:"这就好! 这就了结了我多年的一桩心愿。至于身价银……戴将军,我不在乎多少,不在乎! 由你戴将军赏脸吧。"正在议论这事的时候,却见车夫甘良急急跑进来,附在松亭耳上咕哝了几句什么。松亭立即站起来说:"有个客人找,我去去就回。你们都回房歇息吧。"说完就随着甘良急急地出去了。到现在已去了半个钟头多了。

小凤儿正在思量,忽听一阵轻松有力的脚步声,随即见松亭笑嘻嘻地走了进来,回身就把门掩上。

小凤儿忙说:"一会儿妈妈说不定还来,你关门干什么,不像话。"

松亭还是笑嘻嘻的,说:"闭门推出窗前月,吩咐梅花自主张。"还调皮地眨了眨眼。这样的神态,在一向严肃得有点古板的戴松亭身上,的确是十分稀罕的。一定是遇上了非常高兴的事。

小凤儿一面用干帕儿打头发,一面关切地问:"松亭,谁找你? 看把你高兴的。"

松亭说:"今天是黄道吉日。告诉你,南下路线的事定下来了,沿途一切均安排妥帖! 快,拿来纸笔,我给你讲。"

小凤儿拿来纸笔,故意笑着说:"不向我保密啦?"

松亭认真起来,说:"我现在对你何密之有? 还不知我心吗? 出走路线迟迟难定,连我也说不准,实在是没法给你说。方才见到从东京秘密来此的朋友,才知道了结果的。这不就赶紧……"

小凤儿娇嗔地说："看你那傻样儿,听不出我是在开玩笑?"

松亭铺开纸,先在上端画了个小圆圈儿,说:"这是北京,出发点。"接着在不远的右下方再画一个小圆圈儿,说:"这是天津,第一站。"再接下去,在老远的东面略为偏北一点点的地方,画下第三个小圆圈儿,问:"你说,这是哪里?"

小凤儿说:"大连?"

松亭说:"不是。"又在北京南面老远的地方画出一个,问:"这是哪里?"

小凤儿说:"广州?"

松亭说:"还不是。"又在这个圆圈儿西面老远的地方画一个,问:"这个呢?"

小凤儿说:"少问,不知道。"

松亭也不吭气,不慌不忙地又在这个圆圈儿的上方,描了又描地画出个大圆圈儿,高兴地把笔一掷,说:"大观楼,好滇池,戴松亭回来了!"

小凤儿惊喜地说:"昆明? 在这儿? 那些圆圈儿呢? 简直都画到国外去了。"

松亭哈哈一笑说:"凤儿,亏你想得出! 正是画到国外了。你看这第三个,是日本东京;第四个,香港,暂时算国外;第五个,河内。这条路线就是当前最好的南归之途!"说着,他又拾笔把这些圆圈儿有力地连接起来,无限豪迈地说:"但等松亭回到昆明,于无声处听惊雷,管保让他袁世凯魂飞天外,帝梦化作烟云散! 到那时……"

说到这里,松亭忽然顿住不说了,只管拿两只眼睛看着听得入神的小凤儿。小凤儿上穿一件淡绿色印花布紧身小袄,下穿一件燕尾青小脚裤子,蹬一双灵芝头趿鞋;把那一头新洗才干乌油油的秀发,在头上正中绾了个髻子,插了个慈姑叶子似的一枝翠花,颤巍巍的;洗去了脂粉的一张嫩脸上,真个是眉似青山,眼如秋水,艳若桃花,再配上那副含情凝神的模样,怎能不叫戴松亭着迷呢!

小凤儿发觉松亭在愣看自己,推他一把,取笑说:"原是个不老实,只管偷瞧什么!"

松亭刷地红了脸,好半天才又说:"吓! 凤姑娘,你今天席间可把我吓坏了。"

小凤儿说:"我不是有言在先吗? 我说过到时候管叫你目瞪口呆,还真的是呢。"她想起了宴会上松亭发愣的情景,得意地咯咯笑起来。

松亭的心回到这件事上了,叹口气说:"亏你想得出来,离婚! 我还一直想问你,你这葫芦里卖的是什么药呀?"

小凤儿说:"这还不明白? 你上次想借故气走老夫人和夫人,结果没成功。这下,你不是就可以借机再试试吗? 倘若真能叫她们先行安返故里,也是我对老夫人、夫人的一点报答!"

松亭这才明白了小凤儿的全部用意,不禁心里一热,说:"你就不怕落个拆散他人夫妻的骂名吗?"

小凤儿铮铮说道:"我只知践'死同君谋'之誓,报老夫人和夫人宽厚博爱之德,不知有其他! 再说,我身陷污泥,名誉早为世俗践踏净尽。能借此替君出一把力,就是落个百世骂名,也活而无愧,死而无怨!"

松亭感慨系之,却难以表达,默默地坐在那里。

小凤儿怕松亭难过,就笑着说:"松亭,你看怎么样,这都得感谢花元春吧? 不过,原来我想的不是这样。你知道我原来想怎么办吗?"

松亭说:"不知道。"

小凤儿便将自己原来想请花元春来,怎样赔情,怎样提出要加入妓女请愿团等情节说了一遍,接着说:"谁知天有风雷雨电,事有千变万化。逼得我竟想出这么个点子来,如今一回味儿,连我还觉得奇怪哩。——松亭,别发呆啦! 想好明天该怎样唱一出《出棠邑》。不过,可不能像伍员一样,逼得夫人自尽了! 你真要重伤了姐姐,我还不依呢。"

她见松亭还是闷闷不乐，得想法子替他排遣一下，就说："松亭，你看今天席中光顾了呼风唤雨，咱们也没摊上对饮三杯，以志永好。现在补一下吧，再吃点宵夜，如何？"

松亭知道小凤儿是在设法叫他高兴，难以却情，说："由你吧。"

这时，老鸨母就好像早在外面候着似的，敲门进来，后面几个龟奴摆上现成酒菜，并有两碗热气腾腾的鸡丝馄饨，一盘焦黄油亮的小火烧儿，整整齐齐地收拾在那里。

老鸨母说："怕你没吃好，现在补贴点。戴将军！我已将甘良打发回去，您今夜呢，务必在这里歇宿。你们该说的话也就趁机说个完全。"说完不待松亭回言，便从外面带住门，然后一路笑着走了。

屋里留下松与凤，二人相视一笑。

小凤儿调好座位，排开双杯，斟上美酒，举起说："来，松亭。我舍命陪君三杯。"

二人边说边饮，一对一杯，说得投机，喝得痛快，不知不觉将一瓶山西老汾酒喝去了许多。又吃了些汤饼，撤去残酒，净了手面，坐着饮茶。

小凤儿对松亭说："你先歇吧。我已多日没有练琴，有点技痒，给你弹一曲吧。你看，窗外月色多好！"说着，便回身到壁上摘取琵琶。

小凤儿操琴在手，调好弦儿凝神闭气，然后又深情地看了松亭一眼，便用心弹起琵琶古曲：《十面埋伏》。

这《十面埋伏》乃天下名曲，激越雄壮，慷慨昂扬，最是能砥砺锐志、促人奋发。小凤儿也真弹得好！初弹时，你看她右手拨动发声，左手进退揉颤，音响悠柔，散泛相错，还可以看清她的指法，分出她的调头。随着乐章进深，意气跌宕，节奏转急，只听得耳中有音，却是目中无指：金鼓齐鸣声、刀剑撞击声、人唤马嘶声、旌旗熠熠声……惊心动魄。

听着听着，戴松亭挥起铁拳，一下砸在梅花几上，喊道："大丈夫当驰骋疆场，扫除邪恶！"

小凤儿又悉心弹奏下去……

夜深了。

小凤儿两行热泪,濡湿了自己的脸,也滴湿了松亭的脸。她取出绢帕儿来,先擦干了自己的,再擦松亭的脸,怕的是再落上。擦干净了,又端详起来,满腹的知心话涌上心头……

松亭啊!我今生今世结识了你这样的好人,身心早相许,能不贪恋男女之爱吗?!方才你若再次相强,我也就会抵挡不住的。可是,假如贪图了今宵之欢,情理不容,良心不容!因为夫人还被蒙在鼓里,还在受不该受的磨难啊!君要清醒时,也绝对不会同意这么办的,是不是……

怎么,你不想听吗?你听我再说……松亭,你是公认的现世英雄,也是我心中的英雄。从前我说你是假英雄,那不是真心话。可是,自古英雄难过美人关。刚才你听了《十面埋伏》,亥下一战,楚败汉兴,才有霸王别姬之千古悲歌……我自幼沦落风尘,虽然还能自持,但终难有出污不染之美。遂时时告诫自己,要成君之事,而绝不敢销君之凌云壮志!凤儿此心,人神可鉴……松亭啊,你在梦中能听见我的话吗?

我看出来了,你还不原谅我。我刚才拂了你的火热情意,伤了你的心,你一下还不会原谅我。好了,我不说了。你在梦中也不要再皱眉头了。你睡吧,我给你弹一个情深义重的曲子……

小凤儿在心里和睡着了的松亭说到这里,她真的又操起琵琶,就着不熄的明灯弹了起来,一边弹一边低声吟唱:

纤云弄巧,

飞星传恨,

银汉迢迢暗度。

金风玉露一相逢,

便胜却人间无数。

柔情似水，

佳期如梦，

忍顾鹊桥归路。

两情若是久长时，

又岂在朝朝暮暮？

……

两情若是久长时，

又岂在朝朝暮暮……

十

果然不出戴松亭所料，即将任命他的事，经过梁士诒那张善于拨弄是非的嘴巴，不仅很快成为京中报界的热门新闻。更妙的是，立即惹起了旧派人物的震惊、恼怒和反击。他们以戴松亭"狎妓纵酒，品行不端"为口实，以阻止委令的下达为目的，在袁世凯面前大告特告其状，翻云覆雨，煽风点火，闹了个不亦乐乎！

本来，袁世凯想一方面借戴松亭的才干重建北洋军，以打破那些拥兵自重的北洋旧将的严重威胁；另一方面，也就正好将戴松亭置于严密有效的控制之下，必要时找个差错就可以将他干掉，彻底根除这一心腹大患。在他看来，这个"一箭双雕"的锦囊妙计，已经是万无一失，稳操胜券了。不料却出现了这样意想不到的岔子，箭还没有真正射出去，却糊里糊涂地给人搞折了。气得他七窍生烟，火冒三丈，把杨度骂了个狗血喷头。下一步怎么办呢？这使他一筹莫展，十分为难：坚持起用戴松亭吧，看来北洋旧将和元老重臣是决不会妥协的。这些人还很有实力，很有用处，暂时还不能收拾他们。不起用戴松亭吧，是自己亲口许下他的，怎么完结呢？

这天上午，袁世凯坐在自己办公的春藕斋里，眼泡浮肿，面色灰暗，忧心忡忡。

这时，干侄儿袁乃宽急急地走进来禀报说，戴松亭的眷属今天一大早回老家去了。

袁世凯猛吃一惊，说："什么？他母亲、老婆全走了？"

袁乃宽说："是的。全走了。今天一大早。"

袁世凯说："怎么走的？戴松亭送走的？"

袁乃宽说："不是。倒是他把她们气走的、逼走的。"

袁世凯说："你快详细说说怎么回事？"

袁乃宽说："根据回报，戴松亭是昨天晚上九点多钟从云吉班回到家里，在他母亲房里待了半个多钟头，十点整回到他和夫人的卧室。过了不大功夫，就听见他们夫妻口角，开始说什么听不清。后来，戴夫人大哭了起来，越哭越高，边哭边骂，'你这个丧良心的狠心贼！你干脆先杀了我……'越骂越凶。戴松亭喝断不住，就将夫人打了一顿。管家、仆人和我们的人赶到时，只见房子里桌倒椅翻，满地都是被捣毁的物什；戴夫人披头散发，面目青肿，嘴角流血，继续哭骂。戴松亭脸色铁青，咬牙切齿，举拳还要再打过去，戴老夫人跪倒在地，紧紧抱着儿子的双腿，哭叫道：'你先把我打死！你先把我打死……'人们又拉又劝，一直到十二点多钟，戴老夫人领着媳妇回到她的上房去了。这边留下戴松亭一个人，喝了整整一瓶酒，醉倒在床上了。天刚亮，戴老夫人婆媳二人就上了火车站。因为没有命令，我们的人也不敢拦挡她们。后来车夫甘良回来，才说她们一气之下回老家去了。"

袁世凯说："他们争斗的原因是什么呢？"

袁乃宽说："据报，是戴松亭逼着夫人要离婚，夫人不从，就打闹起来了。"

袁世凯听到这里，惊疑不定，便起身在地上踱起步来，自言自语地重复道:"果真如此吗?果真如此吗……"最后,他对袁乃宽下令说:"你快去,叫梁士诒速来见我。"

前面已经简介过这个梁士诒。他当初任总统府秘书长时,也是很红过一阵,人称"二总统"。后来,因为太子派和皖派联合起来排挤他,他离开了总统府,屈就了一个税务处督办之职。但他并不甘心,极力讨好袁世凯,为帝制运动大卖气力,组织了全国的请愿团,重新又受到了袁世凯的信任。此人生财有道,还有个外号叫"梁财神"。他为了给袁世凯筹措帝制经费,巧立名目,两次发行公债近五千万元。最近他又推荐蔡乃煌为江苏、江西、广东三省的禁烟特派员,在上海将沪粤关栈存的鸦片六千箱,每箱以四千五百元出卖,又给袁世凯捞到二千七百多万元的帝制经费。袁世凯更加器重他,有了疑难之事,便派人专门去召他前来商议。

梁士诒随着袁乃宽来到春藕斋。他在路上已经向袁乃宽打听清楚是怎么回事了,并且已经想好了应答的话。但他记着上次被赶出总统府的教训,懂得在袁世凯面前千万不可锋芒外露,而要甘心做出奴才的样子。他看看袁世凯的脸色,小心地说:"大总统,有什么吩咐?"

袁世凯叫他坐下,说:"乃宽没有对你讲吗?"

梁士诒说:"没有。只说大总统召见。"

袁世凯说:"好,叫乃宽先给你说说。你听听戴松亭,简直同小孩子一样了,实在可笑。"

袁乃宽只好将说了两遍的事情又讲了一遍。

梁士诒故作惊讶说:"有这样的事,也令人太遗憾了。"

袁世凯说:"士诒,你觉得这事怎么样,奇怪不奇怪?"

梁士诒还摸不清袁世凯现在对戴松亭的态度,不敢贸然回答,支吾说:"这件事也有点怪,松亭怎么会动手打人呢? 不过……要说到离婚二字,倒也早有点传闻。当然……"

袁世凯截住说:"果有离婚之事?"

梁士诒说:"这倒不假。"便将那天在云吉班小凤儿大闹花酒宴,提出要戴松亭跟夫人离婚,戴松亭被逼不过只好应允的情形,添油加醋地讲了一遍,有意把戴松亭丑化了一番,最后说:"现在看来,他真的要做出来了。不过,和夫人离婚也好,和小凤儿结婚也好,家庭之事,原也无可厚非。只是他不该有失大总统的厚望。外面的舆论也很不好呢。"

袁世凯说:"别的不用管了。士诒,我只问你,戴松亭真会和一个妓女结婚吗?"

梁士诒叹口气说:"我原来也想,绝不会有这种事。他的确是个很爱惜名誉的人物。我还曾考虑过向大总统推荐他呢。但现在看来,松亭可也真的是被那个妓女迷住了,结婚是肯定无疑的了。前天,他竟和小凤儿跑来找我,索要敝宅的花园格式,透露说一俟夫人离京,他就要改建旧宅,为藏娇之计;并说如有另外的华屋,也愿出重金购买之。"

梁士诒见袁世凯听得很仔细,就趁风扬沙,不惜大撒其谎,接着说道:"当时,士诒已风闻大总统要重用他,就劝他务必要替大总统争光,不要和一个妓女纠缠在一起,于大局有碍。他却说……此话真不能说呢。"

袁世凯说:"他说什么了?"

梁士诒说:"大总统不必问了。打死士诒,也是不敢说的。"

袁世凯说:"你照实说来。赦你无罪就是。"

梁士诒故意吭哧了半天,说:"这话真是……他竟说:'大总统的爱妾中还有三个妓女,我这个未来的陆军总长,就娶不得一个小凤儿吗?!'……这可真是信口雌黄!"

袁世凯顿时满面通红,勃然怒道:"混账东西! 着实可杀。"

梁士诒见袁世凯动了怒,心也怦怦跳了起来,连忙说:"都怪士诒多嘴。其实松亭也是无意失口,想来也是见委令迟迟不下,略有些怨望之心而已。请大总统不必介意。"

袁世凯板着脸说:"他的委令我已决定不下了!"

梁士诒要听的就是这个结果,心里十分高兴;但表面上显出替总统担忧的神色,说:"这……大总统,万一戴松亭见委令无望,挟怨滋事,怎么办呢?他在西南大有实力,那里至今请愿团办不成名堂,恐怕全是他在暗中作梗。万一他反出京师,回到滇中,那可就麻烦了。请大总统三思。"

这话正说在袁世凯的心上,他用鼓励的眼光看看梁士诒,说:"依你之见呢?"

梁士诒见袁世凯让自己出主意,心里一咯噔,不得不多生出个心眼来。他知道,当初那个内阁总理赵秉钧,就因为替袁世凯出主意(其实还是袁的主意),派人暗杀了宋教仁,结果反被袁世凯杀人灭口,用毒药给毒死了。现在,自己可千万不敢成了赵秉钧第二。他的脑袋瓜果然好使,灵机一动,计上心来,说:"大总统,我倒是有个办法,不知行不行?"

袁世凯说:"你说说看。"

梁士诒说:"也很便当。大总统不记得段、冯二将军的事情吗?两位续弦夫人不都是大总统所赐吗?现在,戴松亭迷的是小凤儿,大总统何不投其所好,施之以恩,成全他们的美事,以消除其怨望之心。戴松亭虽有异志,但必然眷恋燕尔新婚,不怕他能逃出温柔乡去。"

袁世凯有点动心,说:"你讲具体些。"

梁士诒心想,这办法就是将来出问题,也没多大了不起,便大胆筹划说:"依士诒愚见,不妨给他戴松亭拨下一笔巨款,替他购一座精美新宅,包办了这门婚姻,干脆送个天大的人情。至于款子的问题,由我来设法,大总统考虑如何?"

袁世凯一想,这倒也是个办法,既然不用自己花钱和操心,不如就放手让梁士诒去办好了。他笑了笑说:"士诒,还是你有办法,解了我一个大忧。这样吧,你就告诉戴松亭,委令的事因故暂缓一时,让他先行完婚就是。至于宅第婚礼诸事,就由你全权经办,便宜行事。我对你向来是放心得很。"

梁士诒走后，袁世凯似乎略觉轻松了一些。但是，这个疑心病越来越大的老奸雄，只一会儿工夫，新的疑虑就又袭上心头：梁士诒的话全可靠吗？他的办法真能笼络住戴松亭吗？戴松亭真的变成这样一个酒色之徒了吗？……在他内心深处，觉得最放心的办法没有别的，要不就是把戴松亭囚在自己身边，时时能看到他，要不就是一刀结果了他的性命。其他的办法，他全不放心。这时，他看见一直站在一旁的干侄儿似乎有话要讲，就说："乃宽，你有什么说的？"

袁乃宽说："我担心，梁参政的办法行不行？"

袁世凯说："你有什么考虑？"

袁乃宽趋前几步，压低声音说："我有个办法。戴宅每天的函电颇多，不妨我去搜它一搜，倘能找到把柄，干脆就借机杀了他，省掉许多麻烦。"

袁世凯大感兴趣，说："若搜不出长短，怎么办？"

袁乃宽说："就说是发生误会，一推了之，肯定没事。万一惹起麻烦，乃宽愿一力承担。"

袁乃宽为什么就不怕当第二个赵秉钧呢？真的是愿为干叔父赴汤蹈火、肝脑涂地吗？非也！这中间还有一段重要的插曲。

前面讲过，总统府发生过铁炸弹事件。当时袁世凯曾怀疑是戴松亭派人干的。但这一段追查来追查去，最后搞清了，原来这个行刺的好汉不是别人，竟是袁乃宽的二儿子袁瑛。这样一来乃宽差一点被赶出总统府。多亏他亲自绑住儿子送到军政执法处，跪在干叔父面前痛哭流涕，指天画地地表白忠心，方才逃过这个大难。但心里还是很不踏实，觉得万一要在戴松亭这件事情上再出差错，脑袋可就保不住了。所以，他很想快点将戴松亭收拾掉，一来不再担心出错，二来也算立了一功，可以用来补过，岂不是一举两得！这才不惜冒着很大的风险，提出搜查戴宅的建议。

袁世凯仔细琢磨了半天，最后终于下了决心，说："可以试试。事到如今，倒也不怕他戴松亭怎么样。只是你们搜抄时要十分小心，千万不能留下什么把柄。"最后，他又将干佷儿好生劝勉了一番，打发他去择机行事了。

袁世凯待干佷儿一出门，他就往椅背上一靠，闭着眼睛半躺在那里。但是，他却难以有片刻的安宁，无数的烦恼又一起涌上心头，折磨着这个一心要当皇帝的人物……

十一

戴松亭跟着梁士诒在外头一连跑了几天，这天，上灯时分才回到云吉班。他虽然有些疲惫，但一双长目中却闪射出愉悦的光芒，犹如穿云而出的灿灿春阳。

小凤儿看在眼里，喜在心头。自从老夫人和夫人离京后，松亭就病了一场。看起来是劳累过度，加上酒后感了风寒，但实际是精神上又添了创伤——一个男子汉，怎么能让贤惠的妻子受那么大的折磨和委屈呢！再加上，还有一桩让他更忧虑的事情：眷属离京，尽管搞得这样自然而然，毫不扎眼，但这能瞒过老奸巨猾的袁世凯吗？他还会使出什么样的新花招呢？夜长梦多，必须尽快确定自己脱身的日期，但最佳的时期又在哪儿呢？……所以，几天来，不论知情知趣的小凤儿怎样劝解和抚慰，也去不掉他的满腹心事、满面愁云。想不到今天他跟着梁士诒去看新宅第回来，竟出现了意料不到的变化，这让小凤儿既高兴又纳闷儿。她照料松亭洗漱毕，捧上一杯铁观音，又在他面前的梅花几上摆上四个高脚玻璃碟子：一碟蜜饯金橘，一碟闻喜煮饼，一碟五香花生米，一碟时鲜水果。全是松亭寻常爱吃的东西。同时，用一对喜盈盈、情脉脉的眼睛不住地打量着松亭，无疑是想早点知道他高兴的原因。

松亭好像没有看到小凤儿期望的神色,自顾自地又吃又喝。小凤儿猛地在他肩头推了一把,笑着说:"嗳,你倒是慢点儿吃喝,一会儿还有饭呢。也不说说跟着梁财神跑了一天跑了个啥。房子可好吗?"说着,用手将那盏淡绿色玻璃罩的小洋灯捻一捻大,往松亭面前推了推。

松亭眯起眼睛,抬头看看小凤儿那温柔多情的眸子,醒悟似的笑笑,把刚拿起的一块闻喜煮饼又放回原处,说:"噢,房子呀,当然不错,是前清一位侍郎大人的宅第。他赋闲已久,即将携眷返里,所以愿意出售它。"

小凤儿取过那块煮饼,亲手送进松亭的嘴里,说:"那么,怎样个不错法呢?"

松亭边吃边说:"宅基很大,占地将近二十亩。门楼很阔,两扇朱漆大门有三寸厚,上边钉满黄铜钉子。大门两边,一边一个青石狮子……也就这样吧。"

小凤儿说:"那进了大门呢?"

松亭笑笑说:"你真要问到底呀? 进了大门,便是五色石铺路,利用天然石色拼成各色花纹。迎面是一座假山,山腰有一个青石凿成的龙头,龙口里吐出一股清泉;清泉倒挂,又形成一个小小飞瀑。飞瀑之下,汇起一池碧水;水里养着金鱼和荷花。池边青草柔软,扶疏可爱。上面一周围全是汉白玉做就的栏杆。你还要问什么?"

"住人的地方呢?"

"住人的地方嘛,也还清静精致。在二厅以后,有一个极大的花园,花木亭榭之间起造了一座上下六间的二层小楼,门窗一体改为西式。楼前有一座藤架,架下设一石桌,四面四个石鼓。再前面又是一个大池塘,碧水盈盈,有几只丹顶鹤在池边漫步。原来的主人家就住在这里,倒像是个仙人居。"

"那家具呢?"

"当然是一应俱全。都是明代黄杨木做成的,空灵轻巧,素净大方。只有楼上套间的卧室里,柜橱床隔等,皆是紫檀木香楠做的,雕镂剔透,苏式制作。另有八扇画屏,全是福漆脱胎透雕着人物……总之,让你住在那里,真可谓金屋藏娇呢。"

小凤儿笑着瞪了松亭一眼,说:"可惜我福薄命浅,消受不上是真的。"

松亭笑着说:"你怎么知道消受不上呢?"

小凤儿说:"难道你真的要买它吗? 你无非是虚张声势,装装样子继续迷惑袁世凯罢了。你以为我看不出来吗? 再说,就是真的要买,买得起吗,啊?"

松亭笑而不答,只管拿眼光罩定小凤儿的脸,看得小凤儿都不好意思起来,他才说道:"凤儿,你也太小瞧人了吧。我告诉你,这座宅第已经买下了。五十万元已经全部付清。你要愿意,今天晚上就可以住过去。"

小凤儿撇一撇嘴儿,说:"才知道你也会吹牛!"

松亭说:"吹牛? 好,就再吹下去。七天以后,咱们的婚礼要在那儿举行! 可以花费掉十五万元。这笔钱也已经到手了,不成问题。当初京中轰动一时,都羡慕张佩蘅嫁给段祺瑞、周道如嫁给冯国璋。现在,人们可就要羡慕你小凤儿嫁给戴松亭了呢!"

小凤儿从松亭的话里,和他那逐渐严肃起来的脸色里,知道这不是在吹什么牛,也不是在开玩笑。她的神色也庄重起来,沉思了一会儿,说:"梁士诒今天来找你,就为办这件事吗?"

松亭讥讽地一笑,说:"正是。难得这位热心的梁财神;更难得一心要成全你我的袁大总统。要不是他们帮忙,我还真的找不到个最好的脱身机会呢!"

小凤儿一时不解,睁大乌亮的眸子说:"最好的脱身机会?"

松亭引而不发地说:"是呀……不对吗?"

小凤儿顿时恍然大悟,说:"噢,我明白了。新婚之夜!这倒是个绝好的脱身机会。"

松说:"你知道,最讨厌的是袁乃宽手下的这帮密探。也许在新婚之夜容易摆脱他们。——不过,只怕你有些不高兴。"

小凤儿惊讶地说:"我有什么不高兴?"

松亭半开玩笑半认真地说:"这么好的房子住不上,这么好的佳期一场空,你能高兴吗?"

小凤儿却认真起来,说:"看你想的!只要能跳出这个火坑,到一个自由自在的地方去;只要能跟个磊落君子在一起,哪怕一辈子不结婚,我也就心满意足,死而瞑目了……"说到这里,声音又一下怆楚起来,说不下去了。

松亭看见小凤儿这一副楚楚动人的哀怜样儿,很后悔自己的多嘴,正想好言劝慰,忽听外面传来一阵急骤的脚步声,随即是更加急骤的敲门声。门开处,只见甘良满头大汗、气喘吁吁地报告说:"将军,糟了,狗日的们把家给抄了!"

松亭闻言吃了一惊,说:"你慢慢讲,是怎么回事?"

甘良说:"就是傍晚的时候,我们正在吃饭,忽然有一群人便衣打扮,持枪冲进大门,强行在你的内室翻箱倒柜地搜检了一通,拿走一捆书信报刊,还有……凤姑娘的那个相框子,也拿走了。"说着,他又压低声音补充说:"将军,肯定不是明火执仗的土匪!是……是袁家的人,没错儿。"

松亭奇怪地说:"你怎么知道?"

甘良说:"领头的那个人姓牛,叫牛文成,看门的老钱认得他,说他如今在袁乃宽手下任事。"

原来戴松亭居住的这地方,本是天津一位姓何的大盐商的产业,以前一直由他一位亲戚居住并代为管理。宣统三年(1911)时,这个大盐商因为欠外国商人一笔巨债,被逼得即将破产时,他的姨太太曾悄悄派一个仆人,携带大量金银珠宝到北京来,交给这边那位亲戚代为收藏。事隔多年,姓何的大盐商已经死了,姨太太也不知去向,那位亲戚便把住宅出租给戴松亭。而那个仆人正是牛文成,竟当了袁乃宽的心腹侍从官。袁乃宽当然不知道这段隐情,很放心地派牛侍从官领人来搜查,谁知竟让老看门人一眼认了出来。

松亭听甘良讲出这个情况,知道是袁世凯的手段,袁乃宽也不过是具体做事而已,气得脸色铁青,连连冷笑着自语道:"好,好,来得好……"

甘良出去后,小凤儿焦急地问道:"松亭,可有什么机密要件没有?"

松亭说:"好悬!这几天我见周围的密探有调动,多生了个心眼儿。不然可就坏大事了。"

小凤儿还是不放心,说:"真的没什么要紧东西吗?"

松亭已经完全镇静下来,笑着说:"谁说没有,你的玉照就最贵重了。"

小凤儿啐了一口,说:"还有心思开玩笑。这帮家伙也真无聊,拿走照片干什么?"

松亭笑着说:"想来是袁乃宽不忘吃闭门羹之恨,拿照片去报复吧。——凤儿,你在想什么?"

只见小凤儿用食指挡在嘴上嘘了一声,那一双水灵灵的黑眼珠儿转了几转,又露出雪白的牙齿笑了一笑,显出一副又狡黠又神秘的神气说:"有了,有了。松亭,咱们脱身的最大障碍不就是那些可恶的密探吗?我有了个治治他们的法儿了。"

松亭笑着问道:"什么法儿?"

小凤儿说:"还是你刚才提醒了我。袁乃宽不是吃过闭门羹吗?现在不是又派人拿走了我的相片吗?好。你就以此为由头,索性在袁世凯面前告他一状,混闹一场,必然有好结果。你明白吗?"

松亭说:"当然明白,让我们两个男人为了你争风吃醋大闹一场,是

200

不是?"

小凤儿扑哧一笑说:"该闹时也顾不得许多。你只要一口咬定说,袁乃宽公报私仇,一直派人监视你,又抄了家。袁世凯必然借机下台,把责任都推在他侄儿身上。到那时,干侄儿代人受过,他也就得收敛点哩。只是……"

松亭问道:"怎样?"

小凤儿笑着说:"只是怕你没有寻衅闹事的蛮劲儿。"

松亭苦笑了笑,说:"得像个泼皮无赖是吧?学一学吧。"

这时,老鸨母打发人送上饭来。松亭惦记家里被抄的事儿,胡乱地吃了几口,便和甘良匆匆地回去了。

松亭走后,小凤儿想象着七天后在新婚之夜逃离虎口、奔向自由幸福的情景,兴奋得一点睡意也没有,就又下床来,点上灯,走到一面镜子跟前,跟那里头一位秀发蓬松、两颊绯红的美人儿说起话来:"是的,再有七天我就要走了,不回来了,永远不回来了!我告诉你,什么也挡不住我,前面就是刀山、火海、拔舌地狱,我也要跟着戴君跳过去,一步也不离开他,一会儿也不离开他,什么也别想再把我们分开……"

十二

袁世凯忽然从午睡中惊醒过来。他梦见那根紫藤果然化作一条长龙,又化作一个人形,但这个人并不是自己,却是年轻力壮的戴松亭,手持一柄利剑劈面刺来……

昨天,在河南项城县替袁家看管祖坟的坟丁头儿,日夜兼程赶来总统府,报告说在大总统生身父亲袁保中的坟头上,忽然长出一条一丈多长的紫藤来,粗壮雄劲,弯弯曲曲,形同一条翩然飞舞的蟠龙。当时,袁世凯大为惊喜,认为这是自从小书童见龙以来的最大瑞兆。老家坟园里,从来只见松柏青草,怎么会生出紫藤来呢?生出来也罢,怎么又偏偏生在乃翁的坟头上呢？况且，这根紫藤怎么就可巧像一条蟠龙呢？这么看来，不是瑞兆又是什么！所以，他当下重赏了坟丁头儿，叫他回去好生护理紫藤，不得有丁点差错，否则，提头来见！

可是到了晚上，疑心病越来越大的袁世凯，却忽然转了心思，他想："这紫藤要是主凶呢？……有可能，很有可能！从前那个很有名的风水家不是说过，袁家的祖坟穴位不正吗？"原来，袁世凯的祖辈和父辈，虽然都取得了显赫的功名，有的官至监察御史、兵科给事中，有的官至内阁学士、户部左侍郎，有的官至内阁中书、江南巡盐道，尤其那个叔叔袁甲三，最后升为钦差大臣、漕运总督，并且督办过安徽、河南、江苏三省的军务。但是，天公不作美的是，上两代人的寿命都不长，没有一个活过五十八岁的。为此，曾请国中最著名的风水家看过袁家坟地，说是穴位不正，掌禄而不掌寿。这个可怕的观念，就像袁世凯的影子一样，时时刻刻地追随着他。如今，他眼看自己快要五十八岁了。坟地里却突兀地长出一条紫藤来，惊喜过后，又不能不叫他心惊肉跳。难怪刚才在午睡中竟做了那么可怕的梦。哎呀呀，好你一个戴松亭，居然举着宝剑要行刺！

本来，袁世凯听罢梁士诒禀报了他和戴松亭看房买房的详细经过，还是比较满意的，尤其听说戴松亭欣然答应很快举行婚礼，更让袁世凯多少放下了心。接着，干佺儿袁乃宽也来禀报说没有搜查出什么。这叫袁世凯既感到有点失望，同时又感到快慰。有那么一会儿，袁世凯还真有点后悔，不该派人去搜查戴宅，这太露骨、太愚笨，完全是下策。多亏没有惹出什么乱子。他甚至开始怀疑戴松亭这个人到底有多了不起，对他是不是估计过高了，这一向防他防得是不是有点多余了？但是，这条紫藤的突然出现，却又很快恢复并加剧了袁世凯那种极其深刻的谁也不相信的疑忌心理。而且不知为什么，他情不自禁地、非常固执地认为，这条紫藤一定与戴松亭有关，甚至它一定就是戴松亭的化身，专门生出来克他袁世凯，克他袁家祖坟的风水，克他的帝制运动，克他的一切一切……而要制止这些,到如今已经没有别的办法,只有尽快地彻底干掉戴松亭才行……

袁世凯再也睡不着了,他掀开杏黄薄棉被,艰难地坐起来,招来了侍从官,让他立即去传袁乃宽,并交代说:"让他将搜查来的东西全部带来!"

袁乃宽一路跌跌撞撞地急急赶来。他一见干叔父面容呆板而凶狠,杀气很重,吓得脸都变了颜色,战战兢兢地行过大礼,低声问道:"恩叔有何吩咐?"

袁世凯一言不发,让人把从戴宅搜来的那捆书信报刊放在茶几上,由他亲自细细地翻阅起来。那短粗圆白的手指头十分灵活,那圆溜溜的黄眼珠儿十分尖利,那一心要抓住致人死命的把柄的杀机,全然显示在眉宇之间。但是,将近两个钟头以后,袁世凯生气地将最后一封信狠狠地掼在地上,失望地询问说:"乃宽,就这些东西? 还有没有别的什么?"

袁乃宽犹豫一下,说:"就这些。再没什么可疑的东西了。"

袁世凯似乎觉察到了干侄儿的犹豫之色,又盯着厉声问道:"真的什么也没有了吗?"

袁乃宽发起慌来。小凤儿的照片现在就放在自己公房的桌子上,一旦说出来,干叔父一定会定他玩忽职守的罪名。他想来想去,便硬着头皮回禀说:"真的什么也没有了! 侄儿不敢作假。"他见干叔父不再追问了,这才松了一口气,但仍然提心吊胆地不敢大声出气儿。

小书童献上温茶又出去了,袁世凯呷了一口茶,漱了漱口咽下去,心情沉重地自语道:"这么说,真的抓不住他一点把柄?"

袁乃宽想献点殷勤,赶忙趁机说:"恩叔不必过虑。依愚侄看来,干脆不要什么凭证,也能收拾掉他。"

袁世凯扭过头来说:"什么? 你给我说下去。"

袁乃宽正要讲出暗杀戴松亭的办法,猛地一激灵,想起了赵秉钧和洪述祖的可悲下场，意识到一旦自己揽下这件湿活儿，也就绝难逃过干叔父的杀人灭口。于是，他忙改口支吾说："其实……我也没想好，不过……我看总能抓住他的阴谋罪证。小侄愿意……"

袁世凯微微地冷笑了一声。自从袁乃宽的儿子袁瑛在总统府里放炸弹的事弄清以后，尽管事实是与袁乃宽一点牵连也没有，这条走狗依然是一条走狗，但是，生性多疑而残忍的袁世凯对袁乃宽已经不很信任了。刚才，他看出了他的犹豫，心里就十分有气；现在又看到他在搪塞自己，更加恼怒起来。他正要借机发作一番，这时有人进来禀报说，戴松亭入府求见，有要事面禀大总统。袁世凯愣了一下，心里猜想，戴松亭一定是来探问委令的事吧？他眼珠儿一转，想好了应付的办法，叫人去传戴松亭进来。同时又叫人把茶几上的东西尽行撤去。不大一会儿，就听见外边响起有力的脚步声。

松亭进来，给袁世凯行过礼，一眼看见袁乃宽在旁边，就有意使出十二分轻蔑和傲慢的腔调说："噢，袁大人在这里，很好，很好。我正要同你一起面见大总统。"

袁世凯一听这话，知道戴松亭并不是冲着委令来的，便先松了一口气，堆出一脸温和的笑容，说："松亭，坐，坐下说。什么事呀？"

松亭先做出一副十分为难的样子，再做出经过考虑下了最后决心的样子，说："大总统！松亭先要告冒昧之罪。松亭今日入府，也是事出无奈，不得不如此的了！就是……恳求大总统恩还松亭一样东西。"

袁世凯莫名其妙地说："松亭，你说什么？要我还你一样什么东西。"

松亭故意吭吭哧哧地说："这个……大总统，就是……那张照片……"

袁世凯更加莫名其妙起来，说："照片，哪张照片？"

松亭说："就是……松亭不争气，就是那个……贱内小凤儿的照片。"

袁世凯还是丈二和尚摸不着头脑，哈哈笑起来说："戴将军，你把老夫可给搞糊涂了。快说说，到底怎么一回事呀？"

松亭也搞不清楚袁世凯到底是真知道还是假不知道，就说："那就请大总统问问袁大人吧！"

袁世凯扭过头来，问道："乃宽，怎么回事？"

方才，袁乃宽一听戴松亭提出小凤儿的照片，不由得心胆俱裂，知道大事不妙。仅搜查失密这一条就够他受的了，再加上个隐瞒不报的情节，分明得吃不了兜着走。一时心慌意乱，六神无主，听见干叔父一声喝问，又急又怕，顿时满脸冒出汗来，结结巴巴地说道："这这这……小侄并不知道……"

松亭看准时机，冷冷地一笑说："袁大人既然不知道，我来提醒一句。请问，袁大人手下可有一个叫牛文成的侍从官吗？"

袁乃宽翻了翻白眼，支吾说："这个人……从前好像……"

袁世凯看到干侄儿神色惊惶，疑心大发，向松亭问道："这个牛文成怎么着？"

戴松亭便先把牛文成的来历讲了，然后说："袁大人就是派他，以您大总统的名义，于前天黄昏时分强行进入敝宅，声言要搜查松亭暗通民党、反对帝制的罪证，抄走书信报刊若干，竟连贱内小凤儿的一张照片也掠走了。——原来，大总统并不知道呀！可见，袁大人纯粹是在公报私仇呀！"

袁世凯一听是搜查的事让戴松亭抓住了，吃了一惊，狠狠地瞪了袁乃宽一眼，心里大骂这个饭桶王八蛋！一想他居然当着自己的面弄虚作假，连照片的事提也不提，更是气上加气，恨不得一脚踢死他。但袁世凯又十分清醒，现在可不是发作的时候，而且不能让戴松亭抓住这件事再往下攻了。于是，他紧紧跟住戴松亭的最后一句话，故作惊讶地说："竟有这种事？我真的不知道。老夫一定要查清此事，决不放过！松亭，你方才说公报私仇一句话，又怎么讲？愿闻其详。"

戴松亭心里骂道:"好你个心狠手毒的袁世凯,装得倒像个样儿!"嘴上却按照事先想好的谱儿说道:"大总统既然询问,松亭也就不怕见笑,愿意将一切和盘托出,请大总统剖析。贱内小凤儿原先在云吉班时,袁大人曾经慕名三往,均被贱内拒而不见,因此结下私怨;后来贱内随了松亭,袁大人便将一肚子的怨气转到松亭身上,处处刁难,与松亭过不去。在这次私自派人抄家之前,早就指使密探跟踪松亭,监视敝宅,不知道想干什么? 大总统倘若不信,请当面问过袁大人。"

　　袁世凯继续装模作样,说:"啊,还有这种事情? 可恶! 可恶! ——乃宽,你说,你是不是在挟怨报复戴将军?"

　　袁乃宽还敢说什么,只好低头答道:"是……是……"

　　袁世凯又问道:"是你派人监视戴将军的吗?"

　　袁乃宽也只好说:"是,是的……"

　　袁世凯一拍桌子,厉声斥道:"大胆狗才! 竟敢无法无天到这地步! 你可知罪吗?"

　　袁乃宽有口难言,向上偷眼一看,只见干叔父一双黄眼珠子瞪得溜圆,目光阴森可怕,一副翻脸不认人的凶相,吓得浑身一哆嗦,咽咽唾沫嗫嚅道:"小人知罪,知罪……"

　　袁世凯又喝问道:"所抄戴将军的信件、照片,现在何处?"

　　袁乃宽急忙包揽说:"全在小人那里,全在小人那里。"

　　袁世凯咬着牙根略一沉吟,即下令说:"你听着! 速将牛文成枪决示众! 凡跟踪监视过戴将军者一律革除军籍! 能办到吗?"

　　袁乃宽说:"一定照办!"

　　袁世凯又下令说:"你,回头亲自将戴将军的所有物品送回去,负荆请罪。往后再要假借我的名义擅自胡为,定然严惩不贷! 记清了吗?"

　　袁乃宽唯唯连声。后来听见袁世凯说了一声"去吧!"这才走掉了。

　　袁乃宽走后,袁世凯摇着头,向戴松亭做出一副无可奈何的样子,说："唉,他们真敢胡来呀! 松亭,让你受委屈了。他们监视你,你也该给老夫早早说知呀? 你总是太客气。"

戴松亭笑笑说："大总统日理万机,松亭怎好以这样的小事相扰。再说,松亭深受总统信任,又没有什么见不得人的事情,所以也不把他们放在心上。"

袁世凯哈哈一笑说："这就好,这就好。——结婚的事可预备好了?"

松亭说："梁大人正在一力操办。这件事,松亭还要十分感恩大总统!"

袁世凯又哈哈一笑,说："这不算什么。好,务要办得热闹些。至于委令的事,待你新婚之后即刻就下,即刻就下。"

戴松亭见袁世凯有送客的意思,也就趁机告辞,说："一切全靠大总统栽培了。"

袁世凯听着戴松亭的脚步声渐渐远去,刚才满面的笑容也就像让一阵风吹走似的,一种阴险凶狠的神情出现在他的嘴角上、眼睛里。他在心中盘算了一会儿,对侍从官下令道："速传警察总厅长吴炳湘来见!"

十三

婚礼如期举行。

坤宅原定在云吉班,觉得一个烟花处所,与大礼有碍,便改在棉花胡同里戴松亭的旧宅。早几天就在大门前搭起一座松柏牌楼,上悬匾额,写着"福共天来"四个大字。两边分列楹联,上联是:"瑶池神仙,金相玉质";下联是:"巾帼英杰,说礼明诗。"

到了婚期这一天,可巧是个阳光灿烂、气爽风清的好天气。午后二时许,戴松亭在新宅里香汤沐浴,穿戴起将军礼服,佩挂上耀眼的勋章,相貌堂堂,威风凛凛,倒是个相当体面的新郎官。尔后,他在大总统代表人袁克定、介绍人杨度、证婚人梁士诒,以及司仪人和迎亲人等的陪同下，乘着八宝彩舆，并排起全副仪仗，一路上军乐喧阗，浩浩荡荡地前往坤宅迎亲。

进了坤宅，戴松亭降舆入室，行过了迎亲礼，略用茶点，稍事休息。约有一个钟头光景，乐声大起，是新娘子小凤儿要上彩舆了。只见她身穿玄青色贡缎绣着八团五彩花的礼衣，下系绣金洒花的大红裙，宫额齐眉，遍悬珠勒，后面披着一丈多长的粉红纱，由两个盛装侍女持着两端，随步而前。红纱上设一彩结，置于发顶，前悬两球，刚好垂到额头，借以覆面。这一身打扮，配上她天生丽质，也真是个世间少见的新嫁娘。

待到新娘子入了彩舆，离了坤宅，由军乐在前导路，跟着是红绸搭的彩门，上面横书着四个大字是："山河委佗"。左右是一副对联，上联是"扫眉才子，名满天下"，下联是"上头夫婿，功垂千秋"。此外是许多敬赠来的诗章、序文、颂词、对联、词曲，都一齐用玻璃屏装饰起来，十分引人注目。另外，便是新娘子的妆具，由一些壮汉抬着。雄壮的迎亲队伍走过十里长街，两边观者如堵。特有许多军警沿途维持秩序，保护新郎新娘，累得满头大汗，气喘吁吁。这也不在话下。

这边新宅里，更是陈设一新，悬灯结彩，气象不凡。尤其威风的是，为了保卫新郎新娘的绝对安全，警察总厅长吴炳湘亲自出面，在新宅周围建起布篷哨所数十处，屯驻警察，刀枪森耀；宅内也是遍布岗哨，荷枪鹄立，守备不懈，且有许多便服警探，混杂在办喜事的各色人中。保安措施可谓万无一失。也真难为袁大总统想得十分周到哩！

大约快四点钟的光景，一阵雄壮的军乐之声由远而近，分明是迎亲队伍回来了。说话间，两顶彩舆已经到了牌楼前头，三星在户，百两迎门。一对新人降下彩舆，进入礼堂，并肩而立，男傧女傧分东西站立，即刻举行文明结婚礼式。司仪人朗声高唱。先由大总统代表人袁克定赍读颂词，也无非是"举案齐眉""白头到老"的一套旧话。再由新郎新娘派人代读答词。继由男女宾代表分致颂词，新郎新娘的代表人再照样颂答如仪。接下来,司仪人高叫道:"新郎新娘行鞠躬礼!"于是戴松亭和小凤儿两下里相向鞠躬:一鞠躬,二鞠躬,三鞠躬,夫妇礼成。然后,新郎新娘再一起向大总统代表、介绍人、证婚人鞠躬致谢。袁克定一脸礼节性的笑容。介绍人杨度却是板着一张略显憔悴的瘦脸一动不动。唯有春风得意的梁士诒,挺着大肚子,嬉着阔脸,拿出十足的证婚人的派头。最后,男女宾各行贺礼,两新人也依礼相答。全部礼成。顿时笙簧并奏,鸾凤和鸣,大家簇拥着两位新人归入洞房。大家再退出来,齐拥到客厅里吃喜酒了。顿时,天也快黑了,只见松柏牌楼上的五彩电灯和假山上的五彩电灯,一齐亮了起来,大放异彩。客厅里也灯火通明,照着无数宾客围着十几桌上好筵席,猜拳行令,肥吃海喝,不亦乐乎!

且说这面洞房中。小凤儿在两个侍女的帮助下,除去外面衣服,顿觉浑身轻快舒坦,心情无比愉悦。在刚才的结婚仪式上,开始,她站在那里,一直觉得是在梦中,怎么也不相信这个无限幸福的新娘子就是自己,心里一个劲地问道:"我这是在哪儿? 这是在干什么? ……"她使劲地在自己的大腿上拧了一把,好一阵生疼,方才醒悟到不是在做梦,真的是在结婚,是在跟老天爷开恩赐来的戴松亭结婚! 从此,她和他就成了名正言顺、光明正大的夫妻,成了谁也拆不散的夫妻,可以朝夕相伴,生儿育女,为人父母,传宗接代,可以生同衾死同穴,变成鬼魂也成双成对,永远不会受孤单了……她的头晕眩了,浑身瘫软了,心儿都快不跳了。她多么想紧紧靠在新郎官那挺拔俊逸的身上啊……现在想起,还羞得她满脸发烧,扑哧一声笑出声来。

新郎官戴松亭却显得心不在焉,一直坐在一旁看新娘子卸装。其实,他又什么也没看见。他只是在想自己的心事。新娘子的笑声惊动了他。他这才发现两个侍女已经退出去了。他走过去带上门,又走到窗前朝外看了看,听了听,这才又一声不响地坐回原处。

新娘子这下也从热烈得有些迷乱的情绪中清醒过来了,想到了这个

新婚之夜将要发生的重大事情,立即变得严肃而紧张起来,低声问道:
"松亭,有什么意外情况吗?"

新郎官皱起眉头,说:"你还没有看出来?"

一直沉浸在兴奋中的新娘子摇了摇头,惊讶地瞪起一双好看的眼睛。

新郎官口气严重地说:"麻烦了!吴炳湘的警察到处都是。哼!老
奸雄!知道你对戴松亭是至死不放松的。"

新娘子也焦急起来,说:"也许后半夜会好一些吧?"

新郎官冷峻地笑了笑,说:"不会。咱们要受这些保镖的长期保护
了,他们绝不会再走的!……不行,不行,一定得变变计划……"说着,他
摘下沉重的将军帽,扔到一边去,背着手在地上踱步沉思起来。

新娘子取过滚在一边的帽子,一边轻轻抚着,一边考虑着松亭"变变
计划"的话。原定的计划是,拂晓时,夫妻二人加上小甘良,从花园后门
悄悄出去,乘火车到天津,住日租界同仁医院预先订好的房间,当晚在友
人护送下,乘午夜开航的日本煤船丸山号直抵日本神户,再经香港、河内
回到昆明。那么,现在怎么个变法呢……她想到这里,抬头看看新郎官,
正遇上新郎官也在看她。那目光热烈而异样,像在传递不寻常的决断,
又像在内心进行着真诚的忏悔。有期待,有乞求,有痛苦、有游移……复
杂极了!她不得不问:"松亭!你说吧,怎么个改变法?"

新郎官急忙避开她的目光,说:"不……我还没有想好………"

"不!你想好了!"新娘子从那急忙躲避的目光中,捕捉到了最主要
的东西,"你是不想说,或是不敢说。说吧,松亭!"

新郎官坐到床边上,默默地抬起头,还在犹豫着。

新娘子也坐过去,温柔而固执地催问着:"松亭,说吧!说吧!只要
对大事有利就行。你可不该是这种优柔寡断的人。"

新郎官呼吸急促,嘴角牵动,分明是在下最后的决心。他说:"好,我
告诉你吧。走是今夜必须走,这不能变。要变的是,不能拂晓走,应该在

席终客散时趁乱混出去。好在袁乃宽的密探撤了,吴炳湘的警察还不大认得准人。"

"那……洞房空无一人,岂能不被很快察觉?"

"留得有人在。"

"谁?"

"你和小甘良。我与他互换服装。"

"那……我不走了?"

"留下保护我,欺骗袁!"

新娘子听了,有点不相信自己的耳朵。她痴呆呆地望着新郎官,望了好半晌,不禁情肠百转,眼圈一红,扑簌簌地落下大颗的泪珠儿,一头扑在新郎官的怀里,无声地饮泣起来,双肩剧烈地抖动着。

新郎官冷静地沉默着。他能说什么呢?说只能这样做才是眼下唯一可行的万全之策?说不然的话,谁也走不脱事小,断送了反袁大业有罪?说留下一个人还可以继续迷惑、欺骗袁世凯,破坏他的追捕计划?……然而,对于侠肠义胆、绝顶聪明的小凤儿来说,还用得着这样的婉言开导吗?不,不需要。那样反而是一种让她难以忍受的屈辱。那么,再说什么呢?说那关于离别的千古断肠话?诉那海誓山盟的无数儿女情?……不,也不需要。只有并不真正知心的伴侣,才总在无穷无尽的表白中,才害怕那人生谁也会碰得上的生离死别。所以,此时此刻,戴松亭压抑着千万思绪、百般情怀,沉默着,沉默着,只有一双颤抖而火热的手,抚摸着那剧烈抖动着的浑圆温暖的肩膀……是那样的知情知趣、那样的富有说服力和鼓舞性。慢慢地,剧烈抖动着的双肩平静了,平静了,一动也不动了……

新娘子终于抬起了头,面如桃花带露。她难为情地莞尔一笑,又急忙把脸藏在新郎官的怀里。待到她再抬起脸时,已经是一副刚强庄重的神情了。她推开新郎官,跳起身来,走了出去,很快叫来了酒和菜。

明亮的灯光下，一对新人对饮，离别酒权当合卺酒。腹中千言万语，相对却无言，天高地厚无限情，全在那眉目间。到了酒酣耳热之际，新娘子不禁触动侠肠，文思奔涌，走到书案前，铺开宣纸，舒开玉腕，尽把满腔豪气写成歌词，双手敬呈给新郎官，说："本应为君鼓琴放歌，以壮行色。但是碍于耳目甚近，难以为之，只好以这几行文字赠君，借以明志，与君共勉。"

新郎官展开一看，共是两首歌词，分别是：

(一)

骊歌一曲开琼宴，

且为戴郎饯。

你倡义心何坚，

不辞万般险。

两杯美酒来为证：

不是凄凄离别筵，

是我二人大纪念！

(二)

燕婉情你休留恋！

切莫一缕情丝两地牵！

戴郎啊戴郎，

我这里百年预约来生券。

今世若难聚，

来世再作并头莲，

再了今生愿。

新郎官看完歌词，不禁感慨系之，热泪盈眶，说道："凤儿！松亭与你

212

结识一场,终生不悔……待到功成名立,引退林泉,松亭定要为卿谱一传奇,使卿千古流芳。"

新娘子十分动情地笑着举酒说:"好吧,凤儿一定等着与君归隐的这一天。来,干杯!"

这时,外面的报时钟接连地敲了十二下。松亭习惯地摸出自己的怀表看了看,说:"时间紧迫,你快给我收拾几件衣服。我就去找甘良过来。"说着,就急急忙忙地出去了……

就在这天深夜,当最后一批吃喜酒的宾客醉醺醺离去的时候,有个车夫打扮的人,从容不迫地随在他们身边走出大门,丝毫没有引人注意地消失在午夜的暗影中。

吴炳湘重任在肩,不敢多喝喜酒。当他亲自巡查到作为洞房的二层小楼时,清楚地看到新郎新娘的身影映在窗帘上。他放心满意地笑了笑,打了个哈欠,向值勤的岗哨交代了一番,便很快地走掉了。

十四

小凤儿慢慢地睁开眼睛,立时感到一阵晕眩,就又赶快闭上了。这时,她听到耳畔响起一个陌生的声音,一个好像是年轻姑娘的十分惊喜的声音:"啊,戴夫人,您醒了?"这使小凤儿感到诧异,心想:"这是谁呢?在称我是戴夫人吗?我这是在哪儿呢……"她想坐起来,但浑身疲软,两臂乏力,不成功地挣扎着,最后在一双灵巧有力的手的帮扶下,才慢慢地坐起身来。于是,她这才看清,床前地上站着的,果然是个十六七岁的小丫头,正笑嘻嘻地望着自己。

"你是……"

小丫头说:"我叫小春,是杨度杨老爷家的,来伺候戴夫人的病。"

小凤儿轻轻哦了一声,又问:"那……我这是在哪儿呢?"

小春笑着说:"戴夫人,就在您的屋里,你看!"

小凤儿艰难地环顾四周，果然看见了梅花几、玻璃小洋灯、琵琶、对联……许多旧物，都像久别重逢的老朋友似的，叫人倍感亲切，尤其是那副对联，立刻使小凤儿的两眼放出明亮的光来，苍白的脸上现出了红晕。她那记忆的神经，也顿时兴奋起来，想起了与戴松亭的新婚之夜，生离死别；想起了随之而来的拘捕与审问；想起了吴炳湘、袁乃宽、梁士诒等人那一张张气急败坏、恼羞成怒的面孔……想到这些，她无声地笑了。又接着问小春道："我是怎么回到这儿来的呢？"

小春瞪起一对黑葡萄似的眼睛，叽叽喳喳地说开了："戴夫人，说起来话长哩。听我家老爷对我家夫人讲，那天夜里您放走了戴将军，可把皇上给气坏了……"

"皇上？什么皇上？"小凤儿不解地问。

小春说："就是袁大总统呀，如今当了皇上，都有六七十天了。不过，听我家老爷讲，虽然当是当了，但还没有举行什么登基大典，说是等平了反叛再办。"

小凤儿急问："什么反叛？"

小春看看门口，压低声音说："戴夫人您不知道，就是……戴老爷在云南造反了！"

小凤儿一阵惊喜，拉住小春的手追问道："真的吗？你还知道什么？快说说！小妹妹，你坐下。"

小春不好意思地坐在床沿上，开口说道："戴夫人，前头的您都知道，那么多大官审您，您死也不说戴老爷走的是哪条道儿，他们就把您关在牢里。后来您得了伤寒病，烧得什么也不知道了，就从这儿说吧？"

小凤儿把小春往自己身边拉了拉，笑着点了点头。

小春也娇憨地一笑，接着说道："戴夫人，您病得不行，是我家老爷出面作保，把您从牢里接回来。那个甘良却死在里头了。把您送到这以后，我家老爷和夫人怕老鸨母欺负您，就让我来服侍您。戴夫人，像您这样有本事的好人,我也情愿过来跟您……"

小凤儿笑着急忙打断这个不懂别人心事的小丫头的话,提醒说:"小春,那云南造反的事儿,你是听谁说的?"

小春说:"这事谁不知道呀?早八年的事儿了。如今听说戴老爷的兵正跟皇上的兵在四川开仗哩。我本来早想告诉您,可您一直病得起不来,有时候真吓死人。"

小凤儿感动地抚着小春的肩膀,说:"小妹妹,你真好。你能给我找来些报纸看吗?"

小春为难地说:"那得问我家老爷,他那儿有报纸——哎,有了!"她忽然眼睛一亮,跑到外间,一会儿返回来,手里扬着一张揉皱了的旧报纸,高兴地说:"您是要看戴老爷的事儿吧?给您。这是那天我家老爷来看您忘在这儿的。"

小凤儿展开一看,顿时激动得心都缩紧了,没想到在这张已经过时两个多月的旧报上,正好登着戴松亭在云南起义时向全国所发的联名通电:

　　各省将军、巡按使、护军使、镇守使、师长、旅长、团长、各道尹公鉴,并请转各报馆鉴:

　　天祸中国,元首谋逆,蔑弃约法,背食誓言,拂逆舆情,自为帝制。卒召外侮,警告迭来,干涉之形既成,保护之局将定。我等忝列司存,与中休戚,不忍艰难缔造之邦,从此沦胥,更惧绳继神明之胄,夷为皂围,连日致电袁氏,劝戢野心,更要求惩治罪魁,以谢天下。所在原电,迭经通告,想承鉴察。何图彼昏,曾不悔过,狡拒忠告,益煽逆谋。夫总统者,民国之总统也,凡百官守,皆民国之官守也,既为背叛民国之罪人,当然丧失元首之资格。我等深受国恩,义不从贼,今已严拒伪命,奠定滇黔诸地,为国婴守,并檄四方,声罪致讨,露布之文,别电尘鉴……今若同伸义愤,相应鼓桴,可拥护者为固有之民国,七鬯不惊，所驱除者为民国之一夫，天下同庆，造福作孽，在一念之危微，保国复宗，待举足之轻重。敢布腹心，惟麾下实图利之。戴松亭等同叩。

小凤儿将电文一连看了数遍，不禁热泪涔涔，泪水洒湿了手中的报纸。她把报纸紧紧贴在心口上，闭住眼睛喃喃道："松亭，松亭，你……成功了！……"说着，一阵头晕，差点失去了知觉。

小春哪里懂得小凤儿此时的激动心情，急忙扶住，瞪大眼睛叫道："戴夫人，您怎么了，您怎么了？"

小凤儿定定神，笑着一把把小春揽在怀里，把泪湿的脸紧贴在小丫头的脸上，无限幸福地嘟哝道："你，你不懂……"

"凤姑娘，你醒过来了！"这时，响起一个男人的声音。原来是杨度，也不知多会进来的，手里提着一袋果品，含笑站在门口那儿。

小凤儿欠身笑着点点头，算是做了回答。她打量了一下杨度，发现他比以前黄瘦多了，寻常脸上那种满不在乎的得意劲儿不见了，显出一副沉思忧虑的神色。

杨度把手中的东西放在梅花几上，趁势在一把椅子上坐下，望着小凤儿浅浅一笑，说："你呀，真把我吓得不轻，你万一有个三长两短，我日后有何面目再见松亭。这就好了，这就好了。"

小凤儿赶紧往起坐坐，感激地说道："拖累你了。救难之恩，三生难报。将来松亭知道了，会替我报答你的。"

杨度苦笑一声，连连摇头说："不敢当，不敢当。说老实话，凤姑娘，只要你让松亭不砍我的脑袋就行了。"

小凤儿感到惊讶，问道："杨君，你这是什么意思？"

杨度一眼看见小凤儿身边的报纸，笑了笑说："现在什么也不必瞒你了。来，我先让你看一样东西。"说着，他把小春支出去，从西服口袋里掏出一张纸来。

小凤儿用目一观,上面开列着六项条款,是:

一、袁世凯于一定期限内退位,可贷其一死,但须驱逐至国外。

二、依云南起义时之要求,诛戮附逆之杨度等十三人,以谢天下。

……

小凤儿一看,当下便猜到这一定是松亭向袁世凯开列的谈判条件,但她故意装作不大明白的样子,问杨度说:"这到底是怎么回事呢?"

杨度说:"你的戴松亭开出这样的和谈条款,也太过分了。"

小凤儿问:"怎么个过分?"

杨度说:"有些情况你不知晓。松亭他潜逃离京,回到滇省举旗造反,已搅得数省不宁,国事飘摇。袁大总统为国家民族计,已经下令停办帝制,并将大典筹备处撤销,这也就行了吧?!谁料松亭不仅不就此罢战息兵,反而变本加厉,提出这样的六大条款,未免有些逼人太甚了。凤姑娘,你说呢?"

小凤儿一下警觉起来,随机应对道:"杨理事长,这些军国大事,我可不懂。再说,我久病之人,足不出户,音问不通,外面的事一点不知道,我能说什么呢?"

杨度哈哈一笑说:"好好好,那咱们就不说军国大事,只叙家常吧。我今天来,也不为别的,既然你身体已经这样轻快,我不妨把松亭的一些近况给你讲一讲,这总可以吧?"

小凤儿说:"你想说什么就说呗。"

杨度煞有介事的叹息一声,咂咂嘴,说:"真要说,该怎么说呢?咱们不是外人,还是有啥直说吧。总的来讲……不妙呀。"

小凤儿扬起眉毛,说:"什么妙不妙的?"

杨度瞟了小凤儿一下，说："听说松亭的身体近来不大好，除了原来的失眠病以外，又添了喉痛和心疾。"

"真的吗？"小凤儿真急了。

杨度说："难道我还骗你不成。"

小凤儿还是有点不信，说："他的身体一直很好呀。"

杨度说："像他现在的艰危处境，再精壮的壮士也吃不消呀。"

小凤儿问道："他的处境怎么啦？"

杨度得意地微微一笑，说："这你可就不知道了。你听我说。这要从松亭当前面临的战局讲起。你不知道，松亭在云南拉起的护国军，表面上声威颇壮，其实不过三万多人，而他亲率入川的第一军，总共才三千一百三十人，等于一个旅的兵力。而且粮饷不足，弹药匮乏，虽然打过几个胜仗，影响也仅限于川南一隅。再看袁大总统的南征军，十万雄兵，三路进击。单说四川战场，熊祥生军已夺回泸州，这是南征军转败为胜的第一仗。接着是纳溪之战，已攻占南溪，又取叙州，这是南征军第二个大胜仗。至此，南征军与护国军的力量对比，已有重大变化。松亭以一省兵力抗衡天下，处境已经十分不利。再说护国军内部，他们虽然编了三个军，其实第二军李烈钧所属张开儒、方声涛两个梯团，仅负保卫滇南之责；而大总督唐继尧兼领的第三军全部留守后方，只有松亭的第一军孤军入川，苦撑战局。更不妙的是，唐继尧氏本无意于起兵讨袁，无非是迫于形势而为之。据南征军的细作回来报告，松亭曾接二连三地致电唐继尧，请其每月补充兵力一千人或五百人，但唐对此不理不睬，当作耳旁之风。军饷方面，也是一拖再拖，接济不上，逼得松亭以私人名义向地方商人出息借款，甚至派人远走湖南向矿商告贷。至于军火方面，那就更不用提了，根本接应不上。你想想，松亭遇上这样的局面，能不愁出病来吗？"

小凤儿半信半疑，说："杨理事长，真要像你这么说的，护国军岂不是身陷绝境了吗？那何劳袁皇帝跟他们开谈判呢？赶尽杀绝就是了。"

杨度嘴角现出早已料到的微笑，说："这个嘛，内中自有诸多道理。简单点说，无非是袁大总统不愿再见到同室操戈，兵戎相见，生灵涂炭；再就是袁大总统到现在还对松亭十分看重，不愿坏他一世英名，只要松亭肯罢战息兵，仍可回来就任陆军总长。"杨度说到这里，向着小凤儿意味深长地嘻嘻一笑，突然话头一转，说道："凤姑娘，这就得你偏劳一下了。"

小凤儿早听出杨度是话中有话，但一下还猜不透究竟是什么，就沉静地笑笑，说："杨理事长又说笑话了。这干我什么事？"

杨度说："当然大有关系。谁不知道普天之下，唯有你凤姑娘是戴松亭的知音。只要你肯给他写一封信……"

小凤儿敛容问道："写一封什么信？"

杨度故作轻松地一笑，说："当然是情书一封啰。不过……"

小凤儿紧盯着杨度的脸问："不过什么？"

杨度说："你也可以把袁大总统的意思向松亭略表一二。识时务者为俊杰。他也该考虑考虑自己的退路了。凤姑娘，你看……"

小凤儿听到这里，不禁勃然变色，冷笑一声道："杨理事长！这就是你要说的家常话吗？原是你是袁世凯派来的说客，要诱骗我给松亭写招降书呀！"

杨度急忙申辩道："凤姑娘，你别误会。不是这个意思，你千万别误会。"

小凤儿哪里信他，在鼻子里哼了一声，说："我是误会了。我原以为你救我出狱，乃是念及早年与松亭的交谊，天良未泯，有此义举。现在看来，你是在袁贼的授意下，阴设圈套，让我上钩，用心何其毒也！杨理事长，既然如此，我也就明言告诉你。我小凤儿福薄命浅，不能学梁红玉随夫上阵，击鼓抗敌，已是终身抱憾；若还要叫我丧失名节，去坏松亭的千古伟业，那是宁死不从！别说你千条诡计、万种圈套，就是火海刀山，小凤儿也是不怕它的。好啦,杨理事长。快送我回大牢去!"说着就挣扎下床,双脚刚一着地,两膝一抖,一头栽倒在地,额角正碰在床角上,当下鲜血直流,昏死了过去。

杨度吓坏了,急忙呼喝救人。屋里顿时人来人往,一阵忙乱。总算给小凤儿包扎停当,抬到床上躺下,留下小春伺候,众人方才退了出去。这期间,杨度一直一个人坐在旁边发呆,心里头乱糟糟的……

就为戴松亭举旗造反一事,袁世凯凶相毕露,大张株连之网。他不仅下令湖南巡按使沈金鉴查抄了戴松亭原籍的产业,继续四处搜寻松亭母妻的藏匿之所,而且让政事堂通知北京各部署,凡与戴松亭有关的人员,一律撤职查办;甚至各省文武的滇籍人士以及与松亭有关者,也都备受迫害与歧视。想一想吧,杨度乃是一力推荐戴松亭的人物,而且又是同乡,又是同学,又是朋友,能不被袁世凯所疑忌、怨恨吗?之所以还未受株连之苦,全靠过去那点犬马之劳。杨度心里清楚,光靠这点资本,想保住自己那已经大为动摇的地位,继续取得袁大总统的信任,以最终实现自己"只有君主立宪方能救中国"的政治抱负,那是根本不能够了,而必须有新的"功勋",于是乎,想出了让小凤儿给戴松亭写信劝归的一步棋。谁知道如今却碰了这么一鼻子灰,进退不得:进吧,小凤儿软硬不吃,以死相拼,决不会有什么满意的结果;退吧,又怎么向袁大总统交账?真是左右为难,一时乱了方寸,只好一个劲坐在那里发愣。

正在这时,猛听得门外传来一阵急骤的脚步声。总统府的两个信差闯了进来,神色异常地对杨度叫道:"大总统传你即刻进见。"杨度一听,浑身一震,脸色刷地变得苍白,心里一阵撞鹿,不知是吉是凶,只好随着两位大差匆匆离去。

十五

已是初夏。

院中芍药盛开，还有丁香海棠，红香腻粉，素面冰心；一片鸟声聒噪。但是，这明丽而热闹的院中景象却一点儿也吸引不住小凤儿，她头上缠着纱布，半躺在床上，心里一个劲在犯嘀咕：小春吃过早饭就出去了，怎么到这会儿还不见回来呢？

前天，她一清醒过来，发现屋里很安静，只有小春一个人在陪着自己。她想起了刚才与杨度的一场争执，就问小春道："你家老爷是什么走的？"小春神秘地说："早就走了，是总统府派人来叫走的，看样子好像是有什么紧急大事。"小凤儿哦了一声，并未在意。她想，他们无非是商量什么鬼主意，好再对付自己，由他们去吧。但是，两天过去了，却没有一点动静，杨度连面也没露。这是怎么回事？她不免又有点操心起来。所以，今天一吃过早饭，她就把小春打发出去，买买报纸，探探消息。

小凤儿正等得焦急，这时，小春气喘吁吁地跑回来了，带回来一个意想不到的惊人的消息：袁世凯病得快死了！

开始，小凤儿简直不敢相信自己的耳朵，再三地询问道："小春，好妹妹，你没有听错吧？"

小春已经跟小凤儿惯熟得像同胞姐妹似的，就噘着嘴瞪了小凤儿一眼，说："看你，老信不过人。这怎么会有错呢？是我顺便回府里听我家夫人亲口说的，说我家老爷自前天进去，到现在还没回来，中间只回来过一次，换了换衣服又走了；说大总统的病怕好不了了。对，我家夫人还说，有人算过大总统的命，他是癞蛤蟆托生的，活不过五月初五端午节。你信不信？"

小凤儿被小春这一派憨态逗乐了，不忍心扫了她的兴，就说："好了，我信，我信。"不过，她心里还是半信半疑的。

其实，小春带来的消息倒是千真万确：袁世凯暴病在床，危在旦夕。

原来，自从戴松亭巧计回云南，霹雳一声造了反，把个帝梦昏昏的袁大总统就惊出病来，气出病来。及至不久前又发来六大条款，不唯不要袁世凯当皇帝,连总统也不让他当了,令他即刻下野,亡命国外,毫不留情。更把个袁大总统气得七窍生烟,五内俱伤。好在近期他派出的南征军打了几个胜仗,总算没叫袁大总统的精神大厦垮下来。他想了个软办法,就是让小凤儿写信招降戴松亭,万一能成功,那是事半功倍。同时,他还想了个硬办法,就是调遣自己视为心腹的那批北洋大将,像冯国璋、靳云鹏、李纯、朱瑞、汤芗铭等,要他们加紧征讨护国军,就一定可以以众敌寡,生擒活捉戴松亭。于是,他曾满怀希望地给心腹爱将发出了如下的密电:

> 戴逆之叛军迫予退位。予念各将士随予多年,富贵与共,自问相待不薄。望各激发天良,共图生存。万一不幸,予之地位不能维持,尔等身家俱将不保。现时叛军要求甚苛,政府均未承认。各将士慎勿轻信谣传,堕入术中;务必准备军务,猛奋进攻,切切! 特嘱。

看来,这成了袁大总统最后的生命线。可惜的是,它一下子就被一封"五将军密电"给彻底斩断了。

先讲讲何为"五将军"。五将军者,即是上面提到的袁世凯的五位心腹大将:宣武上将军、督理江苏军务冯国璋;泰安将军、督理山东军务靳云鹏;昌武将军、督理江西军务李纯;兴武将军、督理浙江军务朱瑞;靖武将军、督理湖南军务汤芗铭。

那么,何为"五将军密电"呢? 事情是这样的。自从戴松亭云南起义,数省响应,全国震动。那些拥兵自重的北洋大将们不是傻瓜,也看出袁世凯的江山不牢靠了,加之不少人早就与袁世凯离心离德,阴怀异志,这时便都各打起自己的主意了。于是,以冯国璋为首,暗中串通了靳云鹏、李纯、朱瑞、汤芗铭四人,联名做发起人,起草了一封迫袁退位的密电,征求各省的军阀都来签名。不料事不机密,密电被直隶巡按使朱家宝发现,递交给袁世凯。这就是所谓"五将军密电"。

袁世凯一看这封密电,头嗡地响了一声,马上天旋地转,眼前一黑,扑通一声歪倒在座椅上人事不省了。是呀,假如说戴松亭举旗造反对袁大统是当头一棒,那么"五将军密电"就是窝心一脚了。众叛亲离,四面楚歌,的确够老袁受的。当下袁大公子一班人。见万岁爷昏死过去,一下慌了手脚,又哭又叫,又掐又摇,好半天方才见万岁爷缓过气儿来。

袁世凯睁开眼来,慢慢地环视左右,然后长叹一声,说:"完了,一切都完了!"

众人噤声肃立。

袁世凯喘了一会儿气,说:"昨晚有巨星陨落,这是我平生见到的第二次了。头一次,应在李鸿章李中堂大人身上,这次是应在我身上了。"又说:"唉,都是戴松亭这个孽障!"说罢,气得浑身乱抖,面色如铁,一歪脑袋又昏过去了。吓得袁大公子没了主意,这才派人赶快出来寻找杨度。

以上这些情况,小凤儿怎么能知道呢?所以一开始她是怎么也不相信的。便每天叫小春回杨府打探情况,心里默默祝愿道:"快让这个老奸雄病入膏肓,早下拔舌地狱吧! 快让戴郎光复共和的大业早日成功吧!"

再说袁世凯的病,看来也还真应了小凤儿的话,一天重似一天,明显地没救了。开始光是尿血,接着加上便血。一天,腹中刀刺般疼痛,硬要人扶他前去如厕,不料才蹲坐下,一阵头晕,跌翻在地,屎尿鲜血污了一身。自此病情更危,精神错乱,一闭眼就惊叫起来,说有无数的鬼怪来扭打他。又过了几天,这个倒行逆施的袁皇帝,终于挣命不成,一伸腿便没气了。临死时他一个劲叫道:"杨度误我!"真有点莫名其妙。

这个消息传出来,别提小凤儿多么高兴了,简直都要疯狂了,搂着小春哭一会儿,笑一会儿,挥笔奋书一阵子,又操起琵琶猛弹一阵子,几次掷笔断弦,竟浑然不觉。一直过了三天,她方才慢慢地冷静下来,开始考虑自己下一步的打算。不过，对她来说，这也简单：现在既然恶山已倒，樊笼已碎，当然只有尽快地前去与松亭相聚了。一想到这幸福的时刻很快就可到来，她的心都要兴奋地跳出胸腔了。同时不禁担心道："他现在在哪儿呢？我能找到他吗？……对了，如今也许战火平息，交通通畅了，先给松亭写封信行不行呢？……"

十六

在上海虹口某医院的一间特别病房里，住着一位不寻常的患者——戴松亭。他身体消瘦，形容憔悴，与一年多前在北京那个壮志凌云、精力充沛的戴松亭相比，简直判若两人，令人望而伤心。只有在他病情略为好转时，那一双比平常显得更大的眼睛里，方才闪射着为人们熟悉的、明亮而聪锐的光芒。不过，这样的时刻是越来越少了，也越来越短了。他已经滞留在一种半昏迷的状态中，脑海里翻腾着一些虚虚实实的神奇古怪的情景……

一会儿，他觉得自己高吟着"丞相祠堂何处寻，锦官城外柏森森"的诗句，正来在武侯祠里，但见古柏参天，郁郁葱葱，青瓦红墙，殿宇巍峨。进入诸葛亮殿，正中为武侯贴金塑像，两侧分别是子诸葛瞻、孙诸葛尚的塑像。塑像前头，摆着三面一千多年前铸的诸葛铜鼓。殿内外匾对很多，最著名者还是清朝赵藩一联："能攻心则反侧自消，从来知兵非好战；不审势则宽严皆误，后来治蜀要深思。"看到这副名对，他不禁深有感触，正欲告诉左右，忽见武侯在上头开口问道："来者可是新任四川督军兼署省长的戴松亭戴将军吗？"

他大感惊诧，连忙躬身答道："学生正是。袁贼已死，共和再造，天下初定。黎元洪就任大总统，冯国璋副之，段祺瑞出任内阁总理。戴某不才，且患贱恙，不想亦受任命，不胜惶恐。正要向丞相领教治蜀之策。"

诸葛武侯微微一笑，道："戴将军，我已是远古之人，不谙当今时势，

224

管不了许多了。只想就你的儿女私情插嘴一问。"

他更觉骇怪，说："不知丞相要问什么？"

武侯正色道："你和小凤儿在京中海誓山盟，离别之时，金诺何多！为什么小凤儿早有书来，请求入川团聚，你却至今不给回音？莫非已萌二心？"

他急忙申明："学生不敢。已经给她回书多日了，大意是自军兴以来，顿膺喉痛诸疾。今方督川，难却总统盛意，故勉为其难。侯各事布置就绪，即出洋就医。尔时告别母亲，将携卿同行，放浪重洋，饱吸自由空气。卿姑待之。还望丞相明察。"

武侯一笑道："也就是了。我知将军是信义之人。上吧，上船吧！"

于是，他又登上一条极大的帆船，进入中舱，一眼看见小凤儿身穿一套鲜明服饰，笑吟吟地向自己招手。他高兴极了，上前一把拉住小凤儿的手，刚要细诉别后情怀，猛听一棒锣声响过，大船在震天价响的号子声里起锚了，船像箭一样地向前飞去。他们手挽手相视一笑，便欣赏起沿江两岸的景色来。

船至夔门，但见两岸断崖壁立，高可百丈，而宽却不足三十丈，形成一个天然门户，尽纳长江之水于此而入，波涛汹涌，奔腾咆哮，真不愧人称"夔门天下雄"！

瞿塘峡里，果如白居易诗云："岸似双屏合，天如匹练开。"白甲赤盐二山对峙大江两岸，气势磅礴，雄奇异常。山高峡窄，江水滔滔。仰视天空，云天一线。两岸石壁之上，尽有古人题咏石刻，何其壮观！

一转眼间，船到大宁河口，由此进入巫峡之中。两岸群山笔立，崔嵬摩天，幽邃峻峭，风光绮丽。最是巫山十二峰，百姿百态，令人倾倒……

面对着山峡的无限风光，他和她尽皆陶醉，恨不得就双双溶化在明山秀水之中。他们正在一递一句地朗声吟诵郦道元的《水经注》："山峡七百里中，两岸连山，略无阙处，重岩叠嶂，隐天蔽日……"忽听哗啦啦一声响,从水中冒出一头狰狞怪兽来,细观之下,头却是袁世凯的头,龇牙一笑,伸出黑色巨爪,一下将小凤儿攫入水中去了。他大喝一声:"袁贼休走,还我凤卿!"却一下惊醒过来,发现自己还是躺在病床上,床头坐着老母亲,正焦急地望着自己。

袁世凯一死,戴老夫人和戴夫人才从亲友家里露了面。后来戴松亭在成都病情加剧,转院到上海就医,她们便急忙从湖南老家动身,也赶到了上海。婆媳二人日夜守候在松亭身边,白天是婆婆,晚上是媳妇,都眼巴巴地盼着上天保佑,让自己的亲人早日康复。刚才,松亭在昏迷中大叫"还我凤卿",戴老夫人听得清清楚楚,而且也不是头一次听到的。对于儿子和小凤儿的关系,自从她见过了小凤儿的照片,听儿子讲了小凤儿的生平遭际、人品才情,后来又知道小凤儿帮助儿子干成了多大的事业,她就完全认可了。她一到上海,原计划就要问儿子关于接小凤儿的事,结果没想到儿子病情这么严重,也就没有提起过。但是,又见儿子多次在昏迷中呼唤小凤儿的名字,知道他心里憋着话,说出来也许对病情有好处,所以就一直留心等机会。今天,她觉着是个机会了。

"松亭,你喝点水吗?"老母亲轻轻地问道。

松亭已经完全清醒了,久久地凝望着老母亲,那稀疏的白发,那瘦弱的身躯,那饱经忧患的皱纹累累的面容……像这样的老高堂,早该安居原籍,享尽儿孙之福了,可跟上自己担惊受怕,吃苦挨累,四处奔波,现在,又亲来守候在自己的床榻前,好不叫人心愧也!他冲动地握住老母亲的手,颤声说道:"母亲,你跟上孩儿受罪了。"

"我受什么罪?不算什么。"老母亲笑笑说,"松亭,要说跟上你受罪,依我看来,倒是小凤儿哩。我问你,给她有信吗?"

"有的。"

"你怎么不叫她早点南来呢?"

"原来倒也想过。她也写信要来,很想见到您老人家。可当时公务

226

缠身，不容分心。后来儿又染病，就有离川医治的打算，行止未定，也不好让她来。一直拖到今天，儿觉得也就无须呼叫她再来了吧。"

"为什么？"

老母亲连问数声，松亭只是不做回答，看得出他心潮起伏，有难言之苦。老母亲正欲再问，只见松亭以手抚喉，大叫不止："痛煞我也！"随即一阵剧烈咳嗽，竟咳出几个鲜红血块来，接着就又昏迷过去……

自此，松亭的病越来越重。由老夫人做主，决定东渡日本就医。到临上船的那天晚上，松亭还一直昏然不醒。上海各界朋友送至码头，十分留恋。就更不用说戴老夫人婆媳俩的心里有多难受了，望着逝去的船影，不禁珠泪纷纷。

谁知到了船上，戴松亭却慢慢地清醒了过来。他坐在椅子上，让人抬到甲板上。只见一轮明月高悬海空，洒下万顷银白，海风徐徐地轻拂，凉爽宜人。松亭望着这海上奇丽的夜色，心里一动，回想起一年前趁夜东渡的情景。那倒也是像这样一个月明风清的夜晚，但自己却是何等的紧张、激动！时刻担心被袁世凯的党羽认出来、抓回去，从而使武装举义的全部计划前功尽弃。后来，是小凤儿的临别赠词，使他渐渐恢复了平静，以至于安安稳稳地睡了一觉……想不到大功告成，小凤儿孤零零地留在北京，离人难以聚首；自己此去东国，不知可有归期？也许是永远回不来了，再见不到故国山河，见不到老母妻子，更见不到恩义如山的小凤儿了……想到这里，松亭满腹块垒排遣不出，便对着大海明月，朗声背诵起小凤儿的赠词来：

骊歌一曲开琼宴，

全为戴郎饯。

……

今世若难聚，

227

来世再作并头莲，

再了今生愿！

……

十七

又是一个乱梦颠倒的夜晚，天刚亮，小凤儿和小春就起来了。一直等到日上三竿，还不见龟奴们送来早点。小凤儿让小春去问问。不大一会儿工夫，小春一边哭着一边骂着地跑回来。小凤儿吃了一惊，忙问是怎么一回事。小春恨恨地说："凤姐，老虔婆太欺负人了……"刚说出这么一句，就气得再也说不下去了，一头扑在小凤儿怀里，像个受委屈的小孩似的呜呜大哭起来。

自从袁世凯的洪宪王朝短命早夭，京中的帝制派树倒猢狲散。其中的所谓"十三太保"变成了全国通缉的罪魁祸首。杨度这个"筹安会"的理事长，当然是首当其冲的了。他在京中立脚不住，便携家跑到天津外国租界里住下来。

说起杨度这个人，得有一个交代。公正点说，他并不是一个脑满肠肥、只知道升官发财的官僚政客，而是一个有才学、有政治抱负的策士式的人物。他之所以死心塌地地投靠、追随并效忠袁世凯，只是他错认为袁世凯是什么天降大任的"明主"，能通过他来实现自己那一套"君主立宪"的政治主张。正因为如此，当他听到袁世凯说出"杨度误我"的话时，感到非常震惊和失望，内心也很不服气，曾用一条一丈多长的贡缎，亲笔给袁世凯写了一副挽联，上联是："共和误中国，中国不误共和，千载而还，再平此狱"；下联是："明公负洪宪，洪宪不负明公，九原可作，三复斯言"。

这副挽联什么意思呢？大意就是说：我杨度认为中国只能走君宪救国的道路，而不适宜搞什么共和民主。这个主张怎么样，将来咱们再看

228

吧;你老袁没能耐,搞不成帝制,并不是我杨度君主立宪的主张错了,你在九泉之下好好想想,把责任都推到我身上对不对呢?

杨度虽遭惨败,还是不肯放弃自己的政治主张。一直到后来,他通过三次君宪救国的惨败,又在"无我主义"的佛学泥淖里挣扎了一番,最后终于接受了半生的沉痛教训,洗心革面,弃暗投明,转而信仰马克思主义,加入了中国共产党,对中国革命做出了应有的贡献。这是后话不提。

杨度在离开北京去天津时,曾给云吉班的老鸨母留下一笔钱,作为小凤儿的生活费,并交代老鸨母,在戴将军派人来接小凤儿以前,务必要好生服侍她。这也算是杨度对朋友的一番情义。

但是,小凤儿的处境却从此恶化起来。那个老鸨母从来是认钱不认人的。她又贼聪明,早就打听得杨度如今败兴了,再也起山不了了,哪里还把他的话放在心上,不仅昧下了那笔钱,而且对小凤儿的态度立马就变得冷酷起来。开头一段,这个老鸨母还害怕戴松亭很快会派人来接小凤儿,因此还不敢怎么放肆。后来时间一长,南面居然毫无动静,老鸨母就用自个儿的想法想开了:肯定是人家戴将军早把这个小蹄子给忘了!她这么一想不要紧,可就对小凤儿真的不客气起来,竟然逼着她开门接客。正在这当口,小凤儿忽然接到戴松亭的那封回信。老鸨母吓了一大跳,缩了好几天头。但是过了不久,她打听到那封信上并没有马上来接人的话,只说是让等着。这一来,她又思谋开了:让等着?哼,等到猴年马月吧!分明是人家戴将军甩娘儿们的一个借口。老鸨想到这儿,可就把最后一点担心也撇到脑后了,腰杆也硬了,心儿更狠了,态度更坏了,一直到今天早上,她竟让断了小凤儿她们的烟火食,放出话来说:"什么时候给我接客,什么时候让你吃饭!"

小春把经过情形说了一遍,只气得小凤儿颜面变色,半晌说不出一句话来。她强自沉静下来,安慰了小春几句,取出些钱,打发小春上街去买点吃食。小春一走,她颓然地坐在窗前,一时思绪纷纷,茫然理不出个头绪。起身绕室彷徨，愈觉焦躁不安，便伸手从墙上取下琵琶，拂去灰尘，信手弹拨起来，无意间轻轻唱出《长生殿》里的几个曲牌：

[普天乐]叹生前，冤和业。才提起，声先咽。单则为一点情根，伸出那欢苗爱叶。他怜我慕，两下无分别。誓世世生生休抛撒，不提防惨凄凄月坠花折，悄冥冥云收雨歇，恨茫茫只落得死断生绝。

[雁过声]听说、旧情那些。似荷丝劈开未绝，生前死后无休歇。万重深，万重结。你共他两边既恁疼热，况盟言曾共设。怎生他徒地心如铁，马嵬坡便忍将伊负也？

小凤儿自弹自唱到这里，回忆起与戴松亭结识的前前后后，顿生万千感慨！到如今，松亭成功，鸳盟不果，此身何依？难道他戴松亭果然是个负心人吗？……想到这里，她伤心极了，扔下琵琶，趴在桌上尽情地哭了起来。

小凤儿哭了好大一会儿，似觉心头轻松了许多，脑子里也清亮了起来。她抬身揩了揩眼泪，一眼看见了墙上那副对联："不信美人终薄命，古来侠女出风尘"。顿时，小凤儿双目一闪，见字如见人，仿佛看见戴松亭就立在面前，笑嘻嘻地望着自己说道："瞧你这位有名的侠女，哭鼻子啦？哭又顶什么用呢？……"

小凤儿不觉羞红了脸，冲着那想象中的人儿娇嗔地一撇嘴，急忙下地走到窗前，看着外面的景物沉思起来……

是呀，哭顶什么用呢？从前哭得还少吗？可眼泪换来的不过是老鸨母的打骂、公子王孙的凌辱欺压。倒是后来哭干了眼泪，咬紧牙，挺起胸向逆境抗争，反而渡过了人世间的一道道难关，终于绝处逢生，遇到了戴松亭，总算看到了前边的一片光明。虽说现在又陷入了新的困境，但比起从前像猪狗一样的生活来，毕竟算不了什么。不管怎么说，如今自己是中华民国的一个自由人,是堂堂上将衔陆军中将戴松亭戴将军的合法妻子。一切的恶人恶境又能怎么样? 等着瞧吧,看我小凤儿怎么制服你们吧! ……

……那么,事到如今,下一步该怎么走呢? 留在此地等候松亭的来信吗? 等是一定能等到的,松亭绝不是那种忘恩负义、言而无信的小人。他之所以久未来信,要么是公务太忙,要么是病情加重,不愿意叫我知道。可是,得等到什么时候呢? 近来从报上看到,总统府和国务院两派之间又起了内讧,争斗的结果,必然是内乱又起,干戈再生,天下大乱。真要等来个那样的时局,自己不但跟松亭难以见面,恐怕连普通的书来信往来都得中断呢。再说,在京等死,坐吃山空,自己那点可怜的积蓄又能维持多久? 更别提还有黑心肠的老鸨母,说不定又会暗中勾引什么样的新贵们来算计自己,实在防不胜防。这样看来,留在这里乃是个下策了。上策呢? 自然就是个"走"字。三十六计,走为上计。孤鸿南飞,一飞冲天! ……

小凤儿想到这里,不觉心胸豁然开朗,浑身平添了无限活力,顺手又操起琵琶,弹起了最拿手的《十面埋伏》。曲终而情未尽,她便抬起一双泪水莹莹的眼睛,望着那副对联,也就是望着笑站在那儿的戴松亭,自言自语地说道:"松亭啊松亭,你还在笑话我吗? 看着吧,你的小凤儿就要束装上道,千里南归了! 等着吧,聚首相亲的日子就要来了! 小凤儿有多少话要对你诉说啊!"……

十八

忽一日,新总统黎元洪发出一项治丧令曰:

勋一位上将衔陆军中将戴松亭,才略冠时,志气弘毅,年来奔走军旅,维持共和,厥功尤伟。前在四川督军任内,以积劳致疾,请假赴日本就医,方期调理可痊,长资倚畀,遽闻溘逝。震悼殊深。所有身后一切事宜……遴派专员,妥为照料,给银二万元治丧……此令!

这道治丧令突兀一发,举国震悼,谁不为这位年仅三十四岁的一代人杰深感痛惜呢!当他的灵柩从日本运回上海时,万人空巷,素车白马,争相致奠,有无数青年学士失声痛哭,抚棺昏晕过去。不久,灵柩运往故乡湖南,行国葬典礼,葬在长沙湘江西岸的岳麓山。这岳麓山也是一座名山,古人将其列入南岳七十二峰之数,有南北朝刘宋时的《南岳记》专记此山道:"南岳周围八百里,回雁为首,岳麓为足。"这里碧嶂屏开,玲珑如琢玉,层峦滴翠,山谷幽深。还有历代胜迹,如爱晚亭、岳麓书院、麓山寺、宋刻禹王碑等,使岳麓山显得分外典雅高洁。而今建了戴松亭墓,青山埋忠骨,名山定然更出名了。这也不提。

松亭病逝,万民哀痛。小凤儿又怎么样呢?说起来情景惨然。她正满怀热切的希望,准备着与戴松亭会面,哪能想到活生生的他竟能与世长辞,永远不会再回来了呢?一闻噩耗,恰如五雷轰顶,心胆俱裂,当下吐了一口鲜血便晕倒在地。后来缓过气儿,便又放声痛哭,捶胸跺足,痛不欲生。再后来,眼泪没有了,嗓子也哑了,一日间苍老了十几岁。有气无力地卧病在床,神情呆滞地望着窗外,嘴里一个劲儿喃喃自语道:"这不会的……我不信……松亭会来的,我等着……"

就在戴松亭归葬岳麓山以后半个多月的一天傍晚,小春把一个意想不到的人引到小凤儿面前。这人竟是松亭的车夫甘良。他不是早死在监狱里了吗?不是。他被一个云南籍的小狱官给救下了。对上头只说是病死了。这一年多,甘良回到松亭老家,帮着戴家婆媳东躲西藏,总算没让袁党抓去。现在,他是奉了戴老夫人之命,专程来接小凤儿回湖南老家团聚的。

小凤儿刚认出甘良,吓了一大跳,听完甘良把经过情形讲说一遍,方才定下神来,微微点头说:"这就好。"但随即就十分焦灼地盯住甘良问道:"甘良,你要说实话,你家戴将军真的不在了吗?"

甘良连忙掉过头去,不吭声。

小凤儿颤声乞求似的催问道:"甘良,你说呀,你说呀……"

甘良再也忍不住,哇的一声哭出声来,从身上掏出一样东西递给小凤儿,泣不成声地说道:"这……这是戴将军给……给你的……"

小凤儿激动得双手打抖,展开一看,原来是松亭的一篇遗墨,抄录的是当初京中分别时她赠他的那两首歌词。小凤儿双手捧在眼前一字一句地念诵着:

(一)

骊歌一曲开琼宴,

且为戴郎饯。

你倡义心何坚,

不辞万般险。

两杯美酒来为证:

不是凄凄离别筵,

是我二人大纪念!

(二)

燕婉情你休留恋!

切莫一缕情丝两地牵!

戴郎啊戴郎,

我这里百年预约来生券。

今世若难聚,

233

来世再作并蒂莲，

再了今生愿。

小凤儿念着，听得甘良在一边哭诉道："凤姑娘，听说戴将军共抄了两份，一份叫送给你，一份叫放进他的棺材内……临终时，他一直叫着你的名字说'凤姑娘，对不起你了'……"

小凤儿边看边听，肝肠寸断，欲哭无泪，欲语无声，憋了好半天，哇地又吐出一口鲜血，当下又晕了过去。……

到了第二天早上，小凤儿变得十分清醒和冷静，吩咐小春说："快替我收拾收拾，明天就走。"又对甘良说："你快去打车票吧。记住，给小春买到天津。"说完，她再也一言不发，平静地看着甘良走出去，看着小春在收拾行装。后来，她竟挣扎着出去，向老鸨母告了别，一切都交割得清清楚楚。又隔了一夜，天不亮，他们一行三人就出了云吉班，直奔火车站。小春自回天津杨家而去。

小凤儿和甘良一路风尘，乘车搭船，不日来到长沙城里。在一家客店里安顿下来，已经是上灯时分。甘良买回些食物，小凤儿一动也不动。甘良劝道："凤姑娘，你长途劳顿，几乎就没吃什么东西，现在到了这里，你就多少用上点吧。"

小凤儿好像没听见似的，只吩咐甘良道："你一会儿就准备一下，咱们明天一早上岳麓山。"

甘良说："你的身体……"

小凤儿打断甘良的话，决然地说道："你去准备就是了。"

第二天一大早，小凤儿打扮得焕然一新，身穿玄青色贡缎绣着八团五彩花的礼衣，下系绣金洒花的大红裙，分明是当初与戴松亭结婚时那身衣裳。甘良一见，大为惊疑，又不敢叩问。后来，他听见小凤儿吩咐说让把琵琶给她带上，就耐不住地问道："凤姑娘，不必带它吧?"

小凤儿说:"叫你带你就带,只顾问什么。"

甘良也不敢吱声了。

他们坐车出城,来在滔滔湘江边。隔江望去,岳麓山一片葱茏,小凤儿望着望着,忽然泪如雨下,大声说道:"松亭,我看你来了……"

过了湘江,来到山下,沿着盘山古道攀登而上。小凤儿奋步而行,恨不能一下扑到松亭墓前,竟把甘良也抛在后边。走了多时,忽听泉声淙淙,寻声望去,但见一座赫然古寺——麓山寺兀立面前。山门两边的对联是:"汉魏最初名胜,湖湘第一道场。"那晶莹如玉的白鹤泉水就从寺中流出,转过麓山寺再往上,一片古木参天,闪出一通约两丈高的石碑,巍然耸立,直插云天,正面镌着"戴松亭之墓"五个金色大字。碑下一冢,建在宽阔的基座之上,全以花岗石砌就。整个墓地,沉浸在一种壮丽雄浑而又肃穆庄严的气氛中。

小凤儿看到眼前情景,就大呼一声"松亭……"发疯般地扑了上去,扑倒在石碑前放声大哭起来。直哭得哀云四合,山光失色。

甘良知道难以劝阻,便默默地打开食盒,取出各色祭品和祭酒来摆好,然后退后一些站下,十分担心地留意着小凤儿的动静。他似乎预感到要发生什么事情。

小凤儿哭了许久,方才止住号啕,一边抽泣着,一边抬起莹莹泪眼,将石碑背面的长篇碑文细细看过。碑文记载着死者生前的丰功伟绩,足可垂光后世。看罢碑文,她又在墓地慢慢地查看了一遍,然后来到墓前祭桌跟前,斟满一杯酒擎在手中,望着青冢,眼中垂泪道:"松亭,小凤儿总算跟你见面了……你手抄遗我的歌词,我也给配上了曲子。你先满饮三杯黄酒,再细听我给你弹唱吧。"说着连连把三大杯黄酒祭洒墓前。

小凤儿整整衣衫和发髻,从容地在踏石上坐定,叫甘良给她拿来琵琶。她慢慢地取下琵琶套,把琵琶在膝上托定,转轴调弦,凝神屏息,便弹起了自己谱写的曲子,并低低地吟唱起来。开头,那琴音和唱腔总带着沉闷和凄苦,就像一轮满月被层层愁云缠绕而难以解脱。但过了一会儿,当她激情迸发地唱到"来世再作并帝莲,再了今生愿"的时候,那琴声也顿时激越亢奋起来,恰如那轮明月冲出云层,光华四射,在明净无边的天宇之中自由驰骋……

听到这里,甘良一颗悬着的心才放下了,他徐徐吐了一口气,偷偷瞧了瞧小凤儿那越来越安详平静的面孔,便悄然离去。他想去麓山寺给小凤儿打点一个歇息的地方。然而,当他刚走进麓山寺,山上的琴声突然中断了。他侧耳倾听良久,的确再也听不到那美妙的琴声了,只有近处的白鹤泉水淙淙有声。"不好!"他大叫一声,跳起身来就跑。他一口气跑回来,抬头一看,眼前的情景让人惊心动魄:

只见小凤儿一头撞在戴松亭的石碑上,鲜血染红了墓碑和草地;琵琶已经提前摔断,就倚在主人的身边;一封致戴老夫人和戴夫人的遗书,则端端正正地放在祭桌之上……

顿时,甘良目瞪口呆,泥塑木雕般钉在那里,一动也不会动了。直到不知什么时候落在石碑顶上的一对鸟儿,猛地叫起来并振翅飞向自由蓝天的时候,甘良才打了一个激灵,哇的一声哭了起来。

本篇在《北方文学》连载,北方文艺出版社1984年12月第1版,均名为《风尘烈女》

挣　命

一阵旋风卷过,遗下许多张散纸,上面密密麻麻的全是字,说是有人自杀了,有人疯了,有人放了一把火……不知是桩什么公案。

这许多文字,不知从何而来,亦不知何人所写,更不知纸上事体真乎假乎,公布出来大家看看,也不无招领之意。

一

人的生法都是一样的,从娘肚子里拱出来的;人的死法呢,可就各有各的不同。

在刘王渡村,流传下来的奇怪死法就不老少:有人死在水瓮里;有人死在大狱里;有人叫土蝎子蜇了阳物疼死;有人得了怪病,十个脚趾和右脚跖趾骨坏死脱落,疼得咬衣服、咬被子,惨叫而死;清朝末年,一个保长忽然变得特别喜欢吃蛆虫儿,整天价守在臭烘烘的茅坑边,捞起蛆虫儿也不洗,就像吃花生米一样一粒一粒捡着吃,直到把全村各家的蛆虫儿吃光吃尽了,他也死了……这些,都还不是最怪的,比起老支书的死法来,可真谓小巫见大巫,首先就缺乏现代精神和时代色彩。

老支书姓于,叫于泰昌,土改时是党支书兼农会主席,合作化时是党支书兼社长,公社化后是党支书兼大队主任,临死前是党支书兼村长。

237

他集党政财文大权于一身,三十多年一贯制,天字第一号铁腕人物,德高望重,遐迩闻名。他长着一张关公脸,叫人一看便生出七分敬畏;生就两条断手纹,讲迷信的村民们早认定这是上天的星宿下凡,命定就是掌权主事的人。

你别说,于老支书还就是不寻常。老实讲,虽然多年来运动不断,但对农村干部来说,最要命的无非是两个:一个"四清",一个"造反夺权"。投河的,上吊的,打死的,逼死的,大都折损在这两个运动中,尤其是后一个。可是,于老支书却在劫无碍,照样稳坐江山,平安无事。倒是有那么一回,一个在县城里念初中的娃儿,回到村里来"煽风点火",领着几个小青年想写大字报。于老支书知道后微微一笑,打发人用广播把他老子叫来,又微微一笑:"我说,你那羔子,明天一早,你叫他给我爬回城里去。"就这么句话,十年里头甭管外头"造反夺权""文攻武卫"折腾得怎么厉害,于老支书治下的刘王渡,终到底风平浪静,山河不改。当然,批斗会不是没有,也开得不少,不过那都是由于老支书坐镇指挥,挨批的对象也都是那几个老资格的地富反坏。这算得了什么呢?

古人云:"大难不死,必有后禄。"于老支书大难无难,又该若何?古人没说。

多亏没说。

分地单干以后,留下有数的集体财产中,就数那辆大拖拉机最值钱了。它孤零零地封存在村东二里地的机库里。门上吊着一把绿锈斑斑的老式大铜锁。机钥匙门钥匙两把钥匙,都系在于老支书的红布裤腰带上。每天,他都要进机库待上些工夫,这里擦擦,那里擦擦,不擦也要用手好好摸摸,于是乎到处锃明瓦亮,跟新的一样。明知油加得满满的,每次却要抖抖索索地拧开油箱盖,皱起眉头端详半天,有时候人一高兴,便哼哧哼哧地爬进驾驶楼坐坐,胆怯地转一转方向盘,一个人嘻嘻地直乐。下来后必定把脚踩过的地方,仔细地擦抹干净,一边擦抹一边嘟喃:

"哎,伙计,委屈咧噢。就好好给咱歇着吧,歇着,等着……唉!"等什么?歇到什么时候?恐怕他也糊涂。可就在这当儿,有人早就打定了主意,要把拖拉机买去跑运输。

不由人怒发冲冠!支委会上,于老支书一反往常那种沉稳厚重的作风,又拍桌子又瞪眼,狠话连连:"好啊,到底来了!试试!""我说过,就这么放着,没用也不卖!""跑运输不算投机倒把,我死了也想不通!""他儿子要告状?他宋家一门什么东西!叫他告,告到中央我也不怕!我一个人顶着!"……

他一个人顶着?有点夸口了。新任县长宁金生接到告状信,带着工作组在村里住了两天,于老支书就倒大霉了:停职检查!还有一道死命令:拖拉机必须卖给运输专业户宋锡五同志,三天后将处理结果报县里。

于老支书气蒙了!抽烟点不着火,吃饭夹不住菜,下炕找不见鞋。不由得心里发狠,心说:"从前的书记县长把我当成人,我把他们敬如宾;你姓宁的娃儿把我看成狗,我回头非咬你一口!这台拖拉机我买了,买定了!你敢刁难?你敢打击?老子也告!……"

后来,宁县长让把拖拉机卖给谁的口谕倒是给顶住了,但于老支书没顶住的,恰恰是自己的誓言。一万二千元哩!钱在哪儿?掏不出啊!借吧?村里的底子谁不知道,愿借的几家有钱?有钱的几家愿借?想当初,买这辆拖拉机时,村里穷得凑不足款,最后只差两千元了,万般无奈,只好向本村在外头工作的人员发信,名为暂借,实为摊派,多损呀。可如今,就连这损办法也休想用上了。眼看三天期限已到,于老支书直急得两眼发黑。

宁县长想必对此早有预料,电话里说,于泰昌同志只要能先付十分之一的款就可以了,时间上也不要卡得那么死嘛。

于老支书心里骂:姓宁的,你拿猪尿泡打人脸哩。你入党才几天?老子支前见着朱老总那会儿,你还是水水哩!老子不要你宽限,不要你可怜,老子有的是办法……

不错,世上有的是办法。但遗憾的是,能叫于老支书想到的唯有一个:卖房! 一座土改时分得的四合头院儿,如今能卖几个钱? 那也得卖,卖不下一万二也得卖。已经不是钱和房的事,是争一口气! 留下一颗子弹了,哪怕是臭子,也得打出去。

可想卖房也不行。娘的! 这可简直没想到,儿子不让卖。龟儿子!

儿子名叫于拴牢。那次,就是见着朱老总那次支前回来,路上遇到还乡团的暗算,一颗流弹从要紧的地方穿过去,把于老支书传宗接代的功夫给废了。眼看四十五岁,两膝前头空荡荡的,老夫妻灯下对坐,说着说着就没说的了,心里好不是滋味。

六○年是个大荒年。没想到大荒年反倒给于家夫妇送来个乖儿子,从逃荒女人手里接过来时,娃才两岁,起个结实的名字叫拴牢。拴牢拴牢,不敢叫跑了。人老惜子。虽说不是亲生,但胜似亲生。特别是老伴下世后,于老支书又当爹又当娘,又要不误村里的事情,不容易。拴牢也可心,高中毕业没考上大学,就在村里劳动;没能变成非农户,也没听见有啥怨言;老子急着张罗媳妇,儿子挺会体贴人,说:“爹,不急。家里宽裕点再说。”你瞧,挺懂事,挺绵善,长得也挺秀气,瞧着,像只小鹿。

鹿? 实际上是只豹子,凶得很哩。听说要卖房,唔哇一声就吼起来。二十多年不大说话,可不是没牢骚,都在肚子里压缩着,是压缩牢骚,如今可不得了了。你算我个啥爹? 参军不许我走,招工又把指标让给别人,都说你对我好,好在哪儿? 用我的青春和理想给你们共产党脸上搽粉哩! 怎么样,到头来上司给你个脖儿拐,活该。你想卖房? 可以:要么先分家;要么你明天就给我弄个招工指标。不然,没门! ……你当我不想娶媳妇? 你能给我弄个啥货? 把我一辈子拴在这鬼地方的熊货……不卖房,咱凑合着喊爹,你要敢卖房,我上去再告你一状! ……

这是话吗? 这是焦雷,震得于老支书肝胆俱裂。这是牛耳尖刀,扎在心窝里直溅血花儿。一股冷气倒憋下去，憋得人满脸青紫。一股苦水冲上来，呛得喉咙像灌进硝镪水。好一阵胸前发闷，哇一声喷出一口鲜血，冒着泡儿，带着丝儿，顿觉眼前一黑，咕咚一声扑跌在院心里，头正好磕在刀刃似的圪台棱上，立时头破血流，昏了过去，一直到死，于老支书再没说出一句话来。

那么，于老支书究竟是怎么死的呢？先说死的地方和死的样子，就怪。他是坐在那辆拖拉机上死的，脑袋上缠着人们给他包扎的绷带，渗出的血已经凝成红色的血斑，身上是一套没见穿过的新制服，左胸上别着一枚土头土脑的奖章，锈得什么也看不见了，脸上的神情异常痛苦，痛苦中却闪着一丝从容镇静，青筋毕露的双手，发死劲地紧握方向盘，一对鼓得圆圆的金鱼眼，惊异而绝望地瞪着外面这个变化莫测的世界……

死因才真叫怪。不过开始谁也没猜对，有说是活活气死的，有说是夜里冻死的，有说是得了破伤风，还有人大胆怀疑，说八成是叫人谋杀的……一直到公安局把尸体拉走时，村民们还在窃窃私语，猜不出个定谱儿。

恐怕老天爷也猜不到，解剖化验的结果如下：在于老支书早年只装谷糠野菜的胃里，如今珍藏着大小五把钥匙：两把拖拉机上的，铝合金的；三把机库门上的，黄铜的。

二

铁腕人物于泰昌在刘王渡的地平线上消失后，升上来的新星是于成龙，原来的副书记，三十七八岁，有一对转动灵活的灰褐色眼珠儿。他上台办的第一件事，就是以七千元的优惠价格，把拖拉机卖给宋锡五，并亲自把那五把经历不凡的钥匙送上门去，说了许多由衷的道歉话和安慰话，最后又亲自给宁县长写了一份五千多字的汇报材料，亲自呈了上去。

按说，事情到了这一步，也就算了结了吧？不！好戏才开了个头。

一见这五把钥匙，宋锡五就心惊肉跳。一想到这是把于老支书开膛破肚扒出来的东西，一想到于老支书那张双目圆睁的死人脸，一想到当时人们咋也掰不开于老支书抓着方向盘的手，一想到乡亲们追究谋杀犯的那种冷森森的目光……他真是不寒而栗，觉得自己一定是犯了什么罪，作了什么孽，心虚得没个底儿。

　　其实，宋锡五这种犯罪感早就有了，买头一辆汽车时，儿子兴冲冲地提回两万元现款。他接钱时止不住两手索索直抖，就像接一笔贼赃似的。明明都是凭劳动换来的钱，他却总把卖猪钱、卖粮钱、卖棉花钱、卖鸡蛋钱，单独存一个地方，好像这钱是自家的；把跑运输挣下的钱另放一个地方，好像这钱不是自家的，预备随时给人家交出去。宁县长在乡里开会，亲自带着锣鼓队给他挂光荣花，他却古怪地捂住耳朵一个劲往后缩，可怜巴巴地央告鼓师："别敲打了，别敲打了，这不对……"就说这次买拖拉机，本是他的主意，觉着村里这么穷，拖拉机放着也没用，自己出钱买下，也算给村里办件好事。一听说于老支书不同意，他就赶紧打消了这个念头，不料叫愣头儿子给告了上去，惹下大祸，真是后悔不及。心想："唉，老支书呀老支书，你咋不像上回那样，让人用大喇叭把我传去，叫我把这个惹事精打发得远远的呢？如今叫我可咋办哟。"他怔怔地想着，一个劲地想着……后来，一边想一边尖起耳朵谛听，仿佛真能听到于老支书那让人广播找他的声音似的。

　　从此，宋锡五每天都要坐在那儿谛听什么，有时干着活，也会忽然停住手，偏起头来发呆；有时正跟人说话，一下不言传了，眼珠儿一动不动地听起什么……终于有这么一天，儿子第一次用拖拉机上北山运煤，回来时翻了车。

　　老两口跌跌撞撞地赶到医院时，儿子尚在昏迷之中。老伴扑上去哭了个肝肠寸断，他却坐在一边发呆，忽然欣喜地叫道："别哭，别哭，先别哭。快听，快听……啊，我可听到了，听到了，老支书在说哩。"他说老支书在说哩,说什么?说这都是活该!好报应还在后头哩……

儿子的命总算保住了,脸却破了相,留下一条将近两寸长的大疤瘌。前多年时,家里没钱,成分也高,名气不顺,没给娃说下媳妇;当了万元户,挂了光荣匾,名气该好点吧,结果还是说不下,说一家就有人在背后给臭一家;年前好不容易定了一门亲,这下倒好,前脚从医院进家,退亲的后脚就跟了进来;往后,三十四岁的疤瘌脸,你再欢欢地找去吧!……长夜难明,老伴在嘤嘤地哭。他却在暗夜里一阵冷笑,说,"该,该。我听见了,老支书……"

宋锡五大疯起来,是在他家盖房上梁的那一天。

邻村有个曹真人,据说深通阴阳八卦,请神驱鬼更是拿手好戏。当年与宋锡五同属地富反坏、牛鬼蛇神之列,在公社一级的批斗会上共立朝班,有点同好之谊。他听到宋家连遇人祸,便专程来向女主人提醒道:"弟妹!不瞒你说,都是那个在搅,死了还这么凶,看我治他。你听我说,快把你家上房撑起来,砖瓦木料不是早齐了么?我给你叫木匠。这房不可正出午向,要略偏亥山巳向,兼壬丙三分,比四周各家屋脊暗暗高出七七四十九分,门窗不宜用黑漆,也不宜用红漆,要黑不黑、红不红为宜。"接着压低嗓门诡秘地说:"上梁时,我再给画道符贴上,作作法,压不住他才怪哩。"

一出正月就动工。上梁的这一天,也是曹真人闭目掐算良久而选定的黄道吉日。吉日吉时一到,鼓乐齐鸣,鞭炮震耳,大梁徐徐上升。正位以后,一切闲杂人等,包括大木匠,都后退到两边。只见曹真人披散着不多几根苍白长发,斜裹一袭土布做的破八卦衣,手里提着一柄三尺一寸九分长、桃木做的镇妖剑,摇摇摆摆地登场了。预先,大梁上就贴好了他用朱笔画就的灵符,两旁写道:"真武大帝在此,诸神退位。"正对大梁的脚地上放着一张红木八仙桌,桌上别的不要,只有一只老辈儿铜香炉,炉里不装沙,装的是一半小米一半绿豆,插着三六一十八根线香,袅袅地冒着烟圈儿。曹真人已经七十高龄，真难为他来到八仙桌前，居然呼哧呼哧要爬上去，要在上头踏罡步斗、仗剑作法哩。终于上去了，也不怎么喘了，这就以剑支桌，紧闭双目，咕嘟咕嘟地念起真言来，接着猛一仰头，忽然激昂而嘶哑地大声唱道：

> 上梁正遇黄道日，
>
> 紫微星君下天堂；
>
> 和合二仙来恭贺，
>
> 武庙关爷喜洋洋；
>
> 我把……

岂知这两个字刚出口，便听见刚支架起来的房顶咔嚓嚓一片怪响，顷刻间木摧梁断，没头没脑地落将下来。曹真人还算眼明手快，只可惜腿脚不济，便就势儿滚滚出来，总算保住老命一条。

这些天，工地上人多热闹，又是喜事，所以宋锡五的病明显见轻，今天就一起坐在旁边看热闹。这时亲眼看到横祸从天而降，脸色顿时变得煞白煞白，没了一点血色，接着闷叫一声往后便倒，口吐白沫，不省人事了。

几天后，半夜里，宋锡五突然不见了。先是母子二人和雇的司机到处寻，接着四邻都惊动起来，又是手电又是马灯地满世界呼叫，可哪里有半点踪影？折腾到天光大亮，方才发现他居然会钻到那里！

原来，于老支书的尸体在市医院化验解剖后，宝贝儿子于拴牢怕回去办事花钱，便趁手送到火葬场，来了个老事新办，谁也没得说。接着，他回到村里便揭瓦亮橡，拍卖房产和家具，三下五除二，踢踏了个精光，油渍渍的票子往腰里一缠，回河南老家归宗去也。留下一片残垣断壁，破砖烂瓦，一个东倒西歪的土门楼子，几场无情风雨，这里野草丛生，景象荒凉。院子原本就在村边，不久近邻纷纷迁走，人迹断绝，常有狐兔出没隐伏，阴雨夜半时分,据说能听见于老支书那悲愤哀苦的哭声……总之,这里早已成为村里一块恐怖不祥之地,白天路过一下都令人毛发直竖。

然而,黑天半夜,宋锡五就是一个人跑到这儿,眼前那是一幅多么瘆人的情景啊!在早春二月的飒飒寒风中,他没戴帽子,露着一个祖传的秃顶,面朝先前于老支书住的房门,就是如今变成一个大黑窟窿的地方,深深地、毕恭毕敬地躬下腰,垂着脑袋,两臂伸直,紧贴两腿外侧,挺在那儿纹丝不动,脊背上、后脑勺上落满一层严霜,鼻涕流过嘴巴,冻结在下巴上……这一副低头认罪加请罪的姿势,分明是一生练就的上乘功夫!

至此,宋锡五实心疯了。

儿子开车出去联系住院。老伴留在家里哭,六神无主,只好又搬出曹真人。曹真人难忘上次辱师之耻,这次端出一副不报此仇毋宁死的决绝面孔,一来就要下杀手。他先用蘸过神水的细麻绳把恶鬼,也就是被附了体的宋锡五五花大绑起来,暂时还不吊,让平躺着,用一面画过符的黄布罩住,别叫鬼跑了,然后口中念念有词,同时举起那把镇妖驱魔的桃木剑,狠狠抽打恶鬼的全身,直到把恶鬼打昏方才住手。接下来,噙一口九天神水照着恶鬼面门噗地喷去,醒了不好,连喷三口不醒,这好。于是再将恶鬼吊在房梁上,两脚离地九寸九,刚好能支起一面烧红的铁鏊子,如果能将病人烫醒,说明鬼已被驱走,反之,就是恶鬼的级别太高,他曹真人降不住,那没办法,起码也得是平级呀。

正当曹真人念动真言,引来神火把铁鏊子烧得直冒青烟的当儿,有人抢进门来,雷吼一样喝道:"住手!"旋即一把攥住他的领口,举起拳头晃了几晃,克制住没砸下去,一把推得他后退七八尺远,一屁股跌坐在神水盆上,弄了个稀里哗啦。

这是宋锡五的儿子宋星。前面提是提到了,回村贴过大字报,这里再介绍几句。小伙子长得消瘦,面色阴郁,少言寡语,两道眉毛很重,中间向上隆起,像是很凶,又像是很动人。老初三毕业后,考不成高中,也就没上成大学。从此干啥都不顺当,觉着自个儿有一身本事,比谁也不差,可怎么就发挥不出来呀。好像老叫一种什么东西捆着、粘着、闷着,可你就是看不见、摸不着、猜不透、挣不脱。这他妈的到底是一种什么破玩意儿呀!就这么着,整天一个人想呀想呀,满脸的阴云。村里人议论说:"唉,娃也可怜,说不上媳妇,愁的。"他却恶狠狠地在心里冷笑道:"你们懂啥?一群愚昧无知的可怜虫!让你们走着瞧。"自打脸上落下个难看的疤,他对人更显得冷漠和仇视了。所以,看见曹真人在那样折腾他爹,能客气吗?

"我真想照样揍你一顿,什么真人假人,给我滚!"

"星娃,不敢。你曹伯是为咱好,那不是打你爹,打的是附身恶鬼呀。"

"鬼?什么鬼?在哪儿?他咋不来找我?当初要给他贴大字报的是我,上县里告他的还是我,他缠我来呀!"

"年轻娃,你听伯只说一句,我早掐算了,你的八字硬,是念书人,流年又利……"

"利个屁!你别说了,走吧。我爹得的是精神分裂症,能听见谁说话,那是幻觉。你闪开,我要扶病人上车哩。"

入院后,宋锡五的病情有增无减,不吃不喝,稍不注意就跑出病房到处乱撞,逢人便低头弯腰,恭敬地忏悔道:"老支书,你冤枉,你冤枉……"有时候说着说着就呜呜地哭起来,又是鼻涕又是眼泪,还用两手狠打自己的耳光。几天工夫,人变得又黑、又瘦、又丑,叫人不敢相认。后来医院怕他自伤或伤人,就把他的手脚捆绑起来,关进一个特制的铁笼子里。

宋星看到父亲像野兽一样叫人折腾来折腾去,不由得暗暗伤心,一跺脚挥泪而去。

三

俗话说:"有啥不敢有病。"对一个人来说是这样,对一个家庭来说又何尝不是这样?家里有个病人,一切都乱了套,花钱事小,精神负担受不了。何况,宋锡五患的又是精神病,据说在刘王渡村是百年来头一例。这就对全村的舆论和心理产生了强烈而微妙的影响,当然同情的少,幸灾乐祸的多,说什么"昧心钱捞得太多了,活该。""逼死老支书伤天害理,现世报。"……这种可怕而无形的压力反过来又压在宋家的头上,具体说就是压在宋星一个人的头上(妈在外头陪侍爹,耳不听,目不见,心不烦),受得了吗?

前面提到过,宋家历代男子不到三十岁就开始秃顶,据说原因是"血热",但另有说法是:"用脑过度,太尖滑。"可煞作怪,偏偏到了宋星这儿,眼看已经三十四岁了,头不但不秃,连一点秃的迹象都没有,反倒长着一头茂密而粗黑的头发,留着时新的发型,长长的鬓角,那是县级以上的理发店才能创造的艺术品。姑娘们迎面看人,是远看头近看脚,但一遇宋星就变了章法,远看头近也看头,那眼光馋着呢。虽说宋星头不秃,却爱戴帽子,戴的是全村独一无二的一顶鸭舌帽。就为这,老少爷们没少咕嘟:"像个特务!"你们咕嘟你们的,对不起,我照戴不误。

不料宋星从医院回来,一下把帽子摘了。原来他在市里最高级的"美白"美容厅专门理了个发,还上了油,洒了香水,吹了风,整个儿看去乌蓬蓬的,香喷喷的,容光焕发。可惜世上还没有能去掉大伤疤的办法,不然,宋星花多少钱也干。西装也抖上了,早就买好的,以前没穿出来。不光他穿,还给两个司机一人买了一套。三个彪小伙子,一人一套西装一辆车,刷的一声开出村,威风着哩。宋星的技术更好点,有时他进村也不减速,吓得鸡飞狗跳墙。人们大声骂开了:"王八蛋!还张狂哩?死绝了你一门!"……过一会,宋星洗刷得干干净净,穿戴得整整齐齐,当然是

247

不戴帽子了,大摇大摆地来到街上,走到刚才骂得最响的那一位跟前,凉凉地问:"你方才骂我啥来?我没听见,你给我再来一下。"哪个还敢接嘴?只好等他走远了才又耍开嘴功。不久,他又把那五间上房包给县里有名的建筑公司,半个多月就盖成了,梁也没跌,架也没散,屁事没有。再说,运输上的生意也顺,成百上千的票子往银行存哩。且不像他爹存钱时那么东张西望、鬼鬼祟祟的,而是堂而皇之,皇而堂之,生怕外人不知道似的。"这小子,比他老子厉害呀。""你才看出来?搬倒老支书的就这狗日的。""看他浪得多欢!""他妈的也真有点运气。"……人们窃窃私语着。

其实,人们又看错了。宋星浪得并不欢,一点儿也不欢,半夜里,他一个人孤单单地缩在炕角落里直淌眼泪,恨自己哩,骂自己哩。宋星啊宋星!你这算干什么呢?你还想学外语考函授大学?家里才遇上这么点事儿,你倒扔下不学了。你为啥要花七块钱拾掇那头?要抖西装?要抢盖那根本没用的上房?你无聊、你心虚、你胆怯、你无能呀。你是怕受不住那种种神秘势力的冲击、孤立和折磨,在瞎胡扑腾哩。你自以为很强的自信心哪儿去了?你那自称的燕雀不知的鸿鹄之志哪儿去了?你只好可怜巴巴地在乡亲们跟前撒欢炝蹶儿,朝鸡儿狗儿这些劣等生物抖威风,算尿啥本事!村边公路上不是天天都过小汽车吗?百里外的火车上,不是天天都挤满走南闯北的人?北京到昆明的大飞机上,不是天天坐着头儿脑儿、工程师、记者、作家,就嗡嗡嗡地从你头顶上飞过吗?人家这才叫个本事,活着也不冤枉,人家才不会一辈子蹲在屁股大的村子里,成天跟一群浑浑噩噩的人,为些鸡零狗碎的事鼓鼓捣捣,有什么意思!……你小子可得清醒着点,这都荒废半年了,再不把功课捡起来,函大可就考不成了……好在爹妈快回来了,爹的病总算不要紧了,真是谢天谢地。爹回来,还是由他当家理财吧。他要能精精神神活着,我上函大也安心……对了,明儿个得把爹妈的屋子收拾一下,或者干脆让他们搬到新房去,过了一个夏,里头也不潮了,住人正好。要不要买上个彩电? 要买又是全村头一家,或者等他们回来再说,由他们定吧……

宋星睡着了。可是他做梦也想不到,更大的激流险滩还在后头哩。

四

住院归来的宋锡五,病基本上好了,再不坐到一边发愣,听什么冥冥之中的那个声音。但整个人却变了样,不仅外表显得苍老、瘦弱,而且目光冷漠,性情暴躁,动不动就发火,要不就长时间地闷坐着,跟谁也不搭话,转着眼珠儿不知在思谋什么。你刚想引他说话,他却忽地起身出门走了,问他上哪儿去,只说:"去大队有事",或者"出村有事",神情庄重得呆板,口气透着诡秘,仿佛要去玉皇大帝那儿商议军情。

宋星有点奇怪,跑去问他妈是怎么回事,母亲说她也摸不大准。"别管,别问,由你爹他高兴吧。他又能干啥呢? 医生说,可不敢惹他生气。"母亲叹息着叮咛再三。

这天晚上,老子忽然在上房里喊:"星娃,你来。"宋星估计是要问财务上的事,夹着账本子进去了。谁知不是。

老子:"明天车干啥?"

儿子:"三辆车都去大同送苹果。"

老子:"叫他俩去吧,你留下。"

儿子:"有事?"

老子:"没事我疯啦!"

儿子:"爹,都装好车了,有合同哩。"

老子:"给我把车卸了,有用。"

儿子:"到底是啥事?"

老子:"啥事? 当然是要紧事。你听着,明天一大早,开上车进城,不是县里,是专区,见曹波。"

曹波是曹真人的本家侄儿,去年在市里开着一家"太平洋贸易货栈"。

儿子:"见他?见他干啥?"

老子:"你别问,他给你一样东西,你拉回来就是了。"

儿子:"爹,是什么东西,你说清楚,要不我不拉。"

老子:"你敢!"

儿子的牛劲正要发作,一看母亲在旁直使眼色,便极力克制住了。

宋星怎么也猜不透要拉什么货,窝着一肚子不痛快出了车。近三百里路赶去,那位曹经理一见面说:"你来得好快,可东西还没到手,麻烦哩,你就住在我这等一半天。"一等等了四天,到第五天晚上,他才拿出一件黄包袱包着的物事,见棱见角的,外罩一个很大的白塑料袋,再用细尼龙绳捆扎得结结实实,掂一掂,不重。问是啥玩意,曹经理诡秘地一笑三眨眼,说:"我也不知道。总之是稀罕东西,碰不得,淋不得,偷看不得,你一路小心,回去亲手交给你爹就是了。"再细问,这胖猪连哼一下都不肯了。

回来的路上,宋星把那东西放在身旁的座位上,不禁满腹狐疑,但仍是丈二和尚摸不着头脑,只好一路小心驾驶。不过,他清楚地预感到,等着他的绝不会是好事。

他把车开进车库,拿上那东西刚要进村,只见北边大道上一连串飞来六辆自行车,到他跟前停住了,为首一个大胖子斜背着一把装在布套里的二胡,问道:"小伙子,请问,这村的宋家巷往哪里走?"听清后说声"多谢!"骗腿儿上车,带着自己的一彪人马走了。"这像是一班走事的吹鼓手,上我们巷谁家去?"宋星一边想着,一边往前走。

老远听见一阵哄笑声。循声望去,原来在从前的饲养室、现在变成一片白地的那儿,聚拢着一大堆人。圈子里,就地支着一口八尺大铁锅,底下烈焰腾腾,锅中沸水哗哗,一只二百多斤重的大花猪业已引颈就戮,正要放入锅中脱毛。旁边五根粗椽搭成一个木架，上头挂着两扇硕大肥白的猪肉，地下一颗血糊糊的猪头上，两只眼睛笑眯眯的，似乎在窃喜曰："吾得其所哉也。"全村有名的屠夫兼厨师鸿奎耳朵上夹着一支烟，嘴上叼着一支，腾出两只手卡在腰里，看两个帮手把猪毛褪净，把猪抬放在案板上，他这才卟地吐掉烟屁股，轻轻在一头猪后腿上用刀割开一道口子，用一根铁棍捅进去，一面捅一面用刀背在上头拍打，合适了便抽出铁棍，嘴对着刀口，鼓起腮帮子猛吹，只几个换气，眨眼就把一口猪吹得胀鼓鼓，比原先能胖出一倍。围观者看到高兴处，喝一声彩，旋即七嘴八舌地热闹起来。

"鸿奎，可惜是你这嘴风箱给吹大的，真这么大就好了。"

"我知足，宋秃子这回能买两口膘猪，也算大出血了。"

"哎，鸿奎，这肉，你给咱本村行情人的席面弄厚实些，叫咱美美吃上一顿。"

"对，吃狗日的。万元户有的是钱。"

"吃!"

"对!"

"吃!"

"哈哈哈……"

宋星不想叫人看见自己，一拧身走掉了。

拐进巷口，多远就看见自家门前搭起遮天长棚，下面人动如蚁，蒸馍的，洗菜的，搬碗碟桌椅的，无事闲趁的……乱哄哄好不热闹。父亲一改多时那阴冷模样，脸刮得跟头顶一样光，眉开眼笑，兴致勃勃，指手画脚像个调兵遣将的大帅，而曹真人追随左右，俨然以军师自居。宋星惊诧不已，心想："我的天，他们这在干什么？"想到问路的吹鼓手，想到杀猪的盛况，再看看眼前这番景象，分明是要过大事的样子，而且是喜庆事儿。可这是给谁张罗呢？

父亲接过那东西时显得很高兴，双手恭敬地捧着，小心翼翼地向家里走去。宋星跟着回家，在大门口他猛地顿住了，只见两条长凳上，赫然横陈着一副阴森森的黑漆棺材。他大吃一惊，立刻想到了体弱多病的母亲，慌忙就往院里奔，却见母亲正从厨房走出来，手里端着一碗汤药，心里一块石头才落了地。

"妈，家里这是咋啦？"

"你先吃饭吧。"

"不，你先给我说。"

"唉，你爹……要埋人哩。"

"埋人？埋谁？咋回事？"

"唉……"

宋星情知有异，几步赶过母亲，推开上房门闯了进去。只见爹正对着取回的东西怔怔地出神，打开的黄包袱上，是一个廉价的骨灰盒儿，上面嵌着一张开始发黄的相片，不是别人，竟是死去快三年的于老支书于泰昌！他心中顿时明白了大半，一股无名火直冲顶梁，气得他好半天说不出一个字来。

宋锡五接过老伴递过来的药碗，抬眼看了看儿子，开口说道："星娃，这事也瞒不住你。我思谋着，老支书是咱村的开国功臣，辛苦了一辈子，得把他的骨殖接回来，入土为安嘛。"

"要埋这个木头匣子？"

老子没听出儿子的讥讽之意，解释说："我思谋好了，一应礼数咱都不短。你看，棺是柏木棺，如今谁用？千二元哩。铺的盖的，穿的戴的，单的棉的，没一件不是好料，净是绸的缎的。乐人班子，不是已经到了？这是西河口柳喜娃班，轻易请不到咱这边。我估了一下，连置办带过事，得花个三千多块，不到四千。是费了点，可花就花吧，该花咯。"

"花得不多，太少，爹！"儿子冷笑一声。

"还少?"老子一时不解。

"对,还少。"

"那你说……"

"哼,我说,"儿子盯着老子的脸,挑衅地说,"依我说,你干脆多花点钱,再买一条于泰昌的老命还给他,让人家再狠狠地整你,罚你! 夏天淘茅粪,冬天修汽路,见个小学生都点头哈腰,上学校看你儿子也得请假,多好!"

"你……混账!"老子气得大吼。

母亲大惊失色,冲着儿子斥道:"这娃,胡说! 你爹还不是为家里好? 为你们以后好? 看看家里出了多少倒灶事! 常言说破财消灾,花些钱兴许真能冲冲邪气儿。"

"妈,你们好糊涂呀!"儿子目光灼灼,"邪气在哪儿? 邪气就在你们自个儿的心里头。翻了拖拉机,是拖拉机有毛病;说不下亲,是人家嫌我脸上有疤癞;盖房出了事,谁不知道是曹真人坑了咱,领来的木匠是二把刀,是他亲戚;还有啥? 我爹的病? 不是明明叫医生治好了嘛。这些事你们明明都清楚,跟一个死人有啥关系? 为啥要白扔几千块钱? 为啥要干这号丢人败兴的事?"

"什么? 丢人败兴?"老子勃然大怒,"我不用你管,你给我滚!"

儿子哪里肯服软,梗着脖子说:"爹! 这事我不能不管,我……"

不等儿子说完,老子大吼一声:"我叫你管!"旋将手中药碗劈面朝儿子砸去。母亲惊叫一声扑向儿子,想护住儿子,结果那瓷碗不偏不斜正打在她的额角上,顿时血流如注,跌倒在地。

儿子气昏了头。他狂叫一声,握着双拳一步步向老子逼过去,一瞬间,面前的这个人变得似乎不是自己的生身父亲,正是一个阴魂不散的蓝面恶鬼,多想一拳将他揍扁啊!

母亲疯一样地喊着,疯一样地爬过来,死死地抱着儿子的腿,眼中滴血地哀告道："星娃，星娃！不敢，不敢！妈求求你，他是你亲爹呀！……"

儿子扑通一声跌跪在地，两拳狠擂自己的脑袋，一任悲愤的热泪滂沱而下……

五

一个儿子的反叛算什么？古老的葬仪照常进行。

灵棚下，长明灯亮，香烟不绝。

黑漆描金的柏木棺材，依例大头朝东，小头朝西。四下布满纸扎的童男童女、香幡香幢、马、轿，还有流线型的小卧车……只等着"棺殓"了。

棺底，铺一领口外产上等白羊毛毡，上面是贡缎面白市布里薄棉褥，再上面是天津产鹅黄底红绿图案纯毛毯，最上面是一条出口转内销四六开床单。接着该扶尸入棺了。何尸之有？就是个骨灰盒儿。如何摆法？如何穿戴？尚无前例可援。那就大胆"改革"吧。于是，把骨灰盒放在中间偏上三寸九分的位置，这是曹真人好不容易才测算出来的方位。属于死者上身穿的七件衣服，一件件叠得整齐，依从里到外的次序堆放在骨灰盒的上方，属于下身的六件衣服堆放在骨灰盒的下方；夹鞋、皮鞋、棉鞋三双鞋，布袜、丝袜、尼龙袜三双袜，巧妙地摆放在下身衣服上；帽子却只是一顶，当地称作"帽瓢儿"，印象中那是地主老财才戴的东西，不知为何非要强加给斗地主出身的老农会主席，安放在上身衣服之上；口中的"含玉儿"，照民俗是方孔制钱，现在则用死者生前珍爱异常的那枚奖章代替，放在骨灰盒上，就相当于放在嘴里了。难就难在随棺的殉葬品，应该是死者生前最喜欢的物事，可惜除了那枚代替含玉儿的奖章外，再也找不下其他东西了。然而，不怕，有办法。人们不约而同地想到了那五把钥匙，上面的胃液之类早已擦洗得干干净净，闪现着金属固有的色彩。这不正是死者为之献身的宝贝东西吗？随他去是再合适不过的了。于老支书泉下有知，也该瞑目了。最后，是将里表三新的两床薄棉被，一床绸的，一床缎的，严严实实地覆盖其上。至此，棺殓完毕，只等出殡那天将棺盖一钉，就可上灵车去墓地了。

宋星一直在灵棚里待着，他不能不来，母亲伤成那样，昨天一夜没睡，苦苦哀求他向父亲妥协："星娃，他要再犯了病，咱这一家还活啥味呢？我也不想活了……"劝一阵，哭一阵，头上的纱布下不断渗出血水水……铁石心肠的汉子也受不了啊。他妥协了。现在，他远远地缩在一个角落，冷眼旁观着这古老而又摩登的仪式，这虔诚而又可笑的父老乡亲，一股难言的凄怆悲苦之情涌上心间……他又感到自己是多么的虚弱、渺小、孤单。这时，他忽然记起了那双忧郁而坚定的细长眼睛，记起那一段令人心情沉重的话语："朋友，靠一个人是打不赢这场官司的，别说你一个农民，贴赔上我这个县太爷也不行。被告太多了！懂吗"……

正当宋星独自沉思的时候，忽见曹真人跌跌撞撞地闯进来，直寻到他跟前，慌张失措地嚷道："星娃，快，快……外面出事了，出……出大事了……谁也抵不住了。"

六

传统惯例：不论谁家要办红白大事，头天下午或晚上都要摆出一桌最丰盛的筵席，款待村里的当权人物。旧时是里正保长之类，如今通叫村干部。对事主来说，这可是一件至关重要的事情。倘若这些头面人物一请就到，来得很痛快，来后面色晴朗，谈笑风生，吃喝得也很痛快，事主就放心了，知道自己没什么闪失。反过来就糟了，倘若当权者三番五次请不到，或者勉强来了，一张张脸上成色都挺重，哼哼哈哈喝闷酒，不大工夫人都像木梳掉齿一样走光了，事主可就慌了：这肯定是哪儿失了检点，哪儿呢？就有一种大祸临头的不祥预感。

今天下午，宋家就遇上了后一种情况。一桌十盘十碗带海味的席早就预备停当,派出去催请的第四拨人马都回来快半个钟点了,才来了两三个人,而且全是一般角色,吃劲拿事的角色一个没露面,尤其是第一把手于成龙没来,气氛顿时紧张起来。总管曹真人都乱了方寸,一遍一遍地摆弄手指头,说:"这日子对着哩呀,这日子不背呀。"事主宋锡五满脸冒汗,也不断地自言自语:"早那会说的时候,小于支书应承得很痛快呀。"

还好。正在人们急得要哭的当口,只见新任支书于成龙领着几个人出现了,依然像平日那样笑嘻嘻的,边走边抱拳:"抱歉抱歉。不过我可给你们带来位新客。"人们这才发现,后面几个村干部中,果然拥着一个气势昂昂的生人,仔细一瞧也不生,这不是于拴牢嘛。

入席时,小于支书硬是把比自己还小十来岁的于拴牢往主位上让。这位也不客气,一屁股就栽上去。这一下,宋锡五刚刚放下的心又提了起来,直犯嘀咕:"他怎么早不来晚不来,偏偏这会来,真是碰巧了? 还是有人叫他来? 他跟这里啥瓜葛都断了,如今撞来干啥?"……一种要出事的预感攫住了他的心。

酒过三巡,菜上五道。席初的寒暄酬答告一段落,出现了一阵短暂的沉默。显然,主客双方都各怀心事。

小于支书比老于支书文化高,二十一岁当副支书,也经过了十大几年的风云变幻了。他不像老于支书那样老板着脸,偏巴巴的,他脑子灵活,办事灵活,会掌握火候,脸上老是笑嘻嘻的,人缘不坏。他打破沉默说:"刚才正出门,没想到拴牢兄弟来了,真巧。他说要找宋大叔有点事,我也没顾上问是啥事,就把他一块拉来了。你看,也没提前给宋大叔打个招呼。"

宋锡五赶紧表态:"这正好,都不是外人咯。拴牢,你吃,别放筷子。你难得回来一趟,有啥事你尽管说。"

于拴牢洋洋不睬,冷不丁开口说:"也扯淡,没啥了不起的大事,想把我爹的骨灰盒拿走。你说咋办吧？"

一听这话，宋锡五如五棒击顶，嗡的一声头就大了。要取走骨灰盒？这不是成心要我的好看吗？他静静心，赔上笑脸说："是为这事呀，好商量，好商量。吃菜，满上。"

"算啦，我刚才都吃了喝了。"于拴牢很不耐烦地说，"我真奇怪，是谁把我爹的骨灰盒随便弄到这？想干啥？以为没主儿了？以为我死了？还是怎么着？去他妈的，现在我也不追究了，把骨灰盒交出来，咱们两不相干。"

宋五锡好半天作声不得，继续赔上笑脸说："拴牢，这事老叔做得欠妥，没事先跟你打个招呼，当时也查不出你的住址，光向小于支书请示了一下。不管怎么着，总是我没想周到。可如今你看看，我诚心铺排起这么大的排场，也没旁的意思，跟你想的一样，把老人家好好发落一下，劳苦功高一辈子也有个交代。这么吧，你要是不嫌弃，就算咱们共同为老人家尽一分孝心。"

于拴牢冷笑一声："咱们？共同？我姓于，回到河南还姓于，你姓什么？好，我问你一条，若能答应咱二话不说。发落老子，儿子总得披麻戴孝、顶盆拉灵吧？你干不干？你愿不愿给我老子当儿子，嗯？"

宋锡五张口结舌，面红耳赤。

一个先来的干部实在看不下去了，不知就里地说："拴牢，不敢这么讲话，有个辈分大小哩。再一说，人家也是一片好心。"

于拴牢把眼一瞪，把桌子一拍，嚷道："好心？把人逼死还是好心？狼心狗肺！我刚才听说姓宁的那小子栽了，栽得好。我看谁再敢狗仗人势！"

曹真人站在一边急了，凑过来插嘴说："小伙子，咱们没见过面，我来说几句……"

于拴牢当下截住，说："我可认识你，老牛鬼蛇神！"

曹真人见不是头，这才回身就往家里跑，把以上各节对宋星细诉一遍。

宋星赶到的时候，支书于成龙刚开始说话，就站在一边听着。

于成龙不慌不忙地开口说道："是这，事情到了这一步，双方都先不要说气话。大家继续吃着喝着，听我说一点个人意见。宋大叔要办事，和我商量过，我也同意，取骨灰盒没跟拴牢打招呼，这责任我承担。可我这人粗心，忽略了一点，多亏随后想到了，什么呢？就是替宋大叔考虑得不周到。你们想，咱宋大叔是全县挂了名的模范专业户，这么大办丧事，铺张浪费，再有点封建迷信，传出去是什么影响？虽听说宁县长要走，新县长要来，但不论谁来，肯定都是执行三中全会精神的，都是支持专业户的，万一追究下来怎么办？我为难了好几天，要不是碰巧拴牢兄弟来了，这事还真是法儿妈死了法儿——没法儿了。现在，咱实事求是，长话短说，大家看这么办成不成？宋大叔既然实心实意铺摊成这样，也不容易，那这事还照旧办，还要办好。再说拴牢兄弟，既然来了，也是一片孝心，就干脆应个事主的虚名儿，对外公开说是自个儿发落自个儿的老子哩，他谁还能说啥？为了保险起见，咱把灵堂换个地方，学校正放假，那里也行，或放在文化室也行，都行。只有一个难题，花这么多钱怎么交代？我想了想，也不怕。咱就说这是宋大叔扶贫哩，赞助哩，以实际行动拥护中央政策哩。这么一来……"说到这里，他忽然闭口不说了，他感觉到有两道目光像两把利剑一样，冷森森地刺向自己的心窝，不由得微微打了个激灵，把有点忘形的身子正了正。

宋星双臂交叉在胸前，直盯着小于支书禁了口，才牵牵嘴角微微一笑，说道："成龙，论文化你是高中生，论地位你是党支书，可我听你说来说去，怎么全都是屁话！先不提我爹花四千块钱埋木头盒算不算赞助，真赞助又是啥货色？花钱给村里买个彩电，给学校盖几间房子，给五保户做一身衣服，这就叫拥护中央政策？那旧社会有人修桥补路、舍饭散财、兴学立庙，早就是共产主义风格了。要叫我看，有些人恰恰是在怀疑中央政策,狠心破财给自己买后路哩!"

于成龙稳住神儿,不恼不躁地说:"对,宋星这话在理。那你说咱眼下怎么办?"

宋星耸一耸伤疤,阴沉沉地说:"我当然自有办法。"

"噢,"于成龙笑嘻嘻地向四下里丢了一圈眼色,"那太好了,快说说。"

此时帮忙的人都停下手中活计,一层又一层地围了上来,要听宋星讲出什么话来。

宋星那条大伤疤又耸了一下,谁也不看地说:"办法很简单,也很笨。前几天我当了一次傻瓜,七百多里路空车往返,拉回个木头盒儿,现在我情愿再当一次傻瓜,把那东西送回老地方。我马上就走。你们该吃还吃,该喝还喝,随便。"说完头也不回地走了。

全场哑然无声,一个个全都愣了。

七

刘王渡老支书于泰昌的骨灰盒,几经往返之后,今天就要正式落葬了。事主易人,是死者的爱子于拴牢,灵堂迁址,设在村里的文化室。

文化室的前身是古老的于家祠堂,村里人称之为"家庙"。据说早先是有青砖围墙的,朝北开的大门外还有两个大石狮子,抬头正中是一块蓝底金字的大匾额,上书:"于家祠堂"四字,相传乃乾隆爷御笔,有龟驮碑为证。只是此碑无存,究竟怎么回事儿,这还是个谜。进门是东西两庑廊,中间是一条五尺宽的鹅卵石甬道,十四棵古柏一边七棵,浓荫如盖。甬道尽头接着一条级级高的青石阶,上去是围着白石栏杆的大露台,最后才是一座十八个间量的大厅堂,蓝黄两色琉璃瓦装顶,气象颇为恢宏。可惜这是老祖宗阔气时的情形,而今已是面目全非了,唯有十四棵合抱粗的古柏老而弥坚,看不清瓦色的大厅堂改作文化室,尚能古为今用。

不过,今天这里却一反往常的荒凉与冷清。厅堂里,历代列祖列宗的挂像和牌位固然早就不陈设了,便是文化室的几多破书与旧报,也清除得干干净净,腾出的地方几乎全让五颜六色的大小花圈放满了,没想到会送来这么多花圈,更没想到新来的乔县长也送来了花圈。原来乔县长的二叔打游击时在于老支书家隐蔽过,前几天,党支部开会认真研究,决定不送花圈为好,但乔县长都无所顾忌地送了,咱们怕什么? 也送。当然,要像乔县长那样以个人名义送。不过,送葬是不许参加的,支委一个也不许露面,这可是组织纪律问题。虽说近来上头的风向有点什么变化,但毕竟不到给于老支书恢复名誉的时候。这两天高音喇叭净播放哀乐和送花圈人的名单,也太过分了,该给广播员打个招呼,不能全由拴牢这小子瞎折腾……

那哀乐和名单,被挂在半天空的大喇叭送出去,别人听到也许不觉得什么,宋锡五老两口听了,只觉得心惊胆寒,坐卧不宁,尤其在夜深人静时候,那声音像鞭子,你心上哪儿疼它往哪儿抽。也想去送个花圈,儿子坚决反对,立起眉毛发凶:"你们就不会争口气!"昨天儿子出车一走,老两口还是决定买,但迟了,没货了,现做也没料了,得上县里去。为此夜里愁得睡不着觉,长吁短叹,后悔死了。后悔当初于老支书到处抓拿不下买拖拉机的钱,还以为他是坏了人缘,众人向着自家哩,如今你看看,全村有几家没送花圈? 挂了匾的专业户又值几个钱? 唉,唉,也闹不清这人心到底哪会儿是真的,哪会儿是假的……事到如今可该怎么办哟。皇天不负可怜人。天快亮时,熬得通红的四只眼睛终于想出一个补救的办法——"路祭"。

当地旧俗,出殡这天,本村有些亲戚、朋友、邻居,认为死者生前有恩惠于自家,便在灵车经过自家门前时设供祭奠,称作"邀祭";认为对自家的恩惠特别大的,便把供桌巴巴儿地摆在村口上进行祭奠,便称作"路祭"。这种极高档次的祭奠方式已经多年不见,几近绝迹,但终于还是被记起来了。可见炎黄子孙不仅具有世界第一流的忍耐力,记忆力也照样堪称一绝。

淡话少说。且看大出丧的队伍动作起来了。先是两班响器,一班民乐,一班军乐,出门分列两边,民乐吹奏的是《小开门》《大开门》《小十番》等诸般老调,军乐吹奏的可就混账了,竟是《解放军进行曲》,敢情不会别的?接着从灵堂里出来的是花圈和诸样纸扎活儿,男女小娃子一人拿一件,由两个殃神保护着,一个是黑脸骑虎执剑的羊角哀,一个是白脸骑鹤执拂的左伯桃,难能可贵的是,两位殃神都不是纸扎的,而是由两个活人装扮的。接下来便是男孝子队伍。第一名当然是于拴牢同志,披麻戴孝,手持一根哭丧棒,头顶一个瓦盆,盆里装着铜钱等物,由本族一位老者在旁扶定。在此之前,已有人将灵堂地上的干草抱出一堆,点起熊熊大火。第一孝子于拴牢来在火堆前,由扶盆老者将瓦盆由头上取下,猛地往地上一摔,盆碎铜钱飞,同时鼓乐大震,哭声更冲。装着骨灰盒儿的灵柩紧跟在男孝子后面,仍是由于拴牢用白布拉灵,一大堆未出五服的孝子们用麻绳拉衬,一干孝妇们则排成密集队形,挤挤踏踏地跟着抚棺痛哭。最后,便是大规模的送殡队伍,前呼后拥,不仅全村的人差不多都来了,邻坊村来的也不少。是呀,这是要埋装在大木头匣子里的小木匣子哩,自古以来谁见过?!

出丧队伍犹如一条古老的大河,翻滚着,嘶吼着,声势赫赫地向墓地涌流。

宋家的小供桌设在大路当间,上面燃着四根高香,摆着八样冷荤细盘,一副竹筷,一只酒杯,一壶上好的杏花村老白汾。两位虔诚的设供者,面向来灵方向长跪在地,已经多时了,不知是跪得腿疼,还是被老虎似的八月骄阳晒得头晕,抑或是叫前面汹涌而来的人的大洪峰吓怕了,他们的身子不断地微微摇晃,有点把持不住的样子。

不久，出丧大军来至宋家供桌前，扎稳了阵脚。

依例，每遇设供处，鼓乐班应该在此吹打一阵，让设供者在弦管声中对死者施以祭礼，不多停留的。今天可不一样，当宋家老夫妇庄敬地焚化纸箔，把酒默祷之后，两班响器不知怎么的，不但不停，反而益发抖起威风来。一只《解放军进行曲》不知已经反复了多少遍，而民乐班已将全部悲调吹打尽，只好拿出《将军令》《大得胜》一类反调曲牌充数了。就这，还看不出有罢休的迹象。大群送殡者从两翼反卷上来，早将小小供桌铁桶似的围在核心，简直是风雨不透。

两位祭者虚汗淋淋，滴滴答答地落在上，脸色赤红，呼吸短促，头晕目眩，东摇西晃，反倒可怜地像是两只被祭出的羔羊。终于，两个设祭者再也挺不住了，扑通扑通几乎是同时栽倒在地上。

人们为两班响器的精彩表演终于鼓掌喝彩起来，在朗朗乾坤里传出去很远很远……

宋星是在稍前一会开车到此的，开始并没有一下看见跪在地上的父母亲，但直觉告诉他，眼前这情景与自家大有关碍，而且凶多吉少。他不顾一切地挤进去，刚稳住脚步，正看见二老双亲跌倒尘埃。刹那间，血，浑身的血，古怪的热血，像火一样熊熊燃烧起来。他连连大吼着，怪叫着，冲到供桌前，发狂地抓起所有东西向人群砸去，最后一脚将小供桌踢飞有二尺多高，不知砸在了谁的头上。

人群只骚乱了很短工夫，很快恢复了固有的秩序，旋即爆发出自己传统的打击力和吞噬力。一声惊涛，惊天动地，亮出一个硕大无朋的人的漩涡，眨眼工夫便吞没了孤单的弄潮儿。

"打死他！"

"打死这缺德鬼！"

"砸碎他的汽车！"

"狠狠地打呀！"

......

有人在老远老远的地方听,这是某种多么美妙的和弦啊……

<h2 style="text-align:center">八</h2>

住院七天后,宋星的命保住了。但他暂时还看不见,还说不成话,下不了床。多亏保留着一点微弱的听力,左手凑合着能握笔默写,才跟这个无奇不有的世界,保持着有限的联系。

他写:"请帮我打听一下宁县长的下落。"

答复:"进中央党校学习二年,详址不知。"

他写:"这就对了。"

询问:"你还有什么事?"

他写:"父母三天没来了,请打听一下。"

答复:"小伙子,你听了别急。昨天你家司机小牛来说,你父亲不知又听了谁的话,亲自开着拖拉机上北山拉大青石,要给你村老支书在坟头立碑;你母亲不放心,跟着去了。小牛说……"

他写:"天哪!拖拉机有毛病,封存三年未修,要出大事故。我请求了,快派人追回他们,要快!"

然而,一切都晚了。宋锡五夫妇在北山迷离谷机毁人亡!噩耗传来,宋星喷血如泉,昏死四十八小时,醒后即写道:"请我家牛师傅和梁师傅代为料理双亲丧事,大德后报。"

后来有一天早晨,他写道:"请费心将此信发出。谢谢。"

那封信的封皮上写着:"北京中共中央党校、校党委负责人收转宁金生同志亲启,内详。"一定写得很辛苦,居然写得清清利利,跟睁着眼睛似的。

从此以后,他再不写一个字,默默地一心一意治病养病,与医护人员配合默契,疗效极为显著,三十九天后病愈出院,除右脚微跛外,一切完好如初。

他一颠一颠地来到父母的合葬墓前，默默地坐了两个黑夜，一滴眼泪也没掉。

他辞掉了牛师傅和梁师傅，让他们一人带走一辆车。对方不干。最后达成妥协条件：车算租的，租金下月另定。

他把那辆被捣毁的车不惜代价地修好，开进自家的后院，紧靠房子停好。

他在一个无月有风的深夜，把家里凡能燃烧的东西都细心地浇上汽油，堆好引燃之物，然后，龇牙一笑，轻轻地擦亮了一根火柴……

救火者甚众，但无人敢近前一步。

他手持一把冷光森森的大铁铣，抖动着脸上那条紫黑黑、颤巍巍的大伤疤，说："谁敢上来，我劈了他！"

九

后来，外面流传着一封信，也不知是给退回来的，还是原本就没发出去，因为已经没有了封皮；内文也不知是谁写的，写给谁的，因为压根儿就没有称谓和署名。就这么几句话，像散文诗：

　　我懂，被告太多。

　　我不懂，被告里最后也有我。

　　我相信，将来会有结论的。

　　放火烧十八次。

发表于《黄河》1986年第4期，名为《假语村言》

古月劫

乾隆二十年(1755)二月二十一日。

广西巡抚卫哲治接到一道上谕,内容是:卫哲治,你把胡中藻在广西任学政期间,给考生们出的全部试题,他与别人互相唱和的诗文,以及他的所有恶劣形迹,给我以最快的速度调查、搜集、汇报上来。这件事可不能姑息迁就,办得好不好与你的身家性命关系极大。将我要的这些东西准备好以后,要加以弥封,派专门的可靠的人员送来北京,不能出一点差错。

接完圣旨,卫哲治当即调动属下得力官员,分头去落实皇上的指示。人马都出发了以后,他还坐在那里一动不动,脑子里急速判断着究竟发生了什么事:胡中藻犯了什么罪? 会不会跟自己有牵连?

卫哲治虽然跟胡中藻没有共过事,他来广西当巡抚的时候,胡中藻早就离开广西了;但他知道胡中藻这个人,知道他是江西新建县人,曾任翰林学士,乾隆十三年(1748)二月来到广西担任学政,第二年七月就卸任回京了;只知道这个胡中藻颇负才名,自比韩愈,身边有一批热心的追随者;还知道他后来有一段时间不做官了,回到老家去闲住等等。可现在这是怎么回事呢? 卫哲治猜来猜去,一直猜不准会是什么问题。不过有一点他敢肯定,此事与自己没有一点干系,否则皇上不会要他来办这件事。想到这一点,卫哲治也就放心了,而且滋生出一种幸灾乐祸的情绪,心想你胡中藻自恃才高,这些年名扬天下,你也早该倒霉了。他告诉自己,一定要注意自己的言行,跟胡中藻彻底划清界限,对他的罪行决不宽容。想到这里,他又捧起皇上的圣旨仔细阅读起来。

两天以后,卫哲治就圆满地完成了上差,写了一份简短有力的奏折,内容如下:

> 臣我接到皇上的谕旨后,即亲自严格遵行。现在已经查明,胡中藻在担任广西学政的一年零五个月中,给生童们所出的试题都很怪僻,一点也没有清醇雅正的味道,他反而借以炫耀自己的新奇,好像有什么大学问似的。所查与别人互相唱和的三十六首诗,也是这种不伦不类的东西。至于他的人品,刚愎自用,狂傲无度,格调也是非常之低。现将他的试题、三六十首诗,以及一本他在陕西学政任上的诗集,已经全部封固,立即就派要员送去呈览。
>
> 臣我深受皇上您的殊恩,多年来一直担当封疆大臣的重任,对一切关乎国法和世道人心的大事,哪里敢掉以轻心呢?我是决不会去做那种有负皇恩的事情的。这一点我敢对天发誓!

几乎就在广西巡抚卫哲治办理这件事的同时,协办陕甘总督刘统勋也接到皇上一封严旨,其内容为:

> 刘统勋,你立即亲往甘肃巡抚鄂昌的抚衙内进行严密搜查,凡发现他与胡中藻之间应酬互答的诗文书信,都给我统统封存起来;即便是他与其他人的书信诗文,也不能放过,一并封存起来,派专人给我送来。
>
> 鄂昌现在在哪儿呢?如果他已经从西安回到兰州的话,你给他

传我的话,令他一面老老实实地接受搜查,一面继续履行巡抚职责,等待我进一步的谕旨;如果他还没有回到省城,而你又在他抚署中真的查到了罪证,那么你一面给我报告,一面火速前往西安,对他宣布撤职查办,并把他随身携带的行李物品严加搜查,凡可疑的文字物品等一概封存。至于甘肃巡抚的职务,就由你暂时代理,等待我进一步的谕旨。你听着,这件事一不能徇情顾面,二不能走漏风声,稍有疏忽,我拿你是问!

刘统勋接旨,还没开始办理,就赶快先给皇上表了个决心,说他断不敢走漏风声,更不敢徇情顾面,今夜就从西安动身去兰州,办理情况随时汇报。

在京城,还有三位与胡中藻有牵连的朝中官员遭到逮捕,他们是礼部侍郎张泰开和两位小官孙梦逵、路谈。逮捕令是由皇上亲自下达、由总理王大臣亲自监督执行的。

那么,究竟发生了什么事呢?

三月十三日,乾隆在乾清宫召集群臣,参加的有大学士、九卿、翰林、詹事科道等方面的重要人物,显然是一次十分重要的会议。召见开始,乾隆就发表了长篇讲话,这是很久以来没有的事情。他的全部讲话如下:

> 我们大清皇朝统一了中国,到今天已经有一百多年的时间了。经过列祖列宗的非凡努力,才开创了繁荣富强、安定团结的大好局面,使得天下的黎民百姓,享受到太平盛世的幸福。试问你们每一个做臣子的,谁不是从爷爷辈就开始过上好日子的?难道还不应该对我们大清皇朝感恩戴德吗?

然而，令人气愤的是，居然有些由我们一手选拔出来的读书人，给了他种种的功名利禄，甚至位列朝班，得到很大的权力，却心怀鬼胎，不知报答皇恩，反而在诗文著作和言谈举止中，大肆诋毁中伤我朝，怀着非常大的仇恨。这实在叫人难以理解，不可想象。譬如胡中藻，就是这样一个不通人性的畜生。

现在，我就给你们详细地说说他的事。几年前，他出了一本诗集，名字叫《坚磨生诗抄》。"坚磨"二字，你们知道是什么意思吗？它出自《鲁论》。但孔子所说的磨理，是指佛肸而言。你胡中藻以此为号，安的是什么心呢？从前在雍正年间，就出现过这种事情，像查嗣庭、汪景琪、吕留良等，舞文弄墨，又是诗文，又是日记，在那里肆意攻击朝廷，侮蔑圣贤，散布流言蜚语，惑乱世道人心。结果在先祖的英明处置下，他们都受到了严厉应得的惩罚。按说这就应该给读书人一个很好的教训，从而老老实实地读书上进，正伦纪而维世道，别再去干那种危害皇朝的坏事。但是没有想到。今天居然又出现了一个胡中藻！你们可去翻翻查嗣庭他们的旧案，再看看胡中藻的这些诗文日记，做一下比较，就会发现这个胡中藻比起那几个人来，只有过之而无不及。那几个人也没有在一本书里这么长篇累牍地大放厥词，但胡中藻在他的《坚磨生诗抄》里却这么干了。我可以给你们当下指出来。

例如，他说"一世无日月"，又说"又降一世夏秋冬"。三代而下，建立国家、维持比较长久的，也就是汉唐宋明诸朝了，但它们的政绩怎么样呢？不是充满着动荡不安吗？否则也不会一朝不行，又被下一朝所代替。可是，我大清皇朝定鼎以来，又是一番怎样的盛况呢？真是政通人和、国泰民安。兴旺发达的势头超过了从前任何一个朝代，简直就不能相比。我们的皇朝将不断强大，永世长存。胡中藻却狂吠什么"一世无日月"，什么"又降一世"，他还有一点人心吗？

例如,他说"一把心肠论浊清",在我堂堂大清国的前面,居然加一个"浊"字,分明是在与"一世无日月"相呼应。他这是一把什么心肠? 狼心狗肺都不如!

例如,他在《至谒罗池庙》这首诗里写道:"天非开清泰","斯文欲被蛮"。谁是蛮子? 以前,满族人称汉人为蛮子,汉人也称满族人叫蛮子。这不过是出于乡曲观念互相攻击的话,就像孟子所说的"东夷""西夷"一样。现在我大清抚有四海,普天之下莫非王土,率土之滨莫非王臣,难道还分什么东夷西夷吗? 谁是蛮子? 谁又辱没了谁的斯文体面? 满族人称汉人是蛮子假如有罪,汉人称满族人是鞑子不也一样有罪吗? 再说我大清朝统一全国已有一百多年,你胡中藻还在煽动民族不和是何居心? 类似这样的诗句太多了,什么"相见请看都盎背,谁知生色属裘人";什么"南斗送我南,北斗送我北。南北斗中间,不能一黍阔";什么"再泛潇湘朝北海,细看来历是如何";什么"虽然北风好,难用可如何";什么"擞云揭北斗,怒窍生南风";什么"再歇南风竞"……总是以南北分提,再三重复,其意图不是昭然若揭吗?

例如,他在《语泼照景石》这首诗中,用周穆王车马走不停和武皇为失倾城色这两个典故来讥讽我,这是一目了然的。至于"老佛如今无病病,朝门闻说不开开"之句,其矛头所指就更清楚了。你们都知道,我登基以来,几乎是每天都上朝听政,处理国家大事,忙得不亦乐乎,哪里有"朝门不开开"的事,真是睁着眼睛说瞎话。直接攻击我的地方多了:在《和初雪原韵》中说"白雪高难知,单辞赞莫加";在《进呈南巡》诗中说"天所照临皆日月,地无道里计西东。诸公五岳诸侯渎,一百年来颒首同"。在《颁蠲免》诗中说"那是偏灾全降雨,况如平日燃佛灯"……把我说成一个不体恤民间灾情,赈恤人民像点燃佛灯那样难,一百多年来高山大川都因为我的无为无道而感到脸红,字里行

269

间对我充满多大的仇恨啊！更恶毒的是,他在《孝贤皇后之丧》一诗中说"并花已觉单无蒂"。你们知道,孝贤皇后乃是我做太子时,由宗宪皇帝亲自替我选聘的贤淑女子,后来正位中宫,母仪天下,前后达十三年之久,何尝有干预朝政、骄纵内戚外臣的事情?这是皇天后土可以做证的。不久她得病去世,我按照规定的礼仪料理后事,也根本没有什么特殊的待遇。胡中藻在与鄂昌的唱和诗中,一再地攻击这件事,达到丧心病狂的程度,真是天地难容!

例如,他在《自桂林调回京师》这首诗中说什么"得免吾冠是出头"。你们听听这是什么话?我把他由翰林学士提拔到三品京堂,充任陕西学政,又调任广西学政,手握开科取士的文柄大权,调他回京另有重用,又不是要贬他的官。他却不记皇恩,反而认为是我长期压制他,不当官才有出头之日。类似这样不通人性的恶言恶语不胜枚举,什么"一世卦谁完,吾身甑恐破"。什么"若能自主张,除非脱缰锁";什么"一世眩如鸟在笼",什么"虱官我曾惭""直道恐难行";什么"世事于今怕捉风";什么"琐法偷射蛾,馋食狼张箕";什么"青蝇投吴肯容辞"……充满着阴暗邪恶的心理,让一般人很难想象出来。

这个胡中藻,投身在已故大臣鄂尔泰门下,依草附木,攀援门户,与鄂尔泰的侄子鄂昌臭气相投,掉弄文墨。我最早看到他进呈上来的诗文时,就发现他语多险僻生怪,便断定此人的心术不正,内藏祸心。在任命他为学政时,曾经当面严厉地训斥过他,告诫他在下面开科取士时要平和公正,不能大胆妄为。我虽然这样要求他,但也知道他决不会听话,事实证明果然不出我的所料。举个例子来说,你们看他出的一道试题是什么?《乾之爻不象龙说》!就算我不通经义,也知道乾卦六爻都取象于龙,所以《象传》上说"时乘六龙以御天"。可他偏要在"乾之爻不象龙"上大作文章,难道说爻不在六龙之内吗?乾是我当今的年号,而"龙"与"隆"又是同音。他却在狂吠什么乾之爻不象龙,其狼子心肠还不显而易见吗?类似这样的考题他也出得多了,什么《鸟兽不可与同群》;什么《狗彘食人食》;什么《牝鸡无畏》等等,你们看看这能够叫人容忍吗?按说,给考生们出试题,是应该尽量避开一些老熟题目,而经书上又丝毫不缺乏各种比较闲冷的材料。但胡中藻他根本就不是这样想的,他是有意借出题的机会散布自己的反动思想,目的是要煽惑人心,败坏世风,图谋不轨。

十多年来,你们在朝诸臣以及在外任事的封疆大吏们,给我进呈过多少所做的诗文,恐怕多到以千万来计算吧。其中也不乏有失检点者,我对此并不很计较,认为这都是难免之事,从不以此语言文字上的毛病而责罚你们,这也是事实吧?但像胡中藻这样的诗文,已经完全不是语言文字上的毛病,而是严重的犯罪行动。他攻击诽谤我倒还好说,我可以不去计较,但他诋毁我大清皇朝,乃属叛逆行为,是绝对不能轻饶的。

我看到胡中藻的这本《坚磨生诗抄》已经好几年了,为什么一直拖到今天才把事情摊出来呢?让我来告诉你们吧。我有个想法,觉得像胡中藻这样的书,你们这些大臣中应该有人能看出来,给我参奏他的罪行,所以我就期待着。岂知等呀等呀,至今并无一个人前来参奏。不但如此,反而有曾任侍郎之职的内廷侍从张泰开,对胡中藻的《坚磨生诗抄》大为赞赏,自己出巨资为其刊刻印刷;更有出身旗籍的鄂昌,一直受到我的重用,担任封疆大臣,对胡中藻的逆作不但不愤恨,反而与之唱和不断,引为同调。由此看来,你们这些人还能叫我放心吗?在万不得已的情况下,我只好亲自出面申我国法,正彼器风,认真地对待这件事。这可是关乎世道人心、后代子孙的大事啊!

现在,我已经下令把张泰开革职逮捕,交送刑部监狱;把胡中藻、鄂昌火速押解来京,等他们到案后,交由你们大学士、九卿、翰林、詹事科道,去严审定罪吧。

这就是我把你们叫来要说的话。

乾隆一口气讲了这么多，讲到激动处声色俱厉，几次拍案而起，吓得群臣们低头垂手，不敢仰视，胆子小点的腿肚子直发抖。讲完后好大工夫，这些人也不敢抬头说话。大殿里鸦雀无声，地上落根针恐怕也能听得到。

这里，应该把胡中藻与鄂尔泰、鄂昌叔侄的关系补充交代几句。

鄂尔泰，字毅庵，满族镶蓝旗人，姓西林觉罗氏，世居汪钦。大清帝国初创的时候，他的高祖查泰率领着全族老小投奔而来。天聪五年（1631），在与明朝的大凌河决战中，他的曾祖图扪英勇无比，力战而死，得到一个世袭的职位——骑都尉，并且在雍正三年（1725）的时候入祀"昭忠祠"。他的祖父图彦图，袭世职，官至户部郎中。他的父亲名鄂，拜国子监祭酒。而鄂尔泰本人，从小读书，中了举人后，于康熙四十二年（1703）承袭了佐领，授三等侍卫；康熙五十五年（1716），升迁为内务府员外郎；雍正元年（1723），担任云南乡试副考官，接着升为江苏布政使，很快又升为广西巡抚，两年后便做到云贵总督。雍正十年（1732）正月，皇上亲自召见他，授保和殿大学士兼兵部尚书，入军机，并赐以世袭不移的一等伯爵，成为雍正最得力的辅佐大臣之一。雍正临死前，曾亲口许他和另一位大臣张廷玉，身后都可以配享太庙。这在清代可以说是绝无仅有的殊遇。据史书记载，鄂尔泰生就一个大脑门儿、大腮帮子、大胡须，很有神采，说话温和庄重，面有关云长的春秋之气，遇事敢负责任，爱才若渴，他能把行文怪僻的胡中藻认作弟子也可说明这一点。胡中藻也很敬佩他的这位老师，故曾骄傲地声称自己"记出西林第一门"。鄂昌系鄂尔泰侄儿，又喜欢文学，于是就与胡中藻诗文唱和，关系十分密切。鄂昌做过一篇比较著名的《塞上吟》，内称蒙古为胡儿，也很惹恼了乾隆。至

272

于胡中藻和张泰开的关系,后面还要提到。

乾隆给群臣训过话,指示了处理意见以后,想了想还不解气,于是很快又给军机大臣们下了如下一道手谕:

胡中藻讥讪朝廷,悖逆可恶,必须从严办理。除他本人外,他的家属都有应得之罪,也要一律从严追究。你们快给江西巡抚下公文,让他立刻把胡中藻全家老小男女全部逮捕,押回省城监狱看管,把他的家要仔细抄搜,全部家产封存起来,不得有半点遗漏和转移。江西巡抚范时绶已经离任了吗? 如果他已离开而胡宝瑔已经接任,你们就把这件事交给胡宝瑔,让他严行办理,不得有误。

三月十三日,协办陕甘总督刘统勋从西安来到兰州,直奔巡抚衙门。这时,巡抚鄂昌不在兰州,而远在安西。刘统勋二话不说,出示皇上的谕旨之后,马上把抚署包围起来,开始彻底的大搜查。每一个房间,每一个箱柜,每一个隐秘的地方,都搜查到了,就连全家主要成员和幕僚差役的身边之物也没放过。当然,书籍、诗文底稿、书信等文字东西是重点,翻寻得更为彻底。在被搜查的人员中,鄂昌的儿子鄂硕是重点。经过检阅以后,认为问题很大的东西是:从鄂硕房里搜出诗稿一份、书信一封;从幕僚住室里搜出禀帖一封。刘统勋把这些东西细看一遍,立即进行初步审问,第一个对象便选定鄂昌的儿子鄂硕。下面是鄂硕的一段供词:

我是鄂昌的儿子,名叫鄂硕。我是去年十月初七日,才由北京来兰州父亲任所的,我刚来他就去安西了。我父亲喜欢写诗,经常写,我见过的就有四本,其中有一本还是我替他抄的哩。至于这些书在哪儿放着,我就不知道了,是不是我父亲随身带到安西去了,我也说不准。关于平时收到的书信禀帖之类，我是不敢动的，都由专人收起来包好送往安西，由我父亲亲手拆阅的。我去年来到这里后，就没见过留下一封信件和禀帖。这是实情。

刘统勋听完鄂硕的供词，估计也是实在话。他想了想，便给安西参将武福和代理游击职务的明华二人下了一道指令，让他们当面去向鄂昌追讨诗稿，到手后立即送回兰州。他不敢叫二人去追讨鄂昌的私人信件，因为人家现在还未被解职，还是手握巡抚大印的封疆大吏，什么时候不把圣旨当面宣读，什么时候不敢轻举妄动。不过还好，皇上关于将鄂昌立即押解来京的圣旨，很快就到了兰州。刘统勋心里有了底，马上又飞谕安西道台文绥，命令他会同武福和明华二员武将，把鄂昌就地逮捕，把他随身所有钱财物品书信禀帖全部封存，立即押解回兰州。分派完毕，不等结果出来，刘统勋就又给皇上来了一道表决心的奏章，主要内容如下：

皇上：一旦文绥、武福、明华将逆臣鄂昌押解抵兰，臣我就要仔细审阅他的全部诗文信件等，如发现有怨恨诽谤朝廷的内容，哪怕只有一点点，我也决不会放过，都要摘抄出来呈献给皇上您过目。我已给安西道台和武职官员下了死命令，谁要胆敢徇情包庇逆臣鄂昌，或者在押解途中发生差错，一定严惩不贷。

至于在兰州巡抚衙门搜到的三件字迹，其诗稿中虽然没有明显的悖逆语句，但所隐含的怨恨仇视的情绪，却是非常清楚的。鄂昌的那封信，是写给平庆道台庄年的，让庄年给他购买马匹，并指令在买好马匹之前，先行买足收槽等等。像这种任意加重下属负担的事，是一个封疆大吏应该做的吗？从幕宾室抄出的那一封信，是鄂昌幕友钱日炬写的，他向鄂家父子求助，给他的侄子找差事做。钱日炬在信中说:他在去年六月进抚署时,就跟鄂昌说过他侄子的事,鄂昌满口答应,让开出名字履历,交给有关司府衙门办理,总要给他侄子找个好差使。由这件事完全可以看出,鄂昌平日倚仗职权,营私舞弊,栽培私党,决不会只此一件。

至今虽然还未审查鄂昌的全部诗文书信等物,但仅就以上数端,已可肯定鄂昌是个悖礼行逆的贼子,完全背叛了皇上您的恩宠厚望,犯下了不可饶恕的罪行。

现在,我谨把已经搜出的这些东西,贴上黄签进呈御览。

另外,庄年代鄂昌购马匹的事,究竟内情怎样? 马买下了没有呢? 是否付过钱呢? 我都计划予以严肃追查,务必水落石出。还有钱日烜拉关系走后门这件事,情节恶劣,证据确凿,按照有关律条是必须治罪的。我也决不姑息。待这两件事有了处理结果以后,我再给皇上另行汇报。

刘统勋这里刚把奏折发走,皇上又来了最新的详细指示。其内容如下:

鄂昌解任来京候旨以后,甘肃巡抚员缺由陕西巡抚陈弘谋调补;陕西巡抚员缺由台柱署理;台柱所任的粮运事务,由阿思哈以布政使衔前往办理。接旨之日,即把鄂昌锁拿来京。刘统勋要派遣可靠稳重的官员,沿途小心押送。其任所的一切资财都要逐细查明封存,开出清单给我。

于是,刘统勋又忙乎起来:令瓜州营参将达兴阿专门押解鄂昌;令安西道文绥摘取巡抚印信后,交给安西参将武福护送回兰州,由他自己暂时护理,待新巡抚陈弘谋到任后正式移交之;鄂昌在安西的所有行李物品,均交给文绥封存押送;考虑到不要过早惊动鄂昌在兰州的家属,先不要宣布没收,反正自己前几天已经审查过了,不怕他们家里人隐藏转移;但还是不能掉以轻心,于是,又令知府欧阳永祯和守备田世雄,带领兵丁把鄂昌衙门看守起来,并派出巡逻队日夜不停地巡逻……经过这么一番悉心布置,刘统勋方才觉得万无一失了。于是回到下榻的地方,连夜又把自己落实皇上圣旨的种种情形写成奏章,第二天一早就呈发了。

十天后乾隆看到了刘统勋的奏折,朱批道:"所办甚好,知道了。"

一年多前,范时绥因为在湖南办理"刘震宇《佐理万世治平新策》案"有功,由署理湖南巡抚升任江西巡抚,了却了一桩心愿。但这个江西巡抚不是好当的,经常遇到非常棘手的事情。这不,眼下这桩胡中藻的《坚磨生诗抄》一案,又是通了天的大案要案,办理时稍有差错,轻则丢官,重则送命,可不是闹着玩儿的。

这天,他正在为此事费脑筋,忽然有圣旨到。他跪下听宣,圣旨的全文如下:

> 前不久,范时绥曾因病给我请假,想要解职离任去医治病痛。当时,因为无合适的人选接替他,我就没有准他的假,让他一边继续工作,一边调养身体。但我也知道这不是长久之计,因为一个巡抚的责任极其重大,事务繁杂,要耗费巨大的精力。而一个病人的承载力毕竟是有限的,担子过重不但会加重他的病情,对国家大事也会有所延误,以致造成不必要的损失。有鉴于此,我现在批准范时绥的请求,可以离任来京陛见。

> 江西巡抚员缺,由湖南巡抚胡宝瑔补任。湖南巡抚员缺,由左都御史杨锡绂署理;他的左都御史之职不必开缺;他从前在湖南任过职,对那里的情况是比较熟悉的,去工作困难不大;他可以直接就去

276

上任,不必再来见我请示什么了;务必快速赶去,不得拖拉。胡宝瑛要在杨锡绂到达长沙后,再去江西赴任。同样地,范时绶要在胡宝瑛到达江西南昌后,再动身回北京。

接到这道圣谕,范时绶大大地松了一口气,尽管对自己以后的宦途前景有点茫然,但总算先躲开了可怕的胡中藻案,不至于因此而丢掉现有的级别。于是,他当下给皇上写了一道谢恩的折子,内容如下:

接到皇上的谕旨,奴才我跪读之下,感谢涕零。多年来,奴才不断受到皇上您的信任和提拔,浩荡皇恩有增无已。奴才虽是非常愚蠢的人,也懂得竭诚报恩于万一。不争气的是奴才的贱体,多年以来病魔缠身,力不从心,难以报答皇上您的眷宠。去年夏天的时候,因为病情比较沉重,经常头晕乏力,难以坚持工作。当时我非常害怕因此而贻误了重任,万不得已才给皇上您请假乞归。但皇上您对奴才却格外倚重,叫奴才一面宽心调理病情,一面继续留任。奴才也深深地体会到皇上您的一片圣心,原也想加紧治疗,早日痊愈,尽快全心全意地为皇上效力。可是从那时到现在,病情却一直未见多大好转,头疼昏晕,乏力难支。奴才还正在为这事发愁,不知如何是好,没想到皇上您还记着奴才的贱恙,专门发下谕旨,予以百般体恤。奴才我心里清楚,这可是谁也没有享受过的殊恩啊!奴才感激皇上您的心情,是用言语说不清楚的,只有以后用实际行动来报答了。

奴才我一定谨记您的训示,等胡宝瑛到南昌后我再赴京。估计胡宝瑛是三月十五日回来南昌。我给他交代完毕后,计划十六日就动身由陆路赴京陛见。现在,我已经把手头一切应办而未完的事项列出清单,都要当面给胡宝瑛说清楚,决不会误事的。请皇上您一定放心吧。

范时绶的这道奏折,左一个奴才,右一个奴才,写得不算不用心,但并没有讨到乾隆的半点欢心。乾隆在看完他的奏折后,微微冷笑一下,提起朱笔冷冰冰地批写道:胡中藻的《坚磨生诗抄》逆迹昭著,他本人还上你的衙门生事告状,你为什么不给我参奏呢?

原来,这才是皇上"关心"他病情的真正原因。

乾隆对胡中藻及其《坚磨生诗抄》的愤恨,那是纯粹的愤恨;但对于鄂昌和他的《塞上吟》,却在愤恨之中,隐含着一种痛惜之情。因为鄂昌是纯正血统的满人,居然完全跟汉人胡中藻搞到了一起,这可不是好兆头。满人在汉人的汪洋大海之中,面临着被同化而消亡的趋势,这是乾隆长久以来最担忧的事情。因此,他对眼前的这个案子特别重视。

这天,他批阅完范时绶的奏折,心里一直烦闷不已,在御花园里消磨了大半天,情绪还是没有好转。一个人坐在书案前思谋良久,最后挥笔草成一道《传谕八旗务崇教朴谕》,全文如下:

我们满族的风气,从来是以尊君亲上、朴诚忠敬为根本的。除了骑马射箭苦练武功外,对其他一切玩物丧志的勾当概不沾染。但是,最近以来,我们的许多人却仿效汉人习俗,譬如刚刚知道一点作诗的皮毛知识,便妄为诗歌,动不动就互相唱和,还感到很得意。这就使我们满人的古老风气慢慢丧失了,逐渐养成了语言狂妄虚假的恶劣习惯。

就说鄂昌吧。他是我们满族的正统出身,几代人都受到国家的培养提拔,恩宠不能说不大。可他在广西巡抚任内时,见到胡中藻有逆诗《坚磨生诗抄》,不但不知道警觉和气愤,反而认为他是叔父鄂尔泰的得意门生,极力与之交往,作诗互答,往返唱和,俨然契友。这真是有点丧心病狂啊。

看看他的《塞上吟》吧。那叫诗吗？词句是那样粗鄙，技巧是那样低下，实在不能称其为诗。更可恶的是，鄂昌在诗集中居然把蒙古称作"胡儿"，这是不能容忍的。在我朝先辈时，蒙古人就诚心诚意地归附了我们。多少年下来，跟我们可以说已经是浑然一体。他鄂昌把蒙古骂为"胡儿"，不等于在自己损自己吗？他这不是忘本行为吗？

在鄂昌家还查出塞尔赫的一本诗集《晓亭诗抄》，其中的一首诗是写明泰的妾杜贞姬的，赞她如何义烈地为夫报仇。我原来还以为，明泰当年身遭不平，的确是无罪的。但查阅原案卷的结果，才知道明泰身为协领，竟然侵吞兵丁钱粮，犯下杀头之罪。而我宗宪皇帝宽大为怀，免去他的死罪，解送宁夏永远监禁，算是格外开恩了。可是塞尔赫却不顾事实真相，写诗歌颂明泰之妾杜贞姬如何巧饰行刺、替夫报仇等等，这不是颠倒黑白吗？

回忆我们满人，在没有读到孔门诗书以前，就一贯懂得尊崇君王的道理。后来学了孔孟之道，也知道那是教人以事君事父为重，维系法纪纲常。假如不了解这一要义，反而徒窃浮体之辞，暗怀险恶之心，在那里又是讥讽又是诋毁，岂不成了罪人吗？这种极端可恶的风气，断然不可蔓延。所以，传我的话给八旗子弟，每个人都要崇尚敦厚朴实的古风，不要丢掉我们先祖先宗的优良传统。从今以后，再有倚仗学过的一点点学问就妄作诗文、狂悖无状者，一律要从重治罪！

写完搁笔，乾隆方觉心中舒服些了。他搓搓双手，又搓搓脸颊，深深地吸进几口新鲜空气。

瓜州营参将达兴阿，从安西押着鄂昌回到兰州，略事停留后，便继续赶路，直奔京城而去。可怜昔日堂堂巡抚大员，今变成披枷带锁的囚犯，在兰州连自己的署衙都不准进，亲属也不准见，就又动身上路了。正是北国早春天气,冰雪未化,大漠风寒,这几千里囚途上的万般苦楚就可想而知了。

把鄂昌打发走后,刘统勋便放手大干起来,他带领皋兰县知县等下属文武官员,去鄂昌抚署进行抄家和逮捕家属的行动。他心里清楚,这次鄂昌是栽到底了,栽定了,再也没有出头之日了,对他采取什么样的打击方式,即使过火些,也没有什么可顾虑的了。

首先是大搜查。这回可真是名副其实的大搜查,简直是掘地三尺。比上次搜查要厉害十倍。果然搜出了新的罪证:鄂昌的日记一本,填词一本,诗歌三本,剪贴诗歌十一页。另外,有乾隆从前亲笔所赐的一个"福"字;鄂昌历任期间来上交归档的朱批奏折若干。比起上回的搜查来,这回的战果太多了。

刘统勋把所缴之物翻检一遍,便开始提审人犯。他想了想,决定先从两名贴身仆人下手,一名叫兰州,一名叫吉寿。这两个仆人都很年轻,从小就在巡抚家生活,从没受过什么坎坷困苦,现在一听成了钦犯,协办总督大人要过堂,早吓得软成一堆了,问什么说什么,半点也不敢隐瞒。吉寿先交代说:

> 小子名叫吉寿。小子是去年春天,跟随着我家主母,由北京来到兰州的。刚来不久,我家主人就去了安西。有一天,主母让我去收拾书房,说是要把这儿改作祠堂。我跟兰州在打扫的时候,拾到好几本书。我因为不识字,就问兰州这是些什么书,有用没有,没用就烧了。兰州是识得几个字的,说这是诗,是主人作的好诗,千万不能烧,交给小主人收藏吧。我就同意了。后来听说主人犯了事,这书就分在两个地方藏着,一个是主母放花样的小木匣中,一个是专门存放朱批奏折的小案匣内。所以,上次搜查的时候,就没有搜出来。上次问小子的话,小子也没给老爷交代。罪该万死。

接着是兰州交代,所说与吉寿相同。

刘统勋心里有了底,便命令马上审问鄂昌之子鄂硕。不一会儿,鄂硕提到,跪在地上不敢抬头。刘统勋上次讯问鄂硕时,因为对案情不很知底,所以不敢太难为这位巡抚之子,话语之间不得不透出些客气来。如今可不同了,在他面前跪着的再也不是什么名门之后,而是一个想怎么收拾就怎么收拾的寻常囚徒了。他沉下脸来,厉声喝问道:你是鄂昌之子鄂硕吗?

鄂硕也看出今天的阵势不同以往,吓得直打哆嗦,答道:是。

问:这些书是怎么回事?

答:是我父亲写的,有的我也替父亲抄过,像这本《塞上吟》。

问:知道这是从哪儿搜出来的吗?

答:知道,小木匣和小案匣。

问:谁藏在里头的?

答:是我。

问:上次为什么不交出来?

答:……

问:还有没交出来的吗?

答:这里没有了。这本《塞上吟》,还是去年在北京家里替他抄好寄来的。可能是我父亲另外请人抄过了,所以才没有把这本带到安西,就留在兰州了。至于我父亲还写过多少诗,我确实不知道。

问:你要好好想想,你知道你父亲犯下什么罪吗? 你再不老实交代知道会是什么后果吗?

答:学生知罪。学生不敢隐瞒。

问:去年,你在北京时,都给谁写过信?

答:没有给谁写过。

问:胡说! 给谁写过?

答:就给我父亲写过一封信。

问:写的什么?

答:那是去年五月写的,记不清写的什么。

问:你能记住写信月份,记不住所写内容吗?看来你是想尝尝大刑的滋味吗?还不快说!

答:说了些"书札之事,一一查明,一无所知,谨慎收存"等话。

问:这些话是什么意思?

答:那时候我要动身来兰州,北京的家决定让老家的人程福守护。家中院里存有不少字画,上房里也藏着很多的书,都是我父亲平生最喜欢的东西。临走前,我把它们都检查了一遍,给程福做了交代,然后就给父亲写信报个平安的意思。

问:那你为什么刚才要有意遮掩不说?

答:学生有罪。

刘统勋把一应人犯都审问一遍,录好口供,然后命令皋兰县知县把他们押下去,暂时全关在皋兰监狱里。当夜,他在灯下挥笔,把自己搜查、审问鄂昌一等人犯的过程,给皇上写出奏折。其结尾部分如下:

经臣亲审,鄂硕态度极不老实,与上次的口供前后明显不符,肯定还有隐瞒。但我保证继续追查,必然会搞得水落石出,就像此次搜出的这些悖逆诗文,虽然上次没有搜到,但毕竟隐藏不住。

另外,臣有两个建议不知妥否:一、鄂昌的幕宾钱日烜,上次搜出他请托作弊的禀帖,这次又从他家搜出杂记一本,虽没有明显的逆状,但也完全可以看出他绝非一个安分守己的人。除将他的这本杂记一并呈进御览外,我看对此人不能轻饶。二、这次查出鄂硕于去年五月写给鄂昌的书信一封,内有"书札之事,一一查明,一无所失,谨慎收存"等语。据鄂硕供称,是为北京家中所藏书画的事,给鄂昌报

282

个平安之意。但依愚臣之见,这信中之语,闪闪烁烁,恐怕内藏其他隐情,必须严加追查;同时应对鄂昌在北京的住宅立即进行搜查,或许会有更大逆情可获。请圣裁。

再说给胡中藻出资刻印《坚磨生诗抄》的张泰开,在北京被逮捕入狱以后,乾隆也极为关注,曾给张泰开的老家——直隶(河北)的总督方观承亲下谕旨,让他调查一下该书印出来以后,张泰开都给哪些人赠送过。因为有人举报说,凡乾隆七年(1743)参加过"壬戌科"考试而中了进士的河北籍读书人,每人都得到过同科进士张泰开所奉送的《坚磨生诗抄》一册。

胡中藻的案子已经震动朝野,近在京畿的直隶总督方观承,当然比别人更知道这件事情的分量。接到圣谕的当天,就命人立即翻阅档案,把壬戌科的进士一个一个地都查出来。第二天,就出结果了,共有十名。马上又给这十名进士的原籍州县发出公文,限定时日,让各地方官查明真相,火速汇报结果。这些州县是:深州、沧州、武清县、静海县、平山县、东明县、枣强县、安平县、高邑县、魏县。

还没等查明最后结果,方观承就先把自己以上的安排布置等情况写成奏折,给皇上送了去。这是个态度问题,不能不这么表白,不能不让皇上有个好印象。从内心讲,他是盼望最好别查出什么来,能不搅进胡中藻一案那就谢天谢地了。

事情的结果还真遂了方观承的心愿,不几天,各州县的调查报告都送上来了,没有发现谁得过《坚磨生诗抄》。为了保险起见,方观承还把各位地方官找来,一一地反复询问,直到有了肯定的答复才罢手。

方观承询问确实以后,便给皇上写出奏折,为了增加说服力和可靠性,更是为了分担责任,他把十位职官的姓名,全开列明白,之后写道:

张泰开虽然与所查的这十名进士系会试同榜,但在应试期间都仅见过一面,没有更多更深的交往,而现在职位高低不同,社会地位悬殊,就更无什么牵连了。经过反复调查落实,这十个人确实没有得过胡中藻的《坚磨生诗抄》,有些人连这书是张泰开出资刻印都不知道。这些口供似乎不假。

在追查这十个人的同时,我们还扩大了一条线索,即口北道台良卿,也是与张泰开同年的壬戌科进士。经详细查证,也与张泰开素无往来。因为不少人都能证明,乾隆十七年秋天的时候,张泰开去宣化主持考试,良卿正在那里,二人一点接触都没有。

当然,以上这些情况是否完全属实,证人们的话是否都很可靠?我也不很放心,正准备做进一步的查证。请皇上您训示吧。

呈发奏折后,方观承按说应该轻松愉快吧,但他却无形中产生出一股遗憾的心绪:漂漂亮亮地查出些问题来,安知就不会是好事呢?……

胡宝瑺是一位水利专家。他是江苏省青浦县人,乾隆二年(1737)时由举人授内阁中书,在军机处行走,从此宦途得意,乾隆十七年(1752)任兵部侍郎,兼顺天府府尹;同年十月署理山西巡抚,第二年九月实授山西巡抚;十月调任湖南巡抚;三个月后的乾隆二十年二月,便又特别调任江西巡抚,处理胡中藻一案。可见乾隆对他是相当倚重的。

当胡宝瑺还没有抵达江西就任巡抚之职,乾隆就已经给他下达了谕旨,命他严办胡中藻一案。后来,他刚刚走马上任,乾隆紧跟着又是一道严旨,内容如下:

各军机大臣:我根据哈清阿和富森的奏报,知道现在胡中藻的那些诗稿,都是已经刻印过的,这些诗只写到大前年就停止了。此后三年来,他是真的停笔不写了,还是照写不误而隐藏不发呢?我断言像胡中藻这样悖逆成性的狂徒,决不会放下屠刀立地成佛的,他肯定在最近这三年中写得更多更恶毒。之所以没发现,一来是负责搜查的人玩忽职守,或者有意包庇;二来是胡中藻听到了什么风声,将新诗隐匿,或者干脆销毁了。

根据这个情况,你们马上给胡宝瑔传达我的谕旨,叫他亲自去胡中藻世居老家严行搜觅,不能有一点遗漏;同时把胡中藻的家属和亲随家人等一一审讯明白,务求查出这三年多的诗稿的下落。你们告诉胡宝瑔,倘若他查办不力,一无所获,而将来胡中藻本人却交代出来了,那么,我唯他胡宝瑔是问!

其实,没接到乾隆这道圣谕之前,胡宝瑔已经干得十分卖力了,而且进展顺利。他于三月二十四日连草两道奏折,向乾隆汇报胡中藻一案的进展情况。只是它们还在驿路上,尚未送到。这两道奏折内容如下:

其一:

臣我是今年三月十五日由长沙抵达南昌的。当天,我一面派人去逮捕胡中藻家属并搜查其家,一面就查阅胡中藻的有关档案资料。

经查,逆犯胡中藻出身于吏役家庭,门第是最低贱不过的了。他居然能窃取到功名,成为朝廷的大臣,这完全是一种侥幸。他本应该为此而感恩戴德,报效皇上,为国家出力。可恨他生就一副不可救药的坏心肠,竟然利用一些诡僻险恶的言辞和比喻象征的手法,大肆诬蔑诽谤朝廷。其实他懂得什么呢?一字不通却自以为文章高超,什么德行也没有却呼朋引类,终于陷入大逆不道的罪恶深渊。依他的罪过,杀他一万次也不冤枉。

臣我是二月二十六日,在长沙接到恩调江西的谕旨的。赴任途中,就已经得知逆犯胡中藻已被押解去北京。当时我就想到,逆犯既已捉住,紧接着就该拘捕家属,及时抄家。但是,我到任以后才知道,这两项极其重要的事情并没有去做;只把胡中藻的家属很宽松地看管起来,根本没有监禁,等于逍遥法外;至于搜抄其家就更谈不上了。我当即责问起来,回答说还没有得到皇上的圣旨,所以不敢轻举妄动。居然如此胶柱鼓瑟,令人难以容忍。

于是,我就首先追查这件事,看看究竟是谁的责任,是玩忽职守,还是故意徇情包庇。经了解,责任者是罢免留任的按察使范廷楷。按说,前任巡抚范时绥临走前既然把后事托付于他范廷楷,他又是一名犯了严重错误正在留职察看的官员,就应该加倍小心,卖力查办,戴罪立功。谁知他却如此马虎大意,不拘捕家属不说,连起码的搜查工作都不搞,这太让人难理解了。

经过进一步了解,范廷楷原来与胡中藻是同科进士,有一榜之谊。这样问题就再清楚不过了,他根本不是不懂章法,而是在有意袒护啊。

现在,我已让他回避了。我从湖南来时,就估计到会发生这种情况,所以在刚进入江西境内时,就物色好一个得力能干的官员,他就是九江府同知张衷,他随我一起来到南昌,如今已经根据我的命令,带着南昌县知县和新建县知县二人,去胡中藻家进行搜查。

搜查结果,发现有大量的朱批奏折、诗稿、文稿、书籍、信札等。现全部进呈御览。胡中藻的一切家产也已搜查,列出了清单,随同呈献。

胡中藻的家属,情况是这样的:他有个儿子,名叫胡洙论,向来非常狂纵,跟他的老子一模一样,居然也著有诗集,已经搜获在案。正因为胡洙论狂悖无端,遭到老天爷的惩罚,他已经死掉了。胡中藻的儿媳妇叶氏,是原任副都御史叶一栋的女儿,也病故了。如今胡中藻仅存的嫡亲家属，只有他的母亲夏氏，今年八十岁；一个女儿，今年十四岁；一个孙子，名叫和尚，今年三岁；一个弟弟，名叫胡中藩，也是个十分狡诈的人，没有什么学问，所以能中举，跟胡中藻一样全凭侥幸。

胡中藩虽然跟胡中藻不同居，但两家相距不远。原先竟对他毫无触动。我到任后，才即刻派人把他拘捕了，从他家搜出胡中藻转移过来的田债、账簿、金银首饰等物，都是逮捕胡中藻以后这一段时间里转送过去的。现在我亲自审讯他，务求查出一切隐瞒情节。

胡中藻的亲朋好友有下面这几个人：一个是举人曹咏祖，他亲手替胡中藻抄写《坚磨生诗抄》并负责刻印。不过此人已经因为在考场舞弊被处死了，可见天不容恶人在世。一个是石城县知县李蕴芳，他也因为其他事故正在受到参劾。还有一个是试用知县申发祥。这几个人平时与胡中藻臭气相投，互相吹捧标榜，结党营私，无耻难容。我已派人去上述三家进行搜查，结果如何另行奏报。此外，我还留心如有其他应查之犯，只要调查出线索也一律从严处置。总之，不能让一人漏网。

对于胡中藻的亲家叶一栋，我派南昌府知府牛若炳前去查办。结果没有在叶家发现胡中藻的悖逆文字。据叶一栋供称，女儿女婿死后，他就与胡中藻结下仇恨，绝不往来。要说胡中藻有个好亲家，那是天津的张绍渠。叶一栋的话不大可信，因为在胡中藻的书札中，有叶一栋的一封信，话语之间隐喻着为胡抱不平的意思。究竟二人的关系如何，我还要进一步详查。还有一件事呈报，胡中藩原来的表字叫永镇，后改为尹政，其实都是他一个人。特此给皇上禀明。

其二：

正如皇上您明见万里，江西这地方风气非常坏。对那些大放厥词的害群之马，的确不能姑息迁就。我身受皇上赐予的特殊恩宠，亲耳聆听皇上的圣训,对皇上交办的事情决不含糊,我深知这是关乎正人心而昭国宪的大事,唯有全力办理才能不辜负皇上的厚望。我自到江西上任以来,时间已经过去十天了,这期间对胡中藻一案的搜查审理情形,在前折里业已详细奏明。

但是我想既然江西读书人的品行多有不端,喜欢造谣生事,结党谋乱。那么,就应该抓住胡中藻一案大搞一下,凡是他的家属近族、亲戚、门生、朋友等,都应该一一逮捕,严加审问,从重处理。只有在这样的严厉打击之后,再辅之以教化训导,晓之以大义人伦,方能从根本上扭转江西的恶劣风气。愚臣这种浅陋的见识不知对不对,还请皇上训示。

想愚臣我自从蒙恩任事,就决心把自己的一切都交给皇上了,再也没有什么个人的考虑了。这一片忠心,自然早在皇上的圣明洞鉴之中,宝琭不才,但绝不会有负皇恩的。

几天后,江西巡抚胡宝琭一接到乾隆关于追查胡中藻最近三年诗稿下落的圣谕,不禁大为后悔。他后悔两点:一是,怎么自己就没有想到皇上想到的这事呢? 一向不是自认为善猜圣意吗? 二是,没想到也好,为什么要给皇上急着汇报呢? 而且一天里头拜发两道奏折! 而且口气是那么轻松得意! 还再三地给皇上表了忠心! 结果连胡中藻最近三年因何无诗这么一个很简单的情节却没想到,这不是更显得无能吗? 皇上对此会怎么样看呢? ……胡宝琭真后悔死了。

但他知道,现在后悔已经晚了,世上没有后悔药可吃。最要紧的,就是赶快追查诗稿,只要能以最快的速度找到皇上所要的东西,那么事情还不至于变得太坏,正所谓"亡羊补牢"是也。于是,他点齐司道府县各级属下,浩浩荡荡地又赶奔新建县胡中藻的老家,决心挖地三尺,也要得到胡中藻在最近三年所写的诗稿。

结果很不理想。那么多人在胡中藻家搜查了三天两夜,凡该搜的和能搜的地方全搜了,还是一无所获。把带来的一干人犯都审问过三四遍,除胡家三岁的孙子外,把其他人犯都打得死去活来,也没有得到一点有用的口供。

胡宝瑛傻眼了。这可怎么交代?他急得像热锅上的蚂蚁一样坐卧不安。一想到说不定因此会丢掉乌纱帽,不禁一阵阵出冷汗。皇上那"唯胡宝瑛是问"的话,可不是说着玩儿的。两天后,胡宝瑛终于想出了一个对付皇上的借口,虽说损了点儿,他也顾不得了,先保自己要紧。请看他给乾隆写的这份奏折:

臣接到皇上关于追查胡中藻最近三年诗稿下落的圣谕以后,深深感到皇上您太英明了,考虑问题如此仔细周详,给臣我的指示如此明确,真是旷代的英主明君啊!

连日来,我亲自率领各级官员,重新搜查胡中藻家,院里院外,房里房外,一切隐蔽角落都不放过。但是没有发现最近三年中的诗稿。我又对胡中藻的家属等人犯严厉刑讯,也没有取得口供。我准备继续搜下去,继续拷问犯人等,直到有了结果。

但是,另一方面,臣也在用心思考这件事。诚如皇上您英明论断,胡中藻在最近几年中绝对不会不写一首诗。根本就没有这个道理。然而为什么就找不到呢?除了寻找不力这一个原因外,是否会另有关节呢?比如说烧毁或者转移藏匿?这是完全可能的事情。话说到这里,臣我就不得不提出范廷楷的问题,给皇上系统地做个汇报。有些话虽然说过了,还得再重复一遍。

臣我是三月十五日戌刻到达南昌的。一上任,我就询问胡中藻家里的书籍文稿信札等是否搜查、家属是否收监、家产是否封存。这时前抚范时绥已走,经办者便是范廷楷。他回答说,逮捕胡中藻,是从北京来的钦差大臣奉旨亲办,该不该抄没家产和拘捕家属,钦差大人没说,其他人也就不好过问。我认为他这是玩弄花招。谁不知道逆犯家属就是有罪之人,他的家产就是应该抄没的逆产。这还要谁再特别予以说明吗?范廷楷这样做,表面上像胶柱鼓瑟,似乎只是因为拘泥而误事,不算什么大过失;但实际上是故意包庇胡中藻,给其家属留下转移、销毁罪证的时间。

范廷楷的这种用心,还有一件事是可以证明的。刚来时我曾问他,胡中藻都有些什么亲属。他只告诉我说,一个八十岁的老母,一个尚在襁褓之中的孙儿,此外再无别人了。后来我在审阅《坚磨生诗抄》时,发现有一首诗前题记云:"为壬申尹政弟中式而作"。才知道胡中藻还有一个亲兄弟胡中藩。我以此责问范廷楷,他支吾不答。我问这个胡中藩现住何处,是否已经逮捕。他支吾不过,说胡中藩跟胡中藻分居已久,尚未拘禁。我深感震惊,钦犯胡中藻已经逮捕二十多天,他的亲兄弟居然依旧逍遥法外,这是什么样的行为呢?

当时,我顾不上跟范廷楷多说什么,即命人火速缉捕胡中藩,并要求仔细搜查他的家。结果搜获到一本账簿,是不久前由胡中藻的母亲转移在胡中藩家中的,账内有最近支出的两项记载,一是白银三百零九两,一是七十两。其用途不明。事实充分证明,这种转移罪证以及家产的机会,是范廷楷提供的。之所以没有搜出逆书等更大的罪证,很可能是趁这个机会给销毁了。

为了进一步弄清事实真相,我与新任按察使王兴吾、南昌府知府牛若炳,在内衙连夜突审胡中藩。但该犯习滑异常,坚不吐实。我们又审讯其家属,也都态度不老实,把管理家事的责任全推在一个名叫连儿的童仆身上。于是,我们就从连儿身上想办法打开缺口,经过百般诱劝,连儿终于交代出不少情况。

原来,胡中藩的宅院坐落在高冈之上,站在大门口能看清数里以外的情景。那天范廷楷带着钦差大人来逮捕胡中藻的时候,胡家已有所觉察。按说,在这种情况下,范廷楷更应该加快行动速度,增加封锁和警戒的力量,比如看守前门后门,以断绝家属出入等。但范廷楷皆视而不见,公然听其家属和闲杂人等自由出入。还有更严重的情节:兵丁从废纸堆里搜出隐藏的三千多两银子,交给范廷楷。而范廷楷也不请示钦差大人,就把银子全数退还本家。当时有人还建议应该搜查胡中藩家,但范廷楷却装作没有听见,不予理睬,更不给钦差大人禀报。这又是什么样的行为?

两天前,接到皇上您追查胡中藻近三年诗稿的圣旨后,我又专门询问范廷楷,问他可曾在胡家见过。他先是一口回绝没有,继而又说除见过《坚磨生诗抄》外,倒是还有几本书,当时都交给钦差大人了。问他没看清是什么书吗?他说钦差大人在场,其他人谁还敢大胆说话。

现在我想请将钦差大臣带回去的罪证仔细清理一下,如发现了近三年的诗稿最好,如果没有发现,那肯定此稿已经被胡中藩销毁,或者隐藏在什么地方。不管怎么说,范廷楷对此都负有不可推卸的责任。

作为一个犯有严重过失的罢职留任官员,本来应当在这次办案中立功赎罪,报答皇恩。这是连一个庸人都懂得的道理,但我不知道范廷楷何以会无知到这种程度。臣我与范廷楷同朝多年,早知道他性情乖戾了,但以前在户部任职时,他的办事能力毕竟是很强的;后来他任科道之职,任劳任怨,为人也是挺刚直的;臣我做都察院堂官时,曾为他的干练和刚正深为嘉许。奇怪的是,这次在对待胡中藻一案上却如此情绪反常,令人万分不解。难道说就因为与胡中藻有同榜之谊,连大逆不道的钦犯都要庇护吗?都要置皇恩王命、天理国法于不管不顾吗?这太令人不敢相信又不能不相信了。

当然，事情发展到这一步，我也有难以饶恕的错误。对此我决不推诿。胡中藻最近三年所作逆诗，或是销毁，或是深藏，总之下落不明，难以寻觅。但我要接受范廷楷的教训，一切从国家利益出发，不徇私，不枉法，全心全力地继续追查，不把此事搞个水落石出决不罢休。

一切请圣上睿鉴。

胡宝璟急于交差，把范廷楷当作替罪羊，给乾隆奏了一本。能否奏效，他也心中无底。奏折转发之后，他就急切地等待朱批消息，默默祝愿神灵保佑，让他顺利躲过这一难关。

这天，有圣旨降下。胡宝璟怀着一肚子惊慌跪下听宣。那圣旨内容如下：

关于前任江西巡抚范时绥参劾石城县知县李蕴芳的奏本，我已批准将李革职了。这个李蕴芳，据说是胡中藻的得意门生，在江西与胡中藻来往十分密切。这有从胡中藻家抄出的书信为证。李蕴芳在给胡中藻的信中，经常是牢骚满腹，对现实极为不满，甚至说出弃官不做的种种狂言恶语。即此便可断定李蕴芳的生平为人，必定是个极不安分的读书人，肯定还有许多更严重的罪行未被发现。着胡宝璟就近逮捕李蕴芳，严厉审问并认真抄搜他的家，一旦发现悖乱的诗词文稿和日记书信，即将他从严治罪。倘若别无其他罪行，也要对他结交、吹捧逆犯胡中藻一事，给他应有的惩罚。不得稍有疏漏和徇私！

接完圣旨，胡宝璟这才长长地吐了口气，一颗提到嗓子眼儿的心扑咚一声落回原地。乾隆对自己参劾范廷楷的事只字未提，不提就是默许。看来这个替罪羊还是真找对了。只要逃脱这一道关,其他事都好说,即如李蕴芳问题,他一个小小七品县令,还不是想怎么收拾就怎么收拾?况且有圣旨在此,只管狠狠地整这个李蕴芳吧。追查诗稿这件事上没让皇上高兴,如今就拿这个倒霉蛋李蕴芳来弥补吧。想到这里,胡宝瑛来了劲头,说干就干,当下就令人去抓李蕴芳。因为他知道李蕴芳自从被革职以后,就在省城南昌城里闲住着,说抓就能抓到,要审今天就可以开堂。

下面是胡宝瑛审问李蕴芳实录的主要部分:

胡:你是李蕴芳吗?

李:在下正是李蕴芳。

胡:你知道为什么逮捕你吗?

李:范大人参劾我有贪贿之罪。

胡:你再没有其他罪行吗?

李:请大人明示。

胡:你还装糊涂。好吧,我可以告诉你。我问你,你跟胡中藻是什么关系?

李:师生关系,也是朋友关系。

胡:说得轻巧,只是一般的师友关系吗?

李:确实是这样。胡中藻很有才学,他自己以韩愈自诩。我和申发祥等推崇他的诗文,也就自视为韩门弟子,在一起切磋学问是常有的事。难免有失当之处。

胡:你还在吹捧胡中藻!他有什么才学!你知道他犯下什么罪吗?

李:《坚磨生诗抄》出了问题。

胡:既然你知道是怎么回事,你就交代你的事情吧。你跟他有过些什么交往？你得过他的《坚磨生诗抄》吗？这逆书现在何处？都要一五一十地说出来，免得皮肉受苦。

李：我刚才说了，我跟胡中藻基本上是以文会友，没有更深的交情。去年他给我写过一封信，说他的父亲和儿子死了，我都去他家吊唁过，并且呈有禀帖。后来他为给母亲购买寿木的事也给我写过信，我也给他写有回信。再就是他族中有人告状，我给他写信打过招呼。这就是我与他的几次来往。至于《坚磨生诗抄》，我当然是有的了。

胡：那么这书和他的信现在什么地方放着？

李：胡中藻事发后，我就派衙役温才赶回我的老家，让我儿子李庆曾把胡中藻的信烧掉了。温才把《坚磨生诗抄》给我带回县衙，我也把它烧掉了。

胡：还有什么可交代的，你就快点说出来。免得叫我查出来以后，或者让胡中藻交代出来，就要加倍地治罪了。

李：在下知道，不敢隐瞒。

胡宝瑔退堂以后，马上委派赣州知府苏凌阿飞速前往李蕴芳老家，一是抄家，二是提审李蕴芳之子李庆曾。两天后苏凌阿回来复命，详细情况如下：

一、搜得李蕴芳给他儿子李庆曾的手书一封，内容是："谕庆曾知，速将《坚磨生诗抄》付于来人。书架上存胡大人信札四盒，从速销毁。并将来书亦毁，不可使一人知道。"

二、李庆曾口供一份，内容是：三月初七日午刻，有差人温才来到我家，拿出我父亲的手书，索要《坚磨生诗抄》，并叫我把胡大人来信都烧掉。烧掉的信没有几封，一封是给胡大人的母亲买寿板的事，一封是胡大人的父亲和儿子亡故的事,还有一封是什么打官司的事,其他的记不清了。

虽说从李蕴芳家中没搜出更多的罪证,但胡宝瑛还是比较满意的,有了二人的口供,加上那封李蕴芳示儿的手书,足可给皇上交账了。于是胡宝瑛很快就写成一道奏折,不无渲染地详述了自己审讯搜查的过程之后,结尾处有力地写道:

经臣确查可知,李蕴芳平日与逆犯胡中藻朋比为奸,攻击朝政,罪在不容。胡中藻败露后,他自知罪行难以掩盖,便销毁罪证,以图侥幸过关。这更是罪上加罪。他还有什么其他恶迹,或者还藏有什么罪证,臣我还在进一步追查中。一俟最后查清落实,即向皇上您另行恭折奏闻。

这些天,刘统勋埋头在鄂昌的诗稿书信堆中。这大批的文字东西,是文绶和明华从安西送回来的,经过他仔细阅查,发现了不少新问题。按说这是好事情,给皇上汇报上去又是一件功劳。但是事情没有这么简单,很有些微妙的机关在里头。比如说,他发现了鄂昌与胞弟鄂容安的信件,发现了鄂昌与廷臣黄廷桂的信件,发现了鄂昌与三朝元老史贻直的信件,等等,怎么办呢? 能不加考虑地一下捅上去吗? 也许鄂容安和黄廷桂可以不必太顾忌,捅上去不会出多大的娄子;但对史贻直能不顾忌吗? 他对这位老臣的势力和能量可是最了解的。这位史老官,字儆弦,号铁崖,江苏溧阳人,出身名门,康熙三十九年(1700)中进士,改庶吉士,散馆,授检讨。康熙五十年(1711)任云南乡试正考官。康熙五十一年提督广东学政。康熙五十六年迁赞善,累迁侍读学士,署掌院学士。雍正即位后,命他在南书房行走,授内阁学士。以后又历任吏部右侍郎,武会试副考官、会试副考官,户部左侍郎、工部右侍郎。到了乾隆朝,他的官运亨通,历任顺天府尹,同时兼吏部、工部、户部三部侍郎,福建总督、兵部尚书、户部尚书、工部尚书、吏部尚书、刑部尚书、直隶总督、会试正考官、加太子太保衔。简直可以这么说，史贻直把大清朝的什么高官都当过了。他的门生故吏遍布全国，多如牛毛，势力极为雄厚。倘若不注意惹着了他，即使有皇上做主，也绝无好果子吃。可是面对皇上交办的胡中藻一案，敢包庇史贻直吗？一旦被人参劾，自己更没有好下场。这件事可难坏了刘统勋，究竟该怎么办，他一时半会儿下不了决心。经过一番激烈的思想斗争，他最后把心一横，还是先给皇上交账要紧，至于其他后果，只好听天由命了。他给乾隆如实报告如下：

前些天，游击明华和安西道文绥，从安西送来鄂昌的随身物品，我经过细致检查，在四本诗稿中有一本题为《秋村集》，以前在兰州他的署衙中未曾见过，其余三本已有查获。查得其他文稿两本、书信几十封。至于一些公文要件，与本案无牵连的，都移交给新任巡抚陈弘谋了。

在鄂昌的大量信件中，发现了许多意想不到的严重罪行。譬如：从他兄弟鄂容安的来信中，看出他们对皇上满怀怨恨情绪，对任命鄂容安去北路任职啧有烦言；从黄廷桂给鄂昌的来信中，看出他们内外勾结，营私舞弊，干过不少坏事；从史贻直给鄂昌的来信中可以肯定地知道，后者给前者行过贿，等等。

去年的时候，臣我曾经来过兰州，跟鄂昌共同办理军需事务，是打过一段交道的。那时候，我就发现他这个人写起信来偷偷摸摸的，说起话来闪闪烁烁的，跟一般人不一样。当时总以为他不过生性如此而已。但是现在看来，不这么简单。他是一个为官不正作恶多端的奸臣，能跟胡中藻狼狈为奸同流合污是必然的发展结果。

现在，我把这些书信粘好黄签，很快进呈给皇上，以便在京审问鄂昌时起到应有的作用。

另外，上次我给皇上有过奏折，关于庄年给鄂昌代买马匹的事，说好查清后另报。现已查明，马已由鄂昌买走，鄂昌也已照价付了款。这件事是否就不必再追查呢？请皇上明训。

乾隆看过刘统勋的这份奏折，大为赞许，朱批道：你这样毫无顾忌地直陈奏事，我太高兴了。只要你这样坚持做下去，就会永远得到我的重用。勉之！接着，乾隆就免了史贻直的官，勒令他回到老家闭门思过。当然两年后又启用了他，而且更加重用。这是后话。

时间一天天过去，胡中藻最近三年所作的诗稿，依然没有下落，连有价值的线索都没有。虽说乾隆上次的谕旨中没再提这件事，但胡宝瑔深知事情不能算完。他知道乾隆的脾气，肯定会再催问的。他也知道，朝里也会有人抓住这件事，在乾隆跟前大做文章。范廷楷不是没有后台的人。果然不出所料，他很快就接到乾隆的圣旨，催问诗稿查获情况，警告他不得有半点懈怠，口气严厉而生硬。

胡宝瑔沉吟良久，深感面临着巨大的危机，只有下功夫再去抄胡中藻的家，找到乾隆所要的诗稿，否则难以改变被动局面。主意拿定，他就传齐人马二次赶奔新建县。

这次在胡中藻家整整搜查了四天多，比上次搜得还要彻底，可以说连耗子洞都掘开了。虽说仍然没有找到要找的东西，但也有些收获：一是胡中藻为父亲祝寿时写的对联底稿，内有悖逆字眼；二是胡中藻当年给乾隆进呈诗册时的奏折底稿，也有出言不逊之处；三是在一本旧书里发现张绍渠写给胡中藻的一封信，这更是一条重大的新线索。另外，经过对童仆连儿的继续审问，查出在胡中藻被捕以后，家中确实烧毁过大量文字东西，同时把烧毁字纸的地方也找到了。

有了这些新收获，胡宝瑔觉得可以给乾隆有个答复了。同时，也应该给那些背地里攻击他的政敌们一个有力的反击。反击的要害还是打范廷楷这个目标。他经过周详的谋划,构思出一道奏折来,全文如下:

　　臣我跪读严旨以后,羞愧得无地自容。尽管不敢有一丝松懈麻痹的念头,但总是因为我愚鲁无能,没有搜获逆犯胡中藻的诗稿,有负皇命,罪该万死。

　　我在接到严旨的当天,即亲率各级官员起程,再对胡中藻家进行彻底搜查。在数里之外,就望见胡中藻新建的住宅,还没有完全竣工,有些木架还未拆除,四周的围墙也很高,一切情形与上次见到的一样。这也是我让该县的知县派人封固并严加看守的结果。

　　我们启封进去,开始全面搜查。楼下南北两间住房,一间原来住着胡中藻的母亲夏氏;另一间原来住着他的女儿和孙儿;胡中藻原来另居厅北一间,还有书房一间。楼上的房屋还没装修完毕。这一切情形也与上次无异。经过更仔细更严格地搜查,在一堆破烂物什下面,搜出胡中藻为其父母祝寿的对联,内有"两仪自然偕老""十千岁永偕堂上""我乾坤"等狂悖字句;搜出为进呈逆诗而给皇上起草的奏折底稿,也语多狂纵;搜出胡中藻的另一个亲家张绍渠的一封信,内容也极为暧昧。为了找到胡中藻新近三年所写诗稿,我让人把所有房间的地板全部挖开,把厅楼南面的两间小屋全部推倒深挖,结果一无所获。但是,经过再审连儿,却找见了烧毁大量字纸的现场,确信由于在逮捕胡中藻时有人故意包庇,致使其家属有足够的时间销毁罪证。虽然不敢肯定已把全部诗稿付之一炬,但这种可能性的确是极大的。

　　由此,我又不得不提起范廷楷。正如我以前给皇上报告的,前任江西按察使范廷楷,在办理逆犯胡中藻一案中,凭借职务之便,明目张胆地玩忽职守,有意疏忽懈怠,以致延误时机,让胡中藻家属能够自由出入,从容地烧毁罪证,转移金钱财物。证据确凿,不容抵赖。

我又经过了解,胡中藻这些年退居故乡,目无乡党,十分地飞扬跋扈,搞得邻里不安,怨声载道。去年,他父亲死后,出殡时为了给灵车让道,竟要强行拆除民房。当地乡民忍无可忍,上告到县里。身为按察使的范廷楷,不但不为民做主,支持知县办案,反而给知县施加压力,要他惩处原告乡民。后来多亏南昌府知府牛若炳再三禀阻范廷楷,才把这件事平息下去。由此可以看出,范廷楷这次庇护逆犯胡中藻,绝对不是偶然的,而是他们长期结党营私的必然结果。

鉴于范廷楷以上种种行为,臣虽然不想开口,但为国法人心计,现在也不得不说话了。我觉得他虽然已经离任,还是不能不做进一步的严厉处分。

至于胡中藻一案,臣我将不遗余力地遵旨办理,绝不敢因为发生过烧毁罪证的事,就借故松懈下来,不去继续深入地追查到底。这一点,臣敢以身家性命担保。

我想,办理此案宜速决不宜拖延,速决则罪犯们难以遮掩,迟缓则给他们以更深隐藏的机会。所以我请求,一旦在京从胡中藻口中审出什么新线索,最好能尽快通报下来,我们方能尽快办理,以加快整个案件的办理速度。

一切但听皇上的英明决断。

胡宝瑺进呈奏折以后好长时间,没见上面有什么反响,不免心里发毛。莫非乾隆对自己二次搜查的收获依然不满意?莫非乾隆对自己告范廷楷的状不很高兴?……他越想心里越不是滋味。

不过他又想,真是乾隆对自己不满意,那也只能怨自己不争气。你没有找出乾隆想要的东西,怪谁呢?说来说去,关键是要找到那诗稿的下落才行。

胡宝瑛是个聪明能干的官场老手,他很快地审度形势,权衡轻重,理清头绪,抓住了重要关节:再审关键人犯胡中藻,扩大搜查范围,全力找到胡中藻最近三年的诗稿。只有这一步棋走好,才能救活全盘。

　　这天,又把胡中藻提出监牢,上堂审问,没问过几句,就动用大刑一阵暴打,直打得胡中藻死去活来,皮开肉绽。胡中藻心里想,我好歹也是个举人,你胡巡抚既是同姓之人,也是科举出身的读书士子,怎么一上来就往死里打人,这么狠心呢?可他哪里知道,他的口供至关重要,牵系着胡巡抚的宦海浮沉乃至身家性命,不下死手打他,他能招供吗?高坐大堂的胡宝瑛当然也不知道胡中藻此时在想什么,只知道打得你开口招供就行。不出一个时辰,胡中藻熬刑不过,终于吐出一条新线索,拉扯出他的一位族侄胡觉论来。

　　于是,又是捕人、抄家。据胡觉论交代,他确实借阅过族叔胡中藻的诗本,但并不知道是否是近年新诗。他说他外出行医觅食,最近几天才回来,根本不知道胡中藻出了什么事,所以也就没有交出诗本。果然从胡觉论家抄出胡中藻的近诗数首,内有"北眼南身,已谢功名""甘罢虱官"等不法字句。胡宝瑛喜出望外,虽说只有数首诗词,毕竟是乾隆追要的真东西,他激动得差点流下眼泪。当下舞文弄墨,给乾隆起草献诗奏折。为了增大分量,他在这份大贡物之外,又献上两份小礼物,相信定会让乾隆大为满意。这两份小礼物,一个是申发祥,一个是李蕴芳。且看胡宝瑛在奏折中是怎样写的:

　　　臣查永宁县试用知县申发祥,平日无耻吹捧逆犯胡中藻,结党营私,朋比为奸,罪证确凿。我已派游击张立中将申发祥缉捕回省。逮捕他们时候,他不在永宁县衙,正在府里公干。我又派知府宋调元去永宁县摘取印信,并抄没其家,搜出他与胡中藻的唱和诗十二首,胡中藻批点的时文七篇,他在广东时所作的诗集《看峰集》等。在他的诗文中有这样的句子:"与公只合作长须。"居然在逆犯胡中藻面前卑躬屈膝到这种地步,令人可恶!不严惩不足以正官声而扬皇恩。

关于李蕴芳的罪行,臣已经给皇上专门呈报过了。但最近发现了他的一条新罪状。逆犯胡中藻因给其父出殡,企图强拆民房引起诉讼,由南昌县知县顾锡鬯审理。在这件官司上,除过原任按察使范廷楷给顾知县施加压力外,李蕴芳也活动频繁,找顾锡鬯送礼说情,百般为胡中藻开脱责任,造成了极坏的影响,据此应对李蕴芳从重处治,决不能轻饶。

胡宝瑛的这一道奏折上去,果然很讨乾隆的欢心,不几天就下来一道圣谕,内容如下:

根据江西巡抚胡宝瑛的参奏,原按察使范廷楷在奉旨查办逆犯胡中藻一案中,行动迟缓,有意包庇,致使家属得以转移财产、烧毁罪证。着从严处罚。

知县李蕴芳,试用知县申发祥,以逆犯胡中藻为师互相标榜,朋比为奸,着实可恶。亦应从严治罪。

胡宝瑛办事认真,甚合我意,勉之。

胡宝瑛谢恩不止。

关于对胡中藻等几个主犯的量刑问题,大学士九卿翰詹科道早就有了具体意见,呈报在乾隆这里。惩罚是严厉的:胡中藻凌迟处死,犯属内十六岁以上男子全部斩立决;鄂昌和张泰开斩立决……

但是,这个处决意见压在乾隆这里已经好些日子了,他没有马上批准,也没有表什么态,他不想让臣下猜透猜准自己的心思。这种猜测与

301

反猜测的斗争,是一种从来就没有停止过的君臣之间的心理较量。

乾隆有自己的思路。他知道在自己继承大统以前,朝臣中就存在着两派,一派以鄂尔泰为首,一派以张廷玉为首,明争暗斗,冲突激烈,而且直接影响着各省督抚等外官的政治态度。能不能很好驾驭这两派力量,是一件至关重要的事情。这次在胡中藻案件上,他也没有忘记把握这一点。他给自己制定的战略思想是:既要通过打击胡中藻等人,给全国不安分的读书人以严重警告,不要又说又写的妄论朝政;但也不能把鄂尔泰这一派力量刺激过重,让张廷玉那一派失去对立面,反而不好操纵。乾隆正是从这种考虑出发,对送上来的处决意见迟迟不表态。他要使出自己的招数出奇制胜,一箭双雕。

四月十一日,乾隆发下圣谕,主要内容如下:

大学士九卿翰詹科道,已经对胡中藻进行了反复审问(审问胡中藻的笔录档案一直查无下落,只好暂付阙如——笔者),基本上搞清了他的罪行,并提出凌迟处死的具体意见。这当然是以罪量刑,是很公正的。不过我的意思是从宽一点。斩首示众就可以了,目的是给世人一个警戒吧。

在这件事上,我要多说几句。众所周知,胡中藻是已故大臣鄂尔泰的门生。他一向文辞险怪,行为乖戾,却独独受到鄂尔泰的赞赏和庇护。他所以能陷入叛逆的泥淖,落得今天这个下场,不能说鄂尔泰没有责任。我记得在胡中藻的诗中,有"谗舌青蝇"这样的字眼,根据前后诗句的意思,很清楚他是在骂张廷玉、张照等人。这足可证明他是依附在鄂尔泰的门下,怀着狭隘的派别之见写诗的。反过来,张廷玉门下的人又怎样呢?说话也好,动笔也好,照样攻击鄂尔泰不误。这种情况你们以为我不清楚吗?

按说,身为国家大臣,应该公忠体国,效忠皇命。假如各存私心,各怀己见,各招同党,那立刻就会有大批的小人妄加揣摩,追随附和,缠绕攀附,逐渐形成水火不相容的小集团,从古以来的朋党之祸,难道不就是这样产生的吗?这个道理,鄂尔泰和张廷玉是应该懂得的啊!尤其是鄂尔泰身为满族大臣,更不应该沾染这种恶劣习气。他二人要是今天还活着,我是要重重治罪的,以作为大官植党者戒。

对张泰开的处理,我的意思是,不必杀他了。他是一个平庸懦弱的人,出钱给胡中藻刻印《坚磨生诗抄》,又给作序,都是胡中藻在勾引利用他。可以把他立即释放,仍然在尚书房行走,以实际行动立功赎罪。

鄂昌另案处理,等我的谕旨。

我对胡中藻等虽然宽大为怀,但有些事情还得继续追查。比如,胡中藻最近三年多作诗甚少,而且从呈缴上来的这几首诗看,不论是遣词造句,不论是诗中气韵,都与《坚磨生诗抄》那种凶焰大不相同。我判断,这肯定是有人给他通风报信,说我已经看过他的诗,非常生气等,不然他怎么会突然有所收敛呢?据胡中藻交代,他有个亲戚名叫张绍衡,曾经从北京去过他家,时间也大约是三年前。是不是这个张绍衡给传的信呢?张绍衡又是从谁那儿得到确信的呢?一定要查清楚。

还有一条线索也要追查。据胡中藻的亲家叶一栋供称,胡中藻还有一个关系更好的亲家张绍渠。张绍渠又是张绍衡的亲哥哥,会不会是他从弟弟口中得知消息而通报给胡中藻呢?像这些重要事情,不能因为处决了胡中藻就扔下不管了,都必须给我搞得水落石出。

乾隆的这道谕旨传出,群臣震慑,鄂尔泰一派的人自然不敢违抗,张廷玉一派的人也诚惶诚恐,不敢稍露半点得意之色。

张绍衡的老家在江西铅山县，距离南昌有一千二百多里路。江西巡抚胡宝璇接到乾隆的圣旨后，当即委派赣州知府苏凌阿、九江同知张衷、南昌府通判王湘三个人，连夜秘密出发去铅山捕人。

这三位差官带着人马，日夜兼程，马不停蹄，三天后来到铅山县，先见知县廖焌了解情况。张绍衡是知名人士，廖焌当然知道他的行踪，回答说他已于前天离开县城，去北京办事。

这可麻烦了，抓不到张绍衡，这是没法交账的。三人商量了一下，由苏凌阿改穿便衣，沿途追踪；由张衷赶回南昌给巡抚大人汇报；由王湘去张绍衡家搜查守候。

胡宝璇得到张衷的报告，有点着急。他想张绍衡是去年十月受到推荐的，早就应该动身去北京专候选官，但却迟迟未去。是否他已预先听到什么风声了呢？要真是这样的话，那他现在决不会去北京，那等于自投罗网。他很可能是掩人耳目地声称去北京，实际上却声东击西，向其他方向逃窜。想到这里，他便下令对全省各路水旱码头实行戒严，派出大队士兵进行昼夜巡逻，还有无数的便衣探员，深入到所有饭馆、旅店等人多混杂的地方秘密查访，总之要不惜一切代价地抓到张绍衡。

在这样的天罗地网中，张绍衡自然无法隐藏，四天后就被苏凌阿给逮住了。押回省城以后，胡宝璇也不想多问，心想赶快给乾隆送去最为保险，免得夜长梦多，再出什么岔子。于是，他挑选出精明强干的南昌府通判王湘和标右营的守备许文奇，作为押解张绍衡赴北京的负责官员，带领三百多人的押解队伍即日起程。就这样胡宝璇还不放心，命令给张绍衡戴上特别赶制的铁锁铐才算完事。从南昌到北京三千多里路，张绍衡能否受得了，胡宝璇就不管了，他只交代说，能活着把他送到北京就行了。

张绍衡到北京后，下在刑部监狱，很快就对他进行审问。经过一路上的痛苦折磨，张绍衡已经心力交瘁，什么话也不想隐瞒了，交代得一干二净。他承认在乾隆十八年(1763)十二月的时候，他从江西来到北京，户部侍郎裘日修亲自给他透露说，胡中藻的《坚磨生诗抄》已经有人进呈给乾隆，乾隆看后大为震怒，恐怕有非常之祸，让胡中藻小心提防，不要再乱写什么了。

马上逮捕了裘日修，并提来与张绍衡对质。但裘日修坚不承认。张绍衡交代说：

> 我这次被押解来京，路经任邱县时，我哥哥张绍渠曾经偷偷跑来看我。他临走时打发家人郝升提前去北京，告知翰林饶学曙我被押解来京的消息。那天我们来到北京，正要进彰仪门时，郝升迎了上来，给我传饶学曙的话，说是在审问时千万不能牵扯出裘日修。

尽管张绍衡一口咬定，裘日修还是拒不认账。他承认前天饶学曙曾经去过他家，但根本没提什么张绍衡的事。他根本不知道张绍衡为什么被押解来京，所以就不可能让饶学曙去传什么话。

于是又逮捕了翰林院的饶学曙。他也坚不承认曾派郝升去传话。

接着又逮捕了张绍渠。他倒是对任邱私见兄弟、派郝升进京报信等情节供认不讳。

办案大臣们把审理情况汇报上去，乾隆口谕如下：

> 此事经过面面质对，裘日修乃是泄露机密的人，这已经毫无疑义。当然要说是他故意通风报信，恐怕也不尽然，因为他若要有心泄密，直接给胡中藻写封信不就得了，何必要借张绍衡的口呢？我想是他闲谈中无意说出的吧。尽管这样，裘日修也有难以逃脱的罪责，着革职查办。着饶学曙降三级使用。

至于张绍衡,他给胡中藻报信之时,案子尚未提起,算他出于好心劝阻胡中藻犯罪,再加上他能主动交代问题,所以可以免于处分吧。但对张绍渠不能放过,他身为监司,竟敢擅离职守,中途私会押解中的要犯,并且派人通风报信,实在是目无法纪,难以容忍。着马上革职严办。

乾隆二十年(1755)四月十三日,胡中藻在北京被处决。

四月十四日,大学士九卿等给乾隆进呈奏折,要求按旧例在处决胡中藻以后,停止江西省会试和乡试一次,以惩戒该省的嚣凌士风。

四月十七日,江西巡抚胡宝瑔给乾隆有一道奏折,内容如下:

臣查逆犯胡中藻的父亲胡大祉和儿子胡洙论在世时,祖孙三代都不是善良之辈,舞文弄墨,诋毁朝廷;呼朋唤友,结成死党;刻薄嚣张,欺压乡里。就是胡中藻的母亲夏氏,虽然已经八十多岁,但也十分习恶狡诈,真正是个母老虎。现在,胡中藻已经伏诛,他的父亲和儿子儿媳也早就相继受到天诛,可见倒行逆施者,天所不容。为了申张国宪,给江西士风立一个教训,臣请求对胡中藻的母亲夏氏、胡中藻全家等,也应该按缘坐律从严治罪。

另外,臣自从来到江西以后,牢记皇上的圣训,十分留心改变江西读书人的不良风气。据我长久的考察,江西这地方的读书人,的确很不安分,稍有机会就煽动闹事,扰乱地方秩序,而且多是以笔为武器,作诗挥文,结社结党,风气实在可怕。之所以能出现胡中藻这样的特大逆案,与江西省整个的习顽士风是分不开的。如今,皇上您格外开恩,从轻处治了胡中藻,这样的宽仁圣君旷世难见。我一定就此在江西全省广宣圣德,开展一次持久的化导运动,让全省的读书人洗心革面,改恶从善,安分守己,埋头读书上进,科考成名,成为效忠皇上的可靠力量。我也只有这样做,才能报答皇上您对我的封疆之寄。

乾隆看到以上两本奏折后,思虑了很久。按说,处决重大逆犯、家属连坐,再者戮尸以至于全省乃至数省停止考试。这都是有法可循,而且早有先例的。先朝在处理查嗣庭、吕留良等案时,不就是那么做的吗?然而乾隆又想到,世局在发展,时势已大不同于刚进关的时候了。少数满人对广大汉人的强权统治,最初尚可维持,现在已很艰难了,只用强权手段是远远不行了,必须还有另一手,软的一手。软硬相济,方能适应新潮流。所以乾隆沉吟多时,最后拿定主意,下了这样两道谕旨。

其一:

　　大学士九卿所奏停止江西会试乡试一事,我理解他们的意思是要惩戒江西士风。这不错。但我觉得,由于胡中藻一人而阻断全省学子的上进之路,在我是决不忍心的。我看就不要那么办了吧。不过要给他们讲清楚,江西再要出现像胡中藻这样的逆案,那就不是停止一科考试,而是数科乃永远取消考试资格。

其二:

　　江西省士风不正,读书人荒诞好事,伪稿逆书之案层出不穷,的确应该大力整肃。我特旨调胡宝瑔去担任江西巡抚,正是为了这个目的,而决不在胡中藻一个人身上。

　　现在,胡中藻已经正法,本案也已完结,一切宜就案了事,断不可过于深求。

　　胡中藻薄有家资,现在既然已经清查明白,可从中留下百金之数,作为他母亲夏氏的养老费。他的女儿孙儿可以不必株连。

　　胡中藩也不必缘坐治罪,交地方官教育处理。

胡中藻的家产，不必充公，以免官吏们从中肥私，可以变卖成银子，给老百姓在当地办几件公益之事。

范廷楷的为人，我是比较了解的。他有些才能，还希望他再办成几件事情。但要是使用不当，他也可能走上胡中藻那样的道路。不管怎么说，他至今还没有犯下难赦之罪，要是非得狠狠地整治他，说不定反而会惹出意想不到的乱子。可以让他来北京听用。

李蕴芳比起范廷楷就不同了，他的罪过明显重大。尽管这样，也要依法去办，不必太过分了。

凡跟胡中藻一案有牵连的其他人等，也都本着从宽处理的精神去办吧。

但有一件事不能放松。胡中藻正法之后，肯定会有不少人暗暗为他鸣不平，抱怨我乃至造谣诽谤我。这可是关乎世道人心的事情，务必在全国各地广设耳目，收集反应，对关键人物严查不放，并且要及时给我报告。

乾隆担心在处决胡中藻以后会有强烈反响，给自己造成不利的影响。他这担心是有道理的。譬如说对已经退休在家的协办大学士梁诗正这类人，他就耿耿于怀，时时警惕。

这位梁诗正，是浙江仁和县人，官至协办大学士、兵部尚书，在朝内派系斗争中属于鄂尔泰这方面的主要人物，前年忽然称疾辞官，回归故里，谁也弄不清是什么缘故。

乾隆当然知道内情，他对此人一直放心不下。他深知浙江的读书人，跟江西的一样喜欢闹事，而梁诗正在他们中间又很有影响和号召力，不注意他实在不行。为此，他特意从满族官员中挑选出一个忠实可靠的人物富勒浑，升任为浙江按察使，让他去专门对付梁诗正和浙江的读书人。

这天,富勒浑来向乾隆陛辞听令。乾隆对他交代如下:

　　浙江的民情土风十分凶顽,比之江西有过之而无不及。你下去后要独自观察,独立思考,单独给我直接密报一切,不能随便附和别人的意见。协办大学士梁诗正,现在原籍养老致闲,这绝对不是他的本意,据我了解,他肯定怀有满腹牢骚,说不定还会有什么不法行为。你过去在兵部是他的部属,现在就要借着这层关系,很自然地接近他,在闲谈漫步之中套他的话,捕捉他的心思,搜寻他的不法行迹。这件事只有你一个知道,不准向任何人泄露,包括你的家属。万一出了差错,你知道我会怎么处治你的。

富勒浑受宠若惊,又心惊肉跳。他深知事体重大,千万不敢出半点差错。他走马上任以后,料理完一应交接公务,便谨记着乾隆的嘱托,前去拜访梁诗正。以此为始,一有空闲便去梁府,表面上是尊老敬贤,十分的谦恭有礼,实际上是心怀鬼胎,极尽一个暗探之所能。这从下面他写给乾隆的一道密折中就可完全看出来:

　　奴才抵任以后,旋即亲往梁诗正家探望。奴才以他的旧属为拜访理由,名正言顺,没有引起他一点怀疑,几句寒暄之后,他首先打听的是皇上什么时候南巡,奴才回答他说不知道。可能是因为初次见面的缘故吧,他再没问什么,奴才也没有多问他什么话。彼此又客套了一通,奴才就离开了。

　　奴才第二次去梁诗正家,是在半个多月以后了。听人说他得了耳病,奴才就以探病为名去的。第二次见面,就觉得好说话了一点。他问起朝中近来都有什么大事,奴才就说出了逆贼胡中藻。他听后很气愤地表示,像胡中藻这样狂悖犯上的逆贼,碎尸万段也不过分,斩首示众太便宜了。奴才又以鄂昌一事试他。他也气愤地说，鄂昌乃是世受国恩的封疆大臣，跟着胡中藻乱来，实在太不应该了。奴才故意对胡、鄂表示同情地说，为写几首诗就落得如此下场，也太可惜了吧。他半天没说什么，后来绕开话题淡淡地说，自古以来总是笔墨招祸，人心难测，凡在仕途上行走的人，都应该在字迹上时刻留心才对。奴才也就附和说好。过了一会儿，他装作不在意的样子问道，胡中藻的案子最早是谁告发的呢？奴才看出他内心对此很看重，便应付他说，这样的内廷大事一般人很难知道的。他也就再没说什么。后来，奴才主动问他，有什么事情需帮忙吗？他说，他家开有两处当铺，现在欠税金一百八十两，县里催缴甚急。他说这欠金是以前的事情了，那时候他在京供职，并不知道这事，如果知道，当时就让给缴了，决不会拖欠到现在。如今事过多年，忽然催缴起来，显得他有玩公之咎。让奴才回省后，在巡抚大人和布政使跟前替他说明情况，以免发生误会，影响他的声望。奴才当然满口应承，并吹捧他的书法好，求他给奴才写几个条幅，目的是进一步取得他的信任。离开梁家以后，奴才就顺便去仁和县跑了一趟。见着知县张松，询问当铺税金一事。据张松讲，这是乾隆十六年的事，他家有当铺两处，按铺抽税，共是一百八十两银子。所说与梁诗正相同。奴才就随口向张松打听梁诗正家居情况。张松回答如下：梁诗正回来这几年，表现得安静平和，没有什么出格的言行。他的父亲尚在，名叫梁文濂，原先经常在外旅游行乐，但自从儿子回家后，他门也不出了。只有梁诗正的哥哥梁启心，主管梁府家务，处理事情过于刻薄，因而有一点民愤。此外也没有发现什么特别的地方。

昨天，奴才第三次去梁诗正家。杨梅新熟，给他送去两篓，正好是个不错的由头。他也分外高兴，给奴才写了一个条幅，一副对联。彼此说话也比前更显随便。于是，奴才又引出胡中藻的话题。他说，史贻直史中堂在朝的时间最为长久,他是应该懂得利害的,怎么会给鄂昌写那样的信,招致不幸,真是有点不可理解。他说他当年在内廷时,从不以字迹与人交往,偶然得到什么文字东西也随即烧毁,这是得以全身的大诀窍。奴才继续引诱他说话。他说,皇上以孝治天下,但对臣下指责起来,往往有点过分。奴才想让他再说下去,但他却似乎警觉起来,一句话也不说了。

　　这就是奴才三次会见梁诗正的详细情况。他久经宦途,又长期在内廷行走,早就养成小心谨慎不留痕迹的习惯,是很难改变的了。即使内心满怀怨恨之情,也绝对不会轻易吐露。何况他又知道奴才乃满族世仆,是最忠于皇上的人,所以就不会说心里话了。不过,好在奴才已经与他接上关系,这一段相处得还不错。在这样的良好开端下,奴才有信心与他继续周旋下去,迟早总会搞清他的真面目的。等有了新的发现和收获,奴才再随时给皇上您密告。

胡宝瑔知道在范廷楷问题上,自己再不能多走一步了,否则会轮到自己倒霉的。于是他埋头处理胡中藻的遗产问题,其他什么话都不说了。

　　他给胡中藻的母亲留下价值一百两银子的田地,将其余的一切财产折价变卖,共有银八千零四十七两之多。用这些银子干了以下几件事:

　　一、新建县茅次岭有一座水闸,内湖外江十二圩的水都由此蓄泄,关系到上千万亩土地的用水。去年被大水冲坏,用土筑坝临时应急。现在修成石闸,共花去银子九百六十七两多。

　　二、丰城县永安垱,是全堤第一个扼要工程,去年被水冲决后,因为水深无法修复,只好改筑月堤,虽然修筑得也很坚固,毕竟弯度太大,禁不住长期的冲刷,最好还是取直修建一条石坝,可一劳而永逸。这条石坝共长六十九丈,花去工料费两千八百两银子。

三、大庚县横浦桥,是江西通广东的官道所必经之地,商旅往来络绎不绝。乾隆十八年(1753)时,山水暴发,把该桥的四个桥墩冲垮,二十丈桥面冲断,十六间桥屋冲坍。现全部修复,花去工料银一千一百四十四两多。

四、新建县有一座养济院,被暴风吹倒七间,其余六十四间也不同程度地遭到毁坏。经全部修复后,花去银子一百三十两多。

以上四项工程共花去五千零四十三两多银子。

剩下的银子,全部交给新建县育婴堂。这座育婴堂,已经建立多年。因为民间多抛弃女婴,所以很需要有这么一座育婴堂来解决弃儿问题。但由于经费不足,不能发挥更大作用。现在正好用这项款子修缮房舍、增收乳母、购买衣物口粮,余下的还可以借出去以收租息,成为育婴堂一项永久性收入。

胡宝瑑扎扎实实地办完这几件事,然后给乾隆细写了一道奏折,把所办事情的过程报告一遍。

乾隆二十年(1755)十月二十六日,乾隆在胡宝瑑奏折上批写道:"知道了!"

鄂昌的最后结局是"赐死"——乾隆叫他自己把自己处决了。一个很不小的面子!

发表于《中篇小说选刊》1993年第6期

周宗奇:笔收人间哭与笑

◇杨占平

20世纪80年代，文学传统非常丰厚的山西，一大批当时年龄四十岁左右的作家，以突出的创作成绩，在全国文坛打出一片天地，被称为"晋军崛起"。这批作家中，周宗奇是骨干之一。他们这些"晋军"作家，深刻理解黄河文化的底蕴，对黄土高原的风土人情、对普通民众的生存现状有着真切的体验，并且长期在基层工作，知识准备和生活经验具有相当的优势；同时，他们继承了山西老作家的优秀创作传统，又能够感应时代脉搏，寻找到了更加适合自己也更加适合时代的创作道路。

周宗奇能够在文学创作上有所建树，与他的出身家世不无关系。1943年农历五月，周宗奇出生于古都西安一个亦官亦商的家庭，藏书很多，让他从小就在书香中浸泡。母亲读过女私塾，博闻强记，讲故事的语言极为丰富生动，对周宗奇一生文学创作影响最大。50年代初期，由于家庭变故，八岁的周宗奇随家人离开古都西安，回到老家——山西省临猗县耽子镇周家窑村，进入本村小学读书。从繁华文化古都的阳光少年，一下变为偏僻乡间的失父孤儿，给刚刚懂事的周宗奇幼小心灵很大打击，但他发誓要勤奋读书改变命运。

功夫不负苦心人。十四岁时，周宗奇以优异成绩考入全省闻名的临晋中学。他天性好学，各科考试成绩总是名列前茅，课外阅读丰富，尤以善做文而崭露头角。升入县城临猗中学读高中，延续优等生荣誉，作文更是"笑傲江湖"，高考报志愿时，第一志愿只报北京大学中文系。

一直保持优等生地位，一路做着"北大梦"，一心只想当作家，周宗奇

313

参加高考门门顺遂，志在必得，已然开始憧憬起北大的校园生活，未名湖、图书馆、名教授……然而，上世纪60年代的中国，政治氛围非常浓厚，全国重点大学只招收根正苗红的学生，而家庭成分不好，或直系亲属和主要社会关系中有历史问题、海外关系的考生，一律不录取。于是，"出身不好"的周宗奇，就只好望北大而兴叹了。好在天不绝他，鉴于考试成绩突出，便以"可教育好子女"的试验品身份，被录取到山西大学政治系。

周宗奇别无选择，只能去不想去却不得不去的学校。他除了上课，便一头扎在学校图书馆，阅读各类书籍。知识对他受挫的心灵真是一种慰藉。可是，好景不长，刚满一年，轰轰烈烈的"四清运动"在全国展开，周宗奇跟同学们奉命下去当"四清"工作队队员，前后两年多，把大量求知问道的时间用在搞运动上。没等他们回学校，史无前例的大浩劫"文化大革命"就爆发了，从此再未能走进大学课堂。学业荒废，成为他的终身痛心事、遗憾事。

"文化大革命"让那些根红苗正的大学生过了一把造反有理的瘾，而像周宗奇这些"黑五类"子女，只能随波逐流，在夹缝中讨生活。到了1968年，中央一声令下，所有大学生都要接受"解放军再教育"。周宗奇跟同学们被送到天津市郊区军粮城，一边种稻子，一边搞军训。

一年多后，大学生分配工作。二十六岁的周宗奇被派到霍州矿务局辛置煤矿就业。从受人尊敬的知识分子变成下井采煤工，满腔热情、宏大理想、美好工作，都成为泡影。然而，他的作家梦还在，业余时间找各种书籍阅读，跟矿上和霍县当地的文友互动密切。也就在此时，正式开始写小说，一口气写出二十多篇。不久，小说《明天》在《山西日报》发表，让他看到了人生新希望，勇气大增，写作热情更加高涨，每年都有新作品在省级报刊发表。

1974年，周宗奇的小说创作上了一个台阶，短篇小说《第一个师傅》在《光明日报》发表，中篇小说《一把火》在《解放军文艺》发表，而后者还被翻译成英、法文介绍至域外。这些成果对于一个煤矿基层写作者而言，实在是极大的鼓励，也给他的命运带来重大转机。

　　周宗奇在小说创作上崭露头角，让当时主政山西文学界的马烽、西戎、胡正等作家特别赏识，他的基本条件很符合到文学界工作：大学文科生、基层经验厚实、年富力强、为人正派、有创作前途。于是，1975年春天，当时的山西省文艺工作室（后来恢复为省文联、省作家协会）调他到刚刚成立的《汾水》编辑部当小说编辑。这年周宗奇三十二岁，得到这个消息，让他兴奋无比，真正体会到靠自己努力换来命运转机的幸福，由此，也让他的人生道路迈进新阶段。

　　周宗奇从煤矿一步跨入山西省的文学大本营，真是天上人间。工作和生活环境发生了极大改变，从被别人审稿变成审别人稿，身边的同事既有像马烽、西戎、孙谦、胡正等老一辈作家，也有段杏绵、郁波、李国涛等学养厚重的中年编辑，还有陆续调来的青年作家、评论家蔡润田、李锐、张石山等。这让周宗奇既有动力，也有压力，暗自下决心，一定要做好编辑本业，更要不断写出好作品。

　　从1975年到1981年六年时间里，周宗奇从一名缺少经验的年轻编辑，成长为眼光灵敏、判断准确、流程熟悉的文学编辑，经他手发现了一批有潜力的业余作者，发表了不少社会反响强烈的优秀作品。那时候的《汾水》杂志，是许多文学爱好者心中的圣地，每期发行十几万份，每天都有上百件来稿。周宗奇就兢兢业业看稿，认认真真给作者回信，是个很称职的文学编辑。因为他明白：基层写作相当艰难，一封诚恳、热情、细致的信件，往往就可能挽救一个文学生命。他从下面走来，于此感同身受。

　　在完成繁重的编辑工作之余，周宗奇努力写作，还是以小说为主，发表了十几篇，有的被转载，有的获奖。应当说，这个阶段是周宗奇文学创作第一个丰收期。究其原因，首先是他来自基层，生活经验丰富，素材很多，感觉有许多要写的东西；而且，他已经走过初学写作的道路，逐步进入成熟期，如何选择素材，怎样确定主题思想，采取什么写作手法，使用语言文字等等，都有了自己的风格；其次，那个时期是"文革"结束前后，正是中国社会发生剧烈变动阶段，人们的思想观念不断转变，提供了丰富多彩的生活内容。

1982年，省作协根据文学发展的繁荣局面，把《汾水》杂志改名为《山西文学》；同时，老作家、老编辑从编辑岗位退出，由李国涛和周宗奇担任双主编，一年后，李国涛因年事已高不再当主编，由周宗奇继任主编。从过去的责任编辑变为刊物的负责人，对周宗奇来说，也是一个转变，他没有辜负领导和作者、读者的期望，尽职尽责，延续了刊物的风格，既发现和培养出一批中青年作者，又发表了大量优秀作品，在当时全国省级文学刊物中处于领先地位。

编辑出版一本文学月刊，工作量是很大的，但周宗奇明白，自己是一个作家，决不能放弃写作，于是，在理顺编辑部工作基础上，继续勤奋写作，发表一大批小说和纪实文学。1984年进入不惑之年，他的创作也从中短篇小说上升到长篇小说，出版了《风尘烈女》。这部作品以民国时期名噪一时的蔡锷将军与小凤仙的"松凤缘"传说为依据创作，艺术地再现了那段名人与艺妓的美好故事。

80年代中期，随着文学界"晋军崛起"称号的出现，山西文学创作在全国影响深远，省作协领导采取措施，让一批正当年的青年作家从编辑岗位解脱出来，集中精力写作。这样，像周宗奇、成一、韩石山等，都从编辑部转到山西文学院，从事专业创作。做了十几年文学编辑的周宗奇，不用再操心编辑部事务，不用再担负培养人才的责任，全心全意投入创作。他也没有懈怠，用大量作品证明自己做专业作家是称职的。五年时间，他发表数量可观的纪实文学、小说、文艺评论和影视剧本。

进入90年代，知天命的周宗奇，把写作的方向从小说转向纪实为主，心态越来越平和，对人生、对世事有了自己独特的认识，要把后半生走得光彩，走得有骨气，走得有特点。他创作出数百万字的作品，而做得最主要也是最有价值的一件事，是要用纪实文学样式，撰写一部十卷二百五十万言的《中国文字狱》，把中国从古到今的三千年文祸史，用文学语言写出来。这是一件填写中国文史空白的庞大工程。经过几年的辛苦，到1994年，他先行推出三卷本的《清代文字狱》八十万字；随后，完成长篇文论《中国文字狱漫谈》，阐述了自己关于中国文字狱的观点。

社会跨进新世纪，周宗奇也从2003年进入花甲老年人行列。不过，他的身体年龄和写作年龄却没有老年人特征，能吃饭，能运动，能睡觉，心胸开阔，待人真诚，跟四五十岁中年人相比也不输；创作上更是精力充沛，选定题材就到处实地采访，掌握大量第一手资料才动笔，写起来坚持每天好几千字。所写题材不断扩大，主要以纪实文学为主，兼写影视剧本，散文随笔也经常见诸报刊，字数超越前几十年总和。

这期间，他除了继续写作《清以前历代文字狱》之外，还出版有纪实文学《荣辱之间》《父子人生》《南风索引》《三个红色殉道者》《守望潞盐》《商鞅量》《绿色突围纪略》《紫金山下》《王实味之妻——刘莹的非凡人生》等十几部；还有多种影视剧创作，主要有：完成30集电视剧本《洪武天怒》分集提纲和前10集剧本初稿；完成24集木偶电视剧本《新编24孝》分集提纲和前5集剧本初稿；完成40集电视剧本《君臣父子兄弟》分集提纲；与张石山合作完成40集电视剧本《大明银城》分集提纲；与姚宝瑄合作完成40集电视剧本《皇城相府》文稿等。这些影视剧本的创作，运用周宗奇大量的知识积累和生活积累，都有自己的艺术追求，表达了一个作家对历史、对社会、对人生的思考。偶尔为之的散文、随笔、书评，在周宗奇创作中不占主要地位，却非常能体现他的人生态度和文学理念，这些文章后来结集为《学洒脱斋夜话》出版。此外，还主编了好几套大型文化丛书，包括：《中国与山西》《马烽研究丛书》《河东文化丛书》等。

从2010年开始，周宗奇用四度春秋，精心为思想家、书法家、文学家林鹏先生写作了长篇传记《大聱林鹏》。成书后，由张颔先生题书名并作序，首先以"内部图书"形式分送友人和读者，征求意见之后又作修改，最后由台湾秀威出版社以《一个革命者的反思：大聱林鹏》正式出版。

完成《大聱林鹏》后，周宗奇马不停蹄，加入到中国作协组织的"中国百位历史文化名人传记丛书"之中，撰写《忧乐天下——范仲淹传》。为避免写成"资料开会"的平庸，他努力追寻传主一生踪迹，亲历九省二十九地，进行实地采访，力求穿越千古时空与传主进行心灵对话，捕捉独特感受和石火灵感。在此基础上，他一气呵成三十万言，顺利通过专家组审查，于2015年秋天由作家出版社出版发行。

如今，已经七十三周岁的周宗奇，功成名就，著作等身，家庭和睦，儿孙满堂，身心健康，按说也该休息下来，享受天伦之乐；但他仍然没有同龄人的老态，没有减少阅读量，更没有停下文学创作的步子。从2014年后半年以来，又启动了一项宏大文学功程，计划用五年左右时间，完成约百万字的长篇历史纪实作品《秦淮遗恨》。面对新的课题，周宗奇一如继往，重视自己的创作感受和经验，即：传记文学是行走的文学。写作过程由三分案头七分田野组成，没有对传主面对面的实地采访，所成文字作品肯定是无特色的，绝非真传记。作者追踪采访得愈广泛、深入、扎实，则从传主处所获灵感、信息与激情愈多，足可盘活全部案头资料，得出一个与众不同之"写作眼"。于是，他又开始了自掏腰包的、艰难孤独的采访旅行。

总结周宗奇走过的七十多年人生与文学道路，可以说，他是个富有文学天赋与激情的作家，是个堂堂正正做人做事的男子汉，是个有担当、负责任的儿子、丈夫、父亲、爷爷和血性朋友，也是个喜欢游走四方、浪迹天涯的揣梦行者。是的，"笔收人间哭与笑，写作聚散两字经。"他用一支笔和一颗心，真正书写着自己不必后悔的人生与文学个性。

2016年春

周宗奇创作年表

《明天》(短篇小说)
《山西日报》,1972年

《第一个师傅》(短篇小说)
《光明日报》,1974年

《一把火》(中篇小说)
《解放军文艺》,1974年

《搬家》(短篇小说)
《汾水》,1977年

《戴上火红的袖标》(短篇小说)
《汾水》,1977年

《新麦》(短篇小说)
《汾水》,1979年

《继母的故事》(中篇纪实文学)
《啄木鸟》,1979年

《母亲,您为什么要走》(短篇小说)
《上海文学》,1980年

《老干事吴诚》(短篇小说)
《汾水》《小说选刊》,1980年

《难产》(短篇小说)
《山西日报》,1980年

《等》（短篇小说）
《山西日报》,1981年

《母亲,您为什么不走》（短篇小说）
《山西文学》,1982年

《咱那钱头儿》（短篇小说）
《山西文学》,1982年

《黄金心》（短篇小说）
《山西文学》《小说月报》,1983年

《无声的细流》（中短篇小说集）
山西人民出版社,1983年

《清凉的沙水河》（中篇小说）
《山西文学》, 1984年

《风尘烈女》（长篇历史小说）
北方文艺出版社,1984年

《假语村言》（中篇小说）
《黄河》, 1986年

《鼠审》（短篇小说）
《山西文学》,1988年

《美之梦》（短篇小说）
《火花》,1988年

《我听长江》（美术评论）
《名作欣赏》,1988年

《独行草》（散文）
《太原日报》,1990年

《晨雾》(短篇小说)
《山西文学》,1990年

《东坡杂说八篇》(随笔)
《太原晚报》,1991年

《澹归和尚》(中篇历史纪实文学)
《都市》,1992年

《跟孙谦老师下煤矿》(散文)
《山西文学》,1992年

《刘胡兰随想曲》(散文)
《山西日报》,1992年

《古月劫》(中篇历史纪实文学)
《黄河》《中篇小说选刊》,1993年

《李林甫发牢骚》(随笔)
《太原日报》,1993年

《接姑姑》《女儿经》《人神之间》《厨房谣》(电视剧本)
《内陆九三》,1993年

《母亲屋》(散文)
《母恩难忘》,1994年

《苦骡》(散文)
《太原日报》,1994年

《闲侃古代卖官》《闲侃古代廷杖》《闲侃曹操》(随笔)
《太原日报》,1994年

《清代文字狱纪实》(长篇历史小说)
北京友谊出版公司,1994年

《我与汾酒》(长篇纪实文学)
北京出版社,1995年

《梦游青龙寨》(散文)
《山西文学》,1996年

《"九品官"修村志》(散文)
《山西文学》,1997年

《哭泣的金牌》(文论)
《山西青年》,1998年

《血光之灾》
中国青年出版社,1998年

《中华现代家谱实用手册》(文化辞书)
创作于1999年

《苦命妈妈》(散文)
《太原日报》,1999年

《致流浪作家》《渴望冷冻》《想念雪花》《漂流瓶》《缺孤独》(随笔)
《太原日报》,1999年

《荣辱之间》(长篇纪实文学)
花城出版社,2000年

《洪武天怒》《新编24孝》(电视剧本)(未拍摄)
创作于2001年

《闲侃做官不做官》(散文)
《山西文学》,2002年

《父子人生》(长篇纪实文学)
北京学苑出版社,2002年

《南风索引》（长篇纪实文学）
《长风歌》，2002年

《观摩〈真情〉杂记》（剧评）
《山西日报》，2002年

《为官为文两不易》（书评）
《山西日报》，2003年

《嵇康三题》（随笔）
《黄河》，2003年

《王实味年谱简编》（年谱）
创作于2003年

《中国与山西》（文化丛书）
大众文艺出版社，2004年

《活生生拉起一条河》（书评）
创作于2004年

《王实味之妻——刘莹的非凡人生》（中篇纪实文学）
创作于2004年

《马烽先生的文人气》（散文）
《山西文学》，2004年

《栎树年轮》（长篇传记文学）
大众文艺出版社，2004年

《紫金山下》（中篇纪实文学）
《山西文学》，2004年

《母亲的连锅面》（散文）
《山西文学》，2005年

《商鞅量》（中篇历史纪实文学）
《都市》,2005年

《一个通灵的回归梦》（画论）
创作于2005年

《君臣父子兄弟》（40集电视剧本），未拍摄
创作于2005年

《大明银城》（40集电视剧本），与张石山合作，未拍摄
创作于2006年

《是官非官真吾友》（散文）
创作于2007年

《这一个背后的这一个》（文论）
《山西大学学报》,2007年

《守望潞盐》（长篇文化散文）
作家出版社,2007年
《太原日报》连载,2014年

《皇城相府》（40集电视剧本），与姚宝暄合作，
中国戏剧出版社,2007年

《哥们再往前走》（书评）
创作于2008年

《呼唤亲情创作》（书评）
创作于2008年

《你有绿色心灵吗》（散文）
《山西日报》,2008年

《与麦子聊天四篇》（散文）
《山西文学》,2008年

《宝天曼传奇》（30集电视剧本），未拍摄
创作于2008年

《命也运也》（30集电视剧本），未拍摄
创作于2008年

《学洒脱斋夜话》（散文集）
三晋出版社，2010年

《清代文字狱》（长篇纪实文学）
人民文学出版社，2010年

《根基看不见》（评论）
《山西文学》，2014年

《孔祥熙传》（长篇历史小说）
山西人民出版社，2014年

《清代文字狱》（修订版）
人民文学出版社，2014年

《我的第一桶金：忘不了的北岳文艺出版社》（散文）
2014年

《你知道〈晋国廉政故事〉吗》（散文）
《山西日报》，2014年

《走得最远的商家》（评论）
《山西文学》，2014年

《黄河之水可生木》（散文）
《黄河》，2015年

《谢涛戏的士文化张力》（散文）
《映像》，2015年

《揣梦行者柯文辉》（散文）
《映像》,2015年

《鹽盐传》（长篇文化散文）
作家出版社,2015年

《范仲淹传》（长篇人物传记）
作家出版社,2015年

《赤子童心俩老头:浅记黄永玉林鹏的"耄耋之会"》（散文）
《名作欣赏》,2015年